# MIRÈIO

## POÈME PROVENÇAL

PAR

### FRÉDÉRIC MISTRAL

AVEC LA TRADUCTION LITTÉRALE EN REGARD

---

DEUXIÈME ÉDITION

REVUE, CORRIGÉE ET ACCOMPAGNÉE DE NOTES
ET ARGUMENTS

---

PARIS

CHARPENTIER, LIBRAIRE-ÉDITEUR

28, QUAI DE L'ÉCOLE

---

1859

# MIRÈIO

# MIRÈIO

## POUÈMO PROUVENÇAU

DE

### FREDERI MISTRAL

EMÉ LA TRADUCIOUN LITERALO EN REGARD

## PARIS

ENCÒ DE CHARPENTIER, LIBRAIRE-ÉDITEUR

2<sup>8</sup>, QUÈI DE L'ESCOLO

AVIGNOUN, ENCO DE **ROUMANIHO**, LIBRAIRE

1861

# MIREILLE

## POÈME PROVENÇAL

DE

### FRÉDÉRIC MISTRAL

AVEC LA TRADUCTION LITTÉRALE EN REGARD

## PARIS

### CHARPENTIER, LIBRAIRE-ÉDITEUR

23, QUAI DE L'ÉCOLE

AVIGNON, **ROUMANILLE**, LIBRAIRE

—

1861

# A LAMARTINO

——

Te counsacre Mirèio : es moun cor e moun amo,
Es la flour de mis an ;
Es un rasin de Crau qu'emé touto sa ramo
Te porge un païsan.

MISTRAL.

*Maiano (Bouco-dóu-Rose), 3 de setèmbre 1859.*

# A LAMARTINE

Je te consacre Mireille : c'est mon cœur et mon âme; — c'est la fleur de mes années; — c'est un raisin de Crau qu'avec toutes ses feuilles — t'offre un paysan.

MISTRAL.

*Maillane (Bouches-du-Rhône), 8 septembre* 1859.

# AVIS

----

Afin d'aider le lecteur étranger à la langue provençale à lire le texte du poëme, nous allons dire ici brièvement en quoi la prononciation provençale diffère de la prononciation française.

En Provençal, on prononce toutes les lettres, et, sauf les exceptions suivantes, on les prononce comme en Français.

Le *g* devant un *e* ou un *i*, et le *j*, se prononcent *dz*. Ainsi *gemi*, *gibous*, *image*, *jalous*, doivent se prononcer *dzemi*, *dzibous*, *imaaze*, *dzalous*.

*Ch* se prononce *ts*, comme dans le mot espagnol *muchacho*, Ainsi *charra*, *machoto*, *chima*, se prononcent *tsarra*, *matsoto*, *tsima*.

Passons aux voyelles.

*A*, désinence caractéristique du féminin dans l'ancienne langue romane, est, dans cet emploi, remplacé aujourd'hui par *o*.

L'*o* final représente donc en Provençal l'*e* muet des Français, l'*a* final des Italiens et des Espagnols.

*E* sans accent, ou surmonté d'un accent aigu, se prononce comme l'*e* fermé français : ainsi les *e* de *teté*, de *devé*, sonnent, à peu de chose près, comme ceux de *été*, *vérité*.

*È*, surmonté de l'accent grave, comme dans *nè*, *venguè*, se prononce ouvert.

L'*e* ou l'*i*, quoique suivis de consonnes, comme dans *sacramen*, *vin*, *emperaire*, conservent toujours leur son alphabétique.

Voici maintenant les règles de l'accent tonique :

1° Dans les mots terminés simplement par *e* ou par *o*, l'accent tonique porte sur la pénultième : ainsi *ferramento*, *capello*, *fèbre*, se prononcent exactement comme les mots italiens *ferramento*, *capello*, *febbre*.

2° Lorsqu'il se trouve, dans le corps des mots, une syllabe accentuée, il porte généralement sur cette syllabe; exemple : *tóuti*, *armàri*, *cachafió*, *argènt*, *avé*.

3° Il porte sur la dernière syllabe dans tous les mots terminés par un *a*, un *i*, un *u*, ou une consonne; exemple : *verita*, *peri*, *vengu*, *pichot*, *resoun*.

Cette dernière règle a une exception : dans les personnes des verbes terminées par *es* ou par *on*, comme *anaves* (tu allais), *que digues* (que tu dises), *courron* (ils courent), *sabon* (ils savent), l'accent tonique porte sur la pénultième.

Il existe en Provençal des diphthongues et des triphthongues, mais les voyelles y conservent toujours leur valeur propre. Dans les diphthongues, la voix doit dominer sur la première voyelle, comme en Italien; ainsi : *mai*, *rèi*, *galoi*, doivent se prononcer *màï*, *rèï*, *galòï*. Dans les triphthongues, come *biai*, *pièi*, *vuei*, *niue*, la voix doit dominer sur la voyelle intermédiaire, tout en faisant sentir les autres.

La voyelle *u* se prononce comme en Français, excepté lorsqu'elle suit immédiatement une autre voyelle; dans ce dernier cas, elle prend le son *ou*. Ainsi, dans les diphthongues *au*, *èu*, *òu*, et dans les triphthongues *iau*, *ièu*, *iòu*, prononcez *àou*, *èou*, *òou*, *iàou*, *ièou*, *iòou*.

Cette règle a été constamment suivie par les Troubadours classiques.

On vient de voir que les sons *èu*, *òu*, *ièu*, *iòu*, sont accentués : c'est afin de les distinguer des sons *eu* et *ou*, qui existent aussi dans la langue d'Oc (comme dans *Enfant Jeuse*, enfant Jésus, *tout*, *urous*, *mounde*, etc.); c'est encore pour montrer que le son doit être plus ou moins ouvert ou fermé, selon que l'accent est grave ou aigu.

# MIRÈIO

# MIRÈIO

## CANT PROUMIÉ

### LOU MAS DI FALABREGO

Espousicioun. — Invoucacioun au Crist, nascu dins la pastriho. — Un
vièi panieraire, Mèste Ambròsi, emé soun drole, Vincèn, van demanda la retirado au Mas di Falabrego. — Mirèio, fiho de Mèste
Ramoun, lou mèstre dóu mas, ie fai la benvengudo.—Li ràfi, après
soupa, fan canta Mèste Ambròsi. — Lou vièi, àutri-fes marin, canto
un coumbat navau dóu Baile Sufren. — Mirèio questiouno Vincèn.
— Recit de Vincèn : la casso di cantarido, la pesco dis iruge, lou
miracle di Sànti Mario, la courso dis ome à Nimes. — Mirèio es
espantado e soun amour pounchejo.

Cante uno chato de Prouvènço.
    Dins lis amour de sa jouvènço,
A travès de la Crau, vers la mar, dins li bla,
    Umble escoulan dóu grand Oumèro,
    Iéu la vole segui. Coume èro
    Rèn qu'uno chato de la terro,
En foro de la Crau se n'es gaire parla.

    Emai soun front noun lusiguèsse
    Que de jouinesso ; emai n'aguèsse
Ni diadèmo d'or ni mantèu de Damas,
    Vole qu'en glòri fugue aussado
    Coume uno rèino, e caressado
    Pèr nosto lengo mespresado,
Car cantan que pèr vautre, o pastre e gènt di mas !

# MIREILLE

## CHANT PREMIER

### LE MAS DES MICOCOULES [1]

Exposition. — Invocation au Christ, né parmi les pâtres. — Un vieux
vannier, Maître Ambroise, et son fils, Vincent, vont demander l'hospitalité au Mas des Micocoules. — Mireille, fille de Maître Ramon,
le maître de la ferme, leur fait la bienvenue. — Les laboureurs,
après le repas du soir, invitent Maître Ambroise à chanter. — Le
vieillard, autrefois marin, chante un combat naval du Bailli de
Suffren. — Mireille questionne Vincent. — Récit de Vincent : la
chasse aux cantharides, la pêche des sangsues, le miracle des
Saintes Maries, la course des hommes à Nîmes. — Ravissement de
Mireille, naissance de son amour.

Je chante une jeune fille de Provence. — Dans les
amours de sa jeunesse, — à travers la Crau [2], vers
la mer, dans les blés, — humble écolier du grand
Homère, — je veux la suivre. Comme c'était — seulement une fille de la glèbe, — en dehors de la Crau
il s'en est peu parlé.

Bien que son front ne resplendît — que de jeunesse;
bien qu'elle n'eût — ni diadème d'or ni manteau de
Damas, — je veux qu'en gloire elle soit élevée —
comme une reine, et caressée — par notre langue
méprisée, — car nous ne chantons que pour vous, ô
pâtres et habitants des *mas*.

Tu, Segnour Diéu de ma patrio,
Que nasquères dins la pastriho,
Enfioco mi paraulo e dono-me d'alen!
Lou sabes : entre la verduro,
Au soulèu em'i bagnaduro,
Quand li figo se fan maduro,
Vèn l'ome aloubati desfrucha l'aubre en plen.

Mais sus l'aubre qu'éu espalanco,
Tu toujour quihes quàuco branco
Ounte l'ome abrama noun posque aussa la man,
Bello jitello proumierenco,
E redoulènto, e vierginenco,
Bello frucho madalenenco
Ounte l'aucèu de l'èr se vèn leva la fam.

Iéu la vese, aquelo branqueto,
E sa frescour me fai lingueto!
Iéu vese, i ventoulet, boulega dins lou cèu
Sa ramo e sa frucho inmourtalo...
Bèu Diéu, Diéu ami, sus lis alo
De nosto lengo prouvençalo,
Fai que posque avera la branco dis aucèu!

De-long dóu Rose, entre li pibo
E li sauseto de la ribo,
En un paure oustaloun pèr l'aigo rousiga
Un panieraire demouravo,
Qu'emé soun drole pièi passavo
De mas en mas, e pedassavo
Li canestello routo e li panié trauca

Toi, Seigneur Dieu de ma patrie, — qui naquis parmi les pâtres, — enflamme mes paroles et donne-moi du souffle! — Tu le sais : parmi la verdure, — au soleil et aux rosées, — quand les figues mûrissent, — vient l'homme, avide comme un loup, dépouiller entièrement l'arbre de ses fruits.

Mais sur l'arbre dont il brise les rameaux, — toi, toujours tu élèves quelque branche — où l'homme insatiable ne puisse porter la main, — belle pousse hâtive, — et odorante, et virginale, — beau fruit mûr à la Magdeleine, — où vient l'oiseau de l'air apaiser sa faim.

Moi, je la vois, cette branchette, — et sa fraîcheur provoque mes désirs! — Je vois, au (souffle des) brises, s'agiter dans le ciel — son feuillage et ses fruits immortels... — Dieu beau, Dieu ami, sur les ailes — de notre langue provençale, — fais que je puisse aveindre la branche des oiseaux !

Au bord du Rhône, entre les peupliers — et les saulaies de la rive, — dans une pauvre maisonnette rongée par l'eau, — un vannier demeurait, — qui, avec son fils, passait ensuite — de ferme en ferme, et raccommodait — les corbeilles rompues et les paniers troués.

1.

Un jour qu'èron ansin pèr orto,
Emé si long fais de redorto :
— Paire, diguè Vincèn, espinchas lou soulèu !
Vesès, eila sus Magalouno,
Coume lou nivo l'empielouno !
S'aquelo emparo s'amoulouno,
Paire, avans qu'èstre au mas nous bagnaren belèu.


— Hòu ! lou vènt-larg brando li fueio....
Noun !... acò sara pas de plueio,
Respoundeguè lou vièi... Ah ! s'acò 'ro lou Rau,
Es diferènt !.... — Quant fan d'araire,
Au Mas di Falabrego, paire ?
— Sièis, respoundè lou panieraire.
Ah ! 'cò's un tenamen di pu fort de la Crau !


Tè, veses pas soun óuliveto ?
Entre-mitan i'a quàuqui veto
De vigno e d'amelié... Mai lou bèu, recoupè,
(E n'i'a pas dos dins la coustiero !)
Lou bèu, es que i'a tant de tiero
Coume a de jour l'annado entiero
E, tant coume de tiero, en chasco i'a de pèd !


— Mai, faguè Vincèn, caspitello !
Dèu bèn falé d'óulivarello
Pèr óuliva tant d'aubre ! — Hòu ! tout acò se fai !
Vèngue Toussant, e li Baussenco,
De vermeialo, d'amelenco,
Te van clafi saco e bourrenco !...
Tout en cansounejant n'acamparien bèn mai !

Un jour qu'ils allaient ainsi par les champs, — avec leurs longs fagots de scions d'osier : — « Père, dit Vincent, regardez le soleil ! — Voyez-vous, là-bas, sur Maguelonne [5], — les piliers de nuage qui l'étayent ? — Si ce rempart vient à s'amonceler, — père, avant d'être au *mas*, nous nous mouillerons peut-être. »

— « Oh ! le vent largue [4] agite les feuilles... — Non !... ce ne sera pas de la pluie, — répondit le vieillard... Ah ! si c'était le Rau [5], — c'est différent !... ». — « Combien *fait-on* de charrues, — au Mas des Micocoules, père ? » — « Six, répondit le vannier. — Ah ! c'est là un domaine des plus forts de la Crau !

« Tiens ! ne vois-tu pas leur verger d'oliviers ? — Parmi eux sont quelques rubans — de vignes et d'amandiers.... Mais le beau, reprit-il en s'interrompant, — (et de tels, il n'en est pas deux sur la côte !) — le beau, c'est qu'il y a autant d'allées — qu'a de jours l'année entière, — et dans chacune (d'elles), autant que d'allées il y a de pieds (d'arbre) ! »

— « Mais, fit Vincent, *caspitello* [6] ! — que d'*oliveuses* il doit falloir — pour cueillir les olives de tant d'arbres ! » — « Oh ! tout cela s'achève ! — Vienne la Toussaint, et les filles des Baux [7] — d'(olives) *vermeilles* ou *amygdalines* — te vont combler et sacs et draps !... — Tout en chantant, elles en amasseraient bien davantage ! »

E Mèste Ambroi toujour parlavo...
E lou soulèu que trecoulavo
Di plus bèlli coulour tegnié li nivoulun;
E li bouié, sus si coulado,
Venien plan-plan à la soupado,
Tenènt en l'èr sis aguhiado...
E la niue soumbrejavo alin dins la palun.


— An! deja s'entrevèi dins l'iero
Lou camelun de la paiero,
Diguè mai Vincenet : sian au recatadou!...
— Aqui, ie vènon bèn li fedo!
Ah! pèr l'estiéu, an la pinedo,
Pèr dins l'ivèr, la claparedo,
Recoumencè lou vièi... Hòu! aqui i'a de tout!


E tóuti aquéli grands aubrage
Que sus li téule fan oumbrage!
E 'quelo bello font que raio en un pesquié!
E tóuti aquéli brusc d'abiho
Que chasco autouno desabiho,
E, tre que Mai s'escarrabiho,
Pendoulon cènt eissame i grand falabreguié!


— Ho! pièi, en touto la terrado,
Paire, lou mai qu'à iéu m'agrado,
Aqui faguè Vincèn, es la chato dóu mas...
E, se vous n'en souvèn, moun paire,
L'estiéu passa, nous faguè faire
Dos canestello d'óulivaire,
E metre ùni maniho à soun pichot cabas

Et Maître Ambroise *continuait* de parler.... — Et
le soleil, qui disparaissait au delà des collines, — des
plus belles couleurs teignait les légers nuages ; — et
les laboureurs, sur leurs bêtes accouplées par le cou,
— venaient lentement au repas du soir, — tenant le-
vés leurs aiguillons.... — Et la nuit commençait à
brunir dans les lointains marécages.

— « Allons ! déjà s'entrevoit, dans l'aire, — le
comble de la meule de paille, — dit encore Vincent :
nous voici au refuge ! » — « C'est là que pros-
pèrent les brebis ! — Ah ! pour l'été, elles ont le bois
de pins, — pour l'hiver, la plaine caillouteuse, —
recommença le vieillard... Oh! là, il y a de tout !

« Et tous ces grands massifs d'arbres — qui sur
les tuiles font ombrage ! — Et cette belle fontaine qui
coule en un vivier ! — Et toutes ces ruches d'abeilles
— que chaque automne dépouille, — et (qui), dès
que mai s'éveille, — suspendent cent essaims aux
grands micocouliers ! »

— « Oh! puis, en toute cette terre, — père, ce qui
m'agrée le plus, — fit là Vincent, c'est la fille de la
ferme.... — Et, s'il vous en souvient, mon père, —
elle nous fit, l'été passé, faire — deux corbeilles de
cueilleur d'olives, — et mettre des anses à son petit
cabas. »

En devisant de talo sorto,
Se capitèron vers la porto.
La chatouno venié d'arriba si magnan;
E sus lou lindau, à l'eigagno,
Anavo alor torse uno escagno.
— Bon vèspre en touto la coumpagno!
Faguè lou panieraire en jitant si vergan.


— Mèste Ambròsi, Diéu vous lou doune!
Diguè la chato; mouscouloune
La pouncho de moun fus, vè!... Vautre? sias tardié!
D'ounte venès? de Valabrego?
— Just! e lou Mas di Falabrego
Se devinant sus nosto rego,
Se fai tard, avèn di, coucharen au paié.


E' mè soun fiéu, lou panieraire
S'anè 'seta su'n barrulaire.
Sènso mai de resoun, à trena tóuti dous
Uno banasto coumençado
Se groupèron uno passado,
E de sa garbo desnousado
Crousavon e toursien li vege voulountous.


Vincèn avié sege an pancaro;
Mai tant dóu cors que de la caro,
Certo, acò 'ro un bèu drole, e di miéu estampa;
Emé li gauto proun moureto,
Se voulès... mai terro negreto
Adus toujour bono seisseto,
E sort di rasin negre un vin que fai trepa

En devisant ainsi, — ils se trouvèrent vers la porte.
— La fillette venait de donner la feuillée à ses vers à
soie ; — et sur le seuil, à la rosée, — elle allait, en
ce moment, tordre un écheveau. — « Bonsoir à toute
la compagnie ! » — fit le vannier, en jetant bas ses
brins d'osier.

— « Maître Ambroise, Dieu vous le donne ! — dit
la jeune fille ; je mets la thie — à la pointe de mon fu-
seau, voyez !... Et vous autres? vous voilà attardés !
— D'où venez-vous? de Valabrègue [8]? » — « Juste !
et le Mas des Micocoules — se rencontrant sur notre
sillon, — il se fait tard, avons-nous dit, nous couche-
rons à la meule de paille. »

Et, avec son fils, le vannier — alla s'asseoir sur un
rouleau (de labour). — Sans plus de paroles, à tresser tous les deux — une manne commencée, — ils
se mirent (avec ardeur) un instant, — et de leur
gerbe dénouée — ils croisaient et tordaient les osiers
dociles.

Vincent n'avait pas encore seize ans; — mais tant
de corps que de visage, — c'était, certes, un beau
gars, et des mieux découplés, — aux joues assez
brunes, — en vérité... mais terre noirâtre — toujours apporte bon froment, — et sort des raisins noirs
un vin qui fait danser.

De quete biais fau que lou vege
E se prepare e se gaubeje,
Éu lou sabié de founs ; noun pas que sus lou fin
Travaiejèsse d'ourdinàri :
Mai de banasto pèr ensàrri,
Tout ce qu'i mas èi necessàri,
E de rous terreiròu, e de bràvi couïin ;

De panié de cano fendudo,
Qu'es tout d'eisino lèu vendudo,
E d'escoubo de mi,... tout acò, 'mai bèn mai,
Éu lou façounavo à grand dèstre,
Bon e poulit, de man de mèstre...
Mai, de l'estoublo e dóu campèstre,
Lis ome èron deja revengu dóu travai.

Deja deforo, à la fresquiero,
Mirèio, la gènto masiero,
Sus la taulo de pèiro avié mes lou bajan ;
E dóu platas que treviravo,
Chasque ràfi deja tiravo,
A plen cuié de bouis, li favo...
E lou vièi e soun fiéu trenavon. — Bèn ? vejan !

Venès pas soupa, Mèste Ambròsi ?
Emé soun èr un pau renòsi
Diguè Mèste Ramoun, lou majourau dóu mas.
An ! leissas dounc la canestello !
Vesès pas naisse lis estello ?...
Mirèio, porge uno escudello.
An ! à la taulo ! d'aut ! que devès èstre las.

De quelle manière doit l'osier — se préparer, se
manier, — lui le savait à fond ; non pas que sur le
fin — il travaillât d'ordinaire: — mais des mannes
*à suspendre au dos des bêtes de somme,* — tout ce
qui aux fermes est nécessaire, — des *terriers* roux
et des coffins commodes ;

Des paniers de roseaux refendus, — tous ustensiles
de prompte vente, — et des balais de millet,... tout
cela, et bien plus encore, — il le faisait rapidement,
— bon, gracieux, de main de maître... — Mais, de
la jachère et de la lande, — les hommes, déjà, étaient
revenus du travail.

Déjà, dehors, à la fraîcheur, — Mireille, la gentille
fermière, — sur la table de pierre avait mis la salade
de légumes ; — et du large plat chavirant (sous la
charge), — chaque valet tirait déjà, — à pleine cuiller
de buis, les fèves... — Et le vieillard et son fils tres-
saient. — « Eh bien ? voyons !

« Ne venez-vous pas souper, Maître Ambroise ? —
avec son air un peu bourru, — dit Maître Ramon, le
chef de la ferme. — Allons, laissez donc la corbeille !
— Ne voyez-vous pas naître les étoiles ? — Mireille,
apporte une écuelle. — Allons ! à table ! car vous
devez être las. »

2

— Anen ! faguè lou panieraire.
E s'avancèron à-n-un caire
De la taulo de pèiro, e coupèron de pan.
Mirèio, vitamen, braveto,
Emé l'òli de l'óuliveto
Ie garniguè'n plat de faveto ;
Venguè pièi en courrènt i'adurre de si man.


Dins si quinge an èro Mirèio.....
Coustiero bluio de Font-vièio,
E vous, colo baussenco, e vous, plano de Crau,
N'avès pu vist de tant poulido !
Lou gai soulèu l'avié 'spelido ;
E nouveleto, afrescoulido,
Sa caro, à flour de gauto, avié dous pichot trau.


E soun regard èro uno eigagno
Qu'esvalissié touto magagno...
Dis estello mens dous èi lou rai, e mens pur ;
Ie negrejavo de trenello
Que tout-de-long fasien d'anello ;
E sa peitrino redounello
Èro un pessègue double e panca bèn madur.


E fouligaudo, e belugueto,
E sóuvagello uno brigueto !...
Ah ! dins un vèire d'aigo, entre vèire aquéu biai,
Touto à la fes l'aurias begudo !
Quand pièi chascun, à l'abitudo,
Aguè parla de sa batudo,
(Coume au mas, coume au tèms de moun paire, ai! ai! ai!)

— « Allons ! » fit le vannier. — Et ils s'avancèrent
vers un coin — de la table de pierre, et coupèrent du
pain. — Mireille, leste et accorte, — avec l'huile des
oliviers — assaisonna pour eux un plat de féveroles.
— Elle vint ensuite en courant le leur apporter de
ses mains.

Mireille était dans ses quinze ans... — Côte bleue
de Font-vieille[9], — et vous, collines *baussenques*[10],
et vous, plaines de Crau, — vous n'en avez plus vu
d'aussi belle ! — Le gai soleil l'*avait* éclose ; — et
frais, ingénu, — son visage, à fleur de joues, avait deux
fossettes.

Et son regard était une rosée — qui dissipait toute
douleur... — Des étoiles moins doux est le rayon, et
moins pur ; — *il lui brillait* de noires tresses — qui
tout le long formaient des boucles ; — et sa poitrine
arrondie — était une pêche double et pas encore bien
mûre.

Et folâtre, et sémillante, — et sauvage quelque
peu !... — Ah ! dans un verre d'eau, en voyant cette
grâce, — toute à la fois vous l'eussiez bue ! — Quand
puis chacun, selon la coutume, — eut parlé de son
*travail* — (comme au *mas*, comme au temps de mon
père, hélas ! hélas !)

    — Bèn? Mèste Ambroi, aquesto bruno,
    Nous n'en cantarés pas quaucuno?
Diguèron : es eiçò lou repas que se dor
      — Chut ! mi bons ami... Quau se trufo,
    Respoundè lou vièi, Dièu lou bufo
    E fai vira coume baudufo?...
Cantas vautre, jouvènt, que sias jouine emai fort!

    — Mèste Ambroi, diguèron li ràfi,
    Noun, noun, parlan pas pèr escàfi !
Mai vè ! lou vin de Crau vai tontaro escampa
    De voste got... D'aut ! touquen, paire !
    — Ah ! de moun tèms ère un cantaire,
    Alor faguè lou panieraire ;
Mai aro, que voulès? li mirau soun creba !

    — Si ! Mèste Ambroi, acò recrèio :
    Cantas un pau, diguè Mirèio.
— Bello chatouno, Ambroi venguè dounc coume acò,
    Ma voues noun a plus que l'aresto ;
    Mai pèr te plaire es deja presto.
    E tout-d'un-tèms coumencè'questo,
Après aguè de vin escoula soun plen got :

I

Lou Baile Sufren, que sus mar coumando,
Au port de Touloun a douna signau...
Partèn de Touloun cinq cènt Prouvençau.

— « Eh bien? Maître Ambroise, ce soir, — ne nous chanterez-vous rien? — dirent-ils : c'est ici le repas où l'on dort! » — « Chut! mes bons amis... (Sur) celui qui raille, — répondit le vieillard, Dieu souffle, — et le fait tourner comme toupie!... — Chantez vous-mêmes, jouvenceaux, qui êtes jeunes et forts! »

« Maître Ambroise, dirent les laboureurs, — non, non, nous ne parlons point par moquerie! — Mais voyez! le vin de Crau va tout à l'heure déborder — de votre verre... Çà! trinquons, père! » — « Ah! de mon temps, j'étais un chanteur, — fit alors le vannier; — mais à présent, que voulez-vous? les *miroirs* sont crevés[11]! »

— « De grâce! Maître Ambroise, cela récrée : — chantez un peu, » dit Mireille. — « Belle fillette, repartit donc Ambroise, — ma voix est un épi égrené ; — mais pour te plaire, elle est déjà prête. » — Et aussitôt il commença cette (chanson), — après avoir vidé son plein verre de vin :

I

Le Bailli Suffren, qui sur mer commande, — au port de Toulon a donné signal... — Nous partons de Toulon cinq cents Provençaux.

2.

D'ensaca l'Anglés l'envejo èro grando :
Voulèn plus tourna dins nòstis oustau
Que noun de l'Anglés veguen la desbrando.


ìI


Mai lou proumié mes que navegavian,
N'avèn vist degun, que dins lis enteno
Li vòu de gabian voulant pèr centeno..

Mai lou segound mes que vànegavian,
Uno broufounié nous baiè proun peno !
E, la niue, lou jour, dur agoutavian.


III


Mai lou tresen mes, nous prenguè l'enràbi :
Nous bouié lou sang, de degun trouba
Que noste canoun pousquèsse escouba.

Mai alor Sufren : Pichoun, à la gàbi !
Nous fai ; e subran lou gabié courba
Espincho eilalin vers la costo aràbi...


IV


O tron-de-bon-goi ! cridè lou gabié,
Tres gros bastimen tout dre nous arribo !
— Alerto, pichoun ! li canoun en ribo !

Cridè quatecant lou grand marinié.
Que taston d'abord li figo d'Antibo !
N'i'en pourgiren, pièi, d'un autre panié.

De battre l'Anglais grande était l'envie : — nous ne voulons plus retourner dans nos maisons — avant que de l'Anglais nous n'ayons vu la déroute.

## II

Mais le premier mois que nous naviguions, — nous n'avons vu personne, sinon, dans les antennes, — le vol des goëlands volant par centaines.

Mais le deuxième mois que nous courions (la mer), — assez, une tourmente, nous donna de peine ! — et la nuit et le jour, nous vidions, ardents, l'eau (du navire).

## III

Mais le troisième mois, la rage nous prit : — le sang nous bouillait, de ne trouver personne — que notre canon pût balayer.

Mais alors Suffren : « Enfants, à la hune ! » — Il dit, et soudain le gabier courbé — épie au lointain vers la côte arabe...

## IV

— « O *tron-de-bon-goï !* cria le gabier, — trois gros bâtiments tout droit nous arrivent ! » — « Alerte, enfants ! les canons *aux sabords !* »

Cria aussitôt le grand marin. — « Qu'ils tâtent d'abord des figues d'Antibes ! — nous leur en offrirons, ensuite, d'un autre panier. »

## V

N'aviè panca di, se vèi qu'uno flamo :
Quaranto boulet van coume d'uiau
Trauca de l Anglés li veissèu reiau...

Un di bastimen, ie restè que l'amo !
Lontèms s'entènd plus que li canoun rau,
Lou bos que cracino e la mar que bramo.

## VI

Di nemi pamens un pas tout-au-mai
Nous tèn separa : que bonur ! que chale !
Lou Baile Sufren, entrepide e pale,

E que sus lou pont brandavo jamai :
— Pichot ! crido enfin, que voste fio cale !
E vougnen-lèi dur'mè d'òli de-z-Ai !

## VII

N'aviè panca di, mai tout l'equipage
Lampo is alabardo, i visplo, i destrau,
E, grapin en man, l'ardi Prouvençau,

D'un soulet alen, crido : A l'arrambage !
Sus lou bord anglés sautan dins qu'un saut,
E coumenço alor lou grand mourtalage !

V

Il n'avait pas encore dit, on ne voit qu'une flamme :
— quarante boulets vont, comme des éclairs, —
trouer de l'Anglais les vaisseaux royaux...

A l'un des bâtiments ne resta que l'âme ! — Longtemps on n'entend plus que les canons rauques, —
le bois qui craque et la mer qui mugit.

VI

Des ennemis, cependant, un pas tout au plus —
nous tient séparés : quel bonheur ! quelle volupté !—
Le Bailli Suffren, intrépide et pâle,

Et qui sur le pont était immobile : — « Enfants !
crie-t-il enfin, que votre feu cesse ! — Et oignons-
les ferme avec l'huile d'Aix ! »

VII

Il n'avait pas encore dit, mais l'équipage entier —
s'élance aux hallebardes, aux vouges, aux haches, —
et, grappin en main, le hardi Provençal,

D'un souffle unanime, crie : « A l'abordage ! » —
Sur le bord anglais nous sautons d'un saut, — et
commence alors le grand massacre !

### VII

Oh! quénti bacèu! oh! que chapladis!
Que crèbis que fan l'aubre qué s'esclapo,
Souto li marin lou pont que s'aclapo!

Mai que d'un Anglés cabusso e peris;
Mai d'un Prouvençau à l'Anglés s'arrapo,
L'estren dins sis arpo, e s'aproufoundis.

— Sèmblo, parai? qu'es pas de crèire!
Aqui se coupè lou bon rèire.
Es pamens arriba tau que dins la cansoun.
Certo, poudèn parla sèns crento,
Iéu i'ère que teniéu l'empento!
Ha! ha! tambèn, dins ma memento,
Quand visquèsse milo an, milo an sara rejoun!

— Hoi!... sias esta d'aquéu grand chaple?
Mai, coume un dai souto l'enchaple,
Deguèron, tres contro un, vous escrapouchina!
— Quau? lis Anglés? fai en coulèro
Lou vièi marin que s'engimerro...
Tournamai, risoulet coume èro,
Reprenguè fieramen soun cant entamena :

### IX

Li pèd dins lou sang, durè 'quelo guerro
Desempièi dos ouro enjusqu'à la niue.
Verai, quand la poudro embourniè pu l'iue,

VIII

Oh! quels coups! oh! quel carnage! — Quel fracas font le mât qui se rompt, — sous les marins le pont qui s'effondre!

Plus d'un Anglais plonge et périt; — plus d'un Provençal empoigne l'Anglais, — l'étreint dans ses griffes, et s'engloutit.

— « Il semble, n'est-ce pas? que ce n'est pas croyable! — Là s'interrompit le bon aïeul. — C'est pourtant arrivé tel que dans la chanson. — Certes, nous pouvons parler sans crainte, — j'y étais, moi, tenant le gouvernail! — Ah! ah! aussi, dans ma mémoire, — dussé-je vivre mille ans, mille ans cela sera serré. »

— « Quoi!... vous avez été de ce grand massacre? — Mais, comme une faux sous le marteau qui la bat, — ils durent, trois contre un, vous écraser! » — « Qui? les Anglais! » dit — le vieux marin se cabrant de colère... — De nouveau, redevenu souriant, — il reprit fièrement son chant entamé :

IX

Les pieds dans le sang, dura cette guerre — depuis deux heures jusques à la nuit. — De vrai, quand la poudre n'aveugla plus l'œil,

Mancavo cènt ome à nosto galèro ;
Mai tres bastimen passèron pèr iue,
Tres bèu bastimen dóu rèi d'Anglo-terro !


X


Pièi quand s'envenian au païs tant dous,
Emé cènt boulet dins nòsti murado,
Emé vergo en tros, velo espeiandrado.

Tout en galejant, lou Baile amistous :
— Boutas, nous diguè, boutas, cambarado !
Au rèi de Paris parlarai de vous.


X I


— O noste amirau, ta paraulo es franco,
l'avèn respoundu, lou rèi t'ausira...
Mai, pàuri marin, de-que nous fara ?

Avèn tout quita, l'oustau, la calanco,
Pèr courre à sa guerro e pèr l'apara,
E veses pamens que lou pan nous manco !


X I I


Mai se vas amount, ensouvène-te,
Quand se clinaran sus toun bèu passage,
Que res t'amo autant que toun equipage.

Car, o bon Sufren, s'avian lou poudé,
Davans que tourna dins nòsti vilage,
Te pourtarian rèi sus lou bout dóu det[1]

A notre galère il manquait cent hommes; — mais sombrèrent trois bâtiments, — trois beaux bâtiments du roi d'Angleterre!

### X

Puis, quand nous revenions au pays si doux, — avec cent boulets dans nos bordages, — avec vergues en tronçons, voiles en lambeaux,

Tout en plaisantant, le Bailli affable : — « Allez, nous dit-il, allez, camarades! — au roi de Paris je parlerai de vous. »

### XI

— « O notre amiral, ta parole est franche, — lui avons-nous répondu, le roi t'entendra..... — Mais, pauvres marins, que nous servira-t-il?

« Nous avons tout quitté, la maison, l'anse (du rivage), — pour courir à sa guerre et pour le défen-dre, — et tu vois pourtant que le pain nous man-que!

### XII

« Mais si tu vas là-haut, souviens-toi, — lorsqu'ils s'inclineront sur ton beau passage, — que nul ne t'aime comme tes matelots!

« Car, ô bon Suffren, si nous (en) avions le pou-voir, — avant de retourner dans nos villages, — nous te porterions roi *sur le bout du doigt!* »

3

### XIII

Es un Martegau qu'à la vesperado
A fa la canſoun, en calant si tis...
Lou Baile Suſren partè pèr Paris;

E dien que li gros d'aquelo encountrado
Fuguèron jalous de sa renoumado,
E si vièi marin jamai l'an pu vist!

A tèms lou vièi dis amarino
Acabè sa cansoun marino,
Que sa voues dins li plour anavo s'ennega;
Mai pèr li ràſi noun pas certo,
Car sèns muta, la tèsto alerto,
E'mé li bouco entreduberto,
Lontèms après lou cant escoutavon enca.

— E vaqui, quand Marto fielavó,
Li cansoun, dis, que se cantavo!
Èron bello, o jouvènt, e tiravon de long...
L'èr s'èi fa'n pau vièi, mai que provo?
Aro n'en canton de pu novo,
En franchiman, ounte s'atrovo
De mot forço pu fin .. mai quau i'entènd quicon?

E dóu vièi su'quelo paraulo,
Li bouié, s'aussant de la taulo,
Èron ana mena si sièis couble au raiòu
De la bello aigo couladisso;
E sout la triho penjadisso,
En zounzounant la cantadisso
Dóu vièi Valabregan, abéuravon li miòu.

XIII

C'est un Martégal[12] qui, à la vêprée, — a fait la
chanson, en tendant ses tramaux... — Le Bailli Suffren partit pour Paris ;

Et, dit-on, les grands de cette contrée — furent
jaloux de sa gloire, — et ses vieux marins jamais ne
l'ont plus vu !

A temps le vieillard aux brins d'osier — acheva sa
chanson marine, — car sa voix dans les pleurs allait
se noyer ; — mais trop tôt, certes, pour les garçons
de labour, — car, sans mot dire, la tête éveillée —
et les lèvres entr'ouvertes, — longtemps après le
chant ils écoutaient encore.

— « Et voilà, quand Marthe filait[13], — les chansons, dit-il, que l'on chantait ! — Elles étaient belles,
ô jouvenceaux, et tiraient en longueur... — L'air a
un peu vieilli, mais qu'importe? — Maintenant on en
chante de plus nouvelles, — en français, où l'on
trouve — des mots beaucoup plus fins... mais qui y
entend quelque chose? »

Et sur cette parole du vieillard, — les laboureurs,
se levant de table, — étaient allés conduire leurs
six paires (de bêtes) au jet — de la belle eau cou-
lante ; — et sous la treille (aux rameaux) pendants,
— en fredonnant la chanson — du vieux de Valabrègue, ils abreuvaient les mulets.

Mai Mirèio, touto souleto,
Èro restado, risouleto,
Restado emé Vincèn, lou fiéu de Mèste Ambroi;
E tóuti dous ensèn parlavon,
E si dos tèsto pendoulavon
Uno vers l'autro, que semblavon
Dos cabridello en flour que clino un vènt galoi.

— Ace! Vincèn, fasié Mirèio,
Quand sus l'esquino as ta bourrèio
E que t'envas pèr orto adoubant li panié,
N'en dèves vèire, dins ti viage,
De castelas, de lio sóuvage,
D'endré, de vot, de roumavage!...
Nautre, sourtèn jamai de noste pijounié!

— Acò 's bèn di, madamisello!
De l'enterigo di grounsello
Tant vous levas la set que de béure au boucau;
E se, pèr acampa l'óubrage,
Dóu tèms fau eissuga l'óutrage,
Tambèn a soun plesi, lou viage,
E l'oumbro dóu camin fai óublida la caud.

Coume toutaro, tre qu'estivo,
Tant lèu que lis aubre d'óulivo
Se saran tout-de-long enrasina de flour,
Dins li plantado emblanquesido
E sus li frais, à la sentido,
Anan cassa la cantarido,
Quand verdejo e lusis au gros de la calour.

Mais Mireille, toute seulette, — était restée, rieuse,
— restée avec Vincent, le fils de Maître Ambroise; —
et tous deux parlaient ensemble, — et leurs deux
têtes se penchaient — l'une vers l'autre, semblables
— à deux *cabridelles* [14] en fleur qu'incline un vent
joyeux.

— « Ah çà ! Vincent, disait Mireille, — quand tu
as sur le dos ta bourrée, — et que tu erres çà et là,
raccommodant les paniers, — en dois-tu voir, dans
tes courses, — des châteaux antiques, des lieux sauvages, — des endroits, des fêtes, des *pardons !*... —
Nous, nous ne sortons jamais de notre colombier ! »

— « C'est bien dit, mademoiselle ! — De l'agace-
ment (produit aux dents) par les groseilles — autant
la soif s'étanche comme de boire au pot; — et si,
pour amasser l'ouvrage, — il faut essuyer l'outrage
du temps, — tout de même le voyage a son plaisir,
— et l'ombre de la route fait oublier le chaud.

« Ainsi, tout à l'heure, dès que l'été vient, — sitôt
que les arbres d'olives — se seront totalement cou-
verts de grappes de fleurs, — dans les vergers devenus
blancs, — et sur les frênes, au flair, — nous allons
chasser la cantharide, — lorsqu'elle verdoie et luit au
fort de la chaleur.

3.

Pièi nous li croumpon i boutigo...
Quouro cuièn, dins li garrigo,
Lou vermé rouge; quouro, i clar, anan pesca
De tiro-sang. La bravo pesco!
Pas besoun de fielat ni d'esco :
l'a que de batre l'aigo fresco,
L'iruge à vòsti cambo arribo s'empega.


Mai sias jamai estado i Santo?...
Es aqui, pauro! que se canto,
Aqui que de pertout s'adus li malandrous!
Ie pásserian qu'èro la voto...
Certo, la glèiso èro pichoto,
Mai quénti crid! e quant d'esvoto!
— O Santo, gràndi Santo, aguès pieta de nous!


Es l'an d'aquéu tant grand miracle...
Moun Diéu! moun Diéu! quet espetacle!
Un enfant èro au sòu, plourant, malautounet,
Poulit coume Sant Jan-Batisto;
E d'uno voues pietouso e tristo :
— O Santo, rendès-me la visto,
Fasié, vous adurrai moun agneloun banet.


A soun entour li plour coulavon.
Dóu tèms, li caisso davalavon,
Plan-plan, d'eilamoundaut, sus lou pople agrouva;
E pas-pu-lèu la tourtouiero
Moulavo un pau, la glèiso entiero,
Coume un gros vènt dins li broutiero,
Cridavo: Gràndi Santo, oh! venès nous sauva!

« Puis, on nous les achète aux boutiques... —
Tantôt nous cueillons, dans les *garrigues*[15], — le
kermès rouge; tantôt, aux lacs, nous allons pêcher
— des sangsues. La charmante pêche! — Pas besoin de filet ni d'appât : — il n'y a qu'à battre l'eau
fraîche, — la sangsue à vos jambes vient se coller.


« Mais n'avez-vous jamais été aux Saintes [16]? —
C'est là, pauvrette! que l'on chante ; — là que de
toute part on apporte les infirmes ! — Nous y passâ-
mes lors de la fête... — Certes, l'église était petite,
— mais quels cris! et que d'*ex-voto!* — « O Saintes,
grandes Saintes, ayez pitié de nous! »


« C'est l'année de ce grand miracle... — Quel spectacle ! mon Dieu! mon Dieu ! — Un enfant était par
terre, pleurant, malingre, — joli comme Saint Jean-
Baptiste; et d'une voix triste et plaintive: — « O Saintes, rendez-moi la vue, — disait-il ! je vous apporterai
mon agnelet cornu. »


« Autour de lui coulaient les pleurs. — En même
temps, les châsses descendaient[17] — lentement de
là-haut sur le peuple accroupi; — et sitôt que le câble
— mollissait tant soit peu, l'église entière, — comme
un grand vent dans les taillis, — criait: « Grandes
Saintes, oh ! venez nous sauver! »

Mai, dins li bras de sa meirino,
De si menoto mistoulino
Tre que l'enfantounet pousquè touca lis os
Di tres Marìo benurouso,
S'arrapo i caisso miraclouso,
Emé l'arpiado vigourouso
Dóu negadis en quau la mar jito uno post !


Mai pas-pu-lèu sa man aganto
Em'afecioun lis os di Santo,
(Lou veguère !) subran cridè l'enfantounet
Emé'no fe merevihouso :
— Vese li caisso miraclouso !
Vese ma grand touto plourouso !
Anen querre, lèu, lèu, moun agneloun banet !


E vous tambèn, madamisello,
Diéu vous mantèngue urouso e bello !
Mai s'un chin, un lesert, un loup, o'n serpatas,
O touto autro bèsti courrènto,
Vous fai senti sa dènt pougnènto ;
Se lou malur vous despoutènto,
Courrès, courrès i Santo ! aurés lèu de soulas.


Ansin fusavo la vihado.
La carreto desatalado
Emé si gràndi rodo oumbrejavo pas liun ;
Tèms-en-tèms dins li palunaio
S'entendiè dinda 'no sounaio...
E la machoto que pantaio
Au cant di roussignòu apoundiè soun plagnun.

« Mais, dans les bras de sa marraine, — de ses petites mains fluettes, — dès que l'enfantelet put toucher
aux ossements — des trois bienheureuses Maries,
— il se cramponne aux châsses miraculeuses — avec
la vigoureuse étreinte — du naufragé à qui la mer
jette une planche !

« Mais à peine sa main saisit, — avec amour, les
ossements des Saintes, — (je le vis !) soudain cria
l'enfantelet — avec une merveilleuse foi : — « Je vois
les châsses miraculeuses ! — Je vois mon aïeule
éplorée ! — Allons quérir, vite, vite, mon agnelet
cornu ! »

« Et vous aussi, mademoiselle, — Dieu vous main-
tienne en bonheur et beauté ! — Mais si (jamais) un
chien, un lézard, un loup, ou un serpent énorme, —
ou toute autre bête errante, — vous fait sentir sa
dent aigüe ; — si le malheur accable vos forces, —
courez, courez aux Saintes ! vous aurez tôt du soulagement. »

Ainsi s'écoulait la veillée. — La charrette dételée
— de ses grandes roues projetait l'ombre non loin
(de là) ; de temps à autre, aux marécages, — on entendait tinter une clochette... — Et la chouette
rêveuse — au chant des rossignols ajoutait sa
plainte.

— Mai, dins lis aubre e dins li lono
D'abord qu'aniué la luno dono,
Voulès, dis, que vous conte uno fes qu'en courrènt
    D'en-tant-lèu gagnave li joio?
    La chatouneto diguè: Soio!
    E mai qu'urouso, la ninoio
En tenènt soun alen s'aprouchè de Vincèn


    — Èro à Nimes, sus l'Esplanado,
    Qu'aquéli courso èron dounado,
A Nimes, o Mirèio!... Un pople amoulouna
    E mai espés que péu de tèsto,
    Èro aqui pèr vèire la fèsto.
    En péu, descaus e sènso vèsto,
Proun courrèire au mitan deja venien d'ana.


    Tout-en-un-cop van entrevèire
    Lagalanto, rèi di courrèire,
Lagalanto, aquèu fort que soun noum de segur
    Es couneigu de vosto auriho,
    Aquèu celèbre de Marsiho,
    Que de Prouvènço e d'Italio
Avié desalena lis ome li pu dur.


    T'avié de cambo, avié de cueisso
    Coume lou Senescau Jan Cueisso!
De large plat d'estan avié'n plen estanié,
    Mounte si courso èron escricho;
    E tant n'avié, de cherpo richo,
    Qu'aurias jura qu'à si traficho,
Mirèio, l'arc-de-sedo espandi se tenié!

— « Mais, dans les arbres et dans les mares, —
puisque cette nuit la lune donne, — voulez-vous,
dit-il, que je vous raconte une course — dans laquelle je pensai gagner le prix ? » — L'adolescente
dit : « Volontiers ! » — Et plus qu'heureuse, l'enfant
naïve, — en tenant son haleine, s'approcha de
Vincent.

— « C'est à Nîmes, sur l'Esplanade, — qu'on donnait
ces courses, — à Nîmes, ô Mireille !... Un peuple agglo-
méré, — et plus dru que cheveux, — était là pour voir
la fête. — Nu-tête, nu-pieds, sans veste, — de nombreux coureurs au milieu (de la lice) déjà venaient
d'aller ;

« Tout à coup ils aperçoivent — Lagalante, roi des
coureurs, — Lagalante, ce fort dont le nom à coup
sûr — est connu de votre oreille, — ce Marseillais célèbre — qui de Provence et d'Italie — avait essoufflé
les hommes les plus durs.

« Il avait des jambes, il avait des cuisses — comme
le Sénéchal Jean de Cossa[18] ! — Il avait, de larges
plats d'étain, un plein dressoir, — où étaient gravées
ses courses ; — il avait tant d'écharpes riches — que
vous auriez juré qu'aux clous (de ses solives), —
Mireille, l'arc-en-ciel se tenait déployé !

Mai tout-d'un-tèms, beissant la tèsto,
Lis autre cargon mai si vèsto...
Res emé Lagalanto auso courre. Lou Cri,
Un jouveinet de primo traco,
(Mai qu'aviè pas la cambo flaco !)
Èro vengu mena de vaco
Á Nimes, aquéu jour : soul, ausè l'agarri.

Iéu que d'asard me i'atrouvère :
Eh ! noum-d'un-gàrri ! m'escridère,
Sian courrèire pèréu !... Mai qu'ai di, fouligau !
Tout acò vèn : — D'aut ! te fau courre !
E jujas vèire : sus li moure,
E pèr temouin rèn que li roure,
N'aviéu just courregu qu'après li perdigau !

Fauguè i'ana ! l'a Lagalanto,
Qu'entre me vèire, ansin m'aplanto :
— Pos, moun paure pichot, liga ti courrejoun !
E' nterin, de si cueisso redo
Éu estremavo la mouledo
En de braieto facho en sedo,
Que dès cascavèu d'or à l'entour i'èron joun.

Pèr que l'alen se ie repause,
Prenèn i bouco un brout de sàuse ;
Tóuti, coume d'ami, nous toucan lèu la man.
Trefouli de la petelego,
Emé lou sang que nous boulego,
Tóuti tres, lou pèd sus la rego,
Esperan lou signau !... Es douna ! Coume un lamp

« Mais sur-le-champ, en baissant la tête,—les autres
de nouveau mettent leurs vestes... — Nul avec Lagalante n'ose courir. Le Cri, — un jouvenceau de race
déliée — (mais n'ayant pas la jambe fiasque !) — était
venu conduire des vaches—à Nîmes, ce jour-là : seul,
il l'osa provoquer.

Moi qui, par hasard, m'y trouvai : — « Eh ! *nom-
d'un-rat !* m'écriai-je, — nous aussi sommes coureur ! » Mais qu'ai-je dit, folâtre ! — Tout (le monde)
m'entoure : « Sus ! il faut courir ! » — Et jugez voir !
sur les mamelons, — et pour témoins rien que les
chênes, — je n'avais guère couru qu'après les perdreaux !

« Il fallut y aller ! Lagalante, — dès qu'il me voit,
ainsi m'arrête : — « Tu peux, mon pauvre petit, lier
les courroies (de ta chaussure)[19] ! » — En même temps,
de ses cuisses tendues — il enfermait les muscles —
dans un caleçon de soie, — autour duquel dix grelots
d'or étaient attachés.

« Afin d'y reposer l'haleine,—nous prenons aux lèvres un brin de saule ; — tous, comme des amis,
nous nous touchons rapidement la main ; — tressail-
lant d'impatience, — le sang agité, — tous trois pié-
tant sur la raie, — attendons le signal :... Il est
donné ! Comme un éclair.

4

Tòuti tres avalan la plano !
Tè tu ! tè iéu ! E dins l'andano
Un revoulun de pòusso embarro nòsti saut !
E l'èr nous porto, e lou péu tubo...
Oh ! qu'afecioun ! oh ! queto estubo !
Lontèms, dóu vanc que nous atubo,
Creseguèron qu'en front empourtarian l'assaut !

Iéu à la fin prene l'avanço.
Mai fuguè bèn ma maluranço !
Car, en estènt que iéu, coume un fièr Fouletoun,
A la perdudo m'abrivave,
Tout-en-un-cop, mourènt e blave,
Au bèu moumen que li passàve,
Darboune, court d'alen, e de mourre-bourdoun !

Mai éli dous, coume quand danson
A-z-Ais li Chivau-frus, se lançon,
Regla, toujour regla. Lou famous Marsihés
Cresiè segur de l'avé bello !...
S'èi di qu'aviè ges de ratello :
Lou Marsihés, madamisello,
Pamens trouvè soun ome en lou Cri de Mouriès !

Dintre lou pople que i'afloco,
Deja brulavon de la toco...
Ma bello, aguessias vist landa lou Cri !... Velou !
Ni pèr li mount ni pèr li sèrvi,
l'a ges de lèbre, ges de cèrvi
Qu'agon au courre tant de nèrvi !
Lagalanto s'alongo en ourlant coume un loup...

« Tous trois nous avalons la plaine! —A toi! à moi!
Et dans la carrière — un tourbillon de poudre enveloppe nos bonds! — Et l'air nous porte, et le poil
fume... — Oh! quelle ardeur! quelle course effré-
née! — Longtemps, tel est l'élan qui nous enflamme,
— on crut que de front nous emporterions l'assaut.

« Moi, enfin, je prends le devant. — Mais ce fut là
mon malheur! — Car comme, tel qu'un fier follet,
— je m'élançais éperdument, — tout à coup, mourant et blême, — au beau moment où je les dépas-
sais, —je roule, court d'haleine, et *je mords la poussière!*

« Mais eux deux, comme quand dansent — à Aix
les Chevaux-frux [20], s'élancent — (d'un pas) réglé,
toujours réglé. Le fameux Marseillais — croyait assurément avoir (la partie) belle!... — On a dit qu'il
n'avait pas de rate: — le Marseillais, mademoiselle,
— pourtant trouva son homme dans le Cri de Mouriès [21]!

« Parmi les flots du peuple, —- déjà ils *brûlaient* le
but [22]...— Eussiez-vous vu, ma belle, bondir le Cri!...
Voyez-le! — Ni sur les monts ni dans les parcs, — il
n'est pas de cerf, pas de lièvre, — qui aient au courir
tant de nerf! — Lagalante se rue en hurlant comme
un loup...

E lou Cri, courouna de gloio,
Embrasso la barro di joio!
Tòuti li Nimausen, en se precepitant,
Volon counèisse sa patrio ;
Lou plat d'estan au soulèu briho,
Li palet dindon, is auriho
Canto l'auboi... Lou Cri reçaup lou plat d'estan.


E Lagalanto ? fè Mirèio.
Agroumouli, dins la tubèio
Que lou trapé dóu pople aubouravo à l'entour,
Tenié sarra de si man jouncho
Si dous geinoun ; e l'amo pouncho
De l'escorno que tant lou councho,
I degout de soun front éu mesclavo de plour.


Lou Cri l'abordo e lou saludo :
— Souto l'autin d'uno begudo,
Fraire, diguè lou Cri, 'mé iéu vène-t-en lèu!
Vuei lou plesi, deman la reno !
Vène, que beguen lis estreno !
Alin, darrié li grands Areno,
Pèr tu, coume pèr iéu, vai, i'a'nca proun soulèu!


Mai, aubourant sa caro blavo,
E de sa car que trampelavo
Arrancant si braieto emé d'esquerlo d'or :
— D'abord que iéu l'age m'esbréuno,
Tè ! ie respoundeguè, soun tiéuno !
Tu, Cri, la jouinesso t'aciéuno :
Em'ounour pos pourta li braio dóu pu fort.

« Et le Cri, couronné de gloire, — embrasse le po-
teau des prix! — Tous les Nîmois se précipitent, —
ils veulent connaître (le nom de) sa patrie. — Le
plat d'étain au soleil brille; — les palets [25] tintent;
aux oreilles — chante le hautbois... Le Cri reçoit le
plat d'étain. »

— « Et Lagalante? » demanda Mireille. — « Accroupi, dans le brouillard de poussière — que le tré-
pignement du peuple soulevait autour (de lui), — il
pressait de ses mains jointes — ses deux genoux; et,
l'âme navrée — de l'affront qui tant le souille, —
aux gouttes de son front il mêlait des pleurs.

« Le Cri l'aborde et le salue : — « Sous le berceau
d'une buvette, — frère, lui dit le Cri, avec moi viens-
t'en vite! — Aujourd'hui le plaisir, à demain les
plaintes! — Viens, et buvons les étrennes! — Là-bas,
derrière les grandes Arènes, — pour toi, comme
pour moi, va, il est encore assez de soleil! »

« Mais, levant son visage blême, — et de sa chair
qui palpitait — arrachant son caleçon aux sonnettes
d'or : — « Puisque l'âge brise mes forces, — tiens!
lui répondit-il, il est à toi! — Toi, Cri, la jeunesse te
pare comme un cygne : — tu peux avec honneur porter les *braies* du plus fort! »

4.

Acò-d'aqui fuguè sa dicho.
E dins la prèisso que s'esquicho,
Triste coume un long frais que l'an descapela,
　　Despareiguè lou grand courrèire.
　　Ni pèr Sant-Jan ni pèr Sant-Pèire,
　　En-lio jamai s'es plus fa vèire
Pèr courre vo sauta sus l'ouire boudenfla.

　　Davans lou Mas di Falabrego,
　　Ansin Vincèn fasié desplego
Di causo que sabié. Li rouito ie venien.
　　E soun iue negre flamejavo.
　　Ce que disié, lou brassejavo,
　　E la paraulo i 'aboundavo
Coume un ruscle subit su 'n reviéure maien.

　　Li grihet, cantant dins li mouto,
　　Mai d'un cop faguèron escouto ;
Souvènt li roussignòu, souvènt l'aucèu de niue
　　Dins lou bos faguèron calamo ;
　　E pretoucado au founs de l'amo,
　　Elo, assetado sus la ramo,
Enjusqu'à la primo aubo aurié pas plega l'iue.

　　— Iéu m'es d'avis, fasi' à sa maire,
　　Que, pèr l'enfant d'un panieraire,
Parlo rudamen bèn !... O maire, es un plesi
　　De soumiha, l'ivèr ; mai aro
　　Pèr soumiha la niue 's trop claro :
　　Escouten, escouten-l'encaro...
Passariéu mi vihado e ma vido à l'ausi !

« Telles furent ses paroles. — Et dans la foule qui
se presse, — triste comme un long frêne que l'on a
écimé, — disparut le grand coureur. — Ni à la Saint-
Jean ni à la Saint-Pierre, — nulle part, jamais plus,
il ne s'est montré — pour courir ou sauter sur l'outre enflée. »

Devant le Mas des Micocoules, — ainsi Vincent faisait le déploiement — des choses qu'il savait : l'in-
carnat venait à (ses joues), — et son œil noir jetait
des flammes. — Ce qu'il disait, il le gesticulait, —
et sa parole coulait abondante — comme une ondée
subite sur un regain de mai.

Les grillons, chantant dans les mottes, — plus
d'une fois se turent pour écouter ; — souvent les rossignols, souvent l'oiseau de nuit — dans le bois firent
silence ; — et, impressionnée au fond de l'âme, —
*elle*, assise sur la ramée, — jusqu'à la première aube
n'aurait pas fermé l'œil.

— « Il m'est avis, disait-elle à sa mère, — que,
pour l'enfant d'un vannier, — il parle merveilleuse-
ment !... O mère, c'est un plaisir — de dormir, l'hiver ; mais à présent, — pour dormir la nuit est trop
claire : — écoutons, écoutons-le encore. — Je pas-
serais, à l'entendre, mes veillées et ma vie ! »

# NOTES

## DU CHANT PREMIER.

----

[1] Le Mas des Micocoules (*lou Mas di Falabrego*). Le mot *mas*, maison rustique, ferme. métairie, est usité surtout dans l'arrondissement d'Arles et en Languedoc. Dans la Provence orientale, on emploie de préférence le mot *bastido*, et dans le Comtat celui de *granjo*.

Chaque Mas porte un nom distinctif et caractéristique : ainsi *lou Mas de la Font, lou Mas de l'Oste, lou Mas Crema, lou Mas di Falabrego*.

La *falabrego* est le fruit du micocoulier, en provençal *falabreguié* (*celtis australis* de Linnée), grand arbre commun en Provence. Les mots *mas* et *falabrego* sont tous deux d'origine celtique. On prétend même que Marseille, *Massalia*, vient de *mas Salyum*, habitation des Salyens.

[2] A travers la Crau (*à travès de la Crau*). La Crau (du grec κραῦρος, aride), vaste plaine aride et caillouteuse, bornée au nord par la chaîne des Alpines, au sud par la mer, au levant par les étangs du Martigue, au couchant par le Rhône. C'est l'Arabie Pétrée de la France. Elle est traversée par le canal de Craponne, qui la parsème d'oasis. (Voyez le Chant VIII.)

[3] Maguelonne (*Magalouno*), sur le littoral du département de l'Hérault. De cette cité, ancienne colonie grecque, il ne reste aujourd'hui qu'une église en ruine. M. Moquin-Tandon, membre de l'Institut et poëte languedocien, a composé, sous le nom de *Carya*

*magalonensis*, une spirituelle chronique en langue romane sur les principaux événements dont cette ville fut le théâtre pendant les premières années du quatorzième siècle.

4 Vent largue (*vènt-larg*), qui souffle du large, brise de mer.

5 Le Rau (*lou Rau*), vent d'ouest qui amène quelquefois la pluie

6 *Caspitello*, ou *càspi*, interjection qui marque la surprise, pouvant se rendre par *dame! tudieu!*

7 Les filles des Baux (*li Baussenco*). Les Baux (*li Baus*), ville ruinée, ancienne capitale de la maison princière des Baux. « A trois lieues d'Arles, au sommet rocailleux d'un versant des Alpines, sont épars les débris d'une ville qui, par le grandiose du site, par l'ancienneté de sa fondation et l'importance du rôle qu'elle a joué dans les annales du pays, attire les pas du voyageur, exalte l'imagination de l'artiste, offre à la curiosité des archéologues une abondante pâture; irrite et confond souvent leur docte sagacité. » (Jules Canonge, *Histoire de la ville des Baux en Provence*.)

Comme le nom de cette poétique localité reparaît plusieurs fois dans le poème, nous croyons que le lecteur lira avec plaisir la description suivante, empruntée au même auteur :

« ... Enfin s'ouvrit une étroite vallée; je m'inclinai devant une croix de pierre dont les débris sanctifient la route, et quand mon regard se releva, il s'arrêta étonné sur un ensemble de tours et de murailles perchées à la cime d'un roc, tel que je n'en avais jamais vu, excepté sur les œuvres où le génie de la peinture s'est inspiré des plus fabuleuses imaginations de l'Arioste. Mais si mon étonnement fut grand à ce premier aspect, il redoubla lorsque j'eus gravi une éminence d'où la ville entière se déploya devant moi : c'était un tableau de grandeur désolée comme ceux que nous fait rêver la lecture des prophètes; c'était ce dont je ne soupçonnais pas l'existence, c'était une ville presque monolithe. Ceux qui les premiers eurent la pensée d'habiter ce rocher taillèrent leur abri dans ses flancs; ce nouveau système d'architecture fut jugé bon par leurs successeurs, car la masse était vaste et compacte : une ville en sortit bientôt comme une statue du bloc d'où l'art la fait jaillir : une ville imposante, avec ses fortifications, ses chapelles e ses hospices, une ville où l'homme semblait avoir éternisé sa demeure. L'empire de cette cité s'étendit au loin; de brillants fait d'armes lui conquirent une noble place dans l'histoire; mais elle n'en fut pas plus durable que tant d'autres moins solidement construites. »

L'action du poëme commence au pied de ces ruines.

[8] Valabrègue (*Valabrego*), village situé sur la rive gauche d Rhône, entre Avignon et Tarascon.

[9] Font-Vieille (*Font-viéio*), village situé dans une vallée des Alpines, aux environs d'Arles.

[10] Collines des Baux (*colo Baussenco*). (Voyez la note 7.)

[11] Les miroirs sont crevés (*li mirau soun crebà*). En provençal on appelle *mirau*, miroirs, deux petites membranes luisantes et sonores que les cigales ont sous l'abdomen, et qui, par leur frottement, produisent le bruit connu sous le nom de chant. On dit proverbialement d'une personne dont la voix est brisée par l'âge : *A li mirau creba*, elle a les miroirs crevés.

[12] Martégal (*Martegàu*), habitant du Martigue, en provençal *lou Martegue*, curieuse ville de Provence, presque entièrement peuplée de pêcheurs, bâtie sur des îlots, au milieu de la mer et de nombreux étangs, sillonnée de canaux en guise de rues, ce qui lui a valu le surnom de *Venise provençale*. Elle a donné le jour à Gérard Tenque, fondateur des Hospitaliers de Saint-Jean-de-Jérusalem.

[13] Quand Marthe filait (*quand Marto fielavo*), expression proverbiale qui signifie : Dans un temps plus heureux, dans le bon vieux temps, par allusion peut-être à Marthe, l'hôtesse du Christ, qui, après avoir, selon la légende, délivré Tarascon du monstre qui ravageait son territoire, termina ses jours dans cette contrée, habitant une maisonnette aux bords du Rhône, et filant modestement sa quenouille au milieu de ses néophytes.

[14] Cabridelle (*cabridello*) (*aster tripolium*, Lin.), plante commune dans les marécages du Midi.

[15] Garrigue (*garrigo*), lande où il ne croît que des chênes-nains, *agarrus*

[16] N'avez-vous jamais été aux Saintes? (*sias jamai estado Santo*). Les Saintes-Maries-de-la-Mer, en provençal *Li Santo* petite ville de cinq cent quarante-trois habitants, située dans l'îl de Camargue, au bord de la mer, entre les embouchures du Rhône

Une vénérable et poétique tradition y attire, le 25 mai de chaque
année, de tous les points de la Provence et du Bas-Languedoc, une
affluence innombrable de pèlerins.

La légende rapporte qu'après la mort du Christ, les Juifs contrai-
gnirent quelques-uns de ses plus fervents disciples à monter sur un
navire désemparé, et les livrèrent à la merci des flots. Voici comment un vieux cantique français décrit cette scène ·

### LES JUIFS

Entrez, Sara, dans la nacelle,
Lazare, Marthe et Maximin,
Cléon, Trophime, Saturnin,
Les trois Maries et Marcelle,
Eutrope et Martial, Sidoine avec Joseph (d'*Arimathic*).
Vous périrez dans cette nef.

Allez sans voile et sans cordage,
Sans mât, sans ancre, sans timon,
Sans aliments, sans aviron,
Allez faire un triste naufrage !
Retirez-vous d'ici, laissez-nous en repos,
Allez crever parmi les flots !

Conduite par la Providence, la barque vint aborder en Provence,
à l'extrémité de l'île de Camargue. Les pauvres bannis, miraculeusement échappés aux périls de la mer, se dispersèrent dans la
Gaule méridionale et en furent les premiers apôtres.

Marie-Magdeleine, l'une des trois Maries, se retira dans le désert
de la Sainte-Baume, pour y pleurer ses péchés. Les deux autres,
Marie-Jacobé, mère de saint Jacques le Mineur, et Marie-Salomé,
mère de saint Jacques le Majeur et de saint Jean l'Évangéliste, ac-
compagnées de leur servante Sara, après avoir converti à la foi
nouvelle quelques-unes des peuplades voisines, revinrent mourir
au lieu de leur débarquement. (Voyez le Chant XI.)

M. B. Laurens, qui a raconté et dessiné, dans le journal l'*Illustration* (t. XX, p. 7), le pèlerinage des Saintes Maries, ajoute :
« On dit qu'un prince dont le nom n'est pas désigné, sachant que
les corps des Saintes Maries reposaient en cet endroit, y fit bâtir
une église en forme de citadelle, pour la mettre à couvert de l'in-
vasion des pirates. Il fit bâtir également à l'entour de l'église des
maisons et des remparts pour mettre les habitants du pays en sû-

reté. Les constructions que l'on voit encore aujourd'hui répondent parfaitement à cette dernière tradition.

« En 1448, après avoir entendu un sermon sur le bonheur qu'avait la Provence de posséder les dépouilles des Saintes Maries, le roi René alla visiter l'église bâtie en leur honneur, fit faire des fouilles pour trouver les saints ossements, et le succès de son entreprise fut constaté par l'odeur merveilleuse qui s'exhala au moment où chaque corps fut mis à découvert. Il est inutile de dire tous les honneurs qu'on rendit à ces reliques et tout le soin qu'on en prit. »

[17] Les châsses descendaient (*li caisso davalavon*).

« Le chœur de l'église présente cette particularité d'être formé de trois étages : une crypte, qui est désignée comme étant la place même de l'antique oratoire des Saintes, un sanctuaire exhaussé plus qu'à l'ordinaire, et une chapelle supérieure, où sont exposées les châsses des reliques... Cependant d'innombrables cierges tenus par les assistants s'allument, et le cabestan dont la chaîne retenait la châsse des reliques se déroulant, cette châsse descend lentement de la chapelle supérieure dans le chœur. C'est le moment favorable aux miracles. Aussi un concours immense de supplications s'élève de tous côtés : *Saintes Maries, guérissez mon enfant!* tel est le cri pénétrant qui vient arracher des larmes au cœur le plus froid. Tout le monde attend, en chantant des cantiques, le moment où il pourra faire asseoir sur la châsse un pauvre aveugle ou un épileptique, et quand il y est parvenu, tout le monde se croit exaucé. » (B. Laurens.)

[18] Jean de Cossa (*Jan Cueisso*), seigneur napolitain, qui avait suivi le roi René, grand sénéchal de Provence, mort en 1476. *Jan Cueisso* est très-populaire à Tarascon, où le peuple lui attribue la construction du clocher de Sainte-Marthe. Il est enterré dans la crypte de cette église, et sa statue couchée surmonte son tombeau.

[19] Tu peux, mon pauvre petit, lier les courroies (de tes souliers), (*pos, moun paure pichot, liga ti courrejoun,*) c'est-à-dire te préparer à une course rapide : express. prov

[20] Les chevaux frux (*li chivau-frus*), chevaux de carton peint, en usage dans les réjouissances publiques de la Provence, et particulièrement à Aix, lors de la Fête-Dieu.—Les cavaliers les ajustent à leur ceinture, et parcourent les rues en dansant au son du tambourin

[21] Mouriés (*Mouriés*), village au midi des Alpines

[22] Ils *brûlaient* du but (*brulavon de la loco*), pour dire Ils touchaient presque le but.

[23] Les palets (*li palet* ou *cimbaleto*) sont des disques d'acier qu'on frappe l'un contre l'autre comme les cymbales.

# CANT SEGOUND

## LA CULIDO

Mirèio cuei de fuelo d'amourié pèr si magnan. — D'asard, Vincèn lou
panieraire passo au carreiroun vesin. — La chato lou sono. — Lou
drole cour, e pèr i'ajuda, mounto em'elo sus l'aubre. — Charra-
disso di dous enfant. — Vincèn fai la coumparesoun de sa sorre
Vinceneto emé Mirèio. — Lou nis de pimparrin. — La branco routo;
Mirèio emé Vincèn toumbon de l'aubrè. — L'amourouso chatouno
se declaro. — Lou drole apassiouna desboundo. — La Cabro d'or,
la figuiero de Vaucluso. — Mirèio es sounado pèr sa maire. —
Escaufèstre e separacioun di calignaire.

Cantas, cantas, magnanarello,
Que la culido es cantarello!
Galant soun li magnan e s'endormon di tres;
Lis amourié soun plen de fiho
Que lou bèu tèms escarrabiho,
Coume un vòu de blóundis abiho
Que raubon sa melico i roumanin dóu gres.

En desfuiant vòsti verguello,
Cantas, cantas, magnanarello!
Mirèio es à la fueio, un bèu matin de Mai.
Aquéu matin, pèr pendeloto,
A sis auriho, la faroto!
Avié penja dos agrioto.....
Vincèn, aquéu matin, passè 'qui tournamai.

# CHANT DEUXIÈME

## LA CUEILLETTE

Mireille cueille des feuilles de mûrier pour ses vers à soie. — Par
hasard, Vincent, le raccommodeur de corbeilles, passe au sentier
voisin. — La jeune fille l'appelle. — Le gars accourt, et, pour
l'aider, monte avec elle sur l'arbre. — Causerie des deux enfants.
— Vincent fait le parallèle de sa sœur Vincenette et de Mireille.—
Le nid de mésanges bleues. — La branche rompue. — Mireille et
Vincent tombent de l'arbre. — La jeune fille déclare son amour.
—Brûlante explosion du jeune homme. — La Chèvre d'or, le figuier
de Vaucluse. — Mireille est rappelée par sa mère. — Émoi et séparation des deux amants.

Chantez, chantez, *magnanarelles* [1] ! — car la cueillette aime les chants. — Beaux sont les vers à soie,
et ils s'endorment de leur troisième somme [2] ; — les
mûriers sont pleins de jeunes filles — que le beau
temps rend alertes et gaies, — telles qu'un essaim
de blondes abeilles — qui dérobent leur miel aux romarins des champs pierreux.

En défeuillant vos rameaux, — chantez, chantez,
*magnanarelles !* — Mireille est *à la feuille*, un beau
matin de mai : — cette matinée-là, pour pendelo-
ques, — à ses oreilles, la coquette — avait pendu
deux cerises..... — Vincent, cette matinée, passa là
de nouveau.

A sa barreto escarlatino,
Coume an li gènt di mar latino,
Avié poulidamen uno plumo de gau;
E'n trapejant dins li draiolo
Fasié fugi li serp courriolo,
E di dindànti clapeirolo
Emé soun bastounet bandissié li frejau.


— O Vincèn, ie faguè Mirèio
D'entre-mitan li vèrdi lèio,
Passes bèn vite, que! — Vincenet tout-d'un-tèm
Se revirè vers la plantado,
E, sus un amourié quihado
Coume une gaio couquihado,
Destousquè la chatouno, e ie landè, countènt.


— Bèn? Mirèio, vèn bèn la fueio?
— He! pau-à-pau tout se despueio...
—Voulès que vous ajude?—O!..Dóu tèms qu'eilamount
Elo risié jitant de siéule,
Vincèn, picant dóu pèd lou tréule,
Escalè l'aubre coume un gréule.
— Mirèio, n'a que vous lou vièi Mèste Ramoun:


Fasès li baisso! aurai li cimo,
Iéu, boutas! — E'mé sa man primo,
Elo en móusènt la ramo : — Engardo de langui
De travaia 'n pau en coumpagno!
Souleto, vous vèn uno cagno!
Dis. — Iéu peréu ce que m'enlagno,
Respoundeguè lou drole, èi just acò-d'aqui.

A son bonnet écarlate, — comme en ont les rive-
rains des mers latines,— il avait gentiment une plume
de coq; — et en foulant les sentiers, — il faisait fuir
les couleuvres vagabondes, — et des sonores tas de
pierres — avec son bâton il chassait les cailloux.

« O Vincent! lui *cria* Mireille, — du milieu des
vertes allées, — pourquoi passes-tu si vite! » Vincent aussitôt — se retourna vers la plantation, — et,
sur un mûrier perchée — comme un gai cochevis[5], — il découvrit la fillette, et vers elle vola,
joyeux.

— « Eh bien! Mireille, vient-elle bien, la feuille? »
— « Eh! peu à peu tout (rameau) se dépouille. » —
« Voulez-vous que je vous aide? » — « Oui! » Pendant qu'elle riait là-haut — en jetant de folâtres cris
de joie, — Vincent, frappant du pied le trèfle, —
grimpa sur l'arbre comme un loir. — « Mireille, il
n'a que vous, le vieux Maître Ramon :

« Faites les branches basses! j'atteindrai les cimes, — moi, allez! » Et de sa main légère, — celle-
ci trayant la ramée : « Cela garde d'ennui, — de travailler (avec) un peu de compagnie! — Seule, il vous
vient un nonchaloir! » — dit-elle. — « Moi de même,
ce qui m'irrite, — répondit le gars, c'est justement
cela.

Quand sian eiça dins nosto bòri,
Mounte n'ausèn que lou tafòri
Dóu Rose tourmentau que manjo lis auvas,
Oh! de fes, quéti languitudo!
Pas tant l'estiéu, que, d'abitudo,
Fasèn nòstis escourregudo,
L'estiéu, emé moun pai, d'un mas à l'autre mas.


Mai quand lou verbouisset vèn rouge,
Que li jour se fan ivernouge,
E longo li vihado ; autour dóu recaliéu,
Entanterin qu'à la cadaulo
Quauque esperitoun siblo o miaulo,
Sènso lume e sèns grand paraulo
Fau espera la som, tout soulet iéu em'éu!...


La chato ie fai à la lèsto :
— Mai dounc ta maire, mounte rèsto?
— Èi morto!... Lou drouloun se teisè 'n moumenet,
Pièi reprenguè : Quand Vincèneto
Èro emé nautre, e que, jouineto,
Gardavo enca la cabaneto,
Alor èro un plesi! — Mai coume? Vincenet,


As uno sorre? — E la jouvènto,
Braveto qu'es e bèn fasènto,
Diguè lou verganié;... trop! qu'à la Font-dóu-Rèi,
Alin en terro de Bèucaire,
Èro anado après li segaire,
Tant i' agradè soun galant faire
Que pèr tanto l'an presso, e tanto i' es dempièi.

« Quand nous sommes, là-bas, dans notre hutte,
— où nous n'entendons que le bruissement — du
Rhône impétueux qui mange les graviers, — oh ! parfois, quelles (heures) d'ennui ! — Pas autant l'été ;
car, d'habitude,— nous faisons nos courses, — l'été,
avec mon père, de métairie en métairie.

« Mais quand le petit houx devient rouge (de baies);
— que les journées se font hivernales — et longues
les veillées; autour de la braise à demi éteinte, —
pendant qu'au loquet — siffle ou miaule quelque lutin, — sans lumière et sans grandes paroles, — il faut
attendre le sommeil, moi tout seul avec lui !... »

La jeune fille lui dit promptement : — « Mais ta
mère, où demeure-t-elle donc?»—«Elle est morte!...»
Le garçon se tut un petit moment, — puis reprit :
« Quand Vincenette — était avec nous, et que, toute
jeune, — elle gardait encore la cabane, — pour lors
c'était un plaisir! » — « Mais quoi? Vincent,

« Tu as une sœur? » — « Et la jouvencelle, — sage
qu'elle est et faisant bien (les choses), — dit le tresseur d'osier;... trop! car, à la Fontaine-du-Roi, —
là-bas en terre de Beaucaire, — elle était allée après
les faucheurs; — tant leur plut sa gentille adresse
— que pour servante ils l'ont prise, et servante elle y
est depuis lors. »

— le dones d'èr, à ta sourreto?

— Quau? iéu? pas mai! Elo èi saureto,

E iéu siéu, lou vesès, brun coume un courcoussoun...

    Mai pulèu, sabès quau reverto?

    Vous! Vòsti tèsto disaverto,

    Coume li fueio de la nerto

Vòsti péu aboundous, dirias que soun bessoun.


    Mai pèr sarra la claro telo

    De vosto couifo, bèn mies qu'elo

Mirèio, avès lou fièu!... N'es pas laido, tambèn,

    Ma sorre, nimai endourmido;

    Mai vous, de quant sias pu poulido!

    Mirèio aqui, mita culido,

Leissant ana sa branco : Oh! dis, d'aquéu Vincèn!...


    Cantas, cantas, magnanarello!

    Dis amourié la fueio es bello,

Galant soun li magnan e s'endormon di tres;

    Lis amourié soun plen de fiho

    Que lou bèu tèms escarrabiho,

    Coume un vòu de blóundis abiho

Que raubon sa melico i roumanin dóu gres.


    — Alor, m'atroves galantouno

    Mai que ta sorre? La chatouno

Faguè 'nsin à Vincèn. — De forço, éu respoundè.

    — E qu'ai de mai? — Maire divino!

    E qu'a de mai la cardelino

    Que la petouso mistoulino,

Senoun la bèuta meme, e lou cant, e l'estè!

— « Lui ressembles-tu, à ta jeune sœur? » —
« Qui? moi?... Qu'il s'en faut! Elle est blondine, — et
je suis, vous le voyez, brun comme un cuceron... —
Mais plutôt, savez-vous qui elle rappelle? — Vous!
Vos têtes éveillées, — comme les feuilles du myrte
— vos chevelures abondantes, — on les dirait jumelles.

« Mais pour serrer la toile claire — de votre coiffe,
bien mieux qu'elle, — Mireille, vous *avez le fil!...*
Elle n'est pas laide, non plus, — ma sœur, ni endormie ; — mais vous, combien êtes-vous plus belle! »
— Là Mireille, à moitié cueillie, — laissant aller sa
branche : « Oh! dit-elle, ce Vincent!... »

Chantez, chantez, *magnanarelles!* — Des mûriers
le feuillage est beau, — beaux sont les vers à soie,
et ils s'endorment de leur troisième (somme). — Les
mûriers sont pleins de jeunes filles — que le beau
temps rend alertes et gaies, — telles qu'un essaim
de blondes abeilles — qui dérobent leur miel aux romarins des champs pierreux.

— « Ainsi, tu me trouves gentille — plus que ta
sœur? » la fillette — dit à Vincent. — « Beaucoup
plus, » répondit-il. — « Et qu'ai-je de plus? » —
« Mère divine! — Et qu'a le chardonneret de plus —
que le troglodyte grêle, — sinon la beauté même, et
le chant, et la grâce! »

— Mai encaro? — Ma pauro sorre,
Noun vas agué lou blanc dóu porre!
Coume l'aigo de mar Vinceneto a lis iue
Que ie bluiejon e clarejon....
Li vostre coume un jai negrejon;
E quand dessus me beluguejon,
Iéu me sèmblo que chourle un cigau de vin cué.


De sa voues linjo e clarinello,
Quand cantavo la Peirounello,
Ma sorre, aviéu grand gau d'ausi soun dous acord;
Mai vous, la mendro resouneto
Que me diguès, o jouveineto!
Mai que pas ges de cansouneto
Encanto moun auriho e bourroulo moun cor.


Ma sorre, en courrènt pèr li pàti,
Ma sorre, coume un brout de dàti
S'èi roustido lou coui e la caro au soulèu;
Vous, bello, crese que sias facho
Coume li flour de la pourracho;
E de l'Estiéu la man mouracho
Noun auso caressa voste front blanquinèu!


Coume uno damo de gandolo
Ma sorre es enca primacholo;
Pecaire! dins un an a fa tout soun creissènt...
Mai de l'espalo enjusqu'à l'anco,
Vous, o Mirèio, rèn vous manco!
Mirèio, lachant mai la branco,
E touto rouginello : Oh! dis, d'aquéu Vincèn!

— « Mais encore? » — « Ma pauvre sœur, — tu
n'auras pas le blanc du porreau ! — Comme l'eau de
mer Vincenette a les yeux — bleus et limpides.... —
Les vôtres sont noirs comme jais ; — et quand sur
moi ils étincellent, — il me semble que je bois une
rasade de vin cuit [4].

« De sa voix déliée et claire, — lorsqu'elle chantait
la *Peyronelle*, — ma sœur, j'avais grand plaisir à entendre son doux accord ; — mais vous, la moindre
petite parole — que vous me disiez, ô jouvencelle ! —
plus que nulle chansonnette — enchante mon oreille
et trouble mon cœur.

« Ma sœur, en courant par les pâturages, — ma
sœur, comme un rameau de dattes — s'est brûlé le
cou et le visage au soleil ; — vous, belle, je crois que
vous êtes faite — comme les fleurs de l'asphodèle ; —
et la main hâlée de l'Été — n'ose caresser votre front
blanc !

« Comme une libellule de ruisseau, — ma sœur
est encore grêle ; — pauvrette ! elle a fait dans un an
toute sa croissance... — Mais de l'épaule à la hanche,
— vous, ô Mireille, il ne vous manque rien ! » —
Laissant de nouveau échapper la branche, Mireille,
— toute rougissante, dit : « Oh ! ce Vincent ! »

En desfuiant vòsti vérguello,
    Cantas, cantas, magnanarello!...
Ansin li bèus enfant, de l'aubre panouious
    Escoundu souto lou ramage,
    Dins l'innoucènci de soun age
    S'assajavon au calignage.
Pamens, de mens en mens, li serre èron neblous.


    Amount sus li roco pelado,
    Sus li grand tourre esbarboulado
Ounte trèvon, la niue, li vièi prince di Baus,
    Li capoun-fèr, que blanquejavon,
    Dins l'estendudo s'enauravon,
    E sis alasso fouguejavon
Au soulèu, que deja caufavo lis avaus.


    — Oh! n'avèn rèn fa! que vergougno!
    Elo venguè 'mé 'n èr de fougno.
Aquéu galabontèms dis que vèn m'ajuda,
    Pièi me fai rèn que faire rire....
    Anen! d'aut! que la man s'estire,
    Que pièi ma maire pourrié dire
Qu'ai panca proun de biais, o, pèr me marida.


    Vai, vai, dis, tu que te vantaves,
    Moun paure ami! se te lougaves
Pèr la cueie à quintau, la fueio, crese que,
    Quand fuguèsse touto en pivello,
    Pourriés manja de regardello!
    — Me cresès dounc uno ganchello?
Respoundeguè lou drole, un brigouloun mouquet.

En défeuillant vos rameaux, — chantez, chantez, *magnanarelles!...* — Ainsi les beaux enfants, de l'arbre feuillu — cachés sous la ramée, — dans l'innocence de leur âge — s'essayaient à l'amour. — Les crêtes, cependant, de moins en moins étaient brumeuses.

Là-haut sur les roches nues, — sur les grandes tours écroulées — où *reviennent,* la nuit, les vieux princes des Baux, — les sacres [5], éclatants de blancheur, — dans l'étendue s'élevaient, — et leurs grandes ailes étincelaient — au soleil, qui déjà chauffait les chênes nains.

— « Oh ! nous n'avons rien fait ! quelle honte ! — dit-elle d'un air de bouderie. — Ce drôle dit qu'il vient m'aider ; — tout son travail, ensuite, est de me faire rire... — Allons ! sus ! que la main se dégourdisse, — parce qu'après ma mère pourrait dire — que je suis trop gauche encore, oui, pour me marier.

« Va, va, dit-elle, toi qui te vantais, — mon pauvre ami ! si tu te mettais à gages — pour cueillir à quintal la feuille, je crois que, — fût-elle toute en brindilles, — tu pourrais manger des *regardelles* [6] ! » — « Vous me croyez donc une mazette ? » — repartit le gars, légèrement penaud.

Bèn! quau sara meiou cuièire,
Madamisello, l'anan vèire!
E zóu! 'mé li dos man, furoun, atravali,
Vague de torse e mòuse ramo!
Plus de resoun! plus de calamo!
(Perd lou moucèu fedo que bramo.)
L'amourié que li porto es toutaro culi.


Fuguèron lèu, pamens, à pauso.
Quand sias jouine, la bello causo!
Estèut qu'au meme sa mètien la fueio ensèn,
Un cop li poulit det cherescle
De la chatouno, dins l'arescle,
Se devinèron entremescle
Emé li det brulant, li det d'aquéu Vincèn.


Elo emai éu trefouliguèron;
D'amour si gauto s'enflourèron,
E tóuti dous au cop, d'un fio noun couneigu
Sentiguèron l'escandihado.
Mai coume aquesto, à l'esfraiado,
Sourtié sa man de la fuiado,
Éu, de la treboulino enca tout esmougu :


— Qu'avès? Uno guèspo escoundudo
Vous a belèu, dis, pougnegudo?
— Noun sai! clinant lou front, elo respoundè plan.
E sènso mai, chascun se bouto
A tourna cueie quauco brouto.
Emé d'iue couquin, tèsto souto,
S'espinchavon pamens quau ririé de davan.

« Eh bien! qui cueillera plus vite, — mademoiselle, nous allons le voir!... » — Et courage! des
deux mains, passionnés, ardents au travail, — et de
tordre et de traire ramée! — Plus de paroles, plus de
cesse! — (Brebis qui bêle perd *sa dentée d'herbe*.) —
Le mûrier qui les porte est cueilli tout à l'heure.

Ils firent, pourtant, bientôt halte. — Quand on est
jeune, la belle chose! — Comme, dans le même sac,
ils mettaient la feuille ensemble, — une fois les jolis
doigts effilés — de la fillette, dans le cerceau [7], — se
rencontrèrent emmêlés — avec les doigts brûlants,
les doigts de ce Vincent.

Elle et lui tressaillirent; leurs joues se colorèrent
de la fleur d'amour, — et tous deux à la fois, d'un
feu inconnu — sentirent l'échappée ardente. — Mais
comme celle-ci, avec effroi, — sortait sa main de la
feuillée, — lui, par le trouble encore tout ému :

— « Qu'avez-vous? Une guêpe cachée — vous a
peut-être piquée? » dit-il. — « Je ne sais! » en baissant le front répondit-elle à voix basse. — Et, sans
plus, chacun se met — à cueillir de nouveau quelque
brindille. — Avec des yeux malins, en dessous, — ils
s'épiaient pourtant à qui rirait le premier.

Lou pitre ie batié!... La fueio
Toumbè pièi mai coume la plueio ;
E quand pièi au saquet venié que la metien,
Li dos menoto blanco e bruno,
Que fugue esprès o pèr fourtuno,
Venien toujour uno vers l'uno,
Memamen qu'au travai grand joio éli prenien.


Cantas, cantas, magnanarello,
En desfuiant vòsti verguello !....
— Ve! ve! tout-en-un-cop Mirèio crido, ve !
— Qu'es acò? — Lou det sus la bouco,
Vivo coume un crèu su 'no souco,
Dre de la branco ounte s'ajouco
Fasié signe dóu bras... — Un nis... qu'anan avé!


— Espèro!... E 'n retenènt soun grèule,
Coume un passeroun long di téule,
Vincèn de branco en branco a boumbi vers lou nis.
Au founs d'un trau que de naturo,
Entre-mitan la rusco duro,
S'èro fa, de l'emboucaduro
Li pichot se vesien, flame e boulegadis.


Mai Vincèn qu'à la branco torto
Vèn de nousa si cambo forto,
E penja d'uno man, dins lou trounc baumelu
Furno emé l'autro. Un pau pus auto,
Mirèio alor, la flamo i gauto :
— Qu'èi? ie demando cauto-cauto.
— De pimparrin! — De-que? — De bèu sarraié blu

Leur poitrine battait!... La feuille — tomba puis
de nouveau comme pluie ; — et puis, venu (l'instant)
où ils la mettaient au sac, — la main blanche et la
main brune, — soit à dessein ou par bonheur, —
toujours venaient l'une vers l'autre, — mêmement
qu'au travail ils prenaient grande joie.


Chantez, chantez, *magnanarelles*, — en défeuillant vos rameaux !... — « Vois! vois! tout à coup
Mireille crie, vois! » — « Qu'est-ce? » — Le doigt
sur la bouche, — vive comme une locustelle sur un
cep, — vis-à-vis de la branche où elle juche — elle
indiquait du bras... — « Un nid... que nous allons
avoir! »


— « Attends !... » Et retenant son souffle haletant,
— tel qu'un passereau le long des tuiles, — Vincent
de branche en branche a bondi vers le nid. — Au fond
d'un trou qui naturellement, — entre la dure écorce,
— s'était formé, par l'ouverture — les petits se
voyaient, déjà pourvus de plumes et remuant.


Mais Vincent, qui à la branche tortue — vient de
nouer ses jambes vigoureuses, — suspendu d'une
main, dans le tronc caverneux — fouille de l'autre.
Un peu plus élevée, — Mireille alors, la flamme aux
joues : — « Qu'est-ce? » demande-t-elle avec pru-
dence. — « Des *pimparrins!* » — « Comment? »
— « De belles mésanges bleues! »

6.

Mirèio esclafiguè lou rire.
— Que! dis, l'as jamai ausi dire?
Quand, dous, trouvas un nis au bout d'un amouriè,
    O de tout aubre que lou sèmble,
    Passo pas l'an que noun ensèmble
    La santo Glèiso vous assèmble.....
Prouvèrbi, dis moun paire, es toujour vertadiè.

    — O, ie fai éu; mai fau apoundre
    Qu'aquelo espèro pòu se foundre,
S'avans que d'èstre en gabio escapon li pichot.
    — Jeuse, moun Diéu! dono-te gardo!
    Cridè la chato; e sènso tardo
    Rejoun-lèi bèn, que nous regardo!
— Ma fisto! lou jouvènt ie respond coume eiçò,

    Lou miéu que li poudèn rejougne
    Sariè bessai dins voste jougne...
— Ah! tè, baio! verai!... Lou drole quatecant
    Mando sa man dins la caforno;
    E sa man pleno que s'entorno
    Quatre n'en tiro de la borno.
— Boudiéu! diguè Mirèio en aparant, oh! quant!

    Queto nisado galantouno!
    Tè! tè! pecaire, uno poutouno!
E, folo de plesi, de milo poutounet
    Li devouris e poumpounejo;
    Pièi em' amour plan-plan li vejo
    Souto soun jougne que gounflejo...
— Tè! tè! paro la man, cridè mai Vincenet.

Mireille éclata de rire. — « Écoute ! dit-elle, ne l'as-tu jamais ouï dire ? — Lorsqu'on trouve, à deux, un nid au faîte d'un mûrier, — ou de tout arbre pareil, — l'année ne passe pas qu'ensemble — la sainte Église ne vous unisse.... — Proverbe, dit mon père, est toujours véridique. »

— « Oui, réplique Vincent ; mais il faut ajouter — que cet espoir peut se fondre, — si, avant d'être en cage, s'échappent les petits. » — « Jésus, mon Dieu ! prends garde ! — cria la jeune fille, et sans retard, — serre-les avec soin, car cela nous regarde ! » — « Ma foi ! répond ainsi le jouvenceau.

« Le meilleur (endroit) pour les serrer, — serait peut-être votre corsage... » — « Tiens ! oui, donne ! c'est vrai !... » Le garçon aussitôt — envoie sa main dans la cavité ; et sa main, qui retourne pleine, — en tire quatre du creux. — « Bon Dieu ! dit Mireille en tendant (la main), oh ! combien !...

« La gentille nichée ! — Tiens ! tiens ! pauvres petits, un bon baiser ! » — Et folle de plaisir, de mille doux baisers — elle les dévore et les caresse ; — puis avec amour doucement les coule — sous son corsage qui renfle. — « Tiens ! tiens ! tends la main, » derechef cria Vincent.

— Oh ! li poulit ! Si tèsto bluio
An d'uioun fin coume d'aguhio !
E lèu mai, dins la blanco e lisqueto presoun,
   Tres pimparrin elo recato ;
   E, dins lou sen caud de la chato,
   La couvadeto que s'amato
Se crèi que l'an remesso au founs de soun nisoun.


   — Mai, de bon ? Vincenet, n'i'a 'ncaro ?
   — O ! — Santo Vierge ! Ve, toutaro
Dirai qu'as la man fado ! — Eh ! pauro que vous sias ?
   Li pimparrin ? quand vèn Sant Jorge,
   Fan dès, douge iòu, emai quatorge,
   Souvènti-fes !... Mai tè ! tè ! porge,
Li cago-nis !... E vous, bello borno, adessias !


   Coume lou drole se despènjo,
   E qu'elo vite lis arrènjo
Bèn delicadamen dins soun fichu flouri...
   — Ai ! ai ! ai ! d'uno voues tendrino
   Subitamen fai la mesquino.
   E, vergougnouso, à la peitrino
S'esquicho li dos man. — Ai ! ai ai ! vau mouri !


   Houi ! houi ! plouravo, me grafignon !
   Ai ! me grafignon e m'espignon !
Courre lèu, Vincenet, lèu !... Es que, i'a 'n moumen...
   Que vous dirai ? dins l'escoundudo
   Grando e vivo èro l'esmougudo !
   I'a 'n moumen. dins la bando aludo
Avien, li cago-nis, mes lou bourroulamen.

« Oh ! les jolis ! Leurs têtes bleues — ont de petits
yeux fins comme des aiguilles ! » — Et vite encore,
dans la prison blanche et lisse, elle cache trois mésanges ; — et, dans le tiède sein de la jeune fille, —
la petite couvée qui se blottit, croit qu'on l'a remise
au fond de son nid.

— « Mais tout de bon ? Vincent, y en a-t-il encore ? »
— « Oui ! » — « Sainte Vierge ! vois, tout à l'heure
— je dirai que tu as la main fée ! » — « Eh ! bonne
fille que vous êtes ! — les mésanges ! quand vient la
Saint-Georges, elles font dix, douze œufs, et même
quatorze, — maintes fois !... Mais tiens ! tiens ! tends
(la main), — les derniers éclos ! et vous, beau creux,
adieu ! »

A peine le jeune homme se décroche, — à peine
celle-ci arrange les (oiseaux) — bien délicatement dans
son fichu fleuri... — « Aïe ! aïe ! aïe ! » d'une voix
chatouilleuse — fait soudain la pauvrette. — Et, pu-
dique, sur la poitrine — elle se presse les deux mains.
— « Aïe ! aïe ! aïe ! je vais mourir. »

« Ho ! pleurait-elle, ils m'égratignent ! — aïe ! m'é-
gratignent et me piquent ! — Cours vite, Vincent,
vite !... » C'est que, depuis un moment, — vous
le dirai-je ? dans la cachette — grand et vif était
l'émoi ! — Depuis un moment, dans la bande ailée
— avaient, les derniers éclos, mis le bouleversement.

E dins l'estrecho valounado,
La fouligaudo moulounado
Que noun pòu libramen faire soun roudelet,
A grand varai d'arpioun e d'alo,
Fasiè, dins li mounto-davalo,
Cambareleto sènso egalo,
Fasiè long di galis milo bèu redoulet.


— Ai ! ai ! vène lèi querre ! lampo,
Ie souspiravo. E coume pampo
Que l'auro atremoulis, coume di cabrian
Quand se sènt pouncho uno junego,
Ansin gemis, sauto e se plego
La chatouno di Falabrego...
Éu pamens i'a voula... — Cantas, en desfuiant,


En desfuiant vòsti jitello,
Cantas, cantas, magnanarello !
Sus la branco ounte plouro éu pamens a voula :
— La cregnès dounc bèn, la coutigo?
Éu ie fai de sa bouco amigo.
Eh ! coume iéu, dins lis ourtigo,
Se descausso proun fes vous faliè barrula,


Coume farias? E pèr rejougne
Lis enfourniau qu'a dins soun jougnè,
Éu ie porge, en risènt, soun bounet de marin.
Deja Mirèio, sout l'estofo
Que la nisado rendiè gofo,
Mando sa man, e dins la cofo
Un pèr un adeja torno li pimparrin ;

Et, dans l'étroit vallon, — la folâtre multitude —
qui ne peut librement se caser, — se démenant des
griffes et des ailes, — faisait, dans les ondulations,
— culbutes sans pareilles, — faisait, le long des
talus, mille belles roulades.

— « Aïe! aïe! viens les querir! vole, » — lui sou-
pirait-elle. Et comme le pampre — que le vent fait
frissonner, comme une génisse qui se sent piquée par
les frelons, — ainsi gémit, bondit et se ploie — l'adolescente des Micocoules... — Lui pourtant a volé vers
elle... — Chantez, en défeuillant,

En défeuillant vos rameaux, — chantez, chantez,
*magnanarelles !* — Sur la branche où elle pleure, lui
pourtant a volé. — « Vous le craignez donc bien, le
chatouillement? — lui dit-il de sa bouche amie. — Eh!
comme moi, dans les orties, — si, nu-pieds, mainte
fois il vous fallait vaguer,

« Comment feriez-vous ? » — Et pour déposer —
les oisillons qu'elle a dans son corsage, — il lui offre
en riant son bonnet de marin. — Déjà Mireille, sous
l'étoffe — que la nichée, rendait bouffante, — envoie
la main, et dans la *coiffe* — déjà, une à une, rapporte
les mésanges ;

Deja, 'mé lou front clin, pecaire!
E revirado un pau de caire,
Deja lou risoulet se mesclavo à si plour ;
Semblablamen à l'eigagnolo
Que, lou matin, di courrejolo
Bagno li campaneto molo,
E perlejo, e s'esbéu i proumiéri clarour...

E souto éli vèn que la branco
Tout-en-un-cop peto e s'escranco!...
Au coui dóu panieraire, elo, en quilant d'esfrai,
Se precepito e se i' embrasso ;
E dóu grand aubre que s'estrasso,
En un rapide viro-passo
Toumbon, embessouna, sus lou souple margai....

Fres ventoulet, Larg e Gregàli,
Que di bos boulegas lou pàli,
Sus lou jouine parèu que voste gai murmur
Un moumenet mole e se taise!
Fòlis aureto, alenas d'aise !
Dounas lou tèms que l'on pantaise,
Lou tèms qu'à tout lou mens pantaison lou bonur!

Tu que lalejes dins ta gorgo,
Vai plan, vai plan, pichouno sorgo !
Dintre ti cascagnòu menes pas tant de brut !
Pas tant de brut, que si dos amo
Soun, dins lou meme rai de flamo,
Partido coume un brusc qu'eissamo...
Leissas-lèi s'emplana dins lis èr benastru!

Déjà le front baissé, pauvrette ! — et détournée
un peu de côté, — déjà le sourire se mêlait à ses
larmes ; — semblablement à la rosée — qui, le matin, des liserons — mouille les clochettes molles,
— et roule en perles, et s'évapore aux premières
clartés.....

Et sous eux voilà que la branche — tout à coup
éclate et se rompt !... — Au cou du vannier, la (jeune
fille) effrayée, avec un cri perçant, — se précipite
et enlace ses bras ; — et du grand arbre qui se déchire, — en une rapide virevolte, — ils tombent,
serrés comme deux jumeaux, sur la souple ivraie[8]....

Frais zéphyrs, (vent) largue et (vent) grec[9], — qui
des bois remuez le dais, — sur le jeune couple que
votre gai murmure — un petit moment mollisse et
se taise ! — Folles brises, respirez doucement ! —
Donnez le temps que l'on rêve, — le temps qu'à tout
le moins ils rêvent le bonheur !

Toi qui gazouilles dans ton lit, — va lentement,
va lentement, petit ruisseau ! — parmi tes galets
sonores ne fais pas tant de bruit ! — pas tant de
bruit, car leurs deux âmes — sont, dans le même
rayon de feu, — parties comme une ruche qui es-
saime.... — Laissez-les se perdre dans les airs pleins
d'étoiles !

Mai elo, au bout d'uno passado,
Se daverè de la brassado.....
Mens palinello soun li flour dóu coudounié.
    Pièi sus la ribo s'assetèron,
    Un contro l'autre se boutèron,
    Un moumenet se regardèron,
E'm' acò parlè 'nsin lou drole di panié :


    Vous sias rèn facho mau, Mirèio?...
    O la vergougno de la lèio,
Aubre dóu diable, aubras qu'un divèndre an planta,
    Que la marrano t'agarrigue,
    Que l'artisoun te devourigue,
    E que toun mèstre t'abourrigue !
Mai elo, em' un tramblun que noun pòu arresta :


    — Me siéu pas, dis, facho mau, nàni !
    Mai, coume un enfant dins si làni,
Que de fes plourinejo e noun saup per-de-que,
    Ai quaucarèn, dis, que me grèvo ;
    L'ausi, lou vèire, acò me lèvo ;
    Moun cor n'en boui, moun front n'en rèvo,
E lou sang de moun cors noun pòu demoura quet !


    — Belèu, diguè lou panieraire,
    Es de la pòu que vosto maire
Vous charpe qu'à la fueio avès mes trop de tèm ?
    Coume iéu, quand veniéu subr'ouro,
    Estrassa, moustous coume un Mouro,
    Pèr èstre ana cerca d'amouro....
— Oh ! noun, diguè Mirèio, autro peno me tèn.

Mais elle, au bout d'un instant, — se délivra de l'embrassade... — Moins pâles sont les fleurs du cognassier. — Puis ils s'assirent sur le talus, — l'un près de l'autre se mirent, — un petit moment se regardèrent, — et voici comment parla le jeune homme aux paniers :

« Vous êtes-vous point fait de mal, Mireille?... — O honte de l'allée, — arbre du diable, arbre funeste qu'on a planté un vendredi, — que le marasme s'empare de toi! — que l'artison te dévore, — et que ton maître te prenne en horreur! » — Mais elle, avec un tremblement qu'elle ne peut arrêter :

— « Je ne me suis pas, dit-elle, fait de mal, nenni! — Mais, telle qu'un enfant dans ses langes — qui parfois pleure et ne sait pourquoi, — j'ai quelque chose, dit-elle, qui me tourmente; — cela m'ôte le voir et l'ouïr; — mon cœur en bout, mon front en rêve, — et le sang de mon corps ne peut rester calme. »

— « Peut-être, dit le vannier, — est-ce la peur que votre mère — ne vous gronde pour avoir mis trop de temps à la *feuille?* — comme moi, quand je m'en venais à heure indue, — déchiré, barbouillé comme un Maure, — pour être allé chercher des mûres... » — « Oh! non, dit Mireille, autre peine me tient. »

— O belèu uno souleiado,
Faguè Vincèn, vous a'mbriado.
Sabe, dis, uno vièio, aperamount i Bau
(Ie dison Taven) : vous asaigo
Bèn sus lou front un got plen d'aigo,
E lèu, di cervello embriaigo,
Li rai escounjura gisclon dins lou cristau.

— Noun, noun ! respoundè la Craenco ;
Lis escandihado maienco
N'es pa'i chato de Crau que podon faire pòu !...
Mai en que sèr de te deçaupre?
Dins moun sen acò pòu plus caupre !
Vincèn, Vincèn, vos-ti lou saupre?
De tu sièu amourouso !.... Au bord dòu rajeiròu,

Emai l'èr linde, emai la tepo,
Emai li vièi sause de cepo,
Fuguèron claramen espanta de plesi !...
— Ah ! princesso, que, tant poulido,
Aguès la lengo tant marrido,
Lou panieraire aqui s'escrido,
l'a de que pèr lou sòu se traire estabousi !

Coume ! de ièu vòus amourouso?
De ma vidasso encaro urouso
Anés pas vous jouga, Mirèio, au noum de Diéu !
Me faguès pas crèire de causo
Qu', aqui dedins uno fe 'nclauso,
De ma mort sarien pièi l'encauso !
Mirèio, d'aquéu biais vous trufès plus de ièu !

— « Ou peut-être un coup de soleil, — fit Vincent,
vous a enivrée. — Je sais, dit-il, une vieille, dans les
montagnes des Baux — (on l'appelle Tavèn) : elle
vous applique — bien sur le front un verre plein
d'eau, et promptement, de la cervelle ivre, — les
rayons charmés jaillissent dans le cristal. »


— « Non, non! répondit la fille de Crau ; — les
échappées du soleil de mai, — ce n'est pas aux filles
de Crau qu'elles peuvent faire peur ! — mais à quoi
bon t'abuser? — Mon sein ne peut plus le contenir !
— Vincent, Vincent, veux-tu le savoir? — Je suis
amoureuse de toi!.. » Au bord du ruisseau,


Et l'air limpide, et le gazon, — et les vieux saules
taillis — furent clairement émerveillés de plaisir !...
— « Ah! princesse, que, si jolie, — vous ayez la
langue si méchante, — le vannier s'écrie à l'instant,
— il y a de quoi se jeter par terre, stupéfait !


« Quoi! vous amoureuse de moi? — De ma pauvre
vie encore heureuse — n'allez pas vous jouer, Mireille,
au nom de Dieu ! — Ne me faites pas croire des choses
— qui, là dedans une fois enfermées, — seraient ensuite la cause de ma mort ! — Mireille, de cette sorte
ne vous moquez plus de moi ! »

— Que Diéu jamai m'emparadise,
Se i'a messorgo en ce que dise !
Vai, de crèire que t'amé acò fai pas mouri,
Vincèn !... Mai se, pèr marridesso,
Noun vos de iéu pèr ta mestresso,
Sara iéu, de malo tristesso,
Sara iéu qu'à ti pèd me veiras coumbouri !

— Oh ! diguès plus de causo ansînto !
De iéu à vous i'a 'n laberinto,
L'enfant de Mèste Ambroi faguè 'n bretounejant.
Vous, sias dóu Mas di Falabrego
La rèino davans quau tout plégó...
Iéu, banastié de Valabrego,
Siéu qu'un gandard, Mirèio, un trevaire de champ !

— Eh ! que m'enchau que moun fringaire
Siegue un baroun o 'n panieraire,
Mai que m'agrade à iéu ! ie respoundeguè lèu
E touto en fio coume uno liandro.
Mai se noun vos que la malandro
Fure moun sang, dins ti peiandro
Perqué dounc, o Vincèn, m'aparèisses tant bèu ?

Davans la vierge raubativo,
Éu restè mè, coume di nivo
Quand toumbo pau-à-pau un aucèu pivela.
— Sies dounc masco, pièi faguè proumte,
Pèr que ta visto ansin me doumte,
Pèr que ta voues au su me mounte,
E me rènde foulas coume un ome enchuscla ?

— « Que Dieu jamais ne m'*emparadise*, — s'il est
mensonge en mes paroles ! — Va, croire que je t'aime,
cela ne fait pas mourir, — Vincent !... Mais si, par
cruauté, — tu ne veux pas de moi pour amante, —
ce sera moi, malade de tristesse, — ce sera moi qu'à
tes pieds tu verras se consumer ! »

— « Oh ! ne dites plus des choses pareilles ! — De
moi à vous il y a un labyrinthe, — l'enfant de Maître
Ambroise fit en balbutiant. — Du Mas des Micocoules
vous êtes, vous, — la reine devant qui tout plie... —
Moi, vannier de Valabrègue, — je ne suis qu'un vau-
rien, Mireille, un batteur de campagne ! »

— « Eh ! que m'importe que mon bien-aimé —
soit un baron ou un vannier, — pourvu qu'il me
plaise, à moi ! répondit-elle vite, — et toute en feu
comme une lieuse (de gerbes). — Mais si tu ne veux
que la langueur — mine mon sang, dans tes haillons
— pourquoi donc, ô Vincent, m'apparais-tu si beau ? »

Devant la vierge ravissante, — lui resta interdit,
comme des nues — un oiseau fasciné [10] qui tombe
peu à peu. — « Tu es donc magicienne, dit-il ensuite
brusquement, — pour que ta vue me dompte ainsi,
— pour que ta voix me monte à la tête, — et me
rende insensé comme un homme pris de vin ?

Lou veses pas que ta brassado
A mes lou fio dins mi pensado?
Car, tè! se vos lou saupre, à l'agrat que de iéu,
Paure pourtaire de bourrèio,
Vogues faire que ta risèio,
T'ame peréu, t'ame, Mirèio!
T'ame de tant d'amour que te devouririéu!

T'ame, que se disien ti labro :
Vole la Cabro d'or, la cabro
Que degun de mourtau ni la pais ni la mous,
Que sout lou ro de Baus-Maniero,
Lipo la moufo roucassiero, —
O me perdréu dins li peiriero,
O me veiriès tourna la cabro dóu péu rous!

T'ame, o chatouno encantarello,
Que se disiés : Vole uno estello ;
I'a ni travès de mar, ni bos, ni gaudre foui,
l'a ni bourrèu, ni fio, ni ferre
Que m'aplantèsse! Au bout di serre,
Toucant lou cèu, l'anariéu querre,
E Dimenche l'auriés, pendoulado à toun coui.

Mai, o bellasso! au mai t'aluque,
Au mai, pecaire! m'emberluque!...
Veguère uno figuiero, un cop, dins moun camin
Arrapado à la roco nuso
Contro la baumo de Vaucluso :
Maigro, pecaire! i lagramuso
Ie dounarié mai d'oumbro un clot de jaussemin!

« Ne vois-tu pas que ton embrassement — a mis le feu dans mes pensées? — Car, tiens! si tu veux le savoir, au risque que de moi, — pauvre porteur de falourdes, — tu ne veuilles faire que ta risée, — je t'aime aussi, je t'aime, Mireille! — je t'aime de tant d'amour que je te dévorerais!

« Je t'aime (au point) que si tes lèvres disaient : — Je veux la Chèvre d'or [11], la chèvre — que nul mortel ne paît ni ne trait, — qui, sous le roc de Baus-Manière [12], — lèche la mousse des rochers, — ou je me perdrais dans les carrières, — ou tu me verrais ramener la chèvre au poil roux [1]

« Je t'aime, ô jeune fille enchanteresse, — (au point) que si tu disais : Je veux une étoile! — il n'est traversée de mer, ni bois, ni torrent fou, — il n'est ni bourreau, ni feu, ni fer — qui m'arrêtât! Au bout des pics, — touchant le ciel, j'irais la prendre, — et, Dimanche, tu l'aurais pendue à ton cou.

« Mais, ô la plus belle! plus je te contemple, — plus, hélas! je m'éblouis!.... — Je vis un figuier, une fois, dans mon chemin, — cramponné à la roche nue — contre la grotte de Vaucluse, — si maigre, hélas! qu'aux lézards-gris — donnerait plus d'ombre une touffe de jasmin.

Un cóp pèr an vers si racino
Vèn flouqueja l'oundo vesino;
E l'aubret secarous, à l'aboundouso font
    Que mounto à-n-éu pèr que s'abéure,
    Tant que n'en vòu, se bouto à béure....
    D'acò tout l'an n'a proun pèr viéure.
Coume à l'anèu la pèiro, à iéu acò respond;

    Que siéu, Mirèio, la figuiero,
    E tu, la font e la fresquiero
E básto, à iéu pauret! basto, uno fes de l'an,
    Que pousquèsse, à geinoun coume aro,
    Me souleia i rai de ta caro!
    E subretout de poudé 'ncaro
Te floureja li det d'un poutoun tremoulant!

    Mirèio, d'amour tresananto,
    L'escoutavo... Mai éu l'aganto,
Éu l'aganto esperdu; contro soun pitre fort
    L'adus esperdudo... — Mirèio!
    Subran coume eiçò dins la lèio
    S'entendeguè 'no voues de vièio,
Li magnan, à miejour, manjaran rèn, alor?

    Dedins un pin, en grando fogo,
    Un vòu de passeroun que jogo,
Emplisson, i'a de fes, d'un chamatan galoi
    La vesprado que s'enfresquèiro;
    Mai d'un glenaire que li guèiro
    Se tout-d'un-cop toumbo la pèiro,
De tout caire, esfraia, tabouscon dins lou boi.

« Vers ses racines, une fois par an, — vient cla-
poter l'onde voisine ; — et l'arbuste aride, à l'abondante fontaine — qui monte à lui pour le désaltérer,
— autant qu'il veut, se met à boire... — Cela toute
l'année lui suffit pour vivre. — Comme la pierre à la
bague, à moi cela s'applique.

« Car je suis, Mireille, le figuier, — et toi, la fontaine et la fraîcheur ! — Et plût au ciel, moi pau-
vret ! plût au ciel, une fois l'an, — que je pusse, à
genoux, comme à présent, — me soleiller aux rayons
de ton visage, — et surtout que je pusse encore —
t'effleurer les doigts d'un baiser tremblant ! »

Mireille, palpitante d'amour, — l'écoutait.... —
Mais, lui, la prend, — lui la prend éperdu ; contre
sa poitrine forte — l'amène éperdue... — « Mireille ! »
— ainsi tout à coup dans l'allée — résonna une voix
de vieille (femme), — « les vers à soie, à midi, ne
mangeront donc rien ? »

Dans un pin, en grande animation, — une volée de
passereaux qui s'ébat — remplit, quelquefois, d'un
gai ramage — la soirée qui fraîchit. — Mais d'un
glaneur qui les guette — si tout d'un coup tombe la
pierre, — de toute part, effrayés, ils s'enfuient dans
le bois

Desmemouria de l'escaufèstre,
Ansin fugis pèr lou campèstre
Lou parèu amourous. Elo, devers lou mas,
Sènso muta, part à la lèsto,
Emé sa fueio sus la tèsto...
Éu, planta coume un sounjo-fèsto,
L'arregardo landa peralin dins l'ermas

Troublé d'émoi, — ainsi fuit par la lande — le
couple amoureux. Elle, de vers le *mas*, — sans dire
mot, part à la hâte, sa feuillée sur la tête... — Lui,
immobile comme un *songe-fêtes*, — la regarde courir,
au loin, dans la friche.

# NOTES

## DU CHANT DEUXIÈME.

---

[1] Magnanarelles (*magnanarello*). On désigne par ce mot les femmes préposées à l'éducation des vers à soie, *magnan*.

[2] Ils s'endorment de leur troisième somme (*s'endormon di tres*). Les vers à soie vivent à l'état de larve trente-quatre jours environ, et dans cet intervalle changent quatre fois de peau. A l'approche de chaque mue, ils s'engourdissent et cessent de manger, *dormon*. On dit *dourmi de la proumiero, di dos, di tres, di quatre*, ce qui signifie littéralement *dormir de la première* (mue), *des deux* (mues), *des trois* (mues), etc.

[3] Cochevis (*couquihado*), (*alauda cristata*, Lin.)

[4] Vin cuit (*vin cue*) : moût qu'au sortir de la fouloire on fait bouillir dans un chaudron, et qui étant cuit à point, rappelle, après un an de bouteille, la couleur et le goût des meilleurs vins d'Espagne. Les Provençaux le boivent dans les festins, et principalement au repas de Noël.

[5] Sacre (*capoun-fèr*), sacre d'Égypte (*vultur percnopterus*, Gm.), oiseau de proie.

[6] Regardelles (*regardello*), mets imaginaire. *Manja de regardello*, manger des yeux, mâcher à vide, comme dit Rabelais.

[7] *Arescle*, cerceau qu'on adapte à la gueule d'un sac pour le tenir ouvert. On donne en général le nom d'*arescle* aux bois de fente dont on fait les sas, les cribles, les tambours, les boisseaux.

[8] Ivraie (*margai*). Il s'agit de l'ivraie vivace (*lolium perenne*, Lin.), *ray-grass* des Anglais

⁹ Vent grec (*gregali*, *gregau*, ou simplement *Grè*), vent du nord-
est.

¹⁰ Fasciné (*pivela*). Le verbe *pivela* ou *pipa* signifie l'action, vraie
ou imaginaire, par laquelle un reptile attire à lui un oiseau, et
même une personne. Le peuple attribue cette attraction à une as-
piration irrésistible, qui peut néanmoins être interceptée par le
passage subit d'un corps étranger

¹¹ La Chèvre d'or (*la Cabro d'or*), trésor ou talisman que le peuple prétend avoir été enfoui par les Sarrasins sous l'un des antiques monuments de la Provence. Les uns prétendent qu'elle gît
sous le mausolée de Saint-Remy, d'autres dans la grotte de Corde,
d'autres sous les roches des Baux. « Cette tradition, dit George
Sand (*les Visions de la nuit dans les campagnes*), est universelle; il
y a peu de ruines, châteaux ou monastères, peu de monuments
celtiques qui ne recèlent leur trésor. Tous sont gardés par un
animal diabolique. M. Jules Canonge, dans un charmant recueil de
contes méridionaux, a rendu gracieuse et bienfaisante la poétique
apparition de la Chèvre d'or, gardienne des richesses cachées au
sein de la terre. »

La tradition d'un trésor, qui prend des formes sans nombre,
mais ayant toutes leur raison d'être, et gardé par un animal
étrange, est universelle. On la retrouve chez tous les peuples, où
elle se lie aux plus anciens souvenirs sans cesser d'être toujours
vivante. On la verra complétement ramenée à sa source, sous
toutes ses transformations, dans les quatrième et cinquième volumes
du *Monde païen*, que publie en ce moment M. d'Anselme. Nous
sommes heureux de citer ici les étonnants travaux d'exégèse my-
thologique de notre savant compatriote.

¹² Bau-manière (*baus-maniero*), rocher à pic au nord de la ville
des Baux. Cette localité tire son nom des escarpements qui l'entourent; car en provençal le mot *Baus* veut dire escarpement,
précipice, et *Baus-maniero*, *Baus-besso*, *Baus-mirano*, *Baus-cous-
tèmple*, sont les noms que portent encore divers quartiers du territoire des Baux

# CANT TRESEN

## LA DESCOUCOUNADO

Li recordo prouvençalo. — Au Mas di Falabrego, un gai roudelet de chato descoucounon. — Jano-Mario, maire de Mirèio. Taven, la masco di Baus. — La malo-visto. — Li descoucounarello fan, pèr passo-tèms, de *castèu en Prouvènço*. — La fièro Lauro, rèino de Pamparigousto. — Clemènço, rèino di Baus. — Lou Ventour, lou Rose, la Durènço. — Azalaïs e Viòulano. — La Court d'amour. — Lis amour de Mirèio e de Vincèn descuberto pèr Nourado. — Li galejado. — Taven la masco fai teisa li chato : l'ermitan dóu Luberoun e lou sant pastre. — Noro canto Magali.

Quand li pausito soun braveto,
Qu'à plen barrau lis óuliveto .
Dins li gerlo d'argelo escampon l'òli rous ,
Quand, sus li terro e dins li draio,
Dóu garbejaire que varaio
Lou grand càrri reno e trantraio,
E tuerto de pertout 'mè soun front auturous ;

Nus e gaiard coume un luchaire,
Quand Bacus vèn, e di chauchaire
Coundus la farandoulo i vendemio de Crau ;
E, de la caucadouiro emplido,
Quand la bevènto benesido,
Souto li cambo enmoustousido,
Dins l'escumouso tino escapo à plen de trau ,

# CHANT TROISIÈME

## LE DÉPOUILLEMENT DES COCONS

Les récoltes provençales. — Au Mas des Micocoules, une joyeuse réunion de jeunes filles détache des rameaux les cocons des vers à soie. — Jeanne-Marie, mère de Mireille. — Tavèn, la sorcière des Baux. — La mauvaise œillade. — Les dépouilleuses de cocons, pour passer le temps, font des *châteaux en Provence*. — La fière Laure, reine de l'amparigouste. — Clémence, reine des Baux. — Le Ventour, le Rhône, la Durance. — Azalaïs et Violane. — La Cour d'amour. — Les amours de Mireille et de Vincent divulgués par Norade. — Railleries des jeunes filles. — La sorcière Tavèn leur impose silence : l'ermite du Lubéron et le saint pâtre. — Nore chante Magali.

Quand les récoltes sont honnêtes, — qu'à pleins barils les vergers d'oliviers — dans les jarres d'argile épanchent l'huile rousse ; — quand, par les champs et les chemins, — du ramasseur de gerbes qui erre çà et là — le grand chariot geint et cahote, — et heurte de toute part avec son front altier ;

Nu et vigoureux comme un lutteur, — quand Bacchus vient, et des fouleurs — conduit la farandole aux vendanges de Crau ; — et, de la fouloire comble, — quand la boisson bénie, — sous les jambes barbouillées de moût, — dans l'écumante cuve échappe à pleine bonde ;

E, clarinèu, sus li genèsto
Quand li magnan mounton en fèsto
Pèr fiela si presoun bloundinello ; e que lèu
Aquéli toro mai qu'abilo
S'ensevelisson, à cha milo,
Dins si bressolo tant sutilo
Que vous sèmblon teissudo cm' un rai de soulèu ;

Alor, en terro de Prouvènço,
l'a mai que mai divertissènço !
Lou bon muscat de Baumo e lou Ferigoulet
Alor se chourlo à la gargato ;
Alor se canto e l'on se trato ;
Alor se vèi e drole e chato
Au son dóu tambourin fourma si vertoulet.

— Iéu claramen siéu fourtunado !
Sus mi canisso encabanado
Quéti flo de coucoun !... Un bos miéu enseda,
Un pu riche descoucounage,
L'aviéu pu vist dins lou meinage,
Vesino, dempièi moun jouine age,
Desempièi l'an de Diéu que nous sian marida.

Dóu tèms que lou coucoun se trìo,
Ansin disié Jano-Marìo,
Dóu vièi Mèste Ramoun ouncourado mouié,
De Mirèio ourgueiouso maire ;
E li vesino e li coumaire,
En trin de rire e de desfaire,
Èron à soun entour, dins la magnanarié.

Et, diaphanes, sur les genêts — quand les vers à
soie montent en fête — pour filer leurs prisons blondes ; et que rapidement — ces chenilles, artistes
consommées, — s'ensevelissent à milliers — dans
leurs berceaux si subtils — qu'ils semblent tissus
d'un rayon de soleil ;

Alors, en terre de Provence, — il y a, plus que jamais, ébaudissement ! — Le bon muscat de Baume[1]
et le Ferigoulet[2] — alors se boivent à la régalade ; —
alors on chante et l'on banquette ; — alors se voient
garçons et filles — au son du tambourin former leurs
rondes.

— « Moi, clairement, je suis heureuse ! — Sur mes
claies de roseaux *où la bruyère en berceaux s'entrelace,*
— quels bouquets de cocons !... Une ramée plus
soyeuse, — une plus riche récolte, — je ne l'avais plus
vue dans la ferme, — voisines, depuis mon jeune âge,
— depuis l'an de Dieu que nous nous mariâmes. »

Pendant que le cocon se dépouille, — ainsi disait
Jeanne-Marie, — du vieux Maître Ramon épouse
honorée, — mère orgueilleuse de Mireille ; — et les
voisines et les commères, — en train de rire et de
détacher (les cocons), — étaient autour d'elle, dans
la *magnanerie.*

Descoucounavon : elo-memo,
Mirèio, à tout moumen, i femo
Pourgié li brout d'avaus, li clot de roumanin,
  Ounte, à l'óudour de la mountagno,
  Tant voulountié 'mé soun escagno
  La noblo toro s'embarragno
Que, coume rampau d'or, n'èron clafi dedin.


— Sus l'autar de la Bono Maire,
  Jano-Marìo à si coumaire
Venié dounc, aièr, femo, anère lèu pourta
  De mi brout lou pu bèu pèr dèime :
  Ansin fau, tóuti li milèime ;
  Car es pièi elo qu'à bèl èime
Coumando, quand ie plais, i magnan de mounta.


— Iéu, diguè Zèu dóu Mas de l'Oste,
  Ai bello pòu que me n'en coste !
Lou jour que tant boufavo aquéu gros Levantas,
  (D'aquéu laid jour vous n'en remèmbre !)
  Aviéu leissa, pèr destinèmbre,
  A brand lou fenestroun dóu mèmbre,...
Adès n'ai coumta vint, canela sus lou jas !


  Taven, pèr douna soun ajudo,
  Perèu di Baus èro vengudo.
A Zèu Taven diguè : Toujour, mai que li vièi,
  Cresès, li jouine, de counouisse !
  Mai fau que l'age nous angouisse,
  Fau que l'on ploure e que l'on gouisse :
Alor, mai bèn trop tard, l'on vèi e l'on counèi !

On faisait la récolte : elle-même, — Mireille, à tout
moment, aux femmes — présentait les brindilles de
chêne-nain, les touffes de romarin, — où, (attirée)
par la senteur de la montagne, — si volontiers avec
son écheveau — la noble chenille s'emprisonne, —
que, semblables à des palmes d'or, elles en étaient
pleines.

— « Sur l'autel de la Bonne Mère³, — disait
donc à ses commères Jeanne-Marie, — hier, femmes, j'allais porter en hâte — le plus beau de mes
brins, pour dîme. — Ainsi je fais toutes les années ;
— car, après tout, c'est elle qui, avec largesse, —
commande, lorsqu'il lui plaît, aux vers à soie de
monter. »

— « Pour moi , dit Iseult du Mas de l'Hôte, —
j'ai grande peur qu'il ne m'en coûte ! — Le jour que
tant soufflait ce grand vent d'Est, — (de ce jour
affreux qu'il vous souvienne !) — j'avais laissé, par
mégarde, — tout ouverte la fenêtre de l'apparte-
ment... — tantôt j'en ai compté vingt, blanchis⁴ sur
la litière ! »

Tavèn, pour donner son aide, — était aussi venue
des Baux. — Tavèn dit à Iseult: « En toute chose,
plus que les vieillards, — vous croyez, jeunes gens,
de connaître ! — Mais il faut que l'âge nous afflige, —
il faut pleurer, il faut gémir : — alors, mais beaucoup trop tard, on voit et on connaît.

Vàutri, li femo tartavello,
Se l'espelido parèis bello,
Lèu-lèu que pèr carriero anas en bardouiant :
I'a mi magnan qu'es pas de crèire
Coume soun bèu ! Venès lèi vèire !
L'Envejo rèsto pas à rèire :
Darrié vous à la chambro escalo en remoumiant.

— Fan gau ! te dira la vesino ;
Es bèn tout clar qu'as ta crespino !
Mai tant lèu de contro elo auras vira lou pèd,
Te ie dardaio, l'envejouso,
Uno espinchado verinouso
Que te li brulo e te li nouso !...
Es l'auro, dirès pièi, que me lis engipè !

— Disc pas qu'acò noun ie fague,
Respoundè Zèu. Coume que vague,
Poudiéu bèn, aquéu jour, barra moun fenestroun !
— Di verinado que l'iue lanço,
Quand dins la tèsto briho e danso,
Faguè Taven, n'as dounc doutanço ?...
E sus Zèu entremen mandavo d'iue furoun.

— Oh ! pau-de-sèn qu' emé l'escaupre
Furnant la mort, creson de saupre
La vertu de l'abiho e lou secrèt dóu mèu !
Quau t'a pas di que, davans terme,
Pòu, un regard lusènt e ferme,
Dóu femelan torse lou germe,
Di vaco poussarudo agouta li mamèu !

« Vous, femmes étourdies, — si l'éclosion paraît
belle, — vite, vite par la rue allez bavardant : —
« Mes vers à soie, c'est incroyable — comme ils sont
beaux ! Venez les voir ! » — L'Envie ne reste pas en
arrière : — derrière vous, à la chambre, elle monte
en grommelant.

— « Ils font plaisir (à voir) ! te dira la voisine ;
— il est tout clair que tu es née coiffée⁵ ! » —
Mais sitôt que d'à côté d'elle tu auras tourné le pied,
— l'envieuse leur darde — une œillade venimeuse
— qui te les brûle et te les noue... — « C'est le vent,
direz-vous ensuite, qui me les *plâtra*⁶ ! »

— « Je ne dis pas que cela n'y fasse, — répondit
Iseult. Quoi qu'il en soit, — que n'ai-je, ce jour-là,
clos ma fenêtre ! » — « Des maléfices que l'œil lance,
— lorsqu'il brille et danse dans la tête, — répliqua Tavèn, tu en doutes donc ?... » — Et sur
Iseult, en même temps, elle lançait des yeux ardents.

—« Oh ! insensés ! qui, avec le scalpel—fouillant la
mort, croient savoir — la vertu de l'abeille et le
secret du miel ! — Sais-tu bien si, avant terme, —
ne peut, un regard luisant et fixe, — tordre le
germe de la femme, — des vaches mamelues tarir
les pis ?

Is auceloun vèn la mascoto,
Rèn qu'à l'aspèt de la machoto;
Au regard de la serp degoulon tout-d'abord
Lis auco,... e souto l'iue de l'ome,
Tu, vos qu'un verme noun s'endrome?...
Mai, contro l'iue dóu juvenome,
Quand trespiro l'amour, la flamo, o l'estrambord,

Mounte es la chato proun savènto
Pèr s'apara? Quatre jouvènto
Leissèron de si man escapa li coucoun :
Que fugue en jun, fugue en óutobre,
Toun aguhioun fau toujour qu'obre,
Que! ie cridèron, vièi coulobre!
Li drole?... digo-ie qu'avançon un brigoun !

Noun! venié la gaio ninèio,
N'en voulèn ges ! parai, Mirèio ?
— Se descoucouno pas, faguè, tóuti li jour :
Sabe une fiolo, dins l'estivo,
Qu'anas trouva fort agradivo...
E Mirèio, despachativo,
Davalo dins lou mas escoundre sa roujour.

— Bèn! iéu, mi bono, siéu bèn pauro !
Acoumencè la fièro Lauro.
Mai se, d'escouta res, iéu, l'aviéu envela,
Quand lou rèi de Pamparigousto
De sa man me farié soumousto,
Sarié moun chale, ma coungousto,
De lou vèire sèt an à mi pèd barbela !

« Les oisillons sont ensorcelés — à l'aspect seul de la chouette; — au regard du serpent, (du ciel) tombent soudain — les oies,... et, toi, sous l'œil de l'homme, — tu veux qu'un ver ne s'endorme pas?... — Mais, contre l'œil du jeune homme, — lorsqu'il en jaillit l'amour, la flamme ou l'enthousiasme,

« Où est la vierge assez savante — pour se défendre? » Quatre jouvencelles — laissèrent de leurs mains échapper les cocons : — « Que ce soit en juin ou en octobre, — il faut sans cesse que ton aiguillon soit à l'œuvre, — eh! vieille couleuvre! lui crièrent-elles... — Les garçons?.... dis-leur d'approcher tant soit peu !

« Non! s'écriait le gai troupeau de filles, — nous n'en voulons point! n'est-ce pas Mireille? » — « La récolte des cocons n'a pas lieu, répondit-elle, tous les jours: — je sais une bouteille, dans le cellier, — que vous allez trouver fort agréable. » — Et Mireille, légère, — descend dans la maison pour cacher sa rougeur.

— « Eh bien! mes bonnes (amies), je suis bien pauvre, moi! — commença la fière Laure. — Mais si de n'écouter personne j'avais résolu, — quand le roi de Pamparigouste [7] — me ferait offre de sa main, — ma volupté, ma délectation serait — de le voir sept ans à mes pieds agoniser d'amour!

— Iéu noun! aqui diguè Clemènço.
Se quauque rèi, pèr escasènço,
De iéu veni' amourous, pòu arriba bessai,
Subretout s'èro jouine e lèri
E lou pu bèu de soun empèri,
Que, sènso tant de refoulèri,
Me leissèsse pèr éu mena dins soun palai.


Mai uno fes que m'aurié messo
Emperairis e segnouresso,
Emé capo ufanouso, à paparri d'orfré,
Em' autour de ma tèsto caudo
Uno couroûno qu'esbrihaudo,
Rèn que de perlo e d'esmeraudo,
M'envendréu, iéu la rèino, i Baus, moun paure endré!


Di Baus fariéu ma capitalo!
Sus lou roucas que iuei rebalo,
De nòu rebastiriéu noste vièi castelas:
l'apoundriéu uno tourrello
Qu'emé sa pouncho blanquinello
Ajougneguèsse lis estello!
E pièi, quand voudriéu un pauquet de soulas,


Au tourrihoun de ma tourriho,
Sènso couroûno ni mantiho,
Souleto emé moun prince amariéu d'escala.
Souleto em' éu, sarié, ma fisto!
Causo de bon e de requisto
Peralin de perdre sa visto,
Contro lou releisset, couide à couide apiela!

— « Non pas moi! dit là Clémence. — Si quelque roi, par hasard, — de moi devenait amoureux,
il pourrait bien se faire, — surtout s'il était jeune,
brillant, — et le plus beau de son empire, — que,
sans tant de caprices, — je me laissasse emmener
par lui dans son palais.

« Mais dès qu'il m'aurait mise — impératrice et
souveraine, — avec un manteau magnifique, à ra-
mages d'orfroi, — et (qu'il aurait) ceint ma tête ardente — d'une couronne qui éblouit — de perles et
d'émeraudes, — je m'en viendrais, moi la reine, aux
Baux, mon pauvre pays!

« Des Baux je ferais ma capitale! — Sur le rocher
où il rampe aujourd'hui, — je rebâtirais à neuf notre
vieux château en ruine : — j'y ajouterais une tourelle,
— qui, de sa pointe blanche, — atteignît les étoiles!
— Et puis, quand je voudrais un peu de *soulas*,

« Au donjon de ma tourelle, — sans couronne ni
mantille, seule — avec mon prince, j'aimerais à monter. — Seule avec lui, ce serait, je vous jure! —
chose plaisante et délicieuse — (que) de perdre au
loin sa vue, — contre le parapet, coude à coude,
appuyés!

De vèire en plen, fasiè Clemènço,
Moun gai reiaume de Prouvènço
Coume un claus d'arangiè davans iéu s'espandi;
E sa mar bluio estalouirado
Souto si colo e si terrado,
E li grand barco abandeirado,
Poujanto à plen de velo i pèd dóu Castèu d'I;

E Ventour que lou tron labouro,
Ventour que, venerable, aubouro
Subre li mountagnolo amatado souto éu,
Sa blanco tèsto fin qu'is astre,
Coume un grand e vièi baile-pastre
Qu'entre li fau e li pinastre,
Couta 'mé soun bastoun, countèmplo soun vacièu;

E lou Rose, ounte tant de vilo
Pèr béure vènon à la filo
En risènt e cantant s'amourra tout-de-long,
Lou Rose, tant fièr dins si ribo,
E qu'Avignoun tant-lèu arribo,
Counsènt pamens à faire gibo,
Pèr veni saluda Nostro-Damo de Dom;

E la Durènço, aquelo cabro,
Alandrido, feroujo, alabro,
Que rousigo en passant e cade c rebaudin,
Aquelo chato boulegueto
Que vèn dóu pous 'mé sa dourgueto,
E que degaio soun aigueto
En jougant 'mé li chat que trovo pèr camin.

« De voir en plein, disait Clémence, — mon
gai royaume de Provence, — tel qu'un clos d'oran-
gers, devant moi s'épanouir ; — et sa mer bleue mollement étendue — sous ses collines et ses plaines,
— et les grandes barques pavoisées — cinglant à
pleine voile au pied du Château d'If.

« Et le Ventour[8] que laboure la foudre, — le Ventour qui, vénérable, élève — sur les montagnes blot-
ties au-dessous de lui — sa blanche tête jusqu'aux
astres, — tel qu'un grand et vieux chef de pasteurs
— qui, entre les hêtres et les pins sauvages, — ac-
coté de son bâton, contemple son troupeau ;

« Et le Rhône, où tant de cités, — pour boire,
viennent à la file, — en riant et chantant, plonger
leurs lèvres, tout le long ; — le Rhône si fier dans
ses bords, — et qui, dès qu'il arrive à Avignon, —
consent pourtant à s'infléchir, — pour venir saluer
Notre-Dame des Doms ;

« Et la Durance, cette chèvre, — ardente à la course,
farouche, vorace, — qui ronge en passant et cades et
argousiers ; — cette fille sémillante — qui vient du
puits avec sa cruche, — et qui répand son onde —
en jouant avec les gars qu'elle trouve par la route. »

9.

Tout en disènt eiçò, Clemènço,
La gènto rèino de Prouvènço,
Quitè sa cadiereto, e dins lou canestèu
Anè veja sa faudadouno.
Azalaïs, bruno chatouno,
Emé Vióulano, sa bessouno,
(Que si gènt d'Estoubloun menavon lou castèu),

Azalaïs, bruno chatouno,
Emé Vióulano, sa bessouno,
Au Mas di Falabrego ensèn venien souvènt.
L'Amour, aquéu terrible glàri
Qu'is amo tèndro e nouvelàri
Se plais qu'à faire de countràri,
l'aviè douna d'ardour pèr lou meme jouvènt.

Azalaïs levè la tèsto :
Fiheto, perqué sian en fèsto,
Meten, dis, qu'à moun tour fugue la rèino, iéu!
E que Marsiho emé si velo,
E la Cióutat, que ris em'elo,
Emé Seloun e sis amelo,
Bèucaire emé soun Prat, tout acò fugue miéu!

— Damiseleto e bastidano,
D'Arle, di Baus, de Barbentano,
Diriéu, à moun palais landas coume d'aucèu!
Vole chausi li sèt pu bello,
E pesaran dins l'archimbello
L'amour que troumpo o que barbèlo...
Gaiamen, tóuti sèt, venès teni counsèu!

Tout en disant ceci, Clémence, — la gentille reine
de Provence, — quitta sa chaise, et dans la corbeille
— alla vider son tablier plein. — Azalaïs, brune fillette, — et Violane, sa jumelle, — (leurs parents, du
château d'Estoublon conduisaient le domaine);


Azalaïs [9], brune fillette, — et Violane, sa jumelle,
— au Mas des Micocoules venaient souvent ensemble.
— L'Amour, ce terrible lutin — qui, aux âmes ten-
dres et naïves, — ne se plaît qu'à faire des niches,
— les avait enflammées pour le même jeune homme.


Azalaïs leva la tête : — « Jeunes filles, puisque nous
sommes en fête, — admettons, dit-elle, qu'à mon
tour je sois reine, moi! — et que Marseille avec ses
voiles, — et la Ciotat, qui rit avec elle, — et Salon et
ses amandes, — Beaucaire avec son Pré, tout cela
m'appartienne !


— « Demoiselles et filles des champs, — d'Arles, des
Baux, de Barbentane, — dirais-je, à mon palais volez
comme des oiseaux ! — Je veux choisir les sept plus
belles, — et elles pèseront dans la balance — l'amour
trompeur ou brûlant de désir... — Toutes les sept,
venez gaiement tenir conseil ! »

N' i'a pas pèr èstre maucourado,
Se i'a 'n parèu que bèn s'agrado,
Que, la mita dóu tèms, noun posque s'aparia?
Mai iéu, Azalaïs la rèino,
Dins moun empèri, malapèino !
De quauco injusto e laido gèino
Se jamai un parèu se vèi countraria,

Au tribunau di sèt chatouno
Trouvara lèi que ie perdouno !
Pèr jouièu o pèr or, de sa raubo d'ounour
Quau fara pache ; à sa mestresso
Quau fara 'scorno vo traitesso,
Au tribunau di sèt bailesso
Trouvaran lèi terriblo e venjanço d'amour !

E quand pèr uno se rescontro
Dous calignaire ; vo, pèr contro,
Quand se vèi dos chatouno amourouso que d'un,
Vole que lou counsèu designe
Quau mies ame, quau mies caligne,
E d'èstre ama quau es pu digne.
Enfin, e pèr coumpagno au bèu damiselun,

Sèt felibre vole que vèngon ;
E, 'mé de mot que s'endevèngon,
E mounte enaussaran lou noble roundelet,
Vole qu'escrigon sus de rusco
O sus de fueio de lambrusco
Li lèi d'amour ; e tau di brusco
Lou bon mèu coulo, tau van coula si coublet.

« N'est-ce pas décourageant, — s'il est un couple
qui bien s'agrée, — que, la moitié du temps, il ne
puisse s'unir ? — Mais moi, Azalaïs la reine, — dans
mon empire, *je vous l'atteste!* — par quelque gêne
injuste, odieuse, — si jamais un couple se voit con-
trarié,

« Au tribunal des sept jeunes filles — il trouvera
loi de clémence! — Pour joyau ou pour or, de sa
robe d'honneur — qui fera pacte ; à son amante —
qui fera insulte ou trahison, — au tribunal des sept
baillives — trouvera loi terrible et vengeance d'a-
mour !

« Et quand, pour une, il se rencontre — deux
amants ; ou au contraire, — lorsqu'on voit deux jeunes filles amoureuses du même, — je veux que le
conseil désigne — qui mieux aime, qui mieux cour-
tise — et qui est plus digne d'être aimé. —Enfin, et
pour compagnie aux belles demoiselles,

« Je veux qu'il vienne sept poëtes ; — et avec des
mots qui s'accordent, — et dans lesquels ils exalte-
ront le noble chœur, — je veux qu'ils écrivent sur
des écorces — ou sur des feuilles de vigne sauvage
— les lois d'amour ; et tel — le bon miel coule des
ruches, tels vont couler leurs couplets. »

Antan, di pin souto lou tèume,
Ansin Faneto de Gantèume
Deviè parla segur, quand soun front estela
    De Roumanin e dis Aupiho
    Enluminavo li mountiho;
    Ansin la Coumtesso de Dio,
Quand tenié court d'amour, segur deviè parla.

    Mai, à sa man tenènt un flasco,
    Bello coume lou jour de Pasco,
Dins la chambro di femo, en aquéu tèms d'aqui,
    Mirèio èro tourna vengudo:
    — An ! se fasian uno begudo !
    Acò 'sgaiejo la batudo,
Faguè ; femo, aparas, avans de persegui.

    E dóu flasquet bèn garni d'aufo,
    La liquoureto que rescaufo,
Dins la tasso, aderrèn, raiè coume un fiéu d'or.
    — Iéu l'ai facho, aquelo menèstro,
    Diguè Mirèio; s'amajèstro
    Quaranto jour sus la fenèstro,
Pèr fin que lou soulèu n'adoucigue lou fort.

    I'a de tres erbo de mountagno ;
    E lou sumoustat que li bagno
N'en gardo uno sentour qu'embaimo l'estouma.
    — Mai, que ! Mirèio, — veici qu'uno
    Vèn à-n-aquesto, — ve, chascuno,
    Se quauque jour èro en fourtuno,
Nous a di ce que, rèino, aurié lou mai ama ;

Jadis, sous le couvert des pins, — ainsi Fanette de Gantelme [10] — devait parler assurément, quand son front étoilé — des Alpines et de Romanin — illuminait les collines; — ainsi la Comtesse de Die [11], — lorsqu'elle tenait cour d'amour, assurément devait parler.

Mais, à la main tenant un flacon, — belle comme le jour de Pâques, — dans la chambre des femmes, pendant ce temps-là, — Mireille, de nouveau, était venue : — « Allons! n'est-il pas temps de boire? — Ça égaye le travail, — dit-elle; femmes, tendez (la coupe), avant de poursuivre. »

Et du flacon garni de sparterie — la liqueur qui réchauffe, — dans la tasse, tour à tour, coula comme un fil d'or. — « J'ai fait moi-même cet élixir, — dit Mireille; il s'élabore — quarante jours sur la fenêtre, — afin que le soleil en adoucisse l'âcreté.

« Il y entre de trois herbes de montagne, — et le surmoût qui les baigne — en garde une senteur qui embaume la poitrine. » — « Mais écoute, Mireille! soudain dit l'une (d'elles) — à celle-ci, vois-tu, chacune, — si quelque jour elle était dans l'opulence, — nous a dit ce que, reine, elle aurait le mieux aimé;

Tu peréu, digo lèu, Mirèio,
Digo-nous tambèn toun idèio!
— Que voulès que vous digue?.. Urouso emé mi gènt,
A noste mas de Crau countènto,
I'a pas rèn autre que me tènto.
— Ah! faguè 'lor uno jouvènto,
Verai, ce que t'agrado es ni d'or ni d'argènt!

Mai, un matin, ièu m'ensouvène...
(Perdouno-me, se noun lou tène,
Mirèio!), èro un dimars; venièu de buscaia;
Coume anave èstre à la Crous-Blanco,
Emé moun fais de bos sus l'anco,
T'entreveguère, dins li branco,
Que parlaves em'un, proun escarrabiha!....

— Quau? quau? cridèron. De mounte èro?
— Emé lis aubre de la terro,
Nourado respoundè, destriave pas bèn;
Mai, se noun troumpo lou parèisse,
Me semblè bèn de recounèisse
Aquéu que li panié saup tèisse,
Aquèu Valabregan que ie dison Vincèn.

— Oh! la capouno, la capouno!
Esclafiguèron li chatouno.
Avié 'nvejo, parèis, d'un poulit gourbelin,
E i'a fa 'ncrèire au panieraire
Que lou voulié pèr calignaire!
Oh! la pu bello dóu terraire
Qu'a chausi pèr galant Vincèn lou rampelin!

« Toi aussi, dis vite, Mireille, — dis-nous de même
ton idée! » — « Que voulez-vous que je vous dise?...
Heureuse avec mes parents, — contente en notre *mas*
de Crau, — il n'est rien autre qui me tente. » —
« Ah! dit lors une jouvencelle, — il est vrai, ce
qui te plait n'est ni d'or ni d'argent!

« Mais, un matin, je me souviens... — (pardonne-
moi, si je ne le tais, — Mireille!) C'était un mardi; je
venais de glaner des bûchettes; — comme j'allais
être à la Croix-Blanche, — (portant) sur la hanche
mon fagot de bois, — je t'entrevis dans les bran-
chages — parlant avec quelqu'un, assez dégourdi! »

— « Qui? qui? crièrent-elles, d'où était-il? » —
« Avec les arbres du terrain, — repartit Norade, j'a-
vais peine à distinguer; — mais si le paraître n'est
pas trompeur, — il me sembla fort reconnaître —
celui qui sait tisser les paniers, — ce (gars) de Valabrègue qu'on appelle Vincent. »

— « Oh! la friponne, la friponne! — dirent les
jeunes filles en riant aux éclats; — elle avait envie,
apparemment, d'un joli corbillon, — et elle a fait ac-
croire au vannier — qu'elle le voulait pour amant!
— Oh! la plus belle du terroir — qui a choisi pour
galant Vincent le va-nu-pieds! »

E la galejavon. Tout-d'uno,
E sus la caro de caduno
Permenant tout au tour un regard de galis :
Malavalisco vàutri, pèco !
Faguè Taven. Que la Roumèco
Vous rendeguèsse tóuti mèço !
Passariè lou bon Diéu dins soun camin d'Alis,

Que se n'en trufarien, esturto !
D'aquéu Vincèn, à touto zurto,
Es bèu, paraì? de rire !... E sabès ce que tèn,
Paure que paure ?... Ausès l'ouracle :
Meme davans soun tabernacle,
Diéu, uno fes, moustrè miracle !
Vous lou pode afourti, s'èi passa de moun tèm.

Èro un pastre : touto sa vido,
L'aviè passado assouvagido,
Dins l'aspre Luberoun, en gardant soun avè.
Enfin, de-vers lou çamentèri
Sentènt plega soun cors de fèrri,
A l'ermitan de Sant Ouquèri
Vouguè se counfessa, coume èro soun devé.

Soul, esmarra dins la Vaumasco,
Desempièi si proumièri pasco,
Dins glèiso ni capello aviè pu mes li pèd ;
l'aviè passa de la memòri
Meme sis ouro !... De sa bòri
Éu mountè dounc à l'ermitòri,
E davans l'ermitan jusqu'au sòu se courbè.

Et elles la plaisantaient. Aussitôt, — et sur le visage de chacune — promenant, tout autour, un regard oblique : — « Maudites soyez-vous, pécores ! —
s'écria Tavèn. La Roumèque [12] — puisse-t-elle, toutes,
vous stupéfier ! — Passerait le bon Dieu dans son
chemin élyséen,

« Qu'elles s'en moqueraient, les folles ! — De ce
Vincent, inconsidérément, — il est beau, n'est-ce
pas ? de rire !... Et savez-vous ce qui est en lui, —
quelque pauvre qu'il soit ?... Écoutez l'oracle : —
devant son tabernacle même — Dieu une fois montra
miracle ! — Je puis vous l'affirmer, (cela) s'est passé
de mon temps.

« C'était un pâtre : toute sa vie, — il l'avait pas-
sée, sauvage, — dans l'âpre Luberon [15], en gardant
son troupeau. — Enfin devers le cimetière — sentant
son corps de fer ployer, — à l'ermite de Saint-Eu-
cher — il voulut se confesser, comme c'était son de-
voir.

« Seul, perdu dans la Valmasque [14], — depuis ses
premières pâques, — dans église ou chapelle il n'é-
tait plus entré ; — avaient fui de sa mémoire —
même ses prières !... De sa cabane — il monta donc
à l'ermitage, — et devant l'ermite jusqu'à terre il se
courba.

— De que vous acusàs, moun fraire?
, Diguè lou capelan. — Pecaire!
Respoundeguè lou vièi, iéu m'acuse qu'un cop,
  Dins moun troupèu, un galapastre
  (Qu'es un aucèu ami di pastre)
  Voulastrejavo... Pèr malastre
Tuère em'un caiau lou paure guigno-co!

— Se noun lou fai à bèl esprèssi,
  Aquel ome dèu èstre nèsci!
Pensè l'ermito... E lèu roumpènt la counfessioun :
  Anas penja su 'quelo barro,
  Ie fai en estudiant sa caro,
  Voste mantèu, que iéu vau aro,
Moun fraire, vous douna la santo assoulucioun.

Aquelo barro que lou prèire,
  Pèr lou prouva, ie fasié vèire,
Èro un rai de soulèu que toumbavo en galis
  Dins la capello. — De sa jargo
  Lou bon vièi pastre se descargo,
  E, creserèu, en l'èr la largo...
E la jargo tenguè, pendoulado au rai lisc!

— Ome de Diéu! cridè l'ermito....
  E tout-d'un-tèms se precepito
I geinoun dóu sant pastre, en plourant soun sadou :
  — Iéu, se pòu-ti que vous assògue?
  Ah! de mis iue que l'aigo plògue,
  E sus iéu vosto man se mògue,
Que vous sias un santas, e iéu un pecadou!

— « De quoi vous accusez-vous, mon frère ? » —
dit le chapelain. — « Hélas ! — répondit le vieillard,
(voici ce dont) je m'accuse : une fois — dans mon
troupeau, une bergeronnette — (qui est un oiseau
ami des bergers) — voletait... Par malheur, — je
tuai avec un caillou le pauvre hoche-queue ! »


— S'il ne le fait à dessein, — cet homme doit être
idiot ! — pensa l'ermite.... Et aussitôt, brisant la
confession : — « Allez suspendre à cette perche, —
lui dit-il en étudiant son visage, — votre manteau,
car je vais maintenant, — mon frère, vous donner la
sainte absolution. »


La perche que le prêtre, — afin de l'éprouver,
lui montrait, — était un rayon de soleil qui tombait
obliquement — dans la chapelle. De son manteau —
le bon vieux pâtre se décharge, — et, crédule, en l'air
le jette.... — Et le manteau resta, suspendu au rayon
lisse !


— « Homme de Dieu ! » s'écria l'ermite. .. — Et
aussitôt de se précipiter — aux genoux du saint
pâtre, en pleurant *à chaudes larmes* : — « Moi, se
peut-il que je vous absolve ? — Ah ! que l'eau pleuve
de mes yeux ! — et sur moi que votre main se meuve,
— car vous êtes, vous, un grand saint, et moi un pé-
cheur ! »

10.

E Taven feniguè soun dire.
I chato avié coupa lou rire.
— Acò mostro, Laureto alor ajustè 'nsin,
     Acò mostro, e noun lou countèsti,
     Que noun fau se trufa dóu vièsti,
     E que de tout péu bono bèsti...
Mai, chato, revenen. Coume un gran de rasin,

     Nosto jouineto majouralo,
     Ai vist que venié vermeialo,
Tant lèu que de Vincèn lou dous noum s'èi ausi;
     T'a mai que mai!... Vejan! poulido,
     Quant durè de tèms la culido?
     En estènt dous, l'ouro s'óublido,
Es que! 'mé 'n calignaire, avès toujour lesi!...

     — Travaias, descoucounarello!
     N' i'a panca próun, galejarello?
Mirèio respoundè; farias dana li sant!
     Oh! dis, mai vè! pèr vous counfoundre
     Pu lèu que de me vèire apoundre
     A-n-un marit, me vole escoundre
En un couvènt de mourgo, à la flour de mis an.

     — Tan-deran-lan! tan-deran-lèron!
     Tóuti li chato ensèn cantèron.
Anen! eiçò sara la bello Magali,
     Magali, que, dóu grand esglàsi
     Qu'avié pèr l'amourous estàsi,
     En Arle au couvènt de Sant-Blàsi,
Touto vivo, amè mai courre s'enseveli.

Et Tavèn termina son récit. — Aux jeunes filles
elle avait coupé le rire. — « Cela montre, lors ajouta
Laurette, — cela montre, et je ne le conteste pas, —
qu'il ne faut point se moquer de l'habit, — et qu'(il
peut) de tout poil (y avoir) bonne bête... — Mais,
filles, revenons. Comme un grain de raisin,

« Notre jeune maîtresse, — (je l'ai vu), est devenue
vermeille, — sitôt que de Vincent le doux nom s'est
ouï... — *Là est quelque mystère*... Voyons, belle, —
combien de temps dura la cueillette? — En étant
deux, l'heure s'oublie; — avec un amant, on a toujours du loisir! »

— « Travaillez, détachez les cocons! — N'est-ce
point encore assez, railleuses? — Mireille répondit;
vous feriez damner les saints! — Oh! mais, pour
vous confondre, dit-elle, — plutôt que de me voir
unir — à un mari, je veux me cacher — en un couvent de nonnes, à la fleur de mes ans. »

— « *Tra la la! tra la la!* — Toutes les filles
chantèrent ensemble. — Allons! ce sera là la belle
Magali, — Magali, dont telle était l'horreur — pour
l'amoureuse extase, — qu'en Arles, au couvent de
Saint-Blaise, — elle aima mieux, toute vive, aller s'ensevelir.

Noro, au! d'aut! tu que tant bèn cantes,
Tu que, quand vos, l'ausido espantes,
Canto-ie Magali, Magali qu'à l'amour
Escapavo pèr milo escampo,
Magali que se fasié pampo,
Aucèu que volo, rai que lampo,
E que toumbè pamens, amourouso à soun tour.


— *O Magali, ma tant amado!...*
Coumencè Noro; e l'oustalado
A l'obro redoublè de gaieta de cor;
E coume, quand d'uno cigalo
Brusis la cansoun estivalo,
En Cor tóuti reprenon, talo
Li chatouno au refrin partien tóutis en Cor.


MAGALI


O Magali, ma tant amado,
Mete la tèsto au fenestroun!
Escouto un pau aquesto aubado
De tambourin e de vióuloun.

Èi plen d'estello, aperamount!
L'auro es toumbado,
Mai lis estello paliran,
Quand te veiran!

« Allons ! Nore, toi qui chantes si bien, — toi
qui, quand tu le veux, émerveilles l'ouïe, — chante-
lui Magali, Magali qui à l'amour — échappait par
mille subterfuges, — Magali qui se faisait pampre,
— oiseau qui vole, rayon qui brille, — et qui tomba,
pourtant, amoureuse à son tour. »

— « *O Magali, ma tant aimée!....* » — commença
Nore; et la maisonnée — à l'ouvrage redoubla de gaieté
de cœur, — et telles, quand d'une cigale — bruit la
chanson d'été, — toutes (les autres) en chœur re-
prennent, telles — les jeunes filles au refrain partaient toutes en chœur.

## MAGALI

« O Magali, ma tant aimée. — mets la tête à la fenêtre ! — Écoute un peu cette aubade — de tambou-
rins et de violons.

(Le ciel) est là-haut plein d'étoiles. — Le vent est
tombé, — mais les étoiles pâliront — en te voyant. »

— Pas mai que dóu murmur di broundo
De toun aubado iéu fau cas !
Mai iéu m'envau dins la mar bloundo
Me faire anguielo de roucas.

— O Magali ! se tu te fas
     Lou pèis de l'oundo,
Iéu, lou pescaire me farai,
     Te pescarai !

— Oh ! mai, se tu te fas pescaire,
Ti vertoulet quand jitaras,
Iéu me farai l'aucèu voulaire,
M'envoularai dins li campas.

— O Magali, se tu te fas
     L'aucèu de l'aire,
Iéu lou cassaire me farai,
     Te cassarai.

— I perdigau, i bouscarido,
Se vènes, tu, cala ti las,
Iéu me farai l'erbo flourido
E m'escoundrai dins li pradas.

— O Magali, se tu te fas
     La margarido,
Iéu l'aigo lindo me farai,
     T'arrousarai.

— « Pas plus que du murmure des branches — de
ton aubade je ne me soucie! — Mais je m'en vais dans
la mer blonde — me faire anguille de rocher. »

— « O Magali, si tu te fais — le poisson de l'onde,
— moi, le pêcheur je me ferai, — je te pêcherai! »

— « Oh! mais, si tu te fais pêcheur, — quand tu
jetteras tes verveux, — je me ferai l'oiseau qui vole,
— je m'envolerai dans les landes. »

— « O Magali, si tu te fais — l'oiseau de l'air, —
je me ferai, moi, le chasseur, — je te chasserai. »

— « Aux perdreaux, aux becs-fins, — si tu viens
tendre tes lacets, — je me ferai, moi, l'herbe fleurie,
— et me cacherai dans les prés vastes. »

— « O Magali, si tu te fais — la marguerite, — je
me ferai, moi, l'eau limpide, — je t'arroserai. »

— Se tu te fas l'aigueto lindo,
Iéu me farai lou nivoulas,
E lèu m'enanarai ansindo
A l'Americo, perabas !

— O Magali, se tu t'envas
　　Alin is Indo,
L'auro de mar iéu me farai,
　　Te pourtarai !


— Se tu te fas la marinado,
Iéu fugirai d'un autre las :
Iéu me farai l'escandihado
Dóu grand soulèu que found lou glas !

— O Magali, se tu te fas
　　La souleiado,
Lou verd limbert iéu me farai,
　　E te béurai !


— Se tu te rèndes l'alabreno
Que se rescound dins lou bertas,
Iéu me rendrai la luno pleno
Que dins la niue fai lume i masc !

— O Magali, se tu fas
　　Luno sereno,
Iéu bello nèblo me farai,
　　T'acatarai.

— « Si tu te fais l'onde limpide, — je me ferai, moi, le grand nuage, — et promptement m'en irai ainsi — en Amérique, là-bas bien loin! »

— « O Magali, si tu t'en vas — aux lointaines Indes, — je me ferai, moi, le vent de mer, — je te porterai! »

— « Si tu te fais le vent marin, — je fuirai d'un autre côté : — je me ferai l'échappée ardente — du grand soleil qui fond la glace! »

— « O Magali, si tu te fais — le rayonnement du soleil, — je me ferai, moi, le verd lézard, — et te boirai. »

— « Si tu te rends la salamandre — qui se cache dans le hallier, — je me rendrai, moi, la lune pleine — qui éclaire les sorciers dans la nuit! »

— « O Magali, si tu te fais — lune sereine, — je me ferai, moi, belle brume, — je t'envelopperai. »

11

— Mai se la nèblo m'enmantello,
Tu, pèr acò, noun me tendras;
Iéu, bello roso vierginello,
M'espandirai dins l'espinas!

— O Magali, se tu te fas
    La roso bello,
Lou parpaioun iéu me farai,
    Te beisarai.

— Vai, calignaire, courre, courre!
Jamai, jamai m'agantaras.
Iéu, de la rusco d'un grand roure
Me vestirai dins lou bouscas.

— O Magali, se tu te fas
    L'aubre di moure,
Iéu lou clot d'èurre me farai,
    T'embrassarai!

— Se me vos prene à la brasseto,
Rèn qu'un vièi chaine arraparas...
Iéu me farai blanco moungeto
Dóu mounastié dóu grand Sant Blas!

— O Magali, se tu te fas
    Mounjo blanqueto,
Iéu, capelan, counfessarai,
    E t'ausirai!

— « Mais si la brume m'enveloppe, — pour cela tu ne me tiendras pas ; — moi, belle rose virginale, — je m'épanouirai dans le buisson ! »

— « O Magali, si tu te fais — la rose belle, — je me ferai, moi, le papillon, — je te baiserai. »

— « Va, poursuivant, cours, cours ! — jamais, jamais tu ne m'atteindras. — Moi, de l'écorce d'un grand chêne — je me vêtirai dans la forêt sombre. »

— « O Magali, si tu te fais — l'arbre des mornes, — je me ferai, moi, la touffe de lierre, — je t'embrasserai ! »

— « Si tu veux me prendre à bras-le-corps, — tu ne saisiras qu'un vieux chêne... — Je me ferai blanche nonnette — du monastère du grand Saint Blaise! »

— « O Magali, si tu te fais — nonnette blanche, — — moi, prêtre, à confesse — je t'entendrai ! »

Aqui li femo ressautèron ;
Li rous coucoun di man toumbèron...
E cridavon à Noro : Oh ! digo, digo pièi
Ce que faguè, 'n estènt moungeto,
Magali, que deja, paureto !
S'èi facho roure emai floureto,
Luno, soulèu e nivo, erbo, auceloun e pèi.


— De la cansoun, reprenguè Noro,
Vous vau canta ce que demoro.
N'erian, se m'ensouvèn, au rode ounte elo dis
Que dins la clastro vai se traire,
E que respond l'ardènt cassaire
Que i' intrara pèr counfessaire...
Mai d'elo tournamai ausès l'entravadis :


— Se dóu couvènt passes li porto,
Tóuti li mounjo trouvaras
Ju'à moun entour saran pèr orto,
Car en susàri me veiras !


— O Magalï, se tu te fas
La pauro morto,
Adounc la terro me farai,
Aqui t'aurai !

Là les femmes tressaillirent; — les cocons roux tombèrent des mains, — et elles criaient à Nore : « Oh!
dis, dis ensuite — ce que fit, étant nonnain, — Magali, qui déjà, pauvrette! — s'est faite chêne et fleur
aussi, — lune, soleil et nuage, herbe, oiseau et
poisson. »

— « De la chanson, reprit Nore, — je vais vous
chanter ce qui reste. — Nous en étions, s'il m'en souvient, à l'endroit où elle dit — que dans le cloître elle
va se jeter, — et où l'ardent chasseur répond — qu'il
y entrera comme confesseur... — Mais de nouveau,
oyez l'obstacle qu'elle (oppose) :

— « Si du couvent tu passes les portes, — tu trouveras toutes les nonnes — autour de moi errantes,
— car en suaire tu me verras! »

— « O Magali, si tu te fais — la pauvre morte, —
adoncques je me ferai la terre, — là je t'aurai! »

— Aro coumence enfin de crèire
Que noun me parles en risènt :
Vaqui moun aneloun de vèire
Pèr souvenènço, o bèu jouvènt!


— O Magali, me fas de bèn!...
    Mai, tre te vèire,
Ve lis estello, o Magali,
    Coume an pali!


Noro se taiso; res mutavo.
Talamen bèn Noro cantavo,
Que lis autro, enterin, d'un clinamen de front
    L'acoumpagnavon, amistouso :
    Coume li mato de moutouso,
    Que, penjouleto e voulountouso,
Se laisson ana 'nsèmble au courrènt d'uno font.


— Oh! lou bèu tèms que fai deforo!
    En acabant ajustè Noro...
Mai deja li segaire, à l'aigo dóu pesquié,
    De si daioun lavon la goumo...
    Cuei-nous, Mirèio, quàuqui poumo
    Di sant-janenco, e 'mé 'no touino
Nautre anaren gousta sout li falabreguié.

— « Maintenant je commence enfin à croire — que tu ne me parles pas en riant. — Voilà mon annelet de verre — pour souvenir, beau jouvenceau ! »

— « O Magali, tu me fais du bien !... — Mais, dès qu'elles t'ont vue, — ô Magali, vois les étoiles, — comme elles ont pâli[15] ! »

Nore se tait ; nul ne disait mot. — Tellement bien Nore chantait, — que les autres, en même temps, d'un penchement de front — l'accompagnaient, sympathiques : — comme les touffes de souchet — qui, pendantes et dociles, — se laissent aller ensemble au courant d'une fontaine.

— « Oh ! le beau temps qu'il fait dehors ! » — ajouta Nore en achevant... — « Mais déjà les faucheurs, à l'eau du vivier, — lavent la gomme de leurs faux... — Cueille-nous, Mireille, quelques pommes — de celles qui mûrissent à la Saint-Jean, et avec un fromage frais — nous irons, nous, goûter sous les micocouliers. »

# NOTES

## DU CHANT TROISIÈME.

Le bon muscat de Baume (*lou bon muscat dé Baumo*). Baume, village du département de Vaucluse, produit un vin muscat estimé.

[2] Le Ferigoulet (*lou Ferigoulet*), excellent vin qu'on récolte sur un coteau des collines de Graveson (Bouches-du-Rhône). — *Ferigoulo* signifiant *thym* en provençal, le vin de Ferigoulet, comme son nom l'indique, rappelle agréablement le parfum de cette plante.

[3] La Bonne Mère (*la Bono Maire*), la sainte Vierge.

[4] *Canela* (blanchis), se dit des vers à soie atteints de la terrible maladie appelée *muscardine*, due au développement d'une moisissure qui leur donne une apparence plâtrée.

[5] Tu es née coiffée (*as ta crespino*).— *Crespino*, coiffe, membrane que quelques enfants portent sur la tête en venant au monde, et qui est aux yeux du peuple un indice de bonheur

[6] Plâtra (*engipè*). (Voyez la note 4, même Chant.)

[7] Pamparigouste (*Pamparigousto*). Pays imaginaire, comme celui de Cocagne.

[8] Le Ventour (*lou Ventour*), haute montagne, à quarante-huit kilomètres au nord-est d'Avignon, s'élevant tout à coup à dix-neuf cent onze mètres au-dessus du niveau de la mer, isolée, escarpée, visible de quarante lieues, couronnée de neige durant six mois de l'année. C'est à tort que les géographes écrivent *Ventoux* au lieu de *Ventour*. Les populations voisines de cette montagne prononcent unanimement *Ventour*. Un de ses appendices porte le nom de *Ventouret*, et un certain vent du nord s'appelle *la Ventoureso*, parce qu'il vient de ce côté

9 *Azalaïs*, forme provençale du nom propre Adélaïde.

10 Fanette de Gantelme. — Estéfanette, et par abréviation Fanette, de la noble famille des Gantelme, présidait, vers 1340, la Cour d'amour de Romanin. On sait que les Cours d'amour étaient des assises poétiques où les dames les plus nobles, les plus belles, les plus savantes en *Gay-saber*, jugeaient les questions de galanterie, les litiges d'amour, et décernaient des prix à la poésie provençale. La belle et célèbre Laure était la nièce de Fanette de Gantelme, et faisait partie du gracieux aréopage.

Non loin de Saint-Remy, au pied du versant septentrional des Alpines, on voit encore les ruines du château de Romanin.

11 La comtesse de Die, célèbre *trouveresse* du milieu du douzième siècle. Les chants qui nous restent d'elle contiennent des élans plus passionnés quelquefois et plus voluptueux que ceux de Sapho :

> Bels amics, avenèns e bos,
> Quora'us tendrai en mon poder?
> E que jugués ab vos un ser,
> E que'us dès un bais amoros!

12 La Roumèque (*la Roumèco*), espèce de vampire méridional. Voici comment la décrit le marquis de Lafare-Alais, dans ses *Castagnados* :

> Sus vint arpo d'aragno
> S'escasso soun cors brun...
> Soun vèntre que regagno,
> De fèbre e de magagno
> Suso l'orre frescun.

13 Lubéron (*Luberoun*), chaîne de montagnes du département de Vaucluse.

14 Valmasque, (*Vau masco*, vallée des sorciers); vallée du Lubéron, habitée jadis par les Vaudois.

15 On trouvera à la fin du volume l'air populaire sur lequel a été composée la chanson de Magali.

# CANT QUATREN

## LI DEMANDAIRE

Lou tèms di vióuleto. — Li pescadou dóu Martegue. — Tres cali-
gnaire vènon demanda Mirèio : Alàri lou pastre ; Veran lou gardian;
Ourrias lou toucadou. — Alàri, si capitau d'avé. — La toundesoun.
— Visto d'un escabot que davalo dis Aupo, anant en ivernage.
— Entrevisto d'Alàri emé Mirèio. — Lis Antico de Sant-Roumié. —
Liéurèio dóu pastre, lou coucourelet de bouis escrincela. — Alàri
es chabi. — Lou gardian Veran. — Li cavalo blanco de Camargo.
— Veran demando Mirèio à Mèste Ramoun. — Lou vièi lou reçaup
en grand joio, Mirèio lou refuso. — Ourrias, lou doumtaire de tau.
— Li brau negre sóuvage. — La Ferrado. — Ourrias e Mirèio à la
font. — Lou toucadou es chabi.

Vèngue lou tèms que li vióuleto,
Dins li pradello frescouleto,
Espelisson à flo, manco pas de parèu
Pèr ana li cueie à l'oumbrino !
Vèngue lou tèms que la marino
Abauco sa fièro peitrino,
E respiro plan-plan de tóuti si mamèu,

Manco pas bèto e sicelando
Que dóu Martegue, à bèlli bando,
S'envan de si paiolo embourgina lou pèis,
S'envan, sus l'alo de si remo,
Escampiha sus la mar semo ;
Vèngue lou tèms qu'entre li femo,
L'eissame di chatouno e flouris e parèis,

# CHANT QUATRIÈME

## LES PRÉTENDANTS

Vienne le temps où les violettes, — dans les fraîches prairies — éclosent à bouquets, ne manquent
pas les couples — pour aller les cueillir à l'ombre!
— Vienne le temps où la mer — apaise sa fière poitrine, — et respire lentement de toutes ses mamelles,

Ne manquent pas les prames et les *sicelandes* —
qui, du Martigue [1], à belles troupes, — partent, et
vont de leurs *pailloles* [2] entortiller le poisson, — et
vont, sur l'aile de leurs rames, — s'éparpiller dans la
mer tranquille. — Vienne le temps où, parmi les
femmes, - l'essaim des jeunes filles fleurit et paraît,

Que pastourello vo coumtesso
Prenon renoum de poulidesso,
Manco pas calignaire, en Crau e i castelas ;
E rèn qu'au Mas di Falabrego
N'en venguè tres : un gardian d'ego,
Un paissejaire de junego,
Em' un pastre d'avé, tóuti tres bèu droulas.


Venguè proumiè lou pastre Alàri.
Dison qu'avié milo bestiàri
Arrapa, tout l'ivèr, long dóu clar d'Entressèn,
I bòni bauco salabrouso.
Dison qu'eiça quand lou blad nouso,
Dins li grands Aupo fresqueirouso
Éu-meme li mountavo, entre que Mai se sènt.


Dison peréu, — e m'es de crèire, —
Que, vers Sant Marc, i'a nòu toundèire
Que, tres jour, ie toundien, e d'ome renoumà !
E ièu noun comte aquéu que lèvo
Lis au de lano blanco e grèvo,
Ni lou mendi que sènso trèvo
Carrejavo i toundèire un douire lèu chima.


Mai quand la caud pièi s'apasimo,
E que la nèu sus li grand cimo
Adeja revouluno i terraire gavot,
De l'immènso plano Craenco
Pèr destepa l'erbo ivernenco,
Dis àuti coumbo Daufinenco
Faliè vèire descèndre aquéu riche escabot !

Où pastourelles ou comtesses — prennent renom
de beauté, — né manquent pas les poursuivants, en
Crau et aux manoirs ; — et rien qu'au Mas des Micocoules — il en vint trois : un gardien de cavales, —
un pasteur de génisses — et un berger de brebis,
tous les trois beaux garçons.

Vint d'abord le berger Alàri. — On dit qu'il possédait mille bêtes (à laine), — attachées, tout l'hiver, le
long du lac d'Entressen⁵, — aux bons *gramens* salés.
— On dit qu'à l'époque où le froment forme ses
nœuds, — dans les fraîches hauteurs des grandes
Alpes — il les conduisait lui-même, dès que l'on sent
mai.

On dit aussi, et je le crois, — que, vers la Saint-
Marc, neuf tondeurs — trois jours tondaient (pour)
lui, et des hommes fameux ! — Et j'omets celui qui
enlève — les toisons de laine blanche et pesante ; —
et le bergerot qui, sans relâche, — charriait aux tondeurs un broc promptement bu.

Mais lorsque ensuite la chaleur s'apaise, — et que
la neige sur les grandes cimes — déjà tourbillonne
aux pays montagnards, — de l'immense plaine de
Crau — pour brouter l'herbe hivernale, — il fallait
voir, des hautes vallées dauphinoises, — descendre
ce riche troupeau !

12

Falié vèire aquelo escarrado
S'esperlounga dins la peirado!
En front de tout lou rai, l'agnelun proumieren
Sautourlejo pèr bando gaio...
I'a l'agnelié que lis endraio.
L'ensounaiado bourriscaio,
E li pòutre, e li saumo, à baudre li seguien.


D'escambarloun dessus la bardo,
Es l'asenié que n'a la gardo :
Dins lis ensàrri d'aufo, es éli, sus lou bast,
Éli que porton la raubiho,
E la bevènto e la mangiho,
E dóu bestiàri que s'espeio
La pèu enca saunouso, e l'agneloun qu'èi las.


Capitàni de la bregado,
E li bano revertegado,
Après venien de front, en brandant si redoun,
E lou regard vira de caire,
Cinq fièr menoun cabessejaire;
Darrié li bòchi vèn li mairé,
E li fòli cabreto, e li blanc cabretoun.


Troupo courriolo emai groumando,
Es lou cabrié que la coumando.
Li mascle de l'avé, li grands esparradou
De quau li mourre en l'èr se drèisson,
Dins la carrairo aqui parèisson :
A si grand bano se counèisson,
Tres fes envertouiado autour de l'ausidou.

Il fallait voir cette multitude — se développer dans
le chemin pierreux ! — Au front de toute la troupe,
les agneaux hâtifs — cabriolent par joyeuses bandes.
— L'*agnelier* les dirige. — Les ânes portant son-
nailles, — et les ânons, et les ânesses, en désordre
les suivaient.

A califourchon sur la bardelle, — l'ânier en a la
garde. — Dans les mannes de sparterie, ce sont eux,
sur le bât, — eux qui portent les hardes, — et la
boisson, et les vivres, — et du bétail qu'on écorche
— la peau encore saignante, et l'agneau fatigué.

Capitaines de la phalange, — avec leurs cornes
retroussées, — après venaient de front, en branlant
leurs clarines, — et le regard de travers, — cinq
fiers boucs à la tête menaçante ; — derrière les boucs
viennent les mères, — et les folles chevrettes, et les
blancs petits chevreaux.

Troupe gourmande et vagabonde, — le chevrier la
commande. — Les mâles des brebis, les grands béliers
conducteurs, — dont les museaux dans l'air se dressent, — alors paraissent dans la voie ; — on les recon-
nait à leurs grandes cornes, — trois fois entortillées
autour de l'oreille.

E peréu (ounourable signe
Que dóu troupèu acò 's li segne)
An li costo floucado e l'esquino tambèn
Camino en tèsto de la troupo
Lou baile-pastre, e de sa roupo
Li dos espalo s'agouloupo.
Mai lou gros de l'armado arribo d'un tenènt.

E'n uno pòusso nivoulouso,
E di proumiero, e di couchouso,
Courron lis agnelado, en bramant loungamen
Au belamen de si berouge ;
E, lou coutet flouca de rouge,
Ensèn póussejon lis anouge
E li móutoun lanu que van paloutamen ;

Li pastrihoun de vòuto en vòuto,
E qu'i chin cridon : A la vòuto !
E, pega sus lou flanc, l'innoumbrable vaciéu,
Li nouvello, li tardouniero,
E li segoundo, e li maniero,
E li fegóundi bessouniero
Qu'an peno à tirassa soun vèntre empachatiéu.

Escarradoun tout espeiòti,
Entre li turgo, li vièi mòti
Qu'an agu lou dessouto i batèsto d'amour,
Emé li berco e li panardo,
Clauson enfin la rèire-gardo,
Aret creba, tristo desfardo,
Qu'an perdu tout ensèn e li bano e l'ounour.

Et encore (honorable signe— qu'ils sont les sires du troupeau) — ils ont les côtes, ils ont le dos ornés de houppes. — En tête de la troupe marche — le chef des pâtres, de son manteau — s'enveloppant les deux épaules. — Mais le gros de l'armée arrive à la suite.

Et dans un nuage de poussière, — et précédant (la foule), et empressées, — courent les (brebis) mères, répondant par de longs bêlements — au bêlement de leurs petits ; — et, la nuque ornée de bouffettes rouges, — ensemble poudroient les antenois, — et les moutons laineux qui vont à pas lents ;

Les aides-bergers, d'intervalle en intervalle, — criant aux chiens : *A la volte !* — et, le flanc marqué de poix, l'innombrable plèbe, — les adultes, *les brebis qui mettent bas deux fois,* — et *celles dont deux fois les dents de marque ont percé, et celles qu'on a privées de leurs agneaux,* — et les *fécondes bessonnières*[4] — qui ont peine à traîner leur ventre embarrassant.

Escadron dépenaillé, — parmi les bréhaignes, les vieux béliers — qui ont été vaincus aux combats d'amour,—avec les édentées et les boiteuses, — ferment enfin l'arrière-garde, — béliers crevés, tristes débris, — qui ont perdu tout ensemble et les cornes et l'honneur.

12

E tout acò, fedo e cabrairo,
   Tant que n'i'avié dins la carrairo,
Èro d'Alàri, tout, jouine e vièi, bèu o laid...
   E davans éu quand davalavon,
   Qu'à cha centeno defilavon,
   Avié sis iue que se chalavon...
Pourtavo, coume un scètre, un rebatun de plai.


   E 'mé si blanc chinas de pargue
   Que lou seguien dins li relargue,
Li geinoun boutouna dins si guèto de pèu,
   E l'èr seren, e lou front sàvi,
   L'aurias cresu lou bèu rèi Dàvi
   Quand, sus la tardo, au pous dis àvi
Anavo, en estènt jouine, abéura li troupèu.


   —Vaqui Mirèio que vànego
   Davans lou Mas dì Falabrego!
Diguè lou pastre... Oh! Diéu! m'an di la verita:
   Ni dins lou plan, ni sus l'auturo,
   Ni pèr verai, ni pèr pinturo,
   Iéu n'ai ges vist qu'à la centuro
Ie vague, pèr lou biais, la gràci, la bèuta!


   Que, rèn que pèr la vèire, Alàri
   S'èro escarta de soun bestiàri.
A dre d'elo pamens quand fuguè: Pourriés-ti,
   Ie fai d'uno voues que tremolo,
   Me faire vèire uno draiolo
   Pèr travessa li mountagnolo?
Autramen, chato, ai pòu de pas me n'en sourti!

Et tout cela, brebis et chèvres, — autant qu'en
contenait la voie, — était à Alàri, tout, jeune et vieux,
beau et laid... — Et devant lui lorsqu'elles descen
daient, — qu'elles défilaient par centaines, — ses
yeux se délectaient (à cette vue)... — Il portait,
comme un sceptre, un rondin d'érable.

Et, avec ses blancs et grands chiens de *parc* —
qui le suivaient dans les pâturages, — les genoux
boutonnés dans ses guêtres de peau, — et l'air serein et le front sage... — vous l'eussiez cru le beau
roi David, — quand, vers le soir, au puits des aïeux,
— il allait, dans sa jeunesse, abreuver les troupeaux.

— « Voilà Mireille qui va et vient — devant le Mas
des Micocoules! — dit le pâtre... Oh! Dieu! l'on
m'a dit vrai : — ni dans la plaine, ni sur les hauteurs, — ni en peinture, ni en réalité, — je n'en ai
vu aucune qui à la ceinture — lui aille, pour les manières, la grâce, la beauté! »

Car, rien que pour la voir, Alàri — s'était éloigné
de ses bêtes. — Cependant, quand il fut devant elle :
« Pourrais-tu, — lui dit-il d'une voix qui tremble,
— me montrer un sentier — pour traverser les
collines? — Sinon, jeune fille, j'ai peur de ne pas en
sortir! »

— I'a que de prene la drechiero,
Vè! respoundè la màsagiero,
E pièi de Pèiro-malo enregas lou desert,
E caminas dins la vau torto,
Fin que veguès uno grànd porto,
Emé 'no toumbo que suportò
Dous generau de pèiro, eilamount dins lis èr;

Èi ce qu'apellon lis Antico.
— Gramaci! lou jouvènt replico...
Milo bèsti d'avé, pourtant ma marco, en Crau,
Mounton deman à la mountagno,
E iéu precède la coumpagno
Pèr ie marca dins la campagno,
Li coussou, la couchado, e peréu lou carrau.

E tout de bèstio fino!... E quouro
Que mè maride, ma pastouro
Entendra tout lou jour canta lou roussignòu...
E s'aviéu l'ur, bello Mirèio,
Que tu vouguèsses ma liéurèio,
Te semoundrèu, noun de daurèio,
Mai un vas que t'ai fa, de bouis, e flame-nòu.

E de parla tant lèu s'arrèsto,
Coume un relicle, de sa vèsto
Sort un coucourelet taia dins lou bouis vièu,
Car, à sis oureto de pauso,
Amavo, asseta su 'no lauso,
De s'espassa 'n-aquéli causo;
E rèn qu'emé 'n coutèu fasié d'obro de Dièu!

— « Il n'y a qu'à prendre le droit chemin, —
voyez! répondit la fille des champs, — vous enfilez
ensuite le désert de Peyre-male, — et vous marchez
dans le val tortueux — jusqu'à ce qu'un portique se
montre à vos regards, — avec un tombeau qui supporte — deux généraux de pierre, là-haut dans les
airs [5];

« C'est ce qu'on nomme les Antiques. » —« Gran
merci! réplique le jeune homme... — Mille bêtes à
laine, portant ma marque, dans la Crau, — montent
demain à la montagne; — et je précède le *bataillon*,
— pour lui marquer à travers champs — les pa-
cages, la couchée, et aussi le chemin.

« Et (c'est) tout bêtes fines!... Et en quelque temps
— que je me marie, ma bergère — entendra tout le
jour chanter le rossignol... — Et si j'avais l'heur,
belle Mireille, — que tu acceptasses ma *livrée*, — je
t'offrirais, non pas des bijoux d'or, — mais un vase
que j'ai fait pour toi, de buis, et battant-neuf. »

Et comme il cesse de parler, — telle qu'une re-
lique, de sa veste — il sort une coupe taillée dans le
buis vif; — car, à ses heures de loisir, — il aimait,
assis sur une pierre, — à se distraire à ces choses; —
et seulement avec un couteau il faisait des œuvres
divines!

E d'uno man cascareleto
Escrincelavo de clincleto
Pèr la niue, dins lou champ, mena soun abeié;
E sus lou càmbis di sounaio,
E sus l'os blanc que li mataio,
Fasié de taio e d'entre-taio,
E de flour, e d'aucèu, e tout ce que voulié.

Mai lou vas que venié d'adurre,
Aurias nega, vous l'assegure,
Que i'aguèsse passa coutèu de pastrihoun :
Uno massugo bèn flourido
A soun entour èro espandido;
E dins si roso alangourido,
Dous cabròu ie paissien, fourmant li manihoun.

Un pau plus bas, vesias tres fiho
Qu'èron segur tres mereviho!...
Pas liuen, dessouto un cade, un pastourèu dourmié.
Li fouligàudi chatouneto
Se n'aprouchavon plan-planeto,
E ie metien sus la bouqueto
Uno alo de rasin qu'avien dins soun panié.

E lou pichot que soumihavo
Tout risoulet se revihavo;
E l'uno di chatouno avié l'èr esmougu...
Sèns la coulour dóu racinage,
Aurias di que li persounage
Èron viéu dins aquel óubrage...
Sentié 'ncaro lou nòu, i'avié panca begu.

Et d'une main fantaisiste,— il sculptait des cli-
quettes — pour, la nuit, dans les champs, conduire
son troupeau ; — et sur le collier des clarines, — et
sur l'os blanc qui leur sert de battant, — il faisait des
tailles et des entre-tailles, — et des fleurs, et des oiseaux, et tout ce qu'il voulait.

Mais le vase qu'il venait d'apporter, — vous auriez
nié, je vous l'assure, — que couteau de berger eût
passé là : — un ciste bien fleuri — autour de lui s'é-
panouissait ; — et dans ses roses langoureuses, —
deux chevreuils paissaient, formant les anses.

Un peu plus bas, on voyait trois jeunes filles — qui
étaient certainement trois merveilles !... — Non loin
(de là), sous un cade, un pastoureau dormait. — Les
folâtres fillettes — s'approchaient de lui doucement,
— et mettaient sur sa bouche — un grappillon de
raisin qu'elles avaient dans leur panier.

Et l'enfant qui sommeillait — s'éveillait tout souriant ; — et l'une des fillettes avait l'air ému... —
Sans la couleur de la racine, — vous eussiez dit
que les figures — étaient vivantes dans cet ouvrage...
— Il sentait encore le neuf, il n'y avait pas bu encore.

— En verita, diguè Mirèio,
Pastre, fai gau, vosto liéurèio...
E l'espinchavo. Pièi partiguè tout d'un bound :
Moun bon-ami n'a 'no plus bello :
Soun amour, pastre! E quand me bèlo,
O fau que baisse li parpello,
O dins iéu sènte courre un bonur que me poun...

E la chatouno, coume un glàri,
Despareiguè... Lou pastre Alàri
Estremè soun vasèu ; e plan-plan, à l'ahour,
Éu s'enanè de la bastido,
E la pensado entreboulido.
Qu'aquelo chato tant poulido
Pèr autre que pèr éu aguèsse tant d'amour!

Au meme Mas di Falabrego
Venguè tambèn un gardian d'ego,
Veran. Aquéu Veran iè venguè dóu Sambu.
Au Sambu, dins li grand pradello
Ounte flouris la cabridello,
Avié cènt ego blanquinello
Despounchant di palun li rousèu escambu.

Cènt ego blanco! La creniero,
Coume la sagno di sagniero,
Oundejanto, fougouso, e franco dóu cisèu.
Dins sis ardèntis abrivado,
Quand pièi partien, descaussanado,
Coume la cherpo d'uno fado,
En dessus de si cóu floutavo dins lou cèu.

« En vérité, dit Mireille, — pâtre, votre *livrée*
*tente la vue...* » — Et elle l'examinait. Puis partant
tout d'un bond : — « Mon bien-aimé en a une plus
belle : — son amour, pâtre ! Et lorsque, passionné,
il me regarde, — il me faut baisser les paupières, —
ou bien je sens courir en moi un bonheur qui me
*navre.* »

Et la jeune fille, comme un lutin, — disparut...
Le berger Alari — remit son vase sous (sa veste) ; et
lentement, au crépuscule⁶, — s'en alla de la bastide,
— troublé par la pensée — qu'une si belle fille — pour
un autre que lui eût tant d'amour !

Au même Mas des Micocoules — vint aussi un
gardien de cavales, — Véran. Ce Véran y vint du
Sambuc⁷. — Au Sambuc, dans les grandes prairies
— où fleurit la *cabridelle*⁸, — il avait cent cavales
blanches — épointant les hauts roseaux des marécages.

Cent cavales blanches ! La crinière, — comme la
massette des marais, — ondoyante, touffue, et franche du ciseau. — Dans leurs ardents élans, — lorsqu'elles partaient ensuite, effrénées, — comme l'é-
charpe d'une fée — au-dessus de leurs cous elle
flottait dans le ciel.

Vergougno à tu, raço omenenco !
Li cavaloto Camarguenco,
Au pougnènt esperoun que i'estrasso lou flanc,
Coume à la man que li caresso,
Li veguèron jamai soumesso.
Encabestrado pèr traitesso,
N'ai vist despatria liuen dóu pàti salan ;

E'n jour, d'un bound rabin e proumte,
Embardasso quau que li mounte,
D'un galop avala vint lègo de palun,
La narro an vènt ! e revengudo
Au Vacarès, que soun nascudo,
Après dès an d'esclavitudo,
Respira de la mar lou libre salabrun.

Qu'aquelo meno sóuvagino,
Soun elemen es la marino :
Dóu càrri de Netune escapado segur,
Es encaro tencho d'escumo ;
E quand la mar boufo e s'embrumo,
Que di veissèu peton li gumo,
Li grignoun de Camargo endihon de bonur,

E fan brusi coume uno chasso
Sa longo co que ie tirasso ;
E gravachon lou sòu, e sènton dins sa car
Intra lou trent dóu dièu terrible,
Qu'en un barrejadis ourrible
Mòu la tempèsto e l'endoulible,
E bourroulo de founs li toumple de la mar.

Honte à toi, race humaine ! — Les cavales de Camargue [9], — au poignant éperon qui leur déchire le
flanc, — comme à la main qui les caresse, — jamais
on ne les vit soumises. — Enchevêtrées par trahison,
— j'en ai vu exiler loin des prairies salines ;

Et un jour, d'un bond revêche et prompt, — jeter
bas quiconque les monte, — d'un galop dévorer
vingt lieues de marécages, — flairant le vent ! et re-
venues — au Vaccarés [10], où elles naquirent, —
après dix ans d'esclavage, — respirer l'émanation
salée et libre de la mer.

Car (à) cette race sauvage, — son élément, c'est
la mer : — du char de Neptune échappée sans doute,
— elle est encore teinte d'écume ; — et quand la
mer souffle et s'assombrit, — quand des vaisseaux
rompent les câbles, — les étalons de Camargue
hennissent de bonheur ;

Et font claquer comme la ficelle d'un fouet —
leur longue queue traînante ; — et grattent le sol,
et sentent dans leur chair — entrer le trident du
dieu terrible, — qui, dans un horrible pêle-mêle, —
meut la tempête et le déluge, — et bouleverse de
fond en comble les abîmes de la mer.

Aquéu Veran li pasturgavo.

En Crau un jour que traficavo,
Enjusquo vers Mirèio, acò s'èi di, Veran
Se gandiguè. Car en Camargo,
E fin qu'alin i bouco largo
D'ounte lou Rose se descargo,
Se disié qu'èro bello, e lontèms lou diran !


Ie venguè fièr, emé reboundo
A l'Arlatenco, longo e bloundo,
Jitado sus l'espalo en guiso de mantèu ;
Emé taiolo chimarrado
Coume uno esquino de rassado,
E capèu de telo cirado
Ounte se rebatié lou trelus dóu soulèu.


E quand fuguè davans lou mèstre :
Bon jour à vous emai benèstre !
Dóu Rose Camarguen siéu, dis, un ribeiròu ;
Siéu lou felen dóu gardian Pèire :
Es pas que noun lou déugués vèire,
Qu'au mens vint an 'mé si courrèire,
Moun grand, lou gardian Pèire, a cauca voste eiròu !


Dins la palun que nous enrodo,
Moun segne grand n'avié tres rodo,
Vous n'en souvèn ! Mai, mèstre, oh ! se vesias dempièi
Lou riche crèis d'aquéu levame !
Podon n'en toumba li voulame !
N'avèn sèt rodo emé sèt liame !
— Longo-mai ! o moun fiéu, respoundeguè lou vièi,

Ce Véran les gardait au pâturage. — Un jour qu'il parcourait la Crau, — jusqu'auprès de Mireille Véran, dit-on, — poussa ses pas. Car en Camargue, — et, jusque, là-bas, aux larges bouches — par où le Rhône se décharge, — on disait qu'elle était belle, et longtemps on le dira!

Il y vint fièrement, avec veste — à l'Arlésienne, longue et blonde, — jetée sur l'épaule en guise de manteau, — avec ceinture bariolée — comme un dos de lézard, — et chapeau de toile cirée — où se réfléchissait l'éclat du soleil.

Et lorsqu'il fut devant le maître : — « Bonjour à vous et bien-être aussi! — Du Rhône Camarguais je suis, dit-il, un riverain; — je suis le petit-fils du gardien Pierre : — au reste, vous devez le voir, — car, au moins vingt ans, avec ses coursiers, — mon aïeul, le gardien Pierre, a foulé votre airée!

« Dans le marais qui nous entoure, — mon vénérable aïeul avait trois *rodes*[11] (de coursiers)... — Il vous en souvient! Mais, maître, oh! si vous voyiez, depuis, — le riche croît de ce levain! — Elles peuvent en abattre les faucilles! — nous en avons sept *rodes* et sept *liens*[12]! » — « Longtemps, ô mon fils, répondit le vieillard,

O, longo-mai n'en vegues naisse,
E li coundugues dins lou paisse !
Ai couneigu toun grand ; e certo, acò 'ro em'éu
Uno amista de longo toco !
Mai quand pièi l'age nous·desfioco,
A la clarta de nosto moco
Demouran en repaus, e l'amistanço, adiéu !


— Es pas lou tout ! venguè lou drole,
E noun sabès qu'èi que vous vole :
Mai d'un cop, au Sambu, quand vènon li Craen
Querre de càrri d'apaiage,
Entandaumens que de si viage
l'ajudan faire lou bihage,
Di chatouno de Crau arribo que parlen ;


E m'an retra vosto Mirèio
Tant de moun goust, qu'à vosto idèio
Se trouvas Veranet, voste gèndre sara...
— Veranet ! Pousquèsse lou vèire
Cridè Ramoun, que de toun rèire,
De moun ami lou gardian l'èire
Lou sagatun flouri noun pòu que m'ounoura !


E coume un ome que rènd gràci
Au Segnour Diéu, dins lis espàci
Aubourè si dos man 'm' aquesto esclamacioun :
Mai qu'agrades à la pichoto,
(Car èi souleto e la mignoto !)
En proumierage de la doto
Lou sant toustèms t'avèngue e la benedicioun !

« Oui, longtemps puisses-tu les voir multiplier, — et les conduire au pâturage ! — J'ai connu ton aïeul, et certes, c'était avec lui — une amitié de longue main ! — Mais lorsque enfin l'âge nous glace, — à la clarté de notre lampe [15] — nous demeurons en repos, et les amis, adieu ! »

— « Ce n'est pas tout, dit le jeune homme, — et vous ne savez pas ce que je veux de vous : — plus d'une fois, au Sambuc, quand viennent les gens de Crau — querir des chariots de litière, — pendant que de leurs chargements — nous leur aidons à serrer la liure, — il nous arrive de parler des fillettes de Crau.

« Et ils m'ont peint votre Mireille — tellement de mon goût, qu'à votre idée — si vous trouvez Véran, votre gendre sera... » — « Véran !... pussé-je voir cela ! — s'écria Ramon, car de ton ancêtre, — de mon ami le gardien Pierre — le rejeton fleuri ne peut que m'honorer ! »

Et, tel qu'un homme qui rend grâces — au Seigneur Dieu, dans l'étendue — il leva ses deux mains, en s'écriant : — « Pourvu que tu plaises à la petite, — (car étant seule, elle est la bien-aimée !) — en prémice de la dot, — l'éternité des saints t'advienne et la bénédiction ! »

E sono quatecant sa chato,
E ie dis lèu de que se trato.
Palo subitamen, lou regard enebi,
E tremoulanto de cregnènço :
Mai vosto santo couneissènço,
Ie faguè 'nsin, paire, en que pènso,
Que vouguès, liuen de vous, tant jouino me chabi ?

— Ve, fau que plan acò se mene,
M'avès agu di, pèr se prene !
Fau couneisse li gènt, fau n'èstre couneigu...
E li couneisse, qu'es encaro ?...
E dins la nèblo de sa caro
Subitamen pareiguè claro
Uno douço pensado. Un matin qu'a plòugu,

Se vèi ansin li flour negado
A travès l'aigo bautugado.
La maire de Mirèio aprouvè sa resoun..
E lou gardian emé 'n sourrire :
Mèste Ramoun, dis, me retire !
Car dóu mouissau, ai à vous dire
Qu'un gardian Camarguen counèis la pougnesoun.

Au mas, dins lou meme estivage,
Venguè, di pàti dóu Sóuvage,
Pèr vèire la chatouno, Ourrias lou toucadou.
Dóu Sóuvage, negro, malino,
E renoumado es la bouvino...
I souleias, à la plouvino,
Souto lou batedis di glavas negadou,

Et sur-le-champ il appelle sa fille, — et lui dit
vite ce qui se traite. — Pâle soudain, le regard interdit, — et tremblante d'appréhension : — « Mais
votre sainte intelligence, — lui parla-t-elle ainsi,
père à quoi pense-t-elle, — pour vouloir, si jeune,
m'éloigner de vous?

« — Vois, il faut que lentement cela se mène, —
m'avez-vous eu dit, pour s'épouser! — Il faut connaître les gens, il faut en être connu... — Et les
connaître, qu'est-ce encore? »... — Et dans la brume
de son visage — soudain apparut claire — une
douce pensée. Un matin qu'il a plu,

On voit ainsi les fleurs noyées — à travers l'eau
troublée. — La mère de Mireille approuva ses paroles, — et le gardien, en souriant : — « Maître
Ramon, dit-il, je me retire! — car du cousin, je
vous le dis, — un gardien Camarguais connaît la
piqûre. »

Au *mas*, dans le courant du même été, — vint,
des pâturages du Sauvage [14], — pour voir la jeune
fille, Ourrias [15] le toucheur. — Du Sauvage, noirs,
méchants — et fameux sont les bœufs.... — Aux
grands soleils, sous les frimas, — sous le battement
des pluies diluviennes,

Aqui, tout soul emé si bravo,
Ourrias tout l'an li pasquieravo.
Nascu dins la manado, abari 'mé li biòu,
Avié di biòu l'estampaduro,
E l'iue sóuvage, e la negruro,
E l'èr menèbre, e l'amo duro.
Un bihoun à la man, lou vièsti tra pèr sòu,

Quant de cop, rufe desmamaire,
D'entre li pousso de si maire
N'avié pas derraba, desteta li vedèu !
E sus la maire encourroussado
Rout de barroun uno brassado,
D'aqui que fuge l'espóussado,
Ourlanto, e revirado entre li pinatèu !

Quant de doublen e de ternenco,
Dins li ferrado Camarguenco,
N'avié pas debana ! N'en gardavo, tambèn,
A l'entreciho, uno cretasso
Coume lou niéu qu'un tron estrasso ;
E lis engano e li tirasso
De soun sang regoulant s'èron tencho pèr tèm.

Èro un bèu jour de grand ferrado.
Pèr veni faire la virado,
Li Santo, Faraman, Aigui-Morto, Aubaroun,
Avien manda dedins lis erme
Cènt cavalié de si pu ferme.
Aqui pamens ounte es lou terme,
E mounte un pople foui embarro un vaste round,

Là, seul avec ses vaches, — Ourrias les paissait
toute l'année. — Né dans le troupeau, — élevé avec
les bœufs, — des bœufs il avait la structure, — et
l'œil sauvage, et la noirceur, — et l'air revêche, et
l'âme dure. — Un rondin à la main, le vêtement jeté
par terre,

Combien de fois, rude *sevreur*, — des mamelles
de leurs mères — n'avait-il pas arraché, sevré les
veaux ! — et sur la mère en courroux — rompu de
gourdins une brassée, — jusqu'à ce qu'elle fuie
l'orage de coups, — hurlante, et retournant la tête
entre les jeunes pins !

Combien de bouvillons et de génisses [16], — dans
les *ferrades* [17] Camarguaises, — n'avait-il pas ren-
versés par les cornes ! Aussi en gardait-il, — entre
les sourcils, une balafre — pareille à la nuée que la
foudre déchire ; — et les salicornes et les traî-
nasses — de son sang ruisselant s'étaient teintes
jadis.

C'était un beau jour de grande *ferrade*. — Pour
rassembler (les bœufs), — les Saintes, Faraman,
Aigues-Mortes, Albaron [18], — avaient envoyé dans
les friches — cent cavaliers de leurs plus fermes. —
Cependant au lieu déterminé, — où un peuple en délire enferme un vaste cirque,

Destrassouna dins la sansouiro,
Acoussegui de la fichouiro
Que ie tanco au galop lou bouièn toucadou,
A courso folo, tau e tauro
Venien coume un brounsimen d'auro,
En escrachant sagno e centauro,
Venien de s'acampa, tres cènt, au marcadou.

La troupelado banarudo
S'aplanto, espavourdido e mudo.
Mai, l'armo dins li costo, à coucho d'esperoun,
Tres fes encaro ie fan batre
Lou virouioun de l'anfitiatre,
Coume lou chin après lou matre,
Coume après li ratié l'aiglo dóu Luberoun.

Quau lou creirié? de sa cavalo,
Contro l'usage, Ourrias davalo.
I porto de l'areno amoulouna, li biòu
Terriblamen subran s'esbrandon,
E dins l'areno lèu s'alàndon
Cinq bouvachoun, que sis iue brandon,
E que traucon lou cèu de si fièr cabassòu!

Coume lou vènt Ourrias s'abrivo,
Coume lou vènt après li nivo,
Li secuto à la courso, à la courso li poun;
Quouro à la courso li davanço,
Quouro li coto emé la lanço,
A l'endavans quouro ie danso,
Quouro li remouchino emé 'n dur cop de poung.

Éveillés en sursaut dans la plaine salée, — pour-
suivis du trident — dont les perce au galop le bouil-
lant toucheur, — à course folle, taureaux et taures
— venaient, comme un rugissement de vent, — en
écrasant *typhas* et centaurées, — venaient de se rassembler trois cents, au lieu du *marquement*.

La multitude cornue — s'arrête, effarée, muette.
— Mais, l'arme dans les côtes, à hâte d'éperon, —
trois fois encore ils lui font parcourir — le circuit
de l'amphithéâtre, — tels que le chien après la
martre, — tels que l'aigle du Luberon [19] après les
crécerelles.

Qui le croirait? de sa cavale, — contre la coutume,
Ourrias descend. — Aux portes de l'arène agglomé-
rés, les bœufs — terriblement soudain s'ébranlent, —
et dans l'arène promptement s'élancent — cinq bouvillons dont les yeux flamboient — et qui percent le
ciel de leurs têtes superbes !

Comme le vent Ourrias se précipite; — comme le
vent après les nues, — il les poursuit à la course, à
la course les pique, — à la course tantôt les devance,
—tantôt de sa lance les heurte,—tantôt danse devant
eux, — tantôt les gourmande d'un vigoureux coup
de poing.

Ai ! tout lou pople di man pico :
Ourrias, blanc de pòusso oulimpico,
Pèr li bano, à la courso, à la fin n'a pres un,
E tèsto e mourre, e forço à forço !
Vòu desclava si bano torso,
Lou negre moustre, e se bidorso,
E bramo de furour, e niflo sang e fum.


Vano furour ! bound inutile !
Lou bouvatié, d'un cop sutile,
Amourro à soun espalo, en ie troussant lou còu,
L'orro testasso dóu bestiàri ;
E rudamen e pèr countràri
Butant la bèsti, coume un bàrri
E crestian e bestiau barrulon pèr lou sòu.


Uno esglaiado cridadisso
Estrementis li tamarisso :
Bon ome, Ourrias ! bon ome !... E cinq drole espalu
Tenien lou brau. De soun empèri
Pèr ie marca lou batistèri,
Ourrias èu-meme pren lou fèrri,
E' mè lou fèrri caud ie rimo lou malu.


Un vòu de fiho d'Arle, en sello,
Emé lou sen que ie bacello,
Enflourado au galop de si cavalot blanc,
Vènon i'adurre uno grand bano,
Raso de vin ; e dins la plano,
Zóu mai ! lou fouletoun s'esvano....
Un vòu de cavalié li seguisson, brulant.

Aïe ! tout le peuple bat des mains : — Ourrias,
blanc de poussière olympique, — par les cornes, à
la course, enfin en a pris un, — et tête et mufle, et
force à force ! — Il veut dégager ses cornes retroussées, — le noir monstre, et il tord sa croupe, — et
mugit de fureur, et renifle sang et fumée.

Vaine fureur ! inutiles bonds ! — Le bouvier, d'un
coup subtil, — appuie à son épaule, en lui tordant
le cou, — l'horrible tête de la brute ; — et rudement et en sens contraire — poussant la bête,
comme un rempart — chrétien et bête roulent par
terre.

Une clameur frénétique — fait trembler les tamaris : « *Bon homme ! Ourrias ! bon homme !* » Et cinq
gars aux larges épaules — tenaient le taureau : de
son triomphe — pour lui marquer le *baptistère*, —
Ourrias lui-même prend le fer, — et avec le fer
chaud, il lui brûle la croupe.

Un vol de filles d'Arles, en selle, — le sein forte-
ment agité, — empourprées au galop de leurs haque-
nées blanches, — viennent lui apporter une grande
corne — rase de vin ; et dans la plaine, — alerte ! le
tourbillon de nouveau s'évapore ; — un vol de cavaliers les suivent, brûlants.

Ourrias vèi que biòu à-n-abatre..
E n'en demoro encaro quatre ;
Mai coume lou daiàire es à toumba lou fen
     Tant mai ardènt que mai n'en rèsto,
     I durs esfors de la batèsto
     Sèmpre que mai éu tenié tèsto,
E de quatre animau despouderè li ren.


     Taco de blanc, bano superbo,
     Lou que restavo toundié l'erbo...
—Ourrias ! n'i'a proun ! n'i'a proun ! tóuti li vièi vaquié
     le cridèron. Vano restanco !
     Contro lou brau di taco blanco,
     Lou ficheiroun pausa sus l'anco,
Relènt, despeitrina, deja se bandissiè.


     Zan ! coume en plen mourre l'encapo,
     Lou ficheiroun volo en esclapo.
L'atroço pougneduro endèmounio lou brau ;
     Lou toucadou iè sauto i bano,
     Parton ensèn, e de la plano
     Ensèn afoudron lis engano.
Sus si lòngui fourquello apiela d'à chivau,


     Li vaquiè d'Arle e d'Aigui-Morto
     Tenien d'à ment la lucho forto :
A vincre, tóuti dous furoun, acarnassi,
     L'ome doumtant lou biòu bramaire,
     Lou biòu empourtant lou doumtaire,
     E'm'un lengau escumejaire
Lipant, tout en courrènt, soun mourre ensaunousi.

Ourrias ne voit que bœufs à terrasser..... — Quatre restaient encore ; — mais, comme le faucheur, à abattre le foin, — est d'autant plus ardent qu'il en reste davantage, — aux durs efforts du combat — de plus en plus il tenait tête, — et de quatre animaux il énerva les reins.

Taches de blanc, cornes superbes, — le dernier tondait le gazon. — « Ourrias ! assez ! assez ! » tous les vieux vachers — lui crièrent. Vaine écluse ! — Sur le taureau aux blanches taches, — le trident posé sur la hanche, — moite de sueur, la poitrine nue, il fondait déjà.

*Zan !* comme il l'atteint en plein mufle, — le trident vole en éclats ; — l'atroce blessure rend le taureau démoniaque ; — d'un bond le toucheur le saisit aux cornes ; — ils partent ensemble, et de la plaine — ravagent ensemble les salicornes. — A cheval, appuyés sur les longues (hampes) de leurs aiguillons,

Les vachers d'Arles et d'Aigues-Mortes — contemplaient la forte lutte : — pour la victoire, tous deux furieux, acharnés, — l'homme domptant le bœuf qui mugit, — le bœuf entraînant le dompteur, — et d'une langue épaisse, écumeuse, — léchant à la course son mufle ensanglanté.

14

Misericòrdi ! lou biòu gagno !
Coume uno vilo rastelagno,
L'ome i'a darbouna davans, dóu vanc qu'avié...
— Fai lou mort ! fai lou mort ! — En terro
Lou biòu 'mé si pivèu l'aferro,
E, dins lis èr, sa tèsto fèro
A sèt cano d'autour lou bandis à l'arrié !

Uno esglaiado cridadisso
Estrementis li tamarisso....
Alin liuen lou pauras vai toumba d'abouchoun,
Amaluga. Dempièi pourtavo
La creto que lou descaravo.
Sus la cavalo que mountavo,
Venguè dounc vers Mirèio, arma de soun pounchoun.

Aquéu matin, la piéuceleto
Èro à la font touto souleto ;
Avié 'stroupa si mancho emé soun coutihoun
E netejavo li fiscello
Em' la counsòudo fretarello.
Santo de Dièu ! coume èro bello,
Quand dins lou sourgènt clar gafavon si petoun !

Ourrias faguè : Bonjour, la bello !
Bèn ? refrescas vòsti fiscello ?
A-n-aquéu sourgènt clar, se vous fasié pas mai,
Abéurariéu ma bèsti blanco.
— Oh ! n'es pas l'aigo, eici, que manco,
Respoundeguè : dins la restanco
Poudès la faire béure, autant coume vous plai.

Miséricorde ! le bœuf l'emporte ! — Comme une
vile râtelée — l'homme a roulé devant lui, entraîné
par l'élan..... — « Fais le mort ! fais le mort ! » De
terre — avec ses *pointes* le bœuf l'enlève, — et dans
les airs, sa tête farouche — à sept cannes de haut
le lance en arrière !

Une clameur frénétique — fait trembler les tamaris..... — Au loin le malheureux va tomber, la
face contre terre, — brisé. Il portait depuis (lors) —
la cicatrice qui le défigurait. — Sur la cavale qu'il
montait, — il vint donc chez Mireille, armé de sa
pique.

Cette matinée-là, la jeune vierge — était seulette
à la fontaine ; — elle avait retroussé ses manches et
son jupon, — et nettoyait les éclisses [20] — avec la
prêle polisseuse. — Saintes de Dieu ! qu'elle était
belle, — guéant ses petits pieds dans la source
claire !

Ourrias dit : « Bonjour, la belle ! — Eh bien !
vous rincez vos éclisses ? — A cette source claire,
si vous le permettiez, — j'abreuverais ma bête blanche. » — « Oh ! l'eau ne manque pas, ici, — répondit-elle : dans l'écluse — vous pouvez la faire boire,
— autant qu'il vous plaît. »

    — Bello, diguè l'enfant sóuvage,
   Se, pèr mariage o roumavage,
Venias à Séuvo-riau, ounte la mar s'entènd,
    Bello, n'aurias pas tant de peno ;
    Car la vaco de negro meno,
    Libro e feroujo, se permeno,
E jamai noun se mous, e li femo an bèu tèm.


    — Jouvènt, mounte li biòu demoron,
   De languimen li chato moron.
— Bello, de languimen, en estènt dous, n'i'a gés !
    — Jouvènt, quau eilalin s'esmarro,
    Dison que bèu uno aigo amaro,
    E lou soulèu i'usclo la caro...
— Bello, souto li pin à l'oumbro vous tendrés.


    — Jouvènt, dison qu'i pin i'escalo
   De tourtouioun de serp verdalo !
— Bello, avèn li flamen, avèn li serpatié
    Qu'en desplegant soun mantèu rose
    Ie fan la casso, long dóu Rose.....
    — Jouvènt, escoutas (que vous crose),
Soun trop liuen, vòsti pin, de mi falabreguié.


    — Bello, entre capelan e fiho,
   Noun podon saupre la patrìo
Ounte anaran, se dis, manja soun pan un jour.
    — Mai que lou manje emé quau ame,
    Jouvènt, rèn autre noun reclame
    Pèr que de moun nis me desmame.
— Bello, s'acò's ansin, dounas-me voste amour !

— « Belle, dit le sauvage enfant, — si comme
épouse ou pèlerine, — vous veniez à Sylvaréal [21], où
l'on entend la mer, — belle, vous n'auriez pas tant
de peine ; — car la vache de race noire — se pro-
mène, libre et farouche, — et jamais on nè la trait,
et les femmes ont du bon temps. »


— « Jeune homme, au pays des bœufs, — d'ennui les jeunes filles meurent. » — « Belle, d'ennui,
quand on est deux, il n'en est pas ! » — « Jeune
homme, qui s'égare dans ces contrées lointaines —
boit, dit-on, une eau amère, — et le soleil lui brûle
le visage... » — « Belle, sous les pins vous vous tien-
drez à l'ombre. »


— « Jeune homme, on dit qu'il monte aux pins —
des tortis de serpents verdâtres ! » — « Belle, nous
avons les flamants, nous avons les hérons — qui,
déployant leur manteau rose, — leur font la chasse,
le long du Rhône. » — « Jeune homme, écoutez (que
je vous interrompe !), — ils sont trop loin, vos pins,
de mes micocouliers. »


— « Belle, prêtres et filles — ne peuvent savoir
la patrie — où ils iront, dit le proverbe, manger
leur pain un jour. » — « Pourvu que je le mange
avec celui que j'aime, — jeune homme, je ne ré-
clame rien de plus — pour me sevrer de mon
nid. » — « Belle, s'il en est ainsi, donnez-moi votre
amour ! »

— Jouvènt, l'aurés, diguè Mirèio ;
Mai 'quèli planto de ninfèio
P'ourtaran peravans de rasin couloumbau '
    Auperavans vosto fourcolo
    Jitara flour ; aquéli colo
    Coume de ciro vendran molo,
E s'anara pèr aigo à la vilo di Bau !

— « Jeune homme, vous l'aurez, dit Mireille. —
Mais ces plantes de nymphæa — porteront auparavant des raisins *colombins!* — auparavant votre
trident — jettera des fleurs ; ces collines — s'amol-
liront comme la cire, — et l'on ira par *mer* à la ville
des Baux ! »

# NOTES

## DU CHANT QUATRIÈME

---

[1] Martigue (*Martegue*). (Voyez Chant I, note 12.)

Sicelande (*sicelando*), espèce de bateau.

[2] Paillole (*paiolo*), espèce de grand filet à mailles étroites.

[3] Lac d'Entressen (*clar d'Entressèn*), dans la Crau.

[4] Bessonnière (*bessouniero*), brebis qui met bas des jumeaux.

[5] Un portique, avec un tombeau, qui supporte deux généraux de pierre.

A une demi-heure de Saint-Remy, au pied même des Alpines, s'élèvent, à côté l'un de l'autre, deux beaux monuments romains. L'un est un arc de triomphe, l'autre un magnifique mausolée construit sur trois étages, orné de riches bas-reliefs, et surmonté d'un gracieux campanile, que soutiennent dix colonnes corinthiennes à travers lesquelles se montrent debout deux statues. Ce sont les derniers vestiges de *Glanum*, colonie marseillaise détruite par les barbares.

[6] Crépuscule (*ahour*, ἀωρία, heure indue, nuit profonde).

[7] Le Sambuc (*lou Sambu*), hameau du territoire d'Arles, dans l'île de Camargue.

[8] Cabridelle (*Cabridello*). (Voyez Chant I, note 14.)

[9] La Camargue (*la Camargo*), vaste delta formé par la bifurcation du Rhône. Cette île, qui s'étend depuis Arles jusqu'à la mer, contient soixante-quatorze mille sept cent vingt-sept hectares de superficie. L'immensité de ses horizons, le silence grandiose de ses plaines unies, son étrange végétation, son mirage, ses étangs, ses essaims de moustiques, ses grands troupeaux de bœufs et de chevaux sauvages, étonnent le voyageur et font penser aux *pampas* de l'Amérique du Sud. (Voyez Chant X.)

[10] Le Vaccarés (*lou vacarés*), dans l'île de Camargue, est un vaste ensemble de marécages, d'étangs salés et de lagunes. *Vacarés* est formé du mot *vaco* et de la désinence provençale *arés*,

qui indique la réunion, la généralité. Il signifie un lieu où sont de nombreuses vaches. C'est ainsi que de *vigno*, vigne, *barco*, barque, *rito*, rive, on a fait *vignarés*, vignoble. *barcarés*, flotte, *ribeirés*, rivage.

[11] Rodes (*rodo*). La race sauvage des chevaux camargues est employée au foulage des gerbes. Ces animaux se comptent par *rode* (roue, cercle). La *rode* est composée de six liens (*liame*) ; le *lien* est une paire, la *rode* contient par conséquent douze chevaux

[12] Lien (*liame*). (Voyez la note précédente.)

[15] A la clarté de notre lampe (*à la clarta de nostro moco*). La *moco* est un tronçon de roseau qu'on suspend dans les *mas* aux solives de la salle à manger. Elle porte la lampe romaine appelée *calèu*.

[14] Le Sauvage (*lou Sóuvage*), vaste contrée déserte, nommée aussi petite Camargue, circonscrite au levant par le petit Rhône, qui la sépare de la grande Camargue, au midi par la Méditerranée, au couchant et au nord par le Rhône mort et le canal d'Aigues-Mortes. C'est le principal séjour des taureaux noirs sauvages.

[15] Ourrias, forme provençale du nom propre *Elzéar*.

[16] Combien de bouvillons et de génisses (*quant de doublen e de ternenco*). Un bouvillon d'un an s'appelle en provençal *un anouble;* de deux ans, *un doublen;* de trois ans, *un ternen.* Une *ternenco* est une génisse de trois ans.

[17] Ferrade (*ferrado*), opération pastorale qu'on célèbre à Arles avec beaucoup d'appareil, et qui consiste à réunir tous les jeunes bœufs dans un espace déterminé, pour les marquer au chiffre du propriétaire avec un fer rouge.

[18] Les Saintes (*li Santo*) (voyez Chant I, note 15). — Faraman, Albaron (*Faraman*, *Aubaroun*), hameaux de la Camargue. — Aigues-Mortes (Gard), (*Aigui-Morto.*) C'est dans le port de cette ville que saint Louis s'embarqua deux fois pour la Terre sainte. François Ier et Charles-Quint y eurent une entrevue en 1539.

[19] Luberon (*Luberoun*). (Voyez Chant III, note 12.) 13

[20] Éclisse, (*fiscello*), faisselle, vase de terre dont le fond est percé de petits trous, destiné à former et à faire égoutter les fromages *Fiscello*, du latin *fiscella*, même signification

[21] Sylvaréal (*Séuvo-riau*), forêt de pins-parasols, située dans la petite Camargue (Voyez ci-dessus, note 14.). Un petit fort, construit dans ces parages pour protéger la navigation, domine cette île, et porte aussi le nom de fort de Sylvaréal.

# CANT CINQUEN

## LA BATÈSTO

Lou bouvatié s'entorno, furious dóu refus de Mirèio. — Calignage de Mirèio emé Vincèn. — L'erbo di frisoun. — Ourrias rescontro Vincenet, e brutalamen ie cerco reno. — Li prejit : Jan de l'Ourse. — Mourtalo batèsto di dous rivau dins la Crau vasto. — Vitóri e generouseta de Vincenet. — Traitesso dóu toucadou. — Ourrias trauco Vincèn d'un cop de ficheiroun, e fugis au galop de sa cavalo. — Arribo au Rose. — Li tres barquié fantasti. — Lou batèu s'enarco souto lou pes de l'assassin. — La niue de sant Medard : proucessioun di negadis sus lou dougan dóu flum. — Ourrias s'aproufoundis. — Danso di Trèvo sus lou pont de Trincataio.

L'oumbro dis aubo s'aloungavo ;
La Ventoureso boulegavo ;
Lou soulèu avié 'ncaro un parèu d'ouro d'aut ;
E li bouié que labouravon
Vers lou soulèu se reviravon
De tèms en tèms, car desiravon
Lou retour dóu seren, e si femo au lindau.

Lou toucadou se retournavo :
Dins sa cabesso remenavo
L'escorno que venié de reçaupre à la font.
Sa tèsto èro destimbourlado,
E de sa ràbi recatado
De tèms en tèms li lancejado
Ie jitavon lou sang e la vergougno au front.

# CHANT CINQUIÈME

## LE COMBAT

Le bouvier s'en retourne, furieux du refus de Mireille. — Les amours de Vincent et de Mireille. — La *Valisneria spiralis*. — Rencontre d'Ourrias et de Vincent. — Brutale agression du bouvier. — Les invectives : Jean de l'Ours. — Combat à mort des deux rivaux dans la Crau déserte. — Victoire et générosité de Vincent. — Félonie du toucheur. — Ourrias perce Vincent d'un coup de trident et fuit au galop de sa cavale. — Il arrive au Rhône. — Les trois bateliers fantastiques. — La barque se révolte sous le poids de l'assassin. — La nuit de Saint-Médard : procession des noyés sur la rive du fleuve. — Ourrias est englouti. — Danse des Trèves sur le pont de Trinquetaille.


L'ombre des peupliers blancs s'allongeait ; — la brise du Ventour remuait ; — le soleil avait encore une couple d'heures de haut ; — et les laboureurs — se retournaient vers le soleil — de temps en temps, car ils désiraient — le retour du serein et (la vue de) leurs femmes sur le seuil.


Le toucheur s'en allait : — il roulait dans son *esprit* — l'affront qu'il venait de recevoir à la fontaine. — Sa tête était bouleversée, — et de temps à autre, les élancements — de sa rage concentrée — lui jetaient au front le sang et la honte.

E tout en lampant dins li terro,
Remiéutejavo sa coulèro ;
E de l'aspre despié que ie gounflo soun lèu,
I code que la Crau n'es pleno
Coume un bouissoun de sis agreno,
Pèr se batre aurié cerca reno !
Aurié de soun pounchoun fichouira lou soulèu !...


Un porc-singlié que de sa tousco
An fa parti, e que tabousco
Sus li moure desert de l'Oulimpe negras,
Avans de courre sus li chino
Que lou secuton, revechino
Lou rufe pèu de soun esquino,
En amoulant si pivo i pèje di blacas.


A l'endavans dóu gardo-vaco
Que lou mourbin pounchouno e maco,
Dins lou meme draiòu lou bèu Vincèn venié
E dins soun amo risouleto,
Revassejavo i parauleto
Que l'amourouso piéuceleto
l'avié dicho un matin dessouto l'amourié.


Dre coume un canié de Durènço,
Éu caminavo ; e de plasènço,
E de pas, e d'amour clarejavon sis èr ;
L'aureto molo s'engourgavo
Dins sa camiso que badavo ;
Dins li coudelet caminavo,
Descaus, e lóugeret, e gai coume un lesert.

Et, tout galopant dans les terres, — il grommelait
son courroux ; — et de l'âpre dépit qui gonfle son
poumon, — aux cailloux dont la Crau est pleine —
comme un buisson l'est de prunelles, — pour se
battre, il eût cherché noise ; — il eût de son trident
percé le soleil!...

Un sanglier qu'on a relancé dans ses broussailles,
et qui court — sur les mamelons déserts du sombre
Olympe [1], — avant de fondre sur les chiennes —
qui le pourchassent, hérisse — le rude poil de son
dos, — en aiguisant ses défenses aux troncs des
chênes.

A la rencontre du vacher — que le ressentiment
aiguillonne et meurtrit, — dans le même sentier venait le beau Vincent ; — et, dans son âme souriante,
— il rêvait des douces paroles — que l'amoureuse vierge, — un matin, sous le mûrier, lui avait
dites.

Droit comme une cannaie de Durance, — il cheminait ; et de bonheur, — et de paix, et d'amour
rayonnaient ses traits ; — la brise molle s'engouf-
frait — dans sa chemise béante ; — il cheminait
dans les galets, — pieds nus, léger, et gai comme
un lézard.

15

Souvènti-fes, à l'ouro fresco
Ounte la terro s'enmouresco,
Alor que dins li prat li fueio de tréuloun
Se replegon afrejoulido,
Is alentour de la bastido
Ounte restavo la poulido,
Venié, tout treboula, faire lou parpaioun.


E d'escoundoun, emé'n fin gàubi,
Dóu lucre d'or o dóu reinàubi,
Imitavo de liuen lou canta dindoulet :
La jouveineto afeciounado
Qu'a lèu coumprés quau l'a sounado,
Venié lèu à la bouissounado,
Cauta-cauto, e lou cor douçamen tremoulet.


E lou clar de luno que dono
Sus li boutoun de courbo-dono ;
E l'aureto d'estiéu que frusto, à jour fali,
L'auto barbeno dis espigo,
Quand, souto la molo coutigo,
En milo e milo rigo-migo
Se fringouion d'amour coume un sen trefouli ;


E la joio desmemouriado
Qu'a lou chamous, quand à si piado
Tout un jour a senti, dins li ro dóu Queiras,
Li cassaire que lou fan courre,
E qu'à la longo sus un moure
Escalabrous coume uno tourre,
Se vèi soul, dins li mèle, au mitan di counglas ;

Maintes fois, à l'heure fraîche — où la terre se
voile d'ombre, — alors que dans les prés les feuilles de trèfle — se replient, frileuses, — aux alentours de la *bastide* — où restait la belle, — il venait,
tout troublé, faire le papillon

Et en cachette, habilement, — du *lucre* d'or ou du
motteux — il imitait de loin le chant grêle : — la
jeune fille ardente, — qui a vite compris qui l'appelle,
— venait vite à la haie d'aubépine, — furtivement,
et le cœur doucement agité.

Et le clair de lune qui donne — sur les boutons de
narcisse ; — et la brise d'été qui frôle, au jour tombant, — les hautes barbes des épis, — quand, sous
le mol chatouillement, — en mille et mille ondulations — ils se trémoussent d'amour, comme un sein
qui tressaille ;

Et la joie éperdue — qu'éprouve le chamois, lorsqu'à ses traces — il a senti tout un jour, dans les
rocs du Queyras [2], — les chasseurs qui le poursui-
vent, — et qu'enfin, sur un pic — escarpé comme
une tour, — il se voit seul, dans les mélèzes, au milieu des glaciers ;

N'es qu'uno eigagno, en coumparanço
Di moumenet de benuranço
Que passavon alor e Mirèio Vincèn...
    Mai parlen plan, o mi bouqueto,
    Que li bouissoun an d'auriheto !
    Escoundu dins l'oumbro caieto,
Si man d'à pau à pau se mesclavon ensèn.


    Pièi se teisavon de long rode,
    E si pèd turtavon li code ;
E tantost, noun sachènt que se dire autramen,
    Lou calignaire nouvelàri
    Countavo en risènt lis auvàri
    Que i'arribavon d'ourdinàri :
E li niue que dourmié souto lou fiermamen,


    E di chin de mas li dentado
    Contro sa cueisso enca cretado.
E Mirèio, tantost, de la vueio e dóu jour
    Ie racountavo sis oubreto,
    E li prepaus de sa maireto
    Emé soun paire, e la cabreto
Qu'avié desverdega touto uno triho en flour.


    Un cop Vincèn fuguè plus mèstre :
    Sus l'erbo rufo dóu campèstre
Coucha, coume un cat-fèr, venguè de rebaloun
    Toucant li pèd de la jouineto...
    Mai parlen plan, o mi bouqueto,
    Que li bouissoun an d'auriheto !
— Mirèio ! acordo-me que te fague un poutoun !

Ce n'est qu'une rosée, au prix — des courts moments de félicité — que passaient alors et Mireille et
Vincent... — Mais parlons bas, mes lèvres, — car
les buissons ont des oreilles ! — Cachés dans l'ombre
pie, — leurs mains, petit à petit, se mêlaient ensemble.

Ensuite, ils se taisaient de longs intervalles, — et
leurs pieds heurtaient les cailloux ; — et tantôt, ne
sachant se dire autre chose, — l'amant novice —
contait en riant les mésaventures — qui lui arri-
vaient d'ordinaire : — et les nuits qu'il dormait sous
le firmament,

Et les dentées des chiens de ferme — dont sa
cuisse portait encore les cicatrices. — Tantôt Mireille,
de la veille et du jour, — lui racontait ses petits travaux, — et les propos de sa mère — avec son père,
et la chèvre — qui avait ravagé toute une treille en
fleur.

Une fois Vincent ne fut plus maître : — sur l'herbe
rude de la lande — couché, tel qu'un chat sauvage,
il vint en rampant — jusqu'aux pieds de la jouvencelle... — Mais parlons bas, mes lèvres, — car les
buissons ont des oreilles !... — « Mireille ! accorde-
moi de te faire un baiser !

Mirèio, dis, manje ni beve,
De l'amour que de tu receve !
Mirèio ! voudrièu estrema dins moun sang
Toun alen que lou vènt me raubo !
A tout lou mens, de l'aubo à l'aubo,
Rèn que sus l'orle de ta raubo
Laisso-me que me viéute en la poutounejant !

— Vincèn ! acò's un pecat negre !
E li bouscarlo emé li piegre
Van pièi di calignaire esbrudi lou secrèt.
— Agues pas pòu que se n'en parle,
Que ièu deman, ve, desbouscarle
Touto la Crau enjusqu'en Arle '
Mirèio ! vese en tu lou paradis escrèt '

Mirèio, escouto : dins lou Rose,
Disiè lou fièu de Mèste Ambrose,
I'a'no erbo, que nouman l'*erbeto di frisoun*;
A dos floureto, separado
Bèn sus dos planto, e retirado
Au founs dis oundo enfresqueirado.
Mai quand vèn de l'amour pèr éli la sesoun,

Uno di flour, touto souléto,
Mounto sus l'aigo risouleto,
E laisso, au bon soulèu, espandi soun boutoun ,
Mai, de la vèire tant poulido,
I'a l'autro flour qu'èi trefoulido,
E la vesès, d'amour emplido,
Que nado tant que pòu pèr ie faire un poutoun.

« Mireille ! dit-il, je ne mange ni ne bois, — tellement tu me donnes d'amour ! — Mireille ! je voudrais
enfermer dans mon sang — ton haleine que le vent
me dérobe ! — A tout le moins, de l'aurore à l'aurore, — seulement sur l'ourlet de ta robe — laisse
que je me roule en la couvrant de baisers ! »

— « Vincent ! c'est là un péché noir ! — et les
fauvettes et les pendulines — vont ensuite ébruiter le
secret des amants. » — « N'aie pas peur qu'on en
parle,—car moi demain, vois-tu, je dépeuple de fauvettes — la Crau entière jusqu'en Arles ! — Mireille !
je vois en toi le paradis pur !

« Mireille, écoute : dans le Rhône, — disait le fils
de maître Ambroise, — est une herbe que nous nom-
mons l'*herbette aux boucles*[5] ; — elle a deux fleurs,
bien séparées — sur deux plantes, et retirées — au
fond des fraîches ondes. — Mais quand vient pour
elles la saison de l'amour,

« L'une des fleurs, toute seule, — monte sur l'eau
rieuse, — et laisse au bon soleil, épanouir son bouton ; — mais, la voyant si belle, — l'autre fleur tressaille, — et la voilà, pleine d'amour, — qui nage
tant qu'elle peut pour lui faire un baiser.

E, tant que pòu, se desfrisouno
De l'embuscun que l'empresouno,
D'aqui, paureto! que roumpe soun pecoulet;
E libro enfin, mai mourtinello,
De si bouqueto palinello
Frusto sa sòrre blanquinello...
Un poutoun, pièi ma mort, Mirèio!... e sian soulet!

Elo èro palo; éu pèr delice
La miravo... Dins soun broulice,
Coume un cat-fèr s'enarco, alor, e vitamen
De soun anqueto enredounido
La chatouneto espavourdido
Vòu escarta la man ardido
Que deja l'encenturo; éu tournamai la pren....

Mai parlen plan, o mi bouqueto,
Que li bouissoun an d'auriheto!
— Fenisse! elo gemis, e lucho en se tourşènt;
Mai d'uno caudo caranchouno
Deja lou drole l'empresouno,
Gauto sus gauto... La chatouno
Lou pessugo, se courbo, e s'escapo en risènt.

E' m' acò pièi la belugueto
De liuen en se trufant: Lingueto!
Lingueto! ie cantavo.... Es ansin, éli dous,
Que semenavon à la bruno
Soun blad, soun poulit blad de luno,
Mauno flourido, ur de fourtuno
Qu'i pacan coume i rèi Dièu li mando aboundous.

« Et, tant qu'elle peut, elle déroule ses boucles
— (hors) de l'algue qui l'emprisonne, — jusqu'à
tant, pauvrette ! qu'elle rompe son pédoncule ; — et
libre enfin, mais mourante, — de ses lèvres pâlies —
elle effleure sa blanche sœur... — Un baiser, puis
ma mort, Mireille !... et nous sommes seuls ! »

Elle était pâle ; lui, avec délices, — l'admirait...
Dans son trouble, — tel qu'un chat sauvage il se
dresse alors, et promptement — de sa hanche arrondie — la fillette effarouchée — veut écarter la
main hardie — qui déjà lui ceint la taille ; il la saisit
de nouveau...

Mais parlons bas, ô mes lèvres, — car les buissons
ont des oreilles !... — « Laisse-moi ! » gémit-elle, et
elle lutte en se tordant. — Mais d'une chaude caresse — déjà le jeune homme l'étreint, — joue
contre joue ; la fillette — le pince, se courbe, et s'é-
chappe en riant.

Et puis après, vive — et moqueuse, elle lui chantait de loin : *Lingueto ! lingueto* [4] ! — Ainsi eux deux
— semaient au crépuscule — leur blé, leur joli blé
de lune [5], — manne fleurie, heur fortuné — qu'aux
manants comme aux rois Dieu envoie en abondance.

Un vèspre dounc, en la Crau vasto,
Lou bèu trenaire de banasto
A l'endavans d'Ourrias venié dins lou draiòu.
Lou tron d'uno chavano acipo
Lou proumier aubre que lou pipo,
E, l'iro bourroulant si tripo,
Veici coume parlè lou doumtaire de biòu :


— Es belèu tu, fiéu de baudrèio,
Que l'as enclauso, la Mirèio ?
En tout cas, o 'speia, d'abord que vas d'alin,
Digo-ie'n pau que m'enchau d'elo
E de soun mourre de moustelo,
Pas mai que dóu vièi tros de telo
Que te cuerbe la pèu !... l'auses, bèu margoulin ?


Vincenet ressautè ; soun amo
Se revihè coume la flamo ;
Soun cor ie boumbiguè coume un fio grè que part :
— Panto ! vos dounc que te coustible,
E que moun arpo en dous te gible?
Ie fai en l'alucant, terrible
Coume quand, afama, se reviro un léupard.


E de soun iro li trambleto
Fasien ferni si car vióuleto.
— Sus la gravo, dis l'autre, anaras mourreja !
Car, as li man trop mistoulino,
E noun sies bon, raubo-galino,
Que pèr gibla'n brout d'amarino,
Pèr camina dins l'oumbro, e pèr gourrineja !

Un soir donc, dans la vaste Crau, — le beau tresseur de bannes, — à la rencontre d'Ourrias, venait
dans le sentier. — La foudre d'un orage frappe — le
premier arbre qui l'attire, — et, les entrailles boule-
versées par la colère, — voici comme parla le dompteur de bœufs :

« C'est toi peut-être, fils de prostituée, — qui l'as
ensorcelée, la Mireille ? — En tout cas, ô déguenillé,
puisque tu vas devers là-bas, — dis-lui donc que je
ne me soucie d'elle — et de son museau de belette — 
pas plus que du vieux lambeau de toile — qui te
couvre la peau !... entends-tu, beau marjolet ? »

Vincent tressaillit ; son âme — se réveilla comme
la flamme ; — son cœur bondit comme un feu gré-
geois qui s'élance : — « Rustre, veux-tu donc que je
t'éreinte, — et que ma griffe en deux te ploie ? » —
lui dit-il avec un regard terrible — comme (celui d')
un léopard qui, affamé, retourne (la tête).

Et de sa colère le tremblement — faisait frémir
ses chairs violettes. — « Sur le gravier, repartit l'autre, tu iras rouler par tête ! — car tes mains sont
trop débiles, — et tu n'es bon, vil maraudeur, — que
pour ployer un brin d'osier, — pour cheminer dans
l'ombre, et pour vagabonder ! »

— O, coume torse l'amarino,
Respond Vincèn qu'eiçò 'nverino,
Vau tórse toun galet!... Ve! ve! fuge, se pos,
Fuge, capoun, qu'ai la maliço!
— Fuge, o, Sant Jaque de Galiço!
Reveiras plus ti tamarisso,
Car vai, 'quest poung de ferre, embreniga tis os!

Mereviha de trouva 'n ome
Sus quau enfin sa ràbi gome:
— Un moumen! ie respond lou vaquié regagnous,
Un moumenet, moun jouine tòchi,
Qu'abren la pipo!... E de sa pòchi
Tiro un boursoun de pèu de bòchi,
E'n negre cachimbau qu'embouco; e desdegnous:

— Quand te bressavo au pèd d'un ourse,
T'a jamai counta Jan de l'Ourse,
Ta bóumiano de maire? à Vincèn diguè 'nsin.
I'a Jan de l'Ourse, l'ome double,
Que, quand soun mèstre, emé dous couble,
Lou mandè fouire si restouble,
Arrapè, coume un pastre arrapo un barbesin,

Li bèsti tóutis atalado,
E su'no pibo encimelado
Li bandiguè pèr l'èr, emé l'araire après!
E tu, marrias, bonur t'arribo
Qu'apereici i'a ges de pibo!...
— Levariés pa'n ai d'uno ribo,
Grand porc! n'as que de lengo! E Vincèn, à l'arrèst,

— « Oui, comme je tords l'osier, — répond Vincent
que ces (mots) exaspèrent, — je vais tordre ta
gorge !... Vois ! vois ! fuis, si tu peux, — fuis, lâche,
ma colère ! — fuis, ou par Saint Jacques de Galice !
tu ne reverras plus tes tamaris, — car il va, ce poing
de fer, broyer tes os ! »

Émerveillé de trouver un homme — sur qui enfin
sa rage se dégorge : — « Un moment ! lui réplique le
vacher hargneux, — un petit moment, mon jeune
fou, — que nous allumions la pipe ! » Et de sa
poche — il tire un bourson en peau de bouc — et
un noir calumet, qu'il embouche ; et dédaigneux :

— « Lorsqu'elle te berçait au pied d'une ansérine[6]
— ne t'a-t-elle jamais raconté Jean de l'Ours[7], — ta
mère bohémienne ? dit-il à Vincent. — Jean de
l'Ours, l'homme double, — quand son maître, avec
deux paires (de bœufs), — l'envoya labourer ses
chaumes, — saisit, comme un pâtre saisit un hippo-
bosque,

« Les bêtes toutes attelées, — et sur un peuplier à
haute cime — il les lança dans les airs, la charrue
avec. — Et pour toi, chétif, c'est fort heureux — que
par ici ne soit point de peuplier ! » — « Tu n'ôterais
pas un âne de la lisière (d'un champ), — grand
porc ! tu n'as que de la langue ! » — Et Vincent, à
l'arrêt,

16.

Coumé un lebrié tanco un bestiàri,
Tancavo aqui soun aversàri.
— Que, digo ! ie cridavo à s'esgargamela,
Long galagu, que t'estrampales
Sus ta ganchello, bèn ? davales
O te davale?... Cales ? cales,
Aro qu'anan saché quau tetè de bon la ?

Es tu, gusas, que portes barbo ?
Te caucarai coume uno garbo !
Es tu qu'as mespresa la vierge d'aquéu mas,
Mirèio, la flour dóu terraire?
O, iéu, lou marrit panieraire,
Iéu, Vincenet, soun calignaire,
Vau lava ti mesprés dins toun sang, se n en as !

Mai lou vaquié bramo : Arri ! àrri!
Bóumian, calignaire d'armàri !
Espèro, espèro-me !.... Sus-lou-cop sauto au sòu ;
Apereila li vèsto volon ;
Picon di man, lis èr tremolon ;
Souto éli li caiau regolon ;
Un sus l'autre à la fes parton coume dous biòu.

Ansin dous brau, quand sus lis erme
Lou souleias dardaio ferme,
An vist lou péu courous e li large malu
D'uno vaco jouino e moureto
Bramant d'amour dins li sarreto...
E sus-lou-cop lou tron li peto,
E d'amour sus-lou-cop vènon foui e calu.

Comme un lévrier tient une bête fauve, — tenait
là son adversaire. — « Dis donc ! lui criait-il à se
briser la gorge, — long goinfre, qui t'écarquilles or-
gueilleusement — sur ta haridelle, descends-tu, —
ou je te descends ?... Tu mollis ? tu mollis, —
maintenant que nous allons savoir qui teta de bon
lait ?

« C'est toi, scélérat, qui portes barbe ? — Je te
foulerai comme une gerbe ! — C'est toi qui as mé-
prisé la vierge de ce *mas*, — Mireille, la fleur du terroir ? — Oui, moi-même, le méchant vannier, —
moi, Vincent, son poursuivant, — je vais laver tes
mépris dans ton sang, si tu en as ! »

Mais le vacher hurle : « Hue ! hue ! — Bohémien,
poursuivant de cuisine ! — Attends, attends-moi ! »
Sur-le-champ il saute à terre... — Au loin les vestes
volent ; — ils frappent des mains, les airs tremblent ;
— sous eux les cailloux roulent ; — l'un sur l'autre
ils fondent à la fois comme deux taureaux.

Ainsi deux taureaux, quand sur les savanes — le
grand soleil darde avec force, — ont vu le poil luisant et la large croupe — d'une brune et jeune vache
— beuglant d'amour au milieu des *typhas*... —
et sur-le-champ la foudre éclate en eux, — et
d'amour sur-le-champ ils deviennent fous et aveu-
gles.

Pièi arpatejon, pièi s'alucon,
Prenon lou vanc, e zóu! s'ensucon.
E prenon mai lou vanc, e de mourre-bourdoun
Fan restounti li cop de tèsto.
Longo e marrido es la batèsto,
Car es l'Amour que lis entèsto,
Es l'Amour pouderous que li buto e li poun.


Ansin èli dous tabassavon,
Ansin, furoun, s'escabassavoñ.
Ourrias a recassa lou proumié lavo-dènt;
Mai coume l'autre lou menaço
D'un nouvèu cop, sa grand manasso
S'aubouro en l'èr coume uno masso,
E d'un large gautas amassolo Vincèn.


— Tè! tè! frestèu, paro aquéu lèpi!
— Tasto, moun ome, s'ai lou grèpi!
Se cridon l'un à l'autre. — Ardi! comto, bastard,
Li blaveiròu mounte s'enfounso
La rintraduro de mis ounso!
— E tu, moustras, comto lis ounço,
Lis ounço de sang viéu qu'espiron de ta car!


Alor s'arrapon, se póutiron,
S'agroumoulisson e s'estiron,
Espalo contro espalo, em' artèu contro artèu;
Li bras se trosson, se fringouion
Coume de serp que s'entourtouion;
Souto la pèu li veno bouion,
Lis esfors fan tibla li tento di boutèu.

Puis ils trépignent, puis se regardent, — prennent
élan, et s'entre-choquent. — Et de nouveau prennent
élan, et abaissant leurs mufles, — font retentir les
coups de tête. — Long et cruel est le combat, —
car c'est l'Amour qui les enivre, — c'est l'Amour
puissant qui les pousse et les aiguillonne.


Ainsi frappaient les deux (champions), — ainsi,
furieux, ils se gourmaient la tête. — Ourrias a reçu
le premier horion ; — mais comme l'autre le menace
— d'un nouveau coup, sa main énorme — se lève
dans l'air comme une massue, — et d'un large soufflet il assomme Vincent.


— « Tiens ! tiens ! chétif, pare cette gourmade ! »
— « Tâte, mon brave, si j'ai l'onglée ! » — se crient-
ils l'un à l'autre. — « Courage ! compte, bâtard, —
les meurtrissures où s'enfoncent — mes phalanges
pointues ! » — « Et toi, monstre hideux, compte les
onces, — les onces de sang vif qui jaillissent de ta
chair ! »


Alors ils se saisissent, se houspillent, — s'accrou-
pissent et s'allongent, — épaule contre épaule et orteil contre orteil ; — les bras se tordent, se frottent
— comme des serpents qui s'entortillent ; — sous la
peau les veines bouillent, — les efforts tendent les
muscles des mollets.

Lontèms, immoubile, s'estellon,
Emé li flanc que ie bacellon,
Coume quand bat de l'alo un palot estardoun :
Imbrandable, la lengo muto,
Un coutant l'autre dins sa buto,
Coume li pielo grando e bruto
Dóu pont espetaclous qu'encambo lou Gardoun.

E tout-d'un-cop se desseparon,
E tournamai li poung se barron,
Lou trissoun tournamai engruno lou mourtié :
Dins la furour que li counjounglo,
Ie van di dènt, ie van dis ounglo...
Diéu ! quénti cop Vincèn i'ajounglo!
Diéu ! quénti bacelas mando lou bouvatié !

Abasimanto èron li mougno
Qu'aquest largavo à plen de pougno ;
Mai lou Valabregan, rapide e picadis
Coume uno grelo que desboundo,
A soun entour boundo e reboundo,
Revoulunous coume uno froundo.
— Veici, dis, lou turtau, gourrin, que t'espóutis!

Mai coume tors l'esquino à rèire,
Pèr miéu pica soun empegnèire,
Lou gaiard toucadou subran l'arrapo i flanc ;
A la maniero prouvençalo
Te lou bandis darrié l'espalo,
— Coume lou blad dessus la palo,
E vai pica de costo apereila au mitan !

Longtemps ils se roidissent, immobiles ; — les flancs leur battent, — comme quand bat de l'aile un outardeau pesant ; — inébranlables, la langue muette, — l'un l'autre s'accotant dans leur poussée , — comme les piles grandes et brutes — du pont prodigieux qui enjambe le Gardon [8]

Et tout d'un coup ils se séparent, — et derechef les poings se ferment, — derechef le pilon égruge le mortier : — dans la fureur qui les étreint ensemble, — ils y vont des dents, ils y vont des ongles... — Dieu ! quels coups Vincent lui assène ! — Dieu ! quels soufflets énormes lance le bouvier !

Accablantes étaient les bourrades — que celui-ci déchargeait à plein poing ; — mais (l'enfant) de Valabrègue, frappant avec la rapidité — d'une grêle soudaine et drue, — autour de lui bondit et rebondit, — tel qu'une fronde tourbillonnante. — « Voici, dit-il, le heurt, ruffien, qui te broie ! »

Mais comme il tord le dos en arrière, — pour mieux frapper son agresseur, — le vigoureux bouvier soudain l'empoigne par les flancs ; — à la manière provençale — le lance derrière l'épaule, — comme le blé avec la pelle ; — et au loin il va frapper des côtes au milieu (de la plaine).

— Acampo ! acampo l'eiminado
Qu'emé toun mourre as darbounado,
E s'ames lou póutras, vermenoun, manjo e béu !
— Proun de di ! bèsti malestrucho,
J'a que li tres cop que fan lucho !
Respond lou drole, en quau s'enclucho
L'amar verin. Lou sang ie mounto au bout di péu.


Se relèvo, lou panieraire,
Coume un coulobre ; e, fièr luchaire,
A l'agrat de peri vo de venja soun noum,
Part sus lou Camarguen sóuvage,
E d'uno forço e d'un courage
Merevihous pèr aquel age,
l'alongo dins lou pitre un mourtau cop de poung.


Lou Camarguen trantraio, tasto
Pèr couta soun esquino vasto ;
Mai à sis iue neblous ie sèmblo quatecant
Qu'à soun entour tout fai que courre ;
La tressusour ie mounto au mourre,
E pataflòu ! coume uno tourre
Toumbo lou grand Ourrias, au mitan dóu trescamp !...


La Crau èro tranquilo e mudo.
Aperalin soun estendudo
Se perdié dins la mar, e la mar dins l'èr blu :
Li ciéune, li fòuco lusènto,
Li becaru, qu'an d'alo ardènto,
Venien de la clarta mourènto
Saluda, long di clar, li bèu darrié belu.

— « Ramasse ! ramasse l'arpent de terre — que
ton museau a labouré, — et si tu aimes la poussière,
vermisseau, mange et bois ! » — « Assez de mots !
bête ignorante, — les trois coups seuls achèvent une
lutte ! » — répond le gars en qui s'accumule — la
haine amère. Le sang lui monte au faîte des cheveux.

Il se relève, le vannier, — comme un dragon, et
fier lutteur, — au risque de périr ou de venger son
nom, — il fond sur le sauvage Camarguais, — et
d'une force et d'un courage — merveilleux pour sa
jeunesse, — lui allonge dans la poitrine un mortel
coup de poing.

Le Camarguais chancelle, il tâte — pour étayer
son vaste dos ; —mais à ses yeux nébuleux il semble
aussitôt — qu'autour de lui tout tourbillonne ; —
une sueur glacée lui monte à la face ; — et à grand
bruit, tel qu'une tour, — tombe le grand Ourrias, au
milieu de la lande !...

La Crau était tranquille et muette. — Au lointain
son étendue — se perdait dans la mer, et la mer
dans l'air bleu : — les cygnes, les macreuses lus-
trées, — les flamants aux ailes de feu — venaient, de
la clarté mourante, — saluer, le long des étangs, les
dernières lueurs.

17

Dóu vaquié la cavalo blanco
Toundié dis agarrus li branco ;
E vueje, lis estriéu, li grands estriéu ferra,
Balin-balòu contro soun vèntre...
— Breguigno mai ! se noun t'esvèntre !
Lis ome, aro, bregand, pos sèntre
S'à la cano vo au pan se dèvon mesura !

Dins lou silènci dóu campèstre,
Lou panieraire, d'un pèd mèstre,
Esquichavo lou pie d'Ourrias amaluga.
Souto la cambo que lou sarro,
Lou toucadou luchavo encaro,
E pèr li brego e pèr li narro
Racavo à gros mouchoun un sang encre e maca.

Tres cop vouguè jita de caire
Lou pèd ounglu dóu panieraire ;
Tres cop d'un tai de man lou fiéu de Mèste Ambroi
L'esterniguè mai sus la gravo ,
E lou vaquié qu'escumejavo,
Emé d'iue torge, retoumbavo
En boufant e badant coume un orre baudroi.

— Lis ome, dounc, o barataire,
Lis a pas tóuti fa, ta maire !
Vincenet ie cridavo. I biòu de Séuvo-Riau
Vai, vai counta quento es ma pougno !
Vai-t'en escoundre ti boudougno,
Toun arrouganço e ta vergougno
Au founs de ta Camargo, au mitan de ti brau !

La cavale blanche du vacher — tondait les branches des chênes-kermès ; — et vides, les étriers, les grands étriers de fer — sonnaient et se oscillaient contre son ventre. — « Remue encore et je te crève ! — Maintenant, brigand, tu peux sentir — si à la *canne* ou à l'*empan* doivent se mesurer les hommes ! »

Dans le silence de la lande, — le vannier, d'un pied victorieux, — pressait la poitrine d'Ourrias éreinté. — Sous la jambe qui le serre, — le toucheur luttait encore, — et par les lèvres et par les narines — vomissait à grands flots un sang noir et meurtri.

Trois fois il voulut secouer — le pied *onglé* de l'enfant aux corbeilles ; — trois fois, d'un *tranchant* de main, le fils de Maître Ambroise — le terrassa sur le gravier ; — et le vacher écumant, — les yeux hagards, retombait—en soufflant, et (la bouche) béante comme une horrible baudroie⁹.

— « Les hommes donc, forban, — ta mère ne les fit pas tous ! — lui criait Vincent. Aux bœufs de Sylvaréal — va, va dire quel est mon poignet ! — Va cacher tes tumeurs, — ton insolence et ta honte — au fond de ta Camargue, parmi tes taureaux ! »

Acò di, lachè la bestiasso.
Tau un toundèire, dins la jasso,
Retèn entre si cambo un grand aret banard ;
Mai tant lèu i'a toumba soun àbi,
Sus lou malu ie mando un bàbi,
E lou bandis. Gounfle de ràbi,
Ansin, e tout pòussous, lou vaquiè sauto e part.


Uno pensado maladito
A travès champ lou precepito ;
Jitavo d'escumenje; ourlant e fernissènt,
Dins lis avaus, dins li genèsto
Que cerco dounc?... Ai ! ai ! s'arrèsto...
Ai ! ai ! ai ! brando sus la tèsto
Soun ficheiroun terrible, e lampo sus Vincèn.


Quand se veguè souto la lanço,
Sènso revenje ni 'speranço,
Vincenet paliguè coume au jour de sa mort :
Noun que la mort ie fugue duro,
Mai ce qu'aclapo sa naturo,
Es de se vèire la caturo
D'un feloun que l'engano avié fa lou plus fort.


— Traite! ausariés? faguè que dire.
E, voulountous coume un martire,
S'aplanto... Alin, alin, dins lis aubre escoundu,
l'avié lou mas de sa mestresso.
Se ie virè 'mé grand tendresso,
Coume pèr dire à la pastresso :
Mirèio, espincho-me, que vau mouri pèr tu !

Cela dit, il lâcha la bête féroce. — Tel un tondeur,
dans le bercail, — retient entre ses jambes un grand
bélier cornu; — mais à peine de sa robe l'a-t-il dé-
pouillé, — sur la croupe il lui donne une tape —
et le délivre. Ainsi, gonflé de rage — et tout poudreux, le vacher bondit et part.


Une pensée maudite — le précipite à travers
champs; — il jetait des imprécations; hurlant et
frémissant, — dans les chênes-kermès, dans les genêts — que cherche-t-il?... Aïe ! aïe! il s'arrête...—
Aïe! aïe! aïe! sur la tête il brandit — son trident
terrible, et fond sur Vincent.


Lorsqu'il se vit sous la lance, — sans revanche ni
espoir, — Vincent pâlit comme au jour de sa mort :
— non que mourir lui soit dur; — mais ce qui
accable sa nature, — c'est de se voir la proie — d'un
félon que la ruse avait fait le plus fort.


— « Traître, oserais-tu? » dit-il à peine. — Et résolu comme un martyr, — il s'arrête... Au loin, au
loin, caché dans les arbres, était le *mas* de son
amante. — Il se tourna vers lui avec grande ten-
dresse, — comme pour dire à la pastourelle : —
Regarde-moi, Mireille, pour toi je vais mourir !

O bèu Vincèn ! d'aquelo qu'amo
   Enca pantaiavo soun amo...
— Fai ta preièro ! Ourrias ie venguè coume un tron,
   D'uno voues despietouso e rauco.
   E de soun ferre aqui lou trauco.
   Em'un fort gème, sus la bauco
Lou paure verganié barrulo de soun long.

   E l'erbo plego, ensaunousido ;
   E de si cambo enterrousido
Li fournigo de champ fan deja soun camin.
   Mai lou toucadou galoupavo,
   — Au clar de luno, sus la gravo,
   Tout-en fugènt éu prejitavo,
Aniue li loup de Crau van rire, à tau festin !...

   La Crau èro tranquilo e mudo.
   Aperalin soun estendudo
Se perdié dins la mar, e la mar dins l'èr blu ;
   Li ciéune, li fòuco lusènto,
   Li becaru, qu'an d'alo ardènto,
   Venien de la clarta mourènto
Saluda, long di clar, li bèu darrié belu.

   E galopo, vaquié, galopo,
   Que galouparas !... — Hopo ! hopo !
Ie venien coume acò lis esclapaire verd
   A sa cavalo que chauriho
   Dis iue, di narro e dis auriho.
   Souto la luno deja briho
. Lou Rose, entredourmi dins soun lie descubert,

Oh ! beau Vincent ! de celle qu'il aime — rêvait encore son âme... — « Fais ta prière ! » Ourrias tonna
soudain — d'une voix impitoyable et rauque. — Et
il le perce de son fer. — Avec un fort gémissement,
sur l'herbe — l'infortuné vannier roule de son
long.

Et l'herbe ploie, ensanglantée ; — et de ses jambes
terreuses — les fourmis des champs font déjà leur
chemin. — Mais le toucheur galopait. — « Sur les
galets, au clair de lune, — tout en fuyant gromme-
lait-il, — ce soir, les loups de Crau vont rire, à pareil festin !... »

La Crau était tranquille et muette. — Au lointain
son étendue — se perdait dans la mer, et la mer
dans l'air bleu ; — les cygnes, les luisantes macreuses, — les flamants aux ailes de feu, — venaient,
de la clarté mourante, — saluer, le long des étangs,
les dernières lueurs.

Et galope, vacher, galope, — galope sans relâche !
— « Hop ! hop ! » — criaient les crabiers verts [10] —
à sa cavale qui chauvit — des yeux, des naseaux et
des oreilles. — Sous la lune déjà brille — le Rhône,
sommeillant dans son lit découvert,

Coume un roumiéu de Santo-Baumo
Que, nus, de lassige e de caumo
S'estalouiro e s'endor au founs d'un vabre. — Hòu !
L'ausès?... hòu de la ratamalo !
Hòu ! hòu !... En cuberto vo'n calo,
Me passarias 'mé ma cavalo ?
De liuen lou capounas crido à tres barqueiròu.

— Vène lèu, vène, bono voio !
Respoundeguè 'no voues galoio,
Que, pèr vèire mounta de la niue lou calèu,
Entre li remo e la partego
Lou pèis entrefouli vanego...
La pesco prèsso, acò boulego,
Moun ome ! l'ouro es bono... Abordo, abordo lèu.

En poupo lou fena s'assèto.
La cavalo, darrié la bèto,
Nadavo, la caussano estacado à l'estrop.
E li grand pèis, vesti d'escaumo,
Abandounant si fóunsi baumo,
Dòu Rose mouvien la calaumo,
E lusènt, boumbissien à l'entour de la pro.

— Mèstre pilot, dono-te gardo !
La nau, sèmblo que vèn panardo !
E lou qu'avié parla, pèd sus banc, sus lou rèm
Tourna se pleguè coume un vise.
— I'a'n moumenet que me n'avise...
Pourtan un marrit pes, vous dise,
Respoundè lou pilot ; e pièi diguè plus rèn.

Comme un pèlerin de la Sainte-Baume [11], — qui,
nu, de lassitude et de chaleur — s'étend et s'endort
au fond d'un ravin. — « Ho ! — l'entendez-vous?...
ho! de la barque ! — ho! ho!... en pont ou en cale,
— me passeriez-vous, moi et ma jument? » — de
loin le lâche crie à trois bateliers.

« Viens vite, viens, bon garnement! » répondit
une voix goguenarde, — afin de voir monter la
lampe de la nuit, — entre les avirons et la gaffe —
le poisson frétillant circule... — La pêche presse,
(le poisson) remue, — mon brave! L'heure est
bonne... Aborde, aborde vite. »

Sur la poupe le scélérat [12] s'assied. — La cavale,
derrière le bateau, — nageait, le licou attaché à l'es-
trope. — Et les grands poissons, vêtus d'écailles, —
abandonnant leurs grottes profondes, — du Rhône
mouvaient le calme, — et luisants, bondissaient autour de la proue.

— « Maître pilote, prends garde! — la nef devient
boiteuse, ce me semble! » — Et l'interlocuteur,
pieds sur banc [13], sur l'aviron — de nouveau se ploya
comme un sarment de vigne. — « Voilà un instant
que je m'en aperçois... — Nous portons un poids
mauvais, vous dis-je, » —répondit le pilote ; et après
il se tut.

La ratamalo trantraiavo
D'un biais, de l'autre, gansouiavo
D'un balans esfraious coume un ome embria.
La ratamalo èro marrido,
Avié li post mita pourrido...
— Tron de Dièu ! lou toucadou crido...
E s'arrapo à l'empento, e s'aubouro esfraia.

Mai, souto uno envesiblo forço,
La nau sèmpre que mai bidorso,
Coume uno serp en quau un pastre em'un clapas
A coupa lis esquino. — Sòci,
Perquè fasès aquèu trigòssi ?
Voulès dounc que me nègue ? i mòssi
Venguè lou toucadou, pale coume un gipas.

— Pode plus mestreja la barco !
Respoundè lou pilot. S'enarco
Souto ièu, e boumbis coume uno escarpo fai :
As tua quaucun, miserable !
— Ièu ?... Quau te l'a di ?... Que lou diable,
S'acò's verai, 'mé soun rediable
Me póutire subran au founs di garagai !

— Ah ! countuniè lou pilot blave,
Es ièu que me troumpe ! óublidave
Qu'es aniue Sant Medard. Tout paure negadis,
Di toumple afrous, di revòu sourne,
Pèr founs que l'aigo l'encafourne,
Sus terro aniue fau que retourne....
La longo proucessioun adeja s'espandis,

La vieille barque chancelait, — de ci, de là, va-
cillait — d'un branle effrayant comme un homme
ivre. — La vieille barque était mauvaise, — demi-
pourries étaient les planches. — « Tonnerre de
Dieu ! » crie le toucheur... — Et il se cramponne au
gouvernail, et il se lève effrayé.

Mais, sous une invisible force, — la nef de plus en
plus se tord, — comme un serpent auquel un pâtre,
avec un bloc de pierre, — a rompu l'échine. —
« Compagnons, — pourquoi ces secousses ? — Vous
voulez donc que je me noie ? » Ainsi apostropha les
mousses — le toucheur, pâle comme un plâtras.

— « Je ne puis plus maîtriser la barque ! — répondit le pilote. Elle se cabre — sous moi et bondit
comme fait une carpe : — tu as tué quelqu'un, misérable ! » — « Moi ?... Qui te l'a dit ?... Que Satan,
— si cela est vrai, avec son fourgon — me tire sur-
le-champ au fond des abîmes ! »

— « Ah ! poursuivit le pilote livide, — c'est moi
qui me trompe : j'oubliais — que c'est la nuit de
Saint Médard. Tout malheureux noyé, — des gouffres
affreux, des tourbillons sombres, — dans quelques
profondeurs que l'eau l'ensevelisse, — sur terre,
cette nuit, doit revenir .. — La longue procession
déjà se développe,

Velèi !... pàuris amo plourouso !
Velèi ! sus la ribo peirouso
Mounton à pèd descaus : de si vièsti lima,
De soun péu amechouli, coulo
A gros degout l'aigo treboulo.
Dins l'oumbro, souto li piboulo,
Caminon à renguiero, em'un cire aluma.


Coume regardon lis estello !
Dóu sablas que lis empestello
En derrabant si cambo arrampido, pecai !
Emé si bras blu, 'mé sa tèsto
Mounte la nito encaro rèsto,
Es èli, coume uno tempèsto,
Que tuerton lou batèu d'aquéu rude trantrai.


Toujour quaucun de mai arribo,
E mounto, afeciouna, la ribo.
Coume bevon l'èr linde, e la visto di Crau,
E la sentour que vèn di fòure !
E coume trovon dous lou mòure,
En regardant si vièsti plòure !...
Toujour quaucun de mai mounto dóu cadarau !...


I'a de vièi, de jouine, de femo,
Disiè lou mèstre de la remo...
Coume espòusson la fango e l'ourrour dóu pesquié !
De formo descarnadò e berco ;
De pescadou qu'èron en cerco
D'aganta lou lampre e la perco,
E qu'i perco em'i lampre an servi de pasquié.

« Les voilà !... pauvres âmes éplorées ! — Les voilà ! sur la rive pierreuse — ils montent, pieds nus : de leurs vêtements limoneux, — de leur chevelure feutrée coule, — à grosses gouttes l'eau trouble. — Dans l'ombre, sous les peupliers, — ils cheminent par files, un cierge allumé (à la main).

« Comme ils regardent les étoiles ! — Du monceau de sable qui les emprisonne — en arrachant leurs jambes contractées, hélas ! — avec leurs bras bleuis, avec leurs têtes — où la vase reste encore, — ce sont eux qui, tels qu'une tempête, — heurtent le bateau de cette rude oscillation.

« Toujours quelqu'un de plus arrive, — et gravit avec ardeur la berge. — Comme ils boivent l'air limpide, et la vue des Craux, — et la senteur qui vient des récoltes ! — et combien ils trouvent doux le mouvement, — en regardant leurs vêtements pleuvoir !... — Toujours quelqu'un de plus monte de la voirie !...

« Il y a des vieillards, des jeunes gens, des femmes, — disait le maître de l'aviron... — (Comme ils secouent la fange et l'horreur du vivier !) — des formes décharnées et édentées ; — des pêcheurs qui cherchaient — à prendre la lamproie et la perche, — et qui aux perches et aux lamproies ont servi de pâturage.

18

Ve ! regardo aquéu vòu qu'esquiho,
Descounsoula, sus li graviho...
Es li bèlli chatouno, es li folo d'amour,
Que, de se vèire separado
De l'ome ama, desesperado,
An demanda la retirado
Au Rose, pèr nega soun inmènso doulour !

Velèi !... O pàuri pichounello !
Dins la sournuro clarinello,
Boulegon, si sen nus, em'un tau rangoulun,
Souto l'augo que li mascaro,
Que, de soun péu neblant sa caro
A long trachèu, ièu doute encaro
S'es d'aigo que regoulo, o s'es l'amar plourun.

Lou pilot quinquè plus. Lis amo
A la man tenien uno flamo,
E seguien à la mudo, e plan, lou ribeirés.
Aurias ausi voula'no mousco...
— Mèstre pilot ! mai, dins la fousco,
Vous sèmblo pas que soun en bousco ?
Ie fai lou Camarguen, d'orre e d'espaime pres.

— O, soun en bousco... Ve, pecaire !
Coume testejon de tout caire !
Cercon li bònis obro e lis ate de fe
Que sus la terro samenèron,
Espés o clar, quand ie passèron.
Tre qu'apercevon ce qu'espèron,
Coume au fres margaioun vesèn courre l'avé,

.« Vois! contemple cet essaim qui glisse, — in-
consolable, sur la grève... — Ce .sont les belles
jeunes filles, les folles d'amour, — qui, se voyant
séparées — de l'homme aimé, de désespoir — ont
demandé l'hospitalité — au Rhône, pour noyer leur
*immense douleur.*

« Vois-les!... ô pauvres jouvencelles! — Dans
l'obscurité diaphane, — palpitent leurs seins nus,
avec un tel râle, sous l'algue qui les souille, — que,
de leur chevelure qui voile leur visage — à longs
flots, je doute encore — si c'est l'eau qui ruisselle,
ou les larmes amères. »

Le pilote ne parla plus. Les âmes — tenaient une
flamme à la main, — et suivaient, silencieuses et
lentes, le rivage. — Vous eussiez entendu le vol
d'une mouche... — « Maître pilote! mais, dans l'obscurité, — ne vous semblent-ils pas en recherche? »
— lui dit le Camarguais, pris d'horreur et d'épouvante.

—« Oui, ils sont en recherche... Vois! infortunés!
— comme ils tournent la tête de toute part! — Ils
cherchent les bonnes œuvres et les actes de foi —
qu'ils semèrent, — nombreux ou rares, à leur passage sur la terre. — Dès qu'ils aperçoivent l'objet
de leur espoir, — de même qu'à la fraîche ivraie
nous voyons les brebis courir,

Se precepiton ; e, culido,
Entre si man l'obro poulido
Vèn uno flour ; e quand, pèr un bouquet n'an proun,
    A Diéu, alègre, lou fan vèire,
    E vers li porto de Sant Pèire
    La flour emporto lou cuièire.
Dins l'engrau de la mort toumba de reviroun,

    I negadis ansin Diéu meme
    Dono un relais pèr se redeme.
Mai souto lou glavas dóu fluve segrenous,
    Avans que l'aubeto s'enaure,
    Ve-n-en que tournaran s'enclaure :
    Negaire de Diéu, manjo-paure,
Tuaire d'ome, traite, escabot vermenous

    Cercon uno obro que li sauve,
    E noun poussigon dins lis auve
Que pecatas e crime, en formo de caiau
    Mounte soun artèu nus s'embrounco.
    Fin de miòu, fin de cop de rounco !
    Mai éli, dins l'erso que rounco,
Sèns fin barbelaran lou perdoun celestiau!!

    Coume un bregand à-n-un recouide,
    Ourrias aqui l'arrapo au couide :
— L'aigo dins lou batèu!! — I'a l'agoutat, respond,
    Tranquile, lou pilot. En aio,
    Ourrias agoto, e zóu ! travaio
    Coume un perdu !... De Trincataio
Li Trèvo aquelo niue dansavon sus lou pont.

« Ils se précipitent ; et, cueillie, — entre leurs
mains la belle œuvre — devient fleur ; et quand pour
un bouquet (la moisson) est suffisante, — à Dieu ils
le montrent avec joie, — et vers les portes de Saint
Pierre — la fleur emporte celui qui l'a cueillie. —
Dans la gueule immense de la mort tombés, la tête
retournée,

« Ainsi aux noyés Dieu lui-même — donne un sur-
sis pour se racheter. — Mais sous la masse liquide
du fleuve sombre, — avant que l'aube se lève, —
en voilà qui retourneront s'ensevelir : — renieurs de
Dieu, mangeurs de pauvres, — tueurs d'hommes,
traîtres, troupeau rongé de vers.

« Ils cherchent une œuvre de salut, — et ils ne
foulent dans les graviers du fleuve — que grands péchés et crimes, sous forme de cailloux — où bronche
leur orteil nu. — Fin de mulet, fin de coups de
trique ! — Mais eux, dans la vague qui rugit, — sans
fin convoiteront le pardon céleste !! »

Tel qu'un brigand au tournant d'un chemin, —
Ourrias à ce moment le saisit au coude : — « L'eau
dans le bateau !! » — « Il a l'écope, » répond, —
tranquille, le pilote. Avec ardeur — Ourrias vide la
barque, et, courage ! il travaille — comme un
perdu !... Sur le pont de Trinquetaille [14] — les Trèves [15], cette nuit-là, dansaient.

18.

E zóu ! agoto, Ourrias, agoto,
  Qu'agoutaras !... La cavaloto,
Pèr sé descabestra, folo ! — Blanco, de-qu'as?
    As pòu di mort ? ie dis soun mèstre
    Qu'a li pèu dre de l'escaufèstre.
    E, sournaru, lou toumple aiguèstre
De long dóu breganèu, afloco, ras à ras.

    — Sabe pas nada, capitàni !...
    La sauvarés la barco ? — Nàni !
Encaro un vira-d'iue, la barco toumbo à foun.
    Mai, de la dougo, ounte varaio
    La proucessioun que tant t'esfraio,
    Li mort nous van manda'no traio.
E coume a di, la barco au Rose se prefound.

    E, dins la liuencho escuresino,
    E di viholo fouscarino
Qu'i man di negadis tremolon, un long rai
    D'uno ribo à l'autro lampejo.
    E coume, au soulèu que pounchejo,
    Coume uno aragno que fielejo
Se laisso resquiha de-long dóu fiéu que trai,

    Li pescadou (qu'èron de Trèvo !)
    Au rai claret que fai co-lèvo
Se guindon, e lèu-lèu s'esquihon tout-de-long.
    D'entre l aigo que l'enmourraio,
    Ourrias peréu mando à la traio
    Si man crispado !... A Trincataio,
Li Trèvo, aquelo niue, dansèron sus lou pont !

Et courage ! vide, Ourrias, vide, — vide toujours !... — La cavale — veut rompre son licou,
folle ! — « Blanque, qu'as-tu ? — As-tu peur des
morts ? » lui dit son maître, — les cheveux dressés
d'effroi. — Et taciturne, le gouffre liquide — le long
du dernier bordage clapote, bord à bord.

— « Je ne sais pas nager, capitaine !... — La sau-
verez-vous, la barque ? » — « Non ! — Encore un
clin d'œil, la barque tombe à fond ; — mais de la
rive, où erre — la procession qui tant t'effraye, — les
morts vont nous jeter un câble. » — Il dit, et dans
le Rhône la barque s'engloutit.

Et, dans l'obscurité lointaine, — et des lampes
blafardes — qui aux mains des noyés tremblotent,
un long rayon — d'une rive à l'autre brille comme
un éclair. — Et de même, au soleil qui point, — de
même qu'une araignée qui file — se laisse glisser le
long du fil qu'elle jette,

Les pêcheurs (qui étaient des Trèves !) — au rayon
clair qui fait bascule — se hissent, et rapidement se
glissent tout le long. — Du milieu de l'eau qui l'em-
muselle, — Ourrias envoie aussi au câble — ses
mains crispées !... A Trinquetaille — les Trèves,
cette nuit, dansèrent sur le pont !

# NOTES

## DU CHANT CINQUIÈME.

---

[1] Olympe, haute montagne, sur les limites du Var et des Bouches-du-Rhône.

[2] Queyras, vallée des Hautes-Alpes.

[3] L'herbette aux boucles (*l'erbeto di frisoun*), (*valisneria spiralis*, Lin.) Plante qu'on trouve dans le Rhône et dans les mares qui l'avoisinent, aux environs de Tarascon et d'Arles.

[4] *Lingueto!* mot intraduisible, qu'on répète en riant à quelqu'un, et en lui montrant quelque chose de loin ou de haut. pour exciter sa convoitise.

> *Quasi bramosi fantolini e vani*
> *Che pregano, e 'l pregato non risponde,*
> *Ma per fare esser ben lor voglia acuta,*
> *Tien alto lor disio e nol nasconde.*
>
> (DANTE, *Purgatorio*, c. xxiv.)

[5] Blé de lune (*blad de luno*). Au propre, *faire de blad de luno*, signifie dérober du blé à ses parents à la clarté de la lune. *Blad de luno*, au figuré, désigne les larcins amoureux.

[6] Ansérine ligneuse, (*ourse*) (*chenopodium fruticosum*, Lin.); plante commune au bord de la mer.

[7] Jean de l'Ours (*Jan de l'Ourse*), héros des contes de veillées, espèce d'Hercule provençal auquel on attribue une foule d'ex-

ploits. Il était fils d'une bergère et d'un ours qui l'avait enlevée,
et avait pour compagnon de gloire deux aventuriers d'une force
fabuleuse. L'un se nommait Arrache-Montagne, et l'autre Pierre-
de-Moulin. M. Hippolyte Babou a relaté l'histoire de Jean de
l'Ours dans ses *Païens innocents*.

[8] Le pont prodigieux qui enjambe le Gardon (*lou pont espetaclous qu'encambo lou Gardoun*), le pont du Gard.

[9] Baudroie (*baudroi*), ou diable-de-mer, poisson hideux.

[10] *Esclapaire*, crabier vert (*ardea viridis*, Lin.). Oiseau de l'ordre
des échassiers, ainsi nommé (*esclapaire* signifie *fendeur de bois*), à
cause de son cri : *Ha! ha!*

[11] Sainte-Baume (*Santo-Baumo*), grotte célèbre, au milieu d'une
forêt vierge, près de Saint-Maximin (Var), dans laquelle se retira
sainte Magdeleine pour faire pénitence. (Voyez le Chant XIᵉ.)

[12] *Fena*, mauvais sujet, sacripant, scélérat. Horace a dit dans
le même sens en parlant d'un méchant homme : *Fenum habet in
cornu*. C'était proverbial chez les Romains; et ce dicton venait
de l'usage où l'on était autrefois de mettre du foin aux cornes des
taureaux dangereux, pour avertir de s'en garder.

[13] Pieds sur banc (*pèd sus banc*). Mettre pieds sur banc (*metre
pèd sus banc*), en terme de marine, c'est mettre le pied sur le petit
banc qui est devant le siége des rameurs, pour faire plus de force, et
fig. travailler avec ardeur. (Honnorat, *Dict. provençal*.)

[14] Trinquetaille (*Trincataio*), faubourg d'Arles, situé dans la Camargue, et réuni à la cité par un pont de bateaux.

[15] Trèves (*Trèvo*), lutins qui dansent à la pointe des ondes, quand
le soleil ou la lune fait miroiter les eaux.

# CANT SIÈISEN

## LA MASCO

A l'aubo, tres pourcatié trovon Vincèn dins soun sang, estendu dins
lis erme de Crau. — L'adùson à la brasseto au Mas di Falabrego.
— Digressioun : lou Felibre se recoumande à sis amis, li felibre
de Prouvènço. — Doulour de Mirèio. Porton Vincèn au Trau di
Fado, caforno dis Esperit de niue e demouranço de la masco Taven, escounjurarello de tout mau. — Li Fado. — Mirèio acoum-
pagno soun calignaire dins li borno de la mountagno. — La Mandragouro. — Lis aparicioun de la baumo : Li Fouletoun, l'Esperit
Fantasti, la Bugadiero dóu Ventour. — Racònte de la masco : la
Messo di mort, lou Sabatòri, la Garamaudo, lou Gripet, la Bambaroucho, la Chaucho-Vièio, lis Escarinche, li Dra, lou Chin de
Cambau, lou Baroun Castihoun. — L'Agnèu negre, la Cabro d'or.
— Taven escounjuro la plago de Vincèn. — Enaùramen e prou-
fetiso de la masco.


A l'aubo claro se marido
    Lou clar canta di bouscarido.
La terro enamourado espèro lou soulèu,
    Vestido de frescour e d'aubo,
    Coume la chato que se raubo,
    Dins la plus bello de si raubo
Espèro lou jouvènt que i'a di : Parten lèu


    En Crau tres ome caminavon,
    Tres pourcatié, que s'entournavon
De Sant-Chamas lou riche, ounte èro lou marcat.
    Venien de vèndre sa toucado,
    E, tout en fasént la charrado,
    Sus l'espalo, à l'acoustumado,
Pourtavon sis argènt dins si roupo amaga.

# CHANT SIXIÈME

## LA SORCIÈRE

A l'aube du jour, trois porchers trouvent Vincent étendu dans le désert de la Crau, et baigné dans son sang. — Ils l'apportent dans leurs bras au Mas des Micocoules. — Digression : appel du poëte à ses amis, les poëtes de Provence. — Douleur de Mireille. — On porte Vincent à l'antre des Fées, repaire des Esprits de la nuit, et habitation de la sorcière Tavèn, charmeuse de tous maux. — Les Fées. — Mireille accompagne son amant dans les excavations de la montagne. — La Mandragore. — Les apparitions de la Caverne: les Follets, l'Esprit Fantastique, la Lavandière du Ventour. — Récits de la sorcière : la Messe des morts, le Sabbat, la Garamaude, le Gripet, la Bambarouche, le Cauchemar, les Escarinches, les Dracs, le Chien de Cambal, le Baron Castillon. — L'Agneau noir, la Chèvre d'or. — Tavèn charme la blessure de Vincent. — Exaltation et prophéties de la sorcière.

A l'aube claire se marie — le chant clair des bec-fins. — La terre *enamourée* attend le soleil, — vêtue de fraîcheur et d'aurore : — ainsi la jeune fille qui se fait enlever, — (vêtue) de la plus belle de ses robes, — attend le jouvenceau qui lui a dit : « Partons en hâte ! »

Dans la Crau marchaient trois hommes, — trois porchers, retournant — du marché de Saint-Chamas le riche. — Ils venaient de vendre leur troupeau, — et, tout en faisant la causerie, — sur l'épaule, à l'accoutumée, — ils portaient leur argent enveloppé dans leurs manteaux.

Quand tout-d'un-cop : — Chut! cambarado,
Fai un di tres. l'a'no passado
Que me sèmblo d'ausi souspira dins li brus.
— Hòu ! fan lis autre, es la campano
De Sant-Martin o de Maussano,
O belèu bèn la Tremountano
Que gansouio en passant li tousco d'agarrus.

Coume acabavon, di genèsto
Sort un plagnoun que lis arrèsto,
Un plagnoun tant doulènt que trancavo lou cor.
— Jeuse! Maia ! tóuti faguèron,
l'a mai que mai ! e se signèron,
E d'aise, d'aise, caminèron
De mounte li plagnoun venien toujour plus fort.

Oh ! que 'spetacle! Dins l'erbage,
Sus li caiau, 'mé lou visage
Revessa pèr lou sòu, Vincèn èro estendu :
La terro à l'entour chaupinado,
Lis amarino escampihado,
E sa camiso espeiandrado,
E l'erbo ensaunousido, e soun pitre fendu !

Abandouna dins la campagno,
Emé lis astre pèr coumpagno,
Aqui lou paure drole avié passa la niue;
E l'aubo umido e clarinello,
En ie picant sus li parpello,
Dedins si veno mourtinello
Reviscoulè la vido, e ie durbè lis iue.

Quand tout à coup : « Silence ! camarades, — fait
l'un des trois. Depuis un instant — il me semble ouïr
soupirer dans les bruyères. » — « Bah ! dirent les
autres, c'est la cloche — de Saint-Martin ou de Maussane ; — ou bien peut-être la Tramontane — qui
agite en passant les touffes de chêne-nain[1]. »

A peine achevaient-ils, des genêts — sort une
plainte qui les arrête, — une plainte si dolente qu'elle
navrait le cœur. — « Jésus ! Maria ! dirent-ils tous,
— *il y a de l'étrange !* » et ils firent un signe de
croix, — et doucement, doucement s'acheminèrent
— là d'où les plaintes venaient de plus en plus fortes.

Oh ! quel spectacle ! Dans les herbes, — sur les
cailloux, le visage — renversé par terre, Vincent
était gisant : — le sol foulé autour de lui, — les brins
d'osier dispersés çà et là, — sa chemise en lambeaux,
— et l'herbe ensanglantée, et sa poitrine ouverte !

Abandonné dans les champs, — avec les étoiles
pour compagnes, — là le pauvre jeune homme avait
passé la nuit ; — et l'aube humide et lumineuse, —
en frappant sur ses paupières, — dans ses veines
mourantes — ressuscita la vie, et lui ouvrit les
yeux.

E li tres ome, tout en aio,
Quitèron tout-d'un-tèms la draio ;
E, courba tóuti tres, ie faguèron un brès
De si roupo, qu'espandiguèron ;
Pièi entre tóuti lou prenguèron
A la brasseto, e l'aduguèron
Au Mas di Falabrego, ounte èro lou plus près....

O dous ami de ma jouvènço,
Valènt Felibre de Prouvènço,
Qu'escoutas, atentiéu, mi cansoun d'autre-tèms :
Tu que sabes, o Roumaniho,
Entrena dins tis armounío
E li plour de la pacaniho,
E lou rire di chato, e li flour dóu printèms ;

Tu que di bos e di ribiero
Cerques lou sourne e la fresquiero,
Pèr toun cor coumbouri de pantai amourous,
Fièr Aubanèu ! e de ti soubro,
Tu, Crousihat, qu'à la Touloubro
Fas mai de noum, que n'en recoubro
De soun Nostradamus, l'astrolò souloumbrous,

E tu tambèn, Matiéu Ansèume,
Que, di triho souto lou tèume,
Regardes, pensatiéu, li chato que fan gau !
E tu, Pauloun, fin galejaire ;
E tu, iou paure trenquejaire,
Tavan, umble cansounejaire
grihet brun qu'espinchou toun magau !

Et les trois hommes, empressés, — quittèrent
aussitôt le chemin ; — et, courbés tous les trois, lui
firent un berceau — de leurs manteaux qu'ils déployè-
rent; — puis, entre eux tous, le prirent — dans
leurs bras, et l'apportèrent — au Mas des Micocoules,
qui était la plus proche (habitation)....

O doux amis de ma jeunesse, — vaillants poëtes
de Provence, — qui écoutez, attentifs, mes chansons du temps passé :— toi qui sais, ô Roumanille, —
tresser dans tes harmonies, — et les pleurs du
peuple, — et le rire des jeunes filles, et les fleurs du
printemps !

Toi qui des bois et des rivières — cherches le
*sombre* et le frais — pour ton cœur consumé de rêves
d'amour, — fier Aubanel! et, par les (œuvres) que
tu laisses, — toi, Crousillat, qui à la Touloubre —
fais plus de renommée qu'elle n'en recouvre — de
son Nostradamus, le sombre astrologue[2];

Et toi aussi, Matthieu Anselme, —qui, sous le
berceau des treilles, — regardes, pensif, les jeunes
filles attrayantes ! — Et toi, cher Paul, ô fin railleur;
— et toi, le pauvre paysan, — Tavan, qui mêles ton
humble chanson — à celle des grillons bruns qui
examinent ton hoyau !

Tu mai, que dins li durençado
Trempes encaro ti pensado,
Tu qu'à nòsti soulèu caufes lou franchiman,
Moun Adofo Dóumas : grandido,
Quand pièi Mirèio s'es gandido
Liuen de soun mas, novo e candido,
Tu que l'as, dins Paris, menado pèr la man !

Tu 'nfin, de quau un vènt de flamo
Ventoulo, emporto e fouito l'amo,
Garcin, o fiéu ardènt dóu manescau d'Alen !...
Vers la frucho bello e maduro,
O vàutri tóuti, à mesuro
Que iéu escale moun auturo,
Alenas moun camin de voste sant alen !...

— Mèste Ramoun, bonjour ! diguèron
Li pourcatié, quand arribèron :
Avèn trouva, pecaire ! aquéu paure jouvènt
Aperavau dins la champino ;
Poudès cerca de pato fino,
Car a 'n bèu trau à la peitrino !
Sus la taulo de pèiro alor pauson Vincèn.

Au brut de la malemparado,
Mirèio cour, despouderado,
Que venié dóu jardin, e sus l'anco tenié
Soun plen panié de lièume ; courron
Tóuti lis ome que labouron...
Mirèio, en l'èr si bras s'aubouron ;
— Maire de Diéu ! pièi quilo, e toumbo soun panié.

Et toi aussi, qui, dans les débordements de la Durance — trempes encore tes pensées, — toi qui
chauffes le français à nos soleils, — mon Adolphe Du-
mas : grandie, — lorsque ensuite Mireille s'est lan-
cée — loin de son *mas*, neuve et étonnée, — toi qui
l'as, dans Paris, menée par la main !

Et toi enfin, dont un vent de feu — agite, emporte
et fouette l'âme, — Garcin, ô fils ardent du maréchal
d'Alleins !... — vers le fruit beau et mûr, — ô vous
tous, à mesure — que je gravis ma hauteur, —
aérez mon chemin de votre sainte haleine !...

— « Maître Ramon, bonjour ! dirent — les porchers en arrivant : — nous avons trouvé ce pauvre
jeune homme — par là-bas dans la lande ; — cher-
chez des loques (de toile) fine, — car il porte à la
poitrine une bien large blessure. » — Alors, sur la
table de pierre ils déposent Vincent.

Au bruit du fatal événement, — Mireille accourt,
éperdue ; — elle venait du jardin, et tenait sur la
hanche — son panier plein de légumes ; accourent
— tous les laboureurs... — De Mireille les bras se
lèvent : — « Mère de Dieu ! » puis s'écrie-t-elle (d'une
voix aiguë), et son panier tombe

— Vincèn! mai, que t'an fa, pecaire!
Qu'as tant de sang? De soun fringaire
Ausso alor douçamen la tèsto, e'n bon moumen
   Lou regardo, mudo, atupido,
   Pèr la doulour coume arrampido.
   De lagremo grosso e rapido
S'inoundavo enterin l'auturoun de soun sen.


   De l'amourouso pichouneto
   Vincèn couneiguè la maneto;
E d'uno voues mourènto : Oh! dis, aguès pieta'
   Ai de besoun que m'acoumpagne
   Lou bon Diéu, car siéu bèn de plagne!
   — Laisso que ta bouco se bagne,
Faguè Mèste Ramoun, d'un pau d'agrioutat.


   — O, béu-lou lèu, qu'acò remounto,
Reprenguè la jouvènto. E, proumto,
Arrapè lou flasquet; e degout à degout,
   En ie parlant lou fasié béure,
   E ie levavo lou mau-viéure.
   — De tau malur Diéu vous deliéure,
Vincèn coumencè mai, e vous pague de tout!


   En refendènt uno amarino,
   L'esquichave sus ma peitrino,
Quand lou fèrri m'esquifo e me pico au mamèu.
   Vouguè pas dire que pèr elo
   S'èro batu coume uno grelo...
   Mai sa paraulo, d'esperelo,
Revenié vers l'amour, coume la mousco au mèu.

— « Vincent ! que t'a-t-on fait, hélas ! — pour
être ainsi (couvert) de sang ! » De son bien-aimé —
elle relève alors doucement la tête, et longuement
— le regarde, muette, consternée, — comme pétri-
fiée par la douleur. — De larmes grosses et rapides
— s'inondait en même temps la légère éminence de
son sein.

De l'amoureuse jeune fille — Vincent reconnut la
main ; — et d'une voix mourante : « Oh ! dit-il, ayez
pitié ! — J'ai besoin qu'il m'accompagne, — le bon
Dieu, car je suis bien à plaindre ! » — « Laisse hu-
mecter ta bouche, — dit Maître Ramon, avec un peu
d'*agriotat* ⁵. »

— « Oui, bois-le vite, car cela ranime, » — reprit
la jouvencelle. Et, prompte, — elle prit le flacon ; et
goutte à goutte, — en lui parlant elle le faisait boire,
et lui ôtait le mal-être. — « De pareils malheurs Dieu
vous délivre, — Vincent commença de nouveau, et
vous paye tous (vos soins) !

« En refendant un (scion d') osier, — je le pressais
sur ma poitrine, — quand le fer m'échappe et me
frappe au sein. » — Il ne voulut pas dire que pour
elle — il s'était battu comme une grêle… — mais sa
parole, d'elle-même, — revenait vers l'amour, comme
la mouche au miel.

— La doulour, dis, de vosto caro
Mai que ma plago m'es amaro !
Ce qu'avian coumença, lou canestèu poulit,
    Fau dounc, parèis, que noun s'acabe,
    E que la treno se derrabe !...
    Pèr quant à iéu, Mirèio, sabe
Qu'auriéu de vosto amour vougu lou vèire empli.

    Mai tenès-vous aqui !... que vegue
    Vòstis iue dous, e que ie begue
La vido enca'n brisoun ! vous demande pas mai...
    Vous demande... se poudias faire
    Quaucarèn pèr lou panieraire :
    Ai alin moun paure vièi paire
Qu'es escranca de l'age, e mort pèr lou travai.

    Mirèio se descounsoulavo...
    Dóu tèms, elo pamens lou lavo,
E l'un de l'escarpido esfato lou velout,
    D'autre lèu landon vers l'Aupiho
    Cerca li bònis erbouriho.
    Mai sus-lou-cop Jano-Marìo :
— Au Trau di Fado, au Trau di Fado pourtas-lou !

    Tant mai la plago es dangeirouso,
    Tant mai la masco èi pouderouso !
Zóu dounc ! au Trau di Fado, à la coumbo d'Infèr,
    Quatre lou porton... Dins li peno
    Que di Baus formon la cadeno,
    En un rode que l'alabreno
Trèvo, e qu'en virouiant marcon li capoun-fèr,

— « La douleur, dit-il, de votre visage, — plus
que ma plaie m'est amère ! — La jolie corbeille
commencée par nous, — il faut donc, paraît-il, qu'elle
(reste) inachevée, — et que la tresse s'en arrache !...
— Pour ma part, Mireille, je sais — que, de votre
amour, j'aurais voulu la voir s'emplir.

« Mais tenez-vous là !... que je voie — vos yeux
doux, et que j'y boive — la vie encore un peu ! je ne
vous demande rien de plus... — Je vous demande...
si vous pouviez faire — quelque chose pour le vannier : — j'ai là-bas mon pauvre vieux père — qui est
brisé par l'âge, et mort pour le travail. »

Mireille se désolait... — Cependant elle lave sa
(blessure), — et l'un de la charpie déchire le velours,
— d'autres, empressés, s'élancent vers l'Alpine, —
(pour) chercher les herbes salutaires. — Mais aussitôt
Jeanne-Marie : — « Au Trou des Fées [4], au Trou des
Fées portez-le !

« Plus la plaie est dangereuse, — plus la sorcière
est puissante ! » — Allons ! au Trou des Fées, dans
le vallon d'Enfer, — quatre le portent... Dans les
remparts de roche — qui forment la chaîne des Baux,
— en un lieu que la salamandre — hante, et que de
leur vol tournoyant les sacres indiquent,

Di roumani   entre li mato,
 A flour de roco, un trau s'acato.
Alin dedins, despièi que lou sant *Angelus*,
 En l'ounour de la Vierge, pico
 Lou brounse clar di baselico,
 Alin dedins li Fado antico,
Pèr toustèms, dóu soulèu an fugi lou trelus.

 Esperitoun plen de mistèri,
 Entre la formo e la matèri
Erravon, au mitan d'un linde calabrun.
 Diéu lis avié fa miè-terrèstre
 E femelin, coume pèr èstre
 L'amo vesiblo di campèstre,
E pèr di proumiés ome amansi lou ferun.

 Mai li Fadeto, — bèu coume èron, —
 Di fiéu dis ome s'aflamèron ;
E, li foulasso ! au lio d'enaura li mourtau
 Vers li celèstis esplanado,
 Di passioun nostro apassiounado,
 A nosto fousco destinado,
Coume d'aucèu pipa, toumbèron d'amoundaut.

 Dins la gorgo estrechano e rudo
 De la caforno sournarudo,
Li pourtaire pamens avien leissa Vincèn
 Se davala de resquiheto.
 Em'éu, dins l'escuro draieto
 S'aventurè que Mireieto,
Recoumandant soun amo à Diéu, camin fasènt.

Entre les touffes des romarins, — à fleur de roche,
un trou se cache. — Dans ses profondeurs, depuis
que le saint Angelus, — en l'honneur de la Vierge,
frappe — le bronze clair des basiliques, — dans ses
profondeurs les antiques Fées, — pour jamais, du
soleil ont fui la splendeur

Esprits légers, mystérieux, — entre la forme et la
matière — elles erraient, au milieu d'un limpide crépuscule. — Dieu les avait créées demi-terrestres —
et féminines, afin qu'elles fussent, pour ainsi dire, —
l'âme visible des campagnes, — et afin d'apprivoiser
la sauvagerie des premiers hommes.

Mais, si beaux étaient — les fils des hommes, que
pour eux s'enflammèrent les Fées ; — et, insensées !
au lieu d'élever les mortels — vers les célestes
espaces, — passionnées de nos passions, — dans notre obscur destin, — comme des oiseaux fascinés, de
leurs hauteurs elles tombèrent.

Dans la gorge étroite et raboteuse — de la caverne
sombre, — les porteurs cependant avaient laissé Vincent — se couler par glissade. — Avec lui, — dans
l'obscur sentier — ne s'aventura que Mireille, —
recommandant son âme à Dieu, chemin faisant.

Au founs dóu pous que li carrejo,
Dins uńo grando baumo frejo
Se devinèron; e, souleto au bèu mitan,
E dins li sounge ennevoulido,
Taven, la masco, agroumoulido,
Tenié 'no blesto de calido...
E tristo quenounsai tout en la regardant :

— Paure péu d'erbo serviciable !
Li gènt te nomon blad-dóu-diable,
Remiéutejavo, e sies un di signe de Diéu !
Alor Mirèio la saludo ;
E coume entameno, esmougudo,
L'estiganço de sa vengudo,
La masco, sèns leva la tèsto : — Lou sabiéu ! —

E pièi sa voues atremoulido
S'adreissè mai à la calido :
— Pauro flour de la tepo ! es ti fueio e ti gre
Que li troupèu tout l'an rousigon,
E, pecaire ! au mai te caucigon,
Au mai tis espigau espigon,
E vestisses de verd tant l'uba que l'adré.

Taven aqui faguè 'no pauso.
Dins un cruvèu de cacalauso
Un lumenoun cremavo, e fasié rougeja
La paret mouisso de la roco ;
Sus la fourquello d'uno broco
l'avié 'no graio, e toco-à-toco
Uno galino blanco, em' un crevèu penja.

Au fond du puits qui les amène, — dans une grotte vaste et froide — ils se trouvèrent ; et seule, au milieu, — et voilée d'un nuage de rêves, — Tavèn, la sorcière, accroupie, — tenait un épi de brome... — Et profondément triste en le considérant :

— « Pauvre brin d'herbe officieux ! — les gens te nomment *blé-du-diable* — grommelait-elle, et tu es un des signes de Dieu ! » — Alors Mireille la salue ; — et à peine commence-t-elle (à dire), émue, — le motif pour lequel ils viennent, — la sorcière, sans lever la tête : « Je le savais ! »

Ensuite sa voix chevrotante — de nouveau s'adressa au brome : — « Pauvre fleur du gazon ! ce sont tes feuilles et tes germes — que les troupeaux toute l'année broutent ; — et, pauvrette ! plus ils te foulent, — plus tes épis se multiplient — et tu revêts de verdure le nord comme le midi. »

Là, Tavèn fit une pause. — Dans une coquille d'escargot — une petite lumière brûlait, éclairant de reflets rougeâtres — la paroi humide de la roche ; — sur la fourchette d'un bâton — était (juchée) une corneille, et côte à côte — une poule blanche ; un crible pendait (au mur).

20

— Quau que fugués, diguè la masco
Subitamen e coume nasco,
Eh! que m'enchau? la Fe camino de plegoun,
La Carita porto li plego,
E noun s'escarton de la rego...
Banastounié de Valabrego,
Te sèntes fe? — Me sènte! — Enrego moun regoun!

Adraiado coume uno loubo
Qu'emé sa co li flanc se zoubo,
Pèr un trau desparèis la masco. Estabousi,
Lou Valabregan e Mirèio
Après ie van. Davans la vièio,
S'entendié dins l'orro tubèio
Voulastreja la graio, e la clusso clussi.

— Davalas lèu, qu'es deja l'ouro
De se cencha de mandragouro!
E lèu, de rabaloun, de tirassoun, parèu
Que l'un de l'autre noun se brando,
Van à la voues que li coumando.
En uno baumo enca plus grando
Venié se relarga l'infernau gourgarèu.

— Vaqui! Taven ie faguè signe...
O planto santo de moun segne
Nostradamus! brout d'or, bastoun de Sant Jóusè,
E vergo masco de Mouïse!
Crido; e de l'erbo que vous dise,
Cregnènto, courounè li vise
Emé soun capelet qu'à geinoun ie pausè.

— « Qui que vous soyez, dit la sorcière — subitement et comme ivre, — eh! que m'importe? la Foi
marche les yeux fermés, — la Charité porte un ban-
deau, — et elles ne s'écartent pas de la raie... —
Vannier de Valabrègue, — te sens-tu foi? » — « Je
me sens! » — « Suis mon sillon! »


Empressée comme une louve — qui de sa queue
se bat les flancs, — par un trou disparaît la sorcière.
Stupéfaits, — le Valabrégan et Mireille — vont après
elle. Devant la vieille — on entendait dans l'horrible
brume — voleter la corneille, et la poule glousser.


— « Descendez vite! il est déjà l'heure — de se
ceindre de mandragore! » — Et vite, en rampant,
en se traînant, couple — ne s'écartant point l'un de
l'autre, — ils vont à la voix qui les commande. —
Dans une grotte plus grande encore — venait s'élar-
gir l'infernal couloir.


— « Voilà! leur dit Tavèn d'un signe...—O plante
sainte de mon seigneur — Nostradamus! rameau
d'or, bâton de Saint Joseph, — et verge magique de
Moïse! » — s'écrie-t-elle; et de l'herbe que je vous
dis, — craintive, elle couronna les pousses — avec
son chapelet qu'elle y déposa, à genoux.

Pièi s'aubourant : Es l'ouro, es l'ouro
De se cencha de mandragouro !
De la planto creissudo à l'asclo dóu roucas
Cuei tres jitello : n'en courouno
Elo, lou drole, la chatouno...
— Avans toujour ! — E s'enfourgouno
Ardènto mai que mai, dins li sourne traucas


Emé de lume sus l'esquino
Pèr enclari l'escuresino,
Un vòu d'escarava ie camino davan.
— Jouvènt! à tout camin de glòri
l'a soun travès de purgatòri....
An ! courage! dóu Sabatòri
Anan aro, ai! ai! ai! franqui lis espravant.


N'avié panca barra la bouco,
Uno auro forto li remouco
E ie coupo l'alen, subit : — Amourren-nous !
Di Fouletoun veici lòu trounfle !
Coume un croupas, de grelo gounfle,
Souto li croto passo à rounfle
L'eissame vagabound, quilant, revoulunous.


Passon; e, de tressusour trempe,
Li tres mourtau sènton si tempe
Ventoula, bacela de l'alo di Trevan,
Coume un glas pelado e jalèbro.
— Anas pu liuen pica tenèbro,
Taven cridè, bando menèbro !
Isso, mata-blad ! isso ! o garas-vous davan!

Puis se levant : — « C'est l'heure, c'est l'heure —
de nous ceindre de mandragore ! » — De la plante
venue dans la fente du roc — elle cueille trois jets :
s'en couronne — elle-même, (en couronne) le jeune
homme, la jeune fille... — « En avant toujours ! »- Et
elle s'engouffre, — ardente plus que jamais, dans les
cavités sombres.

Avec de la lumière sur le dos — pour éclairer
l'obscurité, — une troupe d'escarbots chemine devant elle. — « Jeunes gens, tout chemin glorieux —
a sa traversée de purgatoire... — Çà ! courage ! du
Sabbat — nous allons maintenant, aïe ! aïe ! aïe !
franchir les épouvantes. »

Elle n'avait pas clos encore la bouche, — un vent
violent leur cingle (le visage), — et leur coupe brusquement le souffle : — « Prosternons-nous ! — Des
Follets voici le triomphe ! » — Tel qu'un *grain*,
gonflé de grêle, — sous les cryptes passe, innombrable, — l'essaim vagabond, glapissant, tourbillonnant.

Ils passent ; et baignés d'une sueur froide, — les
trois mortels sentent leurs tempes — éventées,
fouettées par l'aile des fantômes, — nue et froide
comme un glaçon. — « Allez plus loin battre les ténèbres, — Tavèn cria, bande bourrue ! — Allez,
abatteurs de moissons ! allez ! ou rangez-vous !

Oh ! li pudènt ! lis esbroufaire !...
E dins lou bèn que poudèn faire,
Dire pièi que nous faugue emplega talo gènt !
    Car, o, de meme que lou mèje
    Souvènt tiro lou bon dóu pièje,
    Pèr la vertu di sourtilège
Fourçan, nautre, lou mau à coungreia lou bèn ;


    Car sian li masco. E noun i'a causo
    Qu'à nosto visto rèste clauso.
E mounte lou coumun vèi uno pèiro, un fouit,
    Uno malandro, uno coundorso,
    Ie destrian, nautre, uno forço
    Que dins sa rusco se bidorso,
Coume souto la raco un vin nouvèu que boui...


    Trauco la tino : la bevènto
    N'en gisclara touto bouiènto ;
Destousco, se tu pos, la clau de Salamoun !
    Parlo à la pèiro dins sa lengo,
    E la mountagno, à toun arengo,
    Davalara dins la valengo !...
E sèmpre descendien dins li cauno dóu mount


    Uno pichoto voues, malino
    Coume un quilet de cardelino,
Alor ie fai : Hoi ! hoi ! la coumaire Taven :
    Viro lou tour ma tanio Jano,
    Viro lou tour, e pièi debano,
    La niue, lou jour, soun fiéu de lano,
E crèi fiela de lano, e fielo que de fen !

« Oh! les vilains! les fanfarons! — Et, dans le bien que nous pouvons faire, — dire ensuite qu'il nous faut employer telle engeance! — Car, oui, de même que le médecin — souvent tire le bon du pire, — par la vertu des sortiléges, — nous forçons, nous, le mal à engendrer le bien;

« Car nous sommes les sorcières; et nulle chose à notre vue n'est cachée; — et où le vulgaire voit une pierre, un fouet, — une maladie, une perche, — nous discernons, nous, une force — qui dans son écorce se tourmente — ainsi que sous le marc un vin nouveau qui bout.

« Perce la cuve : — la boisson — en jaillira toute bouillante; découvre, si tu peux, la clef de Salomon! — Parle à la pierre dans sa langue, — et la montagne, à ta parole, — dévalera dans la vallée! » — Et ils descendaient toujours dans les cavernes de la montagne.

Une petite voix, maligne — comme un cri de chardonneret, leur fait alors : « *Hoï! hoï!* la commère Tavèn! — *Tourne le rouet ma tante Jeanne,* — *tourne le rouet, et puis dévide,* — *la nuit, le jour, son fil de laine;* — et elle croit filer de la laine, et ne file que du foin!

E zóu ! ma grand ! que lou tour vire !
— Em'acò 'n l'èr, vague de rire,
Tout coume quand endiho un pòutre desmama.
    — De-qu'es aquelo voues parlanto
    Que quouro ris e quouro canto ?
    Venguè Mirèio tremoulanto...
— Hoi ! hoi ! en repetant soun rire acoustuma,

    Faguè la voues enfantoulido,
    Quau es aquelo tant poulido ?
Ah ! laisso, mourranchoun, qu'auboure toun fichu...
    Laisso qu'auboure... Es d'avelano
    Que i'a dessouto, o de mióugrano ?
    E la paureto bastidano :
— Ai !! anavo crida. Taven ie fai lèu : Chut !

    Agues pas pòu ! acò's un glàri
    Bon que pèr faire de countràri ;
Es aquèu fouligaud d'Esperit-Fantasti :
    Quand dins si bono se devino,
    Te vai escouba ta cousino,
    Tripla lis ióu de ti galino,
Empura lou gavèu e vira toun roustit.

    Mai, que ie prengue un refoulèri,
    Pos dire adiéu !... Que treboulèri !
Dins toun oulo, ie largo un quarteiroun de sau ;
    Empacho que toun fio s'alume ;
    Te vas coucha ? boufo toun lume ;
    Vos ana i vèspro à Sant-Trefume ?
T'escound o te passis tis ajust dimenchau.

« Çà ! grand'mère ! tourne le rouet ! » — Et puis,
en l'air, de rire et de riré !... — Ainsi hennit un poulain sevré. — « Quelle est cette voix qui parle, — et
tantôt rit, et tantôt chante ? » — demanda Mireille
en tremblant... — « *Hoi ! hoi !* en répétant son rire
habituel,

Dit la voix enfantine, — quelle est cette si jolie
(fille) !... — Permets, petit minois, que je soulève
ton fichu... — Permets que je soulève... Y a-t-il des
noisettes — dessous, ou des grenades ? » — Et la
pauvre enfant des champs : — « Aïe ! » allait-elle
crier. Mais Tavèn aussitôt : « Silence !

« N'aie pas peur ! c'est là un lutin — bon seulement à faire des niches. —C'est cet écervelé d'Esprit-
Fantastique : — dans ses bons (moments), — il ba-
layera ta cuisine, — triplera les œufs de tes poules,
— attisera le sarment et tournera ton rôti.

« Mais qu'il lui prenne un caprice, — tu peux
dire adieu !... Quel brouillon ! — Dans ta marmite, il
jette un quarteron de sel ; — il empêche ton feu de
s'allumer ; — vas-tu te coucher ? il souffle ta lampe ;
— veux-tu aller aux Vêpres à Saint-Trophime [5] ? —
il cache ou fane ta parure des dimanches. »

— Tè ! tè !... vièi cro, giblo ti pouncho !
L'ausès, la carrello mau vouncho ?
Lou levènti lèu-lèu ie respond, o, carcan,
 La niue, quand dormon li chatouno
 Tire plan-plan sa cubertouno ;
 Lis espinche, nuso e redouno,
E que, folo de pòu, s'amaton en pregant


 Vese si dos coucoureleto
 Que van e vènon, tremouleto ;
Vese... E l'Esperitoun s'enanavo eilalin
 Emé soun rire... Sout li baumo,
 Li mascarié faguèron chaumo ;
 E dins lis oumbro e la calaumo
Entendien degouta sus lou sòu cristalin,


 Degouta lou trespir di vòuto,
 E rèn qu'acò, de vòuto en vòuto.
E veici, peravau dins la vasto negrour,
 Veici qu'uno grand formo blanco,
 Qu'èro assetado su'no estanco,
 S'aubourè drecho, un bras sus l'anco.
Vincèn, coume un queiroun, aplanta de terrour :


 E s'aqui meme pousquèsse èstre
 Un degoulòu, de l'escaufèstre
Mirèio tout d'un vanc se ie trasié. — Que vos,
 Taven cridè, long escamandre,
 Pèr que ta tèsto se balandre
 Coume uno pibo ?... Mi calandre,
Faguè pièi au parèu qu'a la mort dins lis os,

— « Tiens ! tiens ! vieux croc, rive tes pointes ! —
L'entendez-vous, la poulie mal graissée ? — lui réplique aussitôt l'espiègle. Oui, olive desséchée, — la
nuit, quand dorment les fillettes, — je tire doucement leur couverture ; — je les épie, nues et rebon-
dies, — et qui, folles de peur, se blottissent en
priant.

« Je vois leurs deux coupelles — qui vont et viennent, palpitantes ; — je vois... » Et l'Esprit s'en
allait au lointain — avec son rire... Sous les grottes,
— les sorcelleries firent trêve ; — et dans les om-
bres et le silence — on entendait dégoutter sur le sol
cristallin,

Dégoutter la filtration des voûtes, — et cela seul,
d'intervalle en intervalle. — Et voici, par là-bas,
dans l'immensité noire, — voici qu'une grande forme
blanche — qui sur un banc de roche était assise, —
se leva droite, un bras sur la hanche. — Vincent,
comme un quartier de pierre, immobile de terreur ;

Et si en ce lieu même avait pu être - un précipice, d'épouvante — Mireille s'y jetait d'un seul
élan. — « Que veux-tu, — s'écria Tavèn, long esco-
griffe, — par ces balancements de tête — (pareils à
ceux) d'un peuplier ?... Mes drilles, — dit-elle ensuite
au couple qui a la mort dans les os,

Couneissès pas la Bugadiero?
Sus Mount-Ventour (qu'èi sa cadiero)
Quand la veson, d'en bas, pèr un long nivo blanc
　　Li gènt la prenon; mai, o pastre,
　　Lèu! lèu! que voste avé s'encastre!
　　La Bugadiero de malastre
Acampo à soun entour li nivo barrulant;


　　E quand n'i'a proun pèr la bugado,
　　Sus lou mouloun, revertegado
E 'mé furour, bacello e rebacello : à bro,
　　N'en tors la raisso emè la flamo,
　　E, sus la mar que mounto e bramo,
　　A la gàrdi de Nostro-Damo
Li marin palinous recoumandon sa pro'


　　E lou bouiè de-vers l'estable
　　Coucho... Un sagan espaventable
le tanco tournamai la paraulo entre dènt :
　　E de miaula de catamiaulo,
　　E de brandamen de cadaulo,
　　E de piéu-piéu, e de paraulo
A mita dicho, e'n quau lou diable soul entènd.


　　Jin! jin! poun-poun!... Quau es que pico
　　Sus de peirolo fantastico?...
E d'estras, e de rire, emè d'esquichamen
　　Coume de femo abasimado
　　Dins lou moumen de si ramado;
　　Pièi de badai, pièi de bramado,
E zóu! lou roumadan e li gingoulàmen!

« Vous ne connaissez pas la Lavandière? — Sur le Mont Ventour (qui est son siége) — lorsqu'ils la voient, d'en bas, pour un long nuage blanc — les gens la prennent; mais, ô bergers, — vite! vite! que vos brebis rentrent au parc! — la Lavandière de malheur — amasse autour d'elle les nuées errantes;

« Et quand il en est assez pour la lessive, — sur le monceau, (les bras) retroussés, — et avec fureur, elle frappe et refrappe : à brocs — elle en exprime en les tordant et l'averse et la flamme, — et sur la mer qui monte et mugit, — à la garde de Notre-Dame — les pâles nautoniers recommandent leur proue!

« Et le bouvier devers l'étable — chasse... » Un épouvantable tumulte — lui arrête derechef la parole entre dents : — miaulements de chattemites, — branlements de loquet, — et *piaulements*, et paroles — à moitié dites, et auxquelles le diable seul entend.

*Djin! djin! poun-poun!....* Qui frappe ainsi — sur des chaudières fantastiques?... — Et des déchirements, et des (éclats) de rire, et des épreintes — comme (celles) de femmes abîmées — dans les douleurs (de leurs couches); — puis des bâillements, puis des huées, — et des criailleries, et des gémissements aigus!

— Pourgès la man, que vous arrape !
E dounas siuen que noun s'escape
La courouno de masc que vous cencho lou front !
E dins si cambo aqui s'encoufo
Coume uno pourcado qu'esbroufo :
Un quilo, un japo, un reno, un boufo.
Souto un lançòu de nèu quand la Naturo drom,

Pèr uno niue ventouso e claro,
Quand li cassaire de fanfaro
Espòusson li roumias tout-de-long di valat,
Ansin passeroun e machoto,
Destrassouna dins sa liechoto
E' spavourdi, parton à floto,
E 'mé 'n brut d'auriflant s'embourson au fielat.

Mai alor l'escounjurarello :
I, mau-vivènti sautarello !
Arri!... malavalisco à vàutri!... passas-me !
E coussaiant la chourmo impuro
Emé soun drai, dins la sournuro
Trasié de ciéucle, de figuro,
De raio luminouso e coulour de vermé.

— Entraucas-vous dins vòsti borno,
O maufatan !... quau vous destorno ?
I dardaioun de fio que pougnon vòsti car,
Sentès dounc pas que sus l'Aupiho
Lou soulèu rous encaro briho ?
Pendoulas-vous i roucassiho !
Pèr li rato-penado es encaro trop clar....

— « Tendez la main, que je vous saisisse ! — et prenez garde qu'elle ne s'échappe — la couronne magique qui vous ceint le front ! » — Et dans leurs jambes alors se presse pêle-mêle — (quelque chose) comme un troupeau de porcs qui s'ébroue : — l'un crie, l'un aboie, l'un grogne, l'un souffle. — Sous un linceul de neige quand la nature dort,

Par une nuit venteuse et claire, — quand les chas-seurs à la fouée — secouent les ronceraies tout le long des ruisseaux, — ainsi moineaux et chouettes, — éveillés en sursaut dans leur couche, — effarouchés, partent par bandes, — et, avec un bruit de soufflet (de forge), s'engouffrent dans le filet.

Mais alors la charmeresse : — « Hue ! sauterelles de mauvaise vie ! — *Arri !*... malheur à vous !... loin de moi ! » — Et chassant la horde impure — avec son crible, dans les ténèbres, — elle jetait des cercles, des figures, — des raies lumineuses et cou-leur de kermès.

— « Clapissez-vous dans vos cavernes, — artisans de mal !... qui vous dérange ? — Aux aiguillons de feu qui piquent vos chairs, — ne sentez-vous donc pas que sur l'Alpine — le soleil roux brille encore ? — Aux angles de rocher appendez-vous ! — pour les chauves-souris il fait encore trop clair.... »

E de tout caire patusclavon,
E li brut pau-à-pau moulavon.
— Fau vous dire, au parèu diguè Taven alor,
　　Que di Trevan eiçò 's la cauno,
　　Tant que, sus lis estoublo jauno,
　　Lou jour laisso toumba sa mauno ;
Mai uno fes que l'oumbro estènd sòu drap de mort ;


　　Eiça quand la Vièio encagnado
　　Mando à Febrié sa reguignado,
Dins li glèiso deserto e clavado à très tour,
　　Anessias pas, femo tardiero,
　　Lou front pendènt su'no cadiero,
　　Resta 'ndourmido!... A la sourniero,
Pourrias vèire li bard s'eigreja tout autour ;


　　E s'atuba li lumenàri,
　　E, courdura dins lou susàri,
Li mort, un aro, un pièi, s'ana metre à geinoun ;
　　Un capelan, pale coume éli,
　　Dire la Messo e l'Evangéli ;
　　E li campano, d'esperéli
A brand, ploura de clar emé de long plagnoun !


　　Parlas, parlas-n'en i béulòli :
　　Dins li glèiso, pèr béure l'òli
Di lampo, quand, l'ivèr, davalon di clóuquié,
　　Demandas-ie se vous mentisse,
　　E se lou clerc que sèr l'óufice,
　　Que met lou vin dins lou calice,
N'es pas soulet d'en vido à la ceremounié !

Et ils déguerpissaient de toute part; — et les bruits peu à peu s'éteignaient. — « Il faut vous dire, au couple dit alors Tavèn, — que des fantômes ce (lieu) est le repaire, — tant que, sur les jachères jaunes, — le jour laisse tomber sa manne ; — mais dès que l'ombre étend son drap de mort ;

« Vers le temps où la Vieille [6] irritée — lance à Février sa ruade, — dans les églises désertes et fer-mées à triple tour de clef, — n'allez pas, femmes attardées, — le front pendant sur une chaise, — rester endormies !... Dans les ténèbres, — vous pourriez voir les dalles se soulever tout alentour ;

« Et les luminaires s'allumer ; — et, cousus dans leurs suaires, — les morts, un à un, aller se mettre à genoux ; — un prêtre, pâle comme eux, — dire la Messe et l'Évangile ; — et les cloches, d'elles-mêmes en branle, pleurer des glas avec de longs soupirs !

« Parlez, parlez-en aux effraies : — dans les églises, pour boire l'huile — des lampes, quand, l'hiver, elles descendent des clochers, — demandez-leur si je vous mens, — et si le clerc qui sert l'office, — qui dans le calice verse le vin, — n'est pas le seul vivant à la cérémonie !

Eiça quand la Vièio encagnado
Mando à Febriè sa reguignado,
Pastre, se noun voulès, espeloufi de pòu,
Resta sèt an, li cambo redo,
Enclaus aqui 'mè vòsti fedo;
Rintras pulèu dins vòsti cledo,
Pastre! lou Trau di Fado a bandi tout soun vòu!


E dins la Crau, de quatre cambo
O de voulado, se ie rambo
Tout ce qu'a fa lou pache; e pèr li draiòu tort,
Li Matagoun de Varigoulo
E li Masc de Fanfarigoulo
Van veni dins li ferigoulo,
En farandoulejant, béure à la tasso d'or.


Vè! coume danson li garrigo!
En fernissènt de l'embourigo,
Deja la Garamaudo espèro lou Gripet...
Hui! la panturlo endèmouniado!
Gripet, morde la carougnado
E' stripo-la de grafignado....
Desparèisson... Ve mai que fan orre e tripet!


Aquelo, eilavau, que patusclo
Terro-bouiroun dins li lachusclo,
Coume un laire de niue que fuge en s'amourrant,
Es la Bambaroucho mourrudo!
Entre sis arpo loungarudo
E sus sa tèsto banarudo
Emporto d'enfantoun, tòuti nus e plourant...

« Vers le temps où la Vieille irritée — lance à Février sa ruade, — pâtres, si vous ne voulez ébouriffés de peur, — rester sept ans les jambes roides, — charmés, là où vous êtes, avec vos brebis, — rentrez moins tard dans vos claies, — pâtres ! le Trou des Fées a lâché tout son vol.

« Et dans la Crau, à quatre pattes — ou d'une volée, se rend — tout ce qui a fait le pacte ; et, par les sentiers tortueux, — les Magiciens de Varigoule [7], — et les Sorciers de Fanfarigoule [8] — vont venir dans les thyms — boire à la tasse d'or, en faisant la farandole.

« Voyez ! comme dansent les *garrigues* [9] ! — Frémissante du nombril, — déjà la Garamaude attend le Gripet... — Fi ! guenipe endiablée ! — Gripet, mords la charogne — et arrache-lui les boyaux à coups de griffes... — Ils disparaissent... Les voilà encore ! horreur et bacchanale !

« Celle qui, là-bas, décampe — terre à terre dans les tithymales, — comme un voleur nocturne qui fuit en se baissant, — c'est la Bambarouche refrognée ! — Entre ses longues serres — et sur sa tête cornue — elle emporte des enfantelets, nus et pleurants...

Eila, vesès la Chaucho-vièio?
Pèr lou canoun di chaminèio,
Davalo d'à cachoun sus l'estouma relènt
De l'endourmi que se revèsso;
Mudo, se i'agrouvo; l'óuprèsso
Coume uno tourre, e i'entravèsso
De sounge que fan afre e de pantai doulènt

Ausès desgounfouna li porto?
Lis Escarinche soun pèr orto,
Pèr orto lou Marmau, lou Barban... Dins l'ermas,
Fan nèblo; enjusquo di Ceveno,
Emé si vèntre d'alabreno,
Li Dra s'acampon à dougeno,
E 'n passant, pataflòu! destéulisson li mas.

Que tarabast!... o Luno, o Luno,
Que mau-passage t'encantuno,
Pèr davala, tant roujo e largo, sus li Bau?...
Aviso-te dóu chin que japo,
O Luno folo! Se t'arrapo,
T'engoulara coume uno papo,
Car lou chin que t'aluco es lou Chin de Cambau!

Mai quau ansin brando lis éuse?...
Ai! soun troussa coume de féuse;
E di fio de Sant-Èume, à saut, à vertouioun,
Boumbis la flamado gancherlo;
E d'estrepado, e 'n brut d'esquerlo
Estrementis la Crau esterlo...
Lou galop enrabia dóu Baroun Castihoun!

« Par là, voyez-vous le Cauchemar ? — Par le tuyau
des cheminées, — il descend furtivement sur la poitrine moite — de l'endormi qui se renverse; —
muet, il s'y accroupit, l'oppresse— comme une tour,
et enchevêtre (dans son esprit) — des songes qui
font horreur et des rêves douloureux.

« Entendez-vous arracher les portes de leurs gonds ?
— Les Escarinches courent la campagne ; — (courent)
la campagne le Marmal, le Barban... Dans la lande
— ils forment une brume; des Cévennes mêmes, —
avec leurs ventres de salamandre, — les Dracs accourent par douzaine, — et en passant, patatras ! ils
arrachent la toiture des fermes.

« Quel vacarme !... ô Lune, ô Lune, — quel mal-
encontre te courrouce, — pour descendre ainsi,
rouge et large, sur les Baux !... — Prends garde au
chien qui aboie, — ô Lune folle ! S'il te happe, — il
t'engoulera comme un gâteau, — car le chien qui te
guette est le chien de Cambal !

« Mais qui branle ainsi les yeuses? — Aïe ! elles
sont tordues comme des fougères ; — et des feux
Saint-Elme, sautants, tourbillonnants, — bondit la
flamme tortue; — et des piétinements, et un bruit
de clochettes — font retentir le Crau stérile... — Le
galop enragé du Baron Castillon !...

Rauco, desalenado, estenco,
S'èro arrestado la Baussenco.
Mai subran : Tapas-vous, faguè, 'mé lou faudau,
Tapas l'auriho e li parpello,
Que l'Agnèu negre nous apello !
— Quau?... aquel agneloun que bèlo?
Diguè Vincèn. Mai elo : Auriho sourdo, e d'aut !


Malur, eici, pèr quau trebuco !
Mai que lou pas de la Sambuco
Dangeirous èi lou pas dóu negre Banaru.
Coume aro venès de l'entèndre,
A 'n teta-dous, un bela tèndre
Que vous atiron à descèndre.
I Crestian imprudènt que se viron au brut,


Fai lusi l'empèri d'Erode,
L'or de Judas, e dis lou rode
Mounte la Cabro d'or fuguè di Sarrasin
Aclapado. Fin que degolon,
Mòuson la Cabro tant que volon;
Mai à l'angòni quand rangolon,
Fagon pièi demanda lou sacramen divin !


L'anouge negre ie resposto
Em' uno rousto sus li costo.
E pamens, e pamens, i tèms que sian, mau tèms
Escoussura de touto deco,
Quant n'i'a d'amo alucrido e seco,
Ai! las! que mordon à sa leco,
E qu'à la Cabro d'or fan tuba soun encèns !

Enrouée, haletante, suffoquant, — s'était arrêtée
la (sorcière) des Baux. — Mais soudain : « Couvrez-
vous, fit-elle, du tablier, — couvrez l'oreille et les
paupières ! — L'Agneau noir nous appelle !... » —
« Qui donc?... cet agnelet qui bêle? » — dit Vincent. Mais elle : « Sourde oreille ! et, alerte !


« Malheur, ici, à qui trébuche ! — Plus que le pas
de la Sambuque[10] — est périlleux le pas du noir
Cornu. — Ainsi que maintenant vous venez de l'entendre, — il a un accent doucereux, un tendre bêlement — qui vous attirent à la descente. — Aux Chré-
tiens imprudents qui se retournent au bruit,


« Il fait luire l'empire d'Hérode, — l'or de Judas,
et indique la place — où la Chèvre d'or fut par les
Sarrasins — enfouie. Jusqu'à leur mort, — ils traient
la Chèvre tant qu'ils veulent ; — mais à l'agonie,
lorsqu'ils râlent, — qu'ensuite ils fassent demander
le sacrement divin !


« Le noir antenois leur réplique — par un orage
de coups sur les côtes. — Et néanmoins, et néanmoins, aux temps où nous sommes, temps mauvais,
— marqués par la morsure de tout vice, — combien
d'âmes sèches et affamées de gain, — hélas ! qui
mordent à son piége, — et qui à la Chèvre d'or font
fumer leur encens ! »

Aqui lou cant de la galino
Tres cop fendè la nevoulino.
— Dins la tregenco baumo, à la perfin, enfant,
Sian arriba! diguè la vièio.
Lou panieraire emé Mirèio,
Souto uno grando chaminèio,
Veguèron sèt cat negre, au fougau se caufant.

Veguèron, entre li sèt mascle,
Uno oulo de ferre au cremascle;
Veguèron dous coulobre en formo de tisoun,
Que racavon à plen de goulo
Dos flamo bluio au quiéu de l'oulo.
— Pèr cousina vosto bourroulo,
Vous servès d'aquéu bos, ma grand? — O, moun garçoun!

Brulo, acò, miéu que gen de busco :
Es de souquihoun de lambrusco.
Mai, en cabessejant, Vincèn : De souquihoun,
De souquihoun, lou voulès dire...
Mai fasen lèu, qu'es pas de rire.
Uno grand taulo de pourfire,
Au cèntre, espandissiè soun large virouioun

A proucesssioun e blanquinello,
Milo colono, clarinello
Coumo li jaleiroun que pènjon di cubert,
D'aqui parton, pèr ana courre
Souto li racino di roure
E la foundamento di moure,
Inmènsi galariè que li Fado an dubert,

Là le chant de la poule — trois fois perça la brume.
— « Dans la treizième grotte, à la fin des fins, enfants, — nous voici arrivés, » dit la vieille. — Mireille et le vannier, — sous une grande cheminée, —
virent sept chats noirs se chauffant à l'âtre.


Ils virent, au milieu des sept matous, — une marmite de fer à la crémaillère ; — ils virent deux dra-
gons, en forme de tisons, — qui vomissaient à pleine
gueule — deux flammes bleues au cul de la marmite.
— « Pour cuisiner votre bouillie, — vous employez
ce bois, grand'mère ? » — « Oui, mon fils !


« Nulle bûchette ne brûle mieux : — ce sont des
ceps de vigne sauvage. » — Mais Vincent, hochant la
tête : « Des ceps, — des ceps, cela vous plaît à dire...
— Mais hâtons-nous, car ce n'est point risible... » —
Une grande table de porphyre, — au centre (de la
grotte), épanouissait son large contour.


Processionnellement et blanches, — mille colonnes,
diaphanes — comme les glaçons qui pendent aux
toits, — de là partent, pour aller courir — sous les
racines des chênes — et les fondements des mamelons, — immenses galeries que les Fées ont ouvertes;

Porje majestuous, qu'amago
Uno lusour neblouso e vago;
Merevihous emboui de tèmple, de palais,
De peristil, de laberinto,
Coume n'en taièron ansinto
Ni Babilouno ni Courinto,
E qu'un alen de Fado esvalis, quand ie plais.

Aqui li Fado varaiejon :
Coume de rai que trantraiejon,
Emé li chivalié qu'enfadèron antan
Countunion la vido amourouso,
Dins lis andano souloumbrouso
D'aquelo tranquilo chartrouso,...
Mai chut ! pas i parèu dins l'oumbro s'acatant !

L'encantarello, deja lèsto,
Quouro dreissavo sus la tèsto,
Quouro de-vers lou sòu beissavo si bras nus.
Sus la grand taulo de pourfire,
Coume Laurèn lou sant martire,
Èro coucha sènso rèn dire
Vincèn lou panieraire, emé sa plago au bust.

Furouno, creissegudo en taio
Pèr l'esperit que la travaio
E d'un vènt proufeti ie gounflo lou galet,
Taven, dins l'oulo que revouiro
A gròssis oundo boulidouiro,
Planto subran l'escumadouiro.
A soun entour li cat fasien lou roudelet.

Portiques majestueux qu'enveloppe — une lueur
nébuleuse et vague ; — merveilleux pêle-mêle de
temples, de palais, — de péristyles, de labyrinthes,
— comme n'en taillèrent ainsi — ni Corinthe ni Baby-
lone, — et qu'un souffle de Fée dissipe, quand il lui
plaît.

Là errent les Fées : — pareilles à des rayons qui
tremblotent, — avec les chevaliers qu'elles enchan-
tèrent jadis, — elles continuent la vie d'amour, —
dans les allées ombreuses — de cette chartreuse
tranquille… — Mais, silence ! paix aux couples qui
s'enveloppent d'ombre !

Déjà prête, l'enchanteresse — tantôt levait sur la
tête, — tantôt vers le sol baissait ses bras nus. — Sur
la grande table de porphyre, — tel que Laurent le
saint martyr, — était couché sans dire mot — le vannier Vincent, avec sa plaie au buste.

Exaltée, grandie — par l'esprit qui la travaille —
et d'un vent prophétique lui enfle la gorge, — Tavèn,
dans la marmite qui déborde — à gros bouillons, —
plonge soudain l'écumoire.—Autour d'elle, les chats
formaient le cercle.

Venerablo, emé la menèstro,
La masco, de la man senèstro
Esbouiènto à Vincèn soun pitre descata ;
 E, lis iue fisse, n'escounjuro
 La doulourouso pougneduro
 En remoumiant à voues escuro :
*Crist èi na ! Crist èi mort ! Crist èi ressuscita !*

 *Crist ressuscitara !...* Mestresso
 Coume i fourèst la grand tigresso
Qu'alongo, après la casso, un cop d'arpo au flanc rous
 De sa tremoulanto vitimo,
 Sus la fruchaio que trelimo
 Ansin la masco alor emprimo
Tres fes emé l'artèu lou signe de la crous.

 E de sa bouco, a touto zurto,
 La paraulo desboundo, e turto
I pourtau nivoulous de l'endevenidou :
 O, ressuscitara ! Lou crese !
 De la colo entre li roumese
 E li frejau, alin lou vese
Que mounto, emé soun front que sauno à gros degout !

 E dins li roumio e dins li clapo
 Mounto soulet ; sa crous l'aclapo...
Mounte èi, pèr l'eissuga, Verounico ?... Mounte es
 Aquéu brave ome de Cireno,
 Pèr l'auboura, se 'n cop s'arreno ?
 Emé soun péu que se destreno,
Li Mario plagnènto ounte soun ?... I' a pas res !

Vénérable, avec la mixture, — la sorcière, de la main gauche, — échaude la poitrine découverte de Vincent ; — et, les yeux fixes, en charme — la douloureuse blessure, — en murmurant à voix basse : — « *Christ est né ! Christ est mort ! Christ est ressuscité !*


« *Christ ressuscitera !...* » Triomphante — comme aux forêts la grande tigresse — qui allonge, après la chasse, un coup de griffe dans le flanc roux — de sa tremblante victime, — sur les viscères palpitants — ainsi la sorcière imprime alors — trois fois avec l'orteil le signe de la croix.


Et de sa bouche, désordonnément — la parole débonde, et heurte — aux portails nuageux de l'avenir : — « Oui, il ressuscitera ! Je le crois !... — De la colline parmi les ronces — et les cailloux, je le vois, au lointain, — qui monte, avec son front saignant à grosses gouttes !


« Et dans les ronces et dans les pierres, — il monte seul ; sa croix l'accable... — Où est, pour l'essuyer, Véronique ?... Où est — ce brave homme de Cyrène, pour le relever lorsqu'il s'affaisse ? — Avec leur chevelure détressée, — les Maries plaintives, où sont-elles ?... Personne !

22

E dins l'oumbrun e la terriho,
Avau, richesso emai pauriho
Lou regardon que mounto, e dison : Móunte vai,
Emé sa fusto sus l'espalo,
Aquéu, amount, que sèmpre escalo ?
Sang de Caïn, amo carnalo,
Dóu pourtaire de Crous n'an de pieta, pas mai

Que se vesien dins lou campèstre
Un chin aqueira pèr soun mèstre !...
Ah ! raço de Jusiòu, que mordes en furour
La man que t'abaris, e, torso,
Lipes aquelo que t'endorso,
Dins la mesoulo de toun orso
(Lou vos ?) davalaran li frejoulun d'ourrour !

E ce qu'es pèiro vendra pòusso...
E de l'espigo e de la dòusso
Vai esfraia ta fam lou mascarun amar...
Oh ! que de lanço ! oh ! que de sabre !
Sus quènti molo de cadabre
Vese boumbi l'aigo di vabre !...
Pacefico tis erso, o tempestouso mar !...

Ai ! de Pèire la barco antico
Is àspri roco mounte pico
S'èi esclapado !... Oi-ve ! lou mèstre pescadou
A dóumina l'oundo rèbello ;
Dins uno barco novo e bello
Gagno lou Rose, e reboumbello
Emé la crous de Diéu plantado au trepadou !

« Et dans l'ombre et la poussière,—là-bas, riches
et pauvres — le regardent monter, et disent : « Où
va, — avec sa poutre sur l'épaule, — celui, là-haut,
qui sans cesse gravit?... — Sang de Caïn, âmes
charnelles, — pour le porte-croix ils n'ont de pitié,
pas plus

« Que s'ils voyaient dans la lande — un chien lapidé par son maître!... — Ah! race de Juifs, qui
mords avec fureur — la main qui te nourrit, et, cour-
bée, — lèche celle qui t'éreinte (de coups), — dans
la moëlle de tes vertèbres — (tu le veux?) descen-
dront les frissons d'horreur !

« Et ce qui est pierre deviendra poussière... — Et
de l'épi et de la gousse — le charbon amer va ef-
frayer ta faim... — Oh! que de lances! oh! que de
sabres ! — Sur quels monceaux de cadavres — vois-
je bondir l'eau des ravins ! — Pacifie tes vagues, ô
mer tempêtueuse !...

« Aïe! la barque antique de Pierre — aux âpres
roches où elle frappe — s'est brisée en éclats !... Oh!
voyez! le maître pêcheur — a dominé le flot rebelle ;
— dans une barque belle et neuve — il gagne le
Rhône, et rebondit (parmi les vagues) — avec la croix
de Dieu plantée au timon !

O divin arc-de-sedo! inmènso,
Eterno e sublimo clemènço!
Vese uno terro novo, un soulèu que fai gau
D'óulivarello en farandoulo
Davans la frucho que pendoulo,
E sus li garbo de paumoulo
Li meissounié jasènt que teton lou barrau.


E, desnebla pèr tant d'eisèmple,
Diéu es adoura dins soun tèmple...
E la masco di Baus, acò di, 'mé lou det.
I dous enfant mostro uno draio
Qu'un fiéu de jour au bout ie raio,
Menu, menu... Parton en aio,
E la gaugno aferado, e courbant lou coutet.


De souto terro, au Trau de Cordo
Lou bèu parèu enfin abordo;
Remounton au soulèu... Acatant lou roucas
Emé si roumo e soun vieiounge,
Mount-Majour, l'abadié di mounge,
l'aparèis coume dins un sounge.
Se fan uno brassado, e gagnon lou jouncas.

« O divin arc-en-ciel ! immense, — éternelle et
sublime clémence ! — Je vois une terre neuve, un
soleil qui réjouit, — des *oliveuses* en farandole —
devant les fruits qui pendent, — et sur les gerbes
d'orge [11], les moissonneurs gisants qui tettent le
baril.

« Et dévoilé de ses nuages par des exemples si
nombreux, — Dieu est adoré dans son temple... » —
Et la sorcière des Baux, cela dit, du doigt — montre
aux deux enfants un chemin — à l'extrémité duquel
un filet de jour se glisse, — menu, menu... Ils partent en hâte, la joue effarée et courbant la nuque.

Par souterrains, au Trou de Corde [12] — le beau
couple aborde enfin ; — ils remontent au soleil.....
Recouvrant le rocher — de ses ruines et de sa vieillesse, — Mont-Majour, l'abbaye des moines, — leur
apparaît comme en un songe. — Ils s'embrassent,
et gagnent la jonchaie.

# NOTES

## DU CHANT SIXIÈME.

————

[1] Saint-Martin, Maussane (*Saint-Martin, Maussano*), villages de la Crau. Tramontane (*tramountano*), vent du nord-est.

[2] La Touloubre, petite rivière qui se jette dans l'étang de Berre, après avoir traversé le territoire de Salon, patrie du poëte Crousillat.

Nostradamus, le sombre astrologue (*l'astrolò souloumbrous*), Michel de Nostre-Dame, ou Nostradamus, né à Saint-Remy en 1503, mort à Salon en 1565, exerça la médecine avec un grand succès sous les derniers Valois. Il s'adonna aussi aux mathématiques et à l'astrologie, et publia en 1557, sous le nom de *Centuries*, les fameuses prophéties qui ont rendu son nom si populaire. Charles IX le nomma son médecin en titre et le combla d'honneurs.

[3] Agriotat (*agrioutat*), liqueur composée d'eau-de-vie et de sucre, et dans laquelle on fait macérer des cerises courte-queue.

[4] Trou des Fées (*Trau di Fado*). Nous aimons à citer notre ami Jules Canonge, parce qu'il a décrit avec bonheur la plupart des lieux chantés dans ce poëme.

« Au fond d'une gorge bien nommée *Enfer*, je suis descendu dans la grotte des Fées ; mais au lieu des gracieux fantômes dont mon imagination l'avait peuplée, je n'y ai trouvé que voûtes sous lesquelles il faut ramper, blocs entassés, chauves-souris et profondeurs ténébreuses. Je viens de dire que cette gorge était bien nommée *Enfer ;* nulle part en effet je n'ai vu de roches aussi étrangement tourmentées ; elles se dressent, se creusent, se prolongent sur le vide en gigantesques entablements, jardins aériens qui soutiennent des végétations échevelées ; elles s'ouvrent en défilés comme ce bloc des Pyrénées fendu par le glaive de Rolland. » (*Histoire de la ville des Baux*. Avignon, Aubanel frères.)

En comparant la description de l'Enfer de Dante à ce paysage bouleversé, cyclopéen, fantastique, on devient convaincu d'une chose : c'est que le grand poëte florentin, qui voyagea dans nos contrées et séjourna même à Arles, a visité la ville des Baux, s'est assis sur les escarpements du *valoun d'Infèr*, et frappé de cette désolation grandiose, a conçu, au milieu de ce cataclysme de pierres, la configuration et le sombre caractère de son *Inferno*. Tout ramène à cette idée, et le nom de la gorge elle-même, *Infèr*, et sa forme amphithéâtrale, qui est celle donnée par Dante à l'Enfer, et les grandes roches détachées qui en forment les gradins,

> In su l'estremità d'un' alta ripa
> Che facevan gran pietre rotte in cerchio

et le nom provençal de ces escarpements eux-mêmes, *baus*, italianisé par le poëte, *balzo*, et donné par lui aux escarpements de son lugubre entonnoir.

[5] Saint-Trophime (*Sant-Trefume*), cathédrale d'Arles, bâtie au septième siècle par l'archevêque saint Virgile. Frédéric Barberousse y fut sacré empereur en 1178.

[6] Vers le temps où la Vieille irritée — lance à Février sa ruade.

> Eiça quand la Vièio encagnado
> Mando à Febrié sa reguignado.

Les paysans du Midi ont remarqué que les trois derniers jours de février et les trois premiers de mars amènent presque toujours une recrudescence de froid, et voici comme leur imagination poétique explique cela :

Une vieille gardait une fois ses brebis. C'était à la fin du mois de février, qui, cette année-là, n'avait pas été rigoureux. La Vieille, se croyant échappée à l'hiver, se permit de narguer Février de la manière suivante .

> Adiéu, Febrié! 'Mé ta febrerado
> M'as fa ni pèu ni pelado!

> « Adieu, Février! Avec ta gelée
> Tu ne m'as fait ni peau ni pelée! »

La raillerie de la Vieille courrouce Février, qui va trouver Mars : « Mars! rends-moi un service! » — « Deux, s'il le faut! » répond l'obligeant voisin. — « Prête-moi trois jours, et trois que j'en ai, je lui ferai peaux et pelées! »

> Presto-me lèu tres jour, e tres que n'ai,
> Pèu e pelado ie farai !

Aussitôt se leva un temps affreux, le verglas tua l'herbe des champs, toutes les brebis de la Vieille moururent, et la Vieille, disent les paysans, regimbait, *reguignavo*. Depuis lors cette période tempétueuse porte le nom de *Reguignado de la Viêio*, ruade de la Vieille. (Voyez la note 8 du Chant VII°.)

⁷ Varigoule, grotte de Varigoule (*Varigoulo. Baumo de Vari-goulo*), profonde caverne du Lubéron, du côté de Murs (Vaucluse).

⁸ Fanfarigoule (*Fanfarigoulo*), vallée de la Crau, du côté d'Istre (Bouches-du-Rhône).

⁹ Garrigues (*Garrigo*). (Voyez Chant I°ʳ, note 15.)

¹⁰ Le pas de la Sambuque (*lou pas de la Sambuco*), défilé redouté des voyageurs, dans les montagnes de la Sambuque, à l'orient d'Aix.

¹¹ Paumelle (*paumoulo*), orge à deux rangs (*hordeum distichum* Lin.).

¹² Corde (*Cordo*). « A l'orient d'Arles s'élèvent deux collines qui primitivement durent n'en former qu'une mais qu'un marais sépare

aujourd'hui. Dans le sommet nu, rocailleux et plat de la moins haute, les Celtes pratiquèrent jadis en forme de glaive une excavation couverte de blocs gigantesques. Les Sarrasins campèrent, dit-on, sur cette colline; en souvenir de Cordoue, ils lui donnèrent le nom de Corde, qu'elle porte encore aujourd'hui. Des traditions merveilleuses l'animent et la poétisent : c'est la *Couleuvre-fée*, Mélusine provençale; c'est surtout la Chèvre-d'Or qui fait trouver les trésors cachés, mais rend incurablement tristes, au sein de leurs richesses, ceux qui ne les méritent pas.

« L'autre colline, plus grande, porte le nom presque romain de Mont-Majour. » (Jules Canonge. *Illustration*, 29 mai 1852.)

Sur cette colline sont les ruines gigantesques de la célèbre abbaye du Mont-Majour. Quant à la grotte de Corde, elle porte aussi le nom de *Trau-di-Fado*, comme la grotte des Baux; et, d'après la croyance populaire, ces deux excavations communiquent entre elles.

# CANT SETEN

## LI VIÈI

Lou vièi panieraire emé soun fiéu, assesta davans lou lindau de sa bòri, trenon uno canestello. — Lou ribeirés dóu Rose. — Vincèn dis à soun paire d'ana demanda Mirèio en mariage. — Refus e remoustranço dóu vièi. — Vinceneto, sorre de Vincèn, pèr ajuda soun fraire à touca Mèste Ambroi, conto l'istòri de Sivèstre emé d'Alis. — Partènço de Mèste Ambroi pèr lou Mas di Falabrego. — L'arribado e lou gousta di meissounié. — Mèste Ramoun. — Lou labour. — Recit d'Ambròsi, responso de Ramoun. — La taulo de Calèndo. — Mirèio declaro soun amour pèr lou fiéu dóu panieraire. — Amaliciado, emprecacioun e refus di parènt. — Endignacioun de Mèste Ambroi. — Napoleon e li gràndi guerro. — Encagnamen de Mèste Ramoun. — Lou sóudard labouraire. — Farandoulo di meissounié à l'entour dóu fio de Sant Jan.

— Vous dise, paire, e vous redise
Que n'en siéu fòu !... Cresès que rise ?
En fissant Mèste Ambroi emé d'iue treboula,
Fasié Vincèn à soun vièi paire.
Lou mistrau, pouderous courbaire
Dis àuti pibo dóu terraire,
A la voues dóu jouvènt apoundié soun ourla.

Davans soun cabanoun dóu Rose,
Large coume un cruvèu de nose,
Lou vièi, sus un to d'aubre, èro asseta au calan,
E desruscavo de redorto ;
Lou jouine, agrouva sus la porto,
Entre si man adrecho e forto
Plegavo en canestello aquéli vergan blanc.

# CHANT SEPTIÈME

## LES VIEILLARDS

— « Je vous dis, père, et vous redis — que j'en suis fou !... Croyez-vous que je rie ? » — en fixant ses yeux troublés sur Maître Ambroise, — disait Vincent à son vieux père. — Le mistral, puissant *courbeur* — des hauts peupliers de la contrée, — à la voix du jeune homme ajoutait ses hurlements.

Devant sa hutte du Rhône, — large comme une coque de noix, — le vieillard, sur une tronche d'arbre, était assis à l'abri, — et écorçait des harts ; — le jeune homme, accroupi sur la porte, — entre ses mains adroites et robustes — ployait en corbeille ces verges blanches.

Lou Rose, enmalicia pèr l'auro,
Fasié, coume un troupèu de tauro,
Courre sis erso treblo à la mar ; mai eici,
Entre li tousco d'amarino
Que fasien calo emai oumbrino,
Uno mueio d'aigo azurino,
Liuen dis oundo, plan-plan venié s'emperesi.

De vibre, long de la lauseto,
Rousigavon de la sauseto
La rusco amaro ; alin, à travès lou cristau
De la calamo countinuio,
Apercevias li brùni luio
Barrula dins li founsour bluio,
A la pesco di pèis, di bèu pèis argentau.

Au long balans dóu vènt bressaire,
Aqui de-long li debassaire
Avien penja si nis ; e si nis blanquinèu,
Teissu, coume uno molo raubo,
Emé lou coutounet qu'is aubo
L'aucèu, quand soun flourido, raubo,
Boulegavon i brout de verno em' i canèu.

Rousso coume uno tourtihado,
Uno chato escarrabihado,
D'un large capeiroun espandissié li ple,
Trempe d'aigo, su 'no figuiero.
Li bestiàri de la ribiero,
Nimai li piegre di broutiero,
N'avien pas mai de pòu que di jounc tremoulet.

Le Rhône, irrité par le vent, — faisait, comme un troupeau de vaches, — courir ses vagues troubles à la mer ; mais ici, — entre les cépées d'osier — qui faisaient abri et ombrage, — une mare d'eau azurée, — loin des ondes, mollement venait s'alentir.

Des-bièvres, le long de la grève, — rongeaient de la saulaie — l'écorce amère ; là-bas, à travers le cristal — du calme continuel, — vous aperceviez les brunes loutres, — errantes dans les profondeurs bleues, — à la pêche des poissons, des beaux poissons argentés.

Au long balancement du vent berceur, — le long de cette rive, les pendulines — avaient suspendu leurs nids ; et leurs petits nids blancs, — tissus, comme une molle robe, — avec l'ouate qu'aux peupliers blancs — l'oiseau, lorsqu'ils sont en fleur, dérobe, — s'agitaient aux rameaux d'aune et aux roseaux.

Rousse comme une *tortillade* [1], — une alerte jeune fille, — d'un large filet étendait les plis, — trempés d'eau, sur un figuier. — Les animaux de la rivière, — et les pendulines des oseraies — n'avaient pas plus peur d'elle que des joncs tremblants.

Pecaire ! èro la chatouneto
De Mèste Ambròsi, Vinceneto.
Sis auriho, degun i'avié 'ncaro trauca ;
Avié d'iue blu coume d'agreno,
Emé lou sen boudenfle à peno ;
Espinouso flour de tapeno
Que lou Rose amourous amavo d'espousca.

Emé sa rufo barbo blanco
Que ie toumbavo enjusqu' is anco,
Mèste Ambroi à soun fiéu respoundè : Bartavèu,
De tout segur lou dèves èstre,
Car de ta bouco sies plus mèstre !
— Pèr que l'ase se descabèstre,
Paire, fau que lou prat fugue rudamen bèu !

Mai en que sèr que tant vous parle ?
Sabès coume èi !... S'anavo en Arle,
Li fiho de soun tèms s'escoundrien en plourant,
Car après elo an rout lou mole...
Que respoundrés à voste drole
Quand saubrés que m'a di : Te vole !
— Richesso e paureta, foulas, te respoundran.

— Paire, partès de Valabrego ;
Anas au Mas di Falabrego,
E lèu-lèu ! à si gènt racountas tout coume es !
Digas-ie que l'on dèu s'enchaure
Se l'ome èi brave e noun s'èi paure ;
Digas-ie que sabe reclaure,
Desmaienca li vigno e laboura li gres.

Pauvrette ! c'était la fille — de Maître Ambroise,
Vincenette. — Ses oreilles, personne encore ne les
lui avait percées ; —elle avait des yeux bleus comme
des prunelles [2] — et le sein à peine enflé ; — épi-
neuse fleur de câpre — que le Rhône amoureux aimait à éclabousser


Avec sa barbe blanche et rude — qui lui tombait
jusqu'aux hanches, — Maître Ambroise à son fils
répondit : « Écervelé, — assurément tu dois l'être,
— car tu n'es plus maître de ta bouche ! » — « Pour
que l'âne se délicote, — père, il faut que le pré soit
rudement beau !


« Mais à quoi bon tant de paroles ? — Vous savez
comme elle est !... Si elle allait à Arles, — les filles
de son âge se cacheraient en pleurant, — car après
elle on a brisé le moule !... — Que répondrez-vous
à votre fils, — quand vous saurez qu'elle m'a dit :
*Je te veux !* » — « Richesse et pauvreté, insensé, te
répondront. »


— « Père, partez de Valabrègue ; — allez au
Mas des Micocoules, — et en toute hâte ! à ses
parents racontez tout, tel que c'est ! — Dites-leur
que l'on doit se soucier — de la vertu de l'homme,
et non de sa misère ! — Dites-leur que je sais biner,
— ébourgeonner les vignes, labourer les terrains
pierreux.

Digas-ie mai que si sièis couble,
Sout moun gouvèr, cavaran double ;
Digas-ie que siéu ome à respeta li vièi;
Digas-ie que, se nous separon,
Pèr toujour nòsti cor se barron,
E, tant iéu qu'elo, nous entarron!...
— Ah ! faguè Mèste Ambroi, sies jouine, aqui se vèi.

Acò 's l'iòu de la poulo blanco !
Acò 's lou lucre sus la branco !
Auriés gau de l'avé ; 'm' acò lou sounaras,
Ie proumetras la papo au sucre,
Gingoularas fin qu'au sepucre....
Jamai veiras veni lou lucre
Se pausa sus toun det, car noun sies qu'un pauras.

— Mai d'èstre paure es dounc la pèsto?
Vincèn en grafignant sa tèsto
Cridè. — Mai lou bon Diéu qu'a fa de causo ansin,
Lou bon Diéu que me vèn esclaure
Dóu soulet bèn que me restaure,
Es-ti juste?... Perqué sian paure?
Perqué, dóu vignarés embala de rasin,

Lis un cueion touto la frucho,
E d'autre an que la raco eissucho ?
Mai Ambroi tout-d'un-tèms aussant lou bras en l'èr :
Treno, vai, treno ti pivello,
E lèvo acò de ta cervello !
Desempièi quouro la gavello
Repren lou meissounié?... Lou loumbrin o la serp

« Dites-leur encore que leurs six paires (de bêtes),
— sous ma conduite, creuseront double ; — dites-
leur que je suis homme à respecter les vieillards ; —
dites-leur que, s'ils nous séparent, — pour toujours
ils ferment nos cœurs, — et, tant moi qu'elle, ils
nous enterrent ! » — « Ah ! fit Maître Ambroise, tu
es jeune, là on le voit.

« C'est là l'œuf de la poule blanche⁵ ! — c'est là
le *lucre*⁴ sur la branche ! — Le posséder ferait ta
joie ; tu l'appelleras donc, — tu lui promettras le
gâteau sucré, — tu gémiras jusqu'au sépulcre... —
Jamais tu ne verras le *lucre* venir — se poser sur ton
doigt, car tu n'es qu'un misérable. »

— « Mais d'être pauvre c'est donc la peste ? —
Vincent, en se déchirant la tête, — s'écria. Mais le
bon Dieu qui a fait des choses telles, — le bon Dieu
qui vient m'exclure — de l'unique bien qui me rende
à la vie, — est-il juste ?... Pourquoi sommes-nous
pauvres ? — pourquoi, du vignoble chargé de raisins,

« Les uns cueillent-ils tous les fruits, — et d'autres n'ont que le marc desséché ? » — Mais Ambroise
aussitôt levant le bras en l'air : — « Tresse, va, tresse
tes brindilles, — et ôte cela de ta cervelle ! — Depuis quand le faisceau d'épis — reprend-il le moissonneur ?... Le lombric ou le serpent

Adounc pòu dire à Diéu : Peirastre,
Que noun de iéu fasiès un astre ?
Perqué, dira lou biòu, m'as pas crea bouiè ?
A-n-éu lou gran, à iéu la paio !...
Mai noun, moun fiéu : marrido o gaio,
Tóuti, soumés, tènon sa draio...
La cinq det de la man soun pas tóuti parié !

Lou Mèstre t'a fa lagramuso ?
Tèn-te siau dins toun asclo nuso,
Bèu toun rai de soulèu e fai toun gramaci.
— Mai, vous ai pas di que l'adore
Mai que moun Diéu, mai que ma sorre ?
Me la fau, paire, o senoun more !...
E coume pèr liuen d'éu bandi l'aspre soucit,

De long dóu flume que rounflavo,
Éu en courrènt se desgounflavo.
Vinceneto, la sorre, en plouraut alor vèn,
E ie fai au vièi panieraire :
Avans de maucoura moun fraire,
Ausès-me, pai ! I' a 'n labouraire,
Au mas ounte serviéu, qu'èro amourous tambèn ;

L'èro de la fiho dóu mèstre,
Alis ; éu, ie disien Sivèstre.
Au travai (tant l'amour l'avié fa courajous ! )
Èro un loup ! en touto obro abile,
Abarous, matinié, doucile...
Li mèstre, anas, dourmien tranquile.
Un matin... — regardas, paire, s'es pas fachous'

« Peut donc dire à Dieu : « Mauvais père,—que ne
faisais-tu de moi un astre? » — « Pourquoi, dira le
bœuf, ne m'as-tu pas créé bouvier?—à lui le grain, à
moi la paille !... » — Mais non, mon fils : mauvaise
ou gaie, — tous, soumis, tiennent leur voie... —
Les cinq doigts de la main ne sont pas tous égaux.

« Le Maître t'a fait lézard-gris ?—tiens-toi paisible
dans ta crevasse nue, — bois ton rayon de soleil et
rends grâces ! » — « Mais ne vous ai-je pas dit que
je l'adore—plus que ma sœur, plus que mon Dieu?
— Il me la faut, père, ou sinon je meurs !... » — Et
comme pour bannir loin de lui l'âpre souci,

Sur la rive du fleuve grondant, — il exhalait en
courant (sa douleur). — Vincenette la sœur en pleurant alors vient, — et adresse au vieux vannier (ces
paroles) : — « Avant de décourager mon frère, —
écoutez-moi, père ! Il était un laboureur, — à la
ferme où je servais, amoureux comme lui ;

« Il l'était de la fille du maître, — Alix; lui, on
l'appelait Sylvestre.—Au travail (tant l'amour l'avait
fait courageux !) — c'était un loup ! habile en toute
œuvre, — économe, matineux, docile... — Les
maîtres, allez, dormaient en repos. — Un matin...—
regardez, père, si ce n'est pas fâcheux !

Un matin, la mouié dóu mèstre
Entendeguè parla Sivèstre :
Countavo d'escoundoun soun amour à-n-Alis
   A dina, quand lis ome intrèron
   E qu'à la taulo se virèron,
   Lis iue dóu mèstre s'empurèron !
— Traite ! dis, tè toun comte, e passo que t'ai vist !


   Lou bon ràfi partiguè. Nautre
   S'espinchavian dis un is autre,
Maucountènt e 'spanta de lou vèire embandi.
   Tres semano, dins li roumpido,
   Lou veguerian courre bourrido
   Is alentour de la bastido,
Tout desvaria, morne, avala, mau vesti ;


   Quouro estendu, quouro à grand courso.
   La niue, l'entendian coume uno ourso
Ourla souto li triho en apelant Alis !...
   Mai un jour, pièi, un fio venjaire
   Que flamejavo i quatre caire
   Counsumè la paiero, o paire,
E dóu pous lou treiau daverè 'n negadis !


   Aqui s'aubourè Mèste Ambròsi :
   — Enfant pichot, diguè renòsi,
Pichoto peno ; grand, grand peno.— E mounto d'aut,
   Cargo sis àuti garramacho
   Qu'éu-meme autre-tèms s'èro facho,
   Si bon soulié garni de tacho,
Sa grand bouneto roujo, e camino à la Crau.

« Un matin, l'épouse du maître — entendit Sylvestre parler : — il contait en cachette son amour à Alix. — A dîner, lorsque entrèrent les hommes, — et qu'ils se rangèrent autour de la table, — les yeux du maître s'attisèrent : — « Traître ! dit-il, voilà ton compte, et passe, je t'ai vu ! »

« Le bon serviteur partit. — Nous nous regardions les uns les autres, — mécontents, ahuris de le voir chasser. — Trois semaines, dans les novales, — nous le vîmes errer — aux alentours de la bastide, — tout hagard, morne, hâve, mal vêtu ;

« Tantôt gisant, tantôt courant *à toutes jambes.* — La nuit, nous l'entendions comme une ourse — hurler sous les treilles en appelant Alix. — Mais un jour, puis, un feu vengeur — qui flamboyait aux quatre coins, — consuma la meule de paille, ô père, — et du puits le câble tira un noyé. »

Là se leva Maître Ambroise. — « Enfant petit, dit-il en grommelant, — petite peine ; grand, grande peine. » — Et il monte en haut, — il met ses houseaux élevés — que lui-même s'était faits autrefois, — ses bons souliers garnis de caboches, — son grand bonnet rouge, et il marche à la Crau.

24

Erian au tèms que li terrado
An si recordo amadurado :
Èro, vous trouvarés, la vueio de Sant Jan.
　　Dins li draiòu, long di barragno,
　　Deja, pèr noumbrousi coumpagno,
　　Li prefachié de la mountagno
Venien, brun e poussous, meissouna nòsti champ ;

　　E li voulame en bandouliero,
　　Dins li bedoco de figuiero ;
Ensouca dous pèr dous ; chasco souco adusènt
　　Sa ligarello. Uno flaveto,
　　Un tambourin flouca de veto
　　Acoumpagnavon li carreto,
Ounte, las dóu camin, li vièi èron jasènt.

　　E 'n ribejant long di tousello
　　Que, sout lou vènt que li bacello,
Oundejon à grands erso : O moun Diéu ! li bèu blad !
　　Quénti blad dru ! fasien en troupo.
　　Acò sara de bello coupo !
　　Vè ! coume l'auro lis estroupo,
E peréu coume en l'èr soun lèu mai regibla !

　　Veici qu'Ambroi s'ajougnè 'm'éli :
　　— Soun tóuti preste coume aquéli,
Vòsti blad prouvençau, moun segne ? — fai subran
　　Un di jouvènt. — I'a li blad rouge
　　Que soun encaro darrierouge ;
　　Mai, en durant lou tèms aurouge,
Veirés que li voulame à l'obro mancaran !

Nous étions au temps où les terres — ont leurs
récoltes mûries : —il se trouve que c'était la veille de
la Saint-Jean. — Dans les sentiers, le long des haies,
— déjà, par nombreuses compagnies, — les *tâche-*
*rons* de la montagne—venaient, bruns et poudreux,
(pour) moissonner nos champs ;

Les faucilles en bandoulière, — dans les carquois
de figuier, — accouplés deux par deux ; chaque
couple amenant—sa lieuse (de gerbes). Un galoubet,
— un tambourin orné de nœuds de rubans, — accompagnaient les charrettes, — où, las du chemin,
les vieillards étaient couchés.

Et, en longeant les touzelles — qui, sous le vent
qui les bat, — ondoient à grandes vagues : « O mon
Dieu ! les beaux blés ! — quels blés touffus ! disaient-
ils ensemble. — Voilà qui sera beau à couper ! —
Voyez comme la bise les trousse, — et aussi comme
en l'air ils se redressent vite ! »

Voici qu'Ambroise se joignit à eux. « Sont-ils tous
prêts comme ceux-là,—vos blés de Provence, aïeul ?»
dit soudain — un des jeunes. — « Les froments
rouges —sont encore en retard ; — mais si le temps
venteux vient à durer, — vous verrez les faucilles
manquer au travail !

Remarquerias li tres candèlo,
Pèr Nouvè? semblavon d'estello!
Rapelas-vous, enfant, que i'aura granesoun
Pèr benuranço! — Diéu vous ause,
E dins voste òrri la repause,
Bon segne-grand! — Entre li sause,
Emé lou bouscatié lis ome de meissoun,

Entanterin que s'avançavon,
Bounamen ansin devisavon.
E s'atrovo qu'au Mas di grand Falabreguié
Peréu venien li meissounaire.
Mèste Ramoun, en permenaire,
Dóu mistralas desengranaire
Venié vèire pamens ce que lou blad disié.

E de l'espigado planuro
Éu travessavo la jaunuro,
D'auro en auro, à grand pas; e li blad roussinèu:
— Mèstre, murmuravon, es l'ouro!
Vè coume l'auro nous amourro,
E nous estraio, e nous desflouro...
Boutas à vòsti det li dedau de canèu!

D'autre ie venien: Li fournigo
Deja nous mounton is espigo;
Tout-escap plen de cai, nous derrabon lon gran...
Vènon pancaro li gourbiho?
Aperalin dins lis aubriho
Lou majourau virè li ciho,
E soun iue peralin li descuerbe subran.

« Remarquâtes-vous les trois chandelles, — à la
Noël ? elles semblaient des étoiles ! — Rappelez-vous,
enfants, qu'il y aura du grain — par bénédiction ! »
— « Dieu vous entende, — et dans votre grenier le
dépose, — bon aïeul ! » — Entre les saules, — avec
le bûcheron les moissonneurs,

Pendant qu'ils s'avançaient, — bonnement devi-
saient ainsi. — Et il se trouve qu'au Mas des grands
Micocouliers — aussi venaient les moissonneurs. —
Maître Ramon, en promeneur, — de l'impétueux
mistral qui égrène (les épis) — venait voir cependant
ce que disait le blé.

Et de la plaine couverte d'épis — il traversait (l'é-
tendue) jaune, — du nord au midi, à grands pas ; et
les blés fauves : — « Maître, murmuraient–ils, c'est
l'heure ! — voyez comme la bise nous incline, — et
nous verse, et nous défleurit... — Mettez à vos doigts
les doigtiers de roseau ⁵ ! »

D'autres ajoutaient : « Les fourmis — déjà nous
montent aux épis ; — à peine caillé, elles nous arrachent le grain... — Les faucilles ne viennent point
encore ? » — Par là-bas dans les arbres — le chef
tourna les cils, — et son œil par là-bas les découvre
aussitôt.

24.

Entre parèisse, tout l'eissame
Desfourrelèron li voulame,
E dins l'èr au soulèu li fasien trelusi,
E li brandavon sus la tèsto,
Pèr saluda 'mé faire fèsto.
Mai à la troupelado agrèsto
Dóu pu liuen que Ramoun pousquè se faire ausi :


— Benvengu sias, touto la bando !
Ie cridè ; lou bon Diéu vous mando.
E lèu de ligarello aguè 'n brande noumbrous
A soun entour : — O noste mèstre,
Toucas un pau la man ! benèstre
Posque emé vous longo–mai èstre !
N'i'aura de garbo à l'iero, aquest an, Santo Crous !


— Noun fau juja tout pèr la mino,
Mi bèus ami ! Quand pèr l'eimino
Aura passa l'eiròu, alor de ce que tèn
Saubren lou just. S'èi vist d'annado
Que proumetien uno granado
A fai d'un vint pèr eiminado,
E pièi fasien d'un tres !... Mai fau èstre countènt.


E 'mé la fàci risouleto,
Toucavo en tóuti la paleto ;
Amistadousamen parlavo à Mèste Ambroi,
E tout-bèu-just prenien la lèio
De la bastido, que : — Mirèio !
Garnisse lèu la cicourèio,
E vai tira de vin, cridavo, tron-de-goi !

Dès que parut l'essaim, tous — dégainèrent les
faucilles, — et dans l'air au soleil ils les faisaient res-
plendir, et sur la tête les brandissaient, — pour saluer et faire fête. — Mais, à la troupe agreste, — du
plus loin que Ramon put se faire ouïr :

— « Bienvenus soyez-vous, toute la bande ! —leur
cria-t-il ; le bon Dieu vous envoie ! » Et bientôt de
lieuses il eut une ronde nombreuse — autour de lui :
« O notre maître, — touchez donc la main ! Bien-être
— puisse-t-il avec vous être à jamais ! — Y en
aura-t-il, des gerbes, à l'aire, cette année, Sainte
Croix ! »

— « Il ne faut pas juger tout par la mine, — mes
beaux amis ! Quand par le boisseau — aura passé
l'airée, alors de ce qu'elle tient — nous saurons le
juste. Il s'est vu des années — qui promettaient une
récolte — à rendre vingt (hémines) [6] par *héminée*,
— ensuite elles en rendaient trois !... Mais soyons
satisfaits ! »

Et, la face riante, — à tous il touchait la main ; —
amicalement il parlait à Maître Ambroise, — et ils
prenaient à peine l'allée — de la *bastide*, que : « Mireille ! — prépare vite la chicorée, et va tirer du vin,
criait-il, *tron-de-goï !* »

Lèu aquesto, à pléni faudado,
Vejè sus taulo la goustado ;
Ramoun, lou bèu proumié, se i'assèto à-n-un bout,
E tóuti fan coume éu. En briso
Lou pan croustous deja se friso
Souto la dènt que l'enfreniso,
Enterin que li man pescon i barba-bou.


La taulo fasié gau, lavado
Coume une fueio de civado ;
Lou cachat redoulènt, l'aiet que fai tuba,
Li merinjano à la grasiho,
Li pebroun, cousènto manjiho,
Li blóundi cebo, à la rapiho
Dessus li vesias courre, à bèl èime escampa.


Mèstre à la taulo coume au fouire,
Ramoun, qu'avié contro éu lou douire,
De tèms en tèms l'aussavo, e : D'aut ! chourlen un cop
Quand i'a de pèiro dins lis erme,
. Pèr que la daio se referme,
N'en fau bagna lou tai, e ferme !
E lis ome, aderrèn, aparavon lou got.


— Bagnen lou tai ! — E dóu grand inde
Lou vin raiavo, rouge e linde,
Is àspri gargassoun di gourbihaire. — Pièi,
Venguè Ramoun à la taulado,
Se 'n cop la fam èi sadoulado,
E li forço reviscoulado,
Pèr bèn acoumença, segound l'usage vièi,

Vite celle-ci, à pleins tabliers, — versa le goûter
sur la table ; — Ramon, le *beau* premier, s'y assied
à un bout, — et tous font comme lui. En miettes —
le pain à croûte épaisse déjà se pulvérise — sous la
dent qui le broie, — pendant que les mains plon-
gent dans les barbes-de-bouc.


La table réjouissait, lavée — comme une feuille
d'avoine ; — le *cachat*[7] odorant, l'ail qui brûle (le
palais), — les aubergines (rôties) sur le gril, — les
piments, cuisant mets, — les blonds oignons, con-
fusément — roulaient sur elle, versés à profusion.


Maître à la table comme au labour, — Ramon, qui
à côté de lui avait la buire, — de temps à autre l'é-
levait, et : « Allons ! buvons un coup ! — Quand la
lande est pierreuse, — pour que la faux se raffer-
misse, — il faut en mouiller le tranchant, et ferme ! »
— Et les hommes, tour à tour, tendaient le verre.


— « Mouillons le tranchant ! » — Et du grand vase
— le vin coulait, rouge et limpide, — aux âpres go-
siers des faucilleurs. — « Puis, — dit Ramon aux
(hommes) attablés, — quand vous aurez rassasié la
faim — et ravivé les forces, — pour bien commencer,
selon l'usage antique,

Coupas, dins li bos de rebroundo,
Chascun voste balau de broundo ;
Qu'en làupi li balau s'amoulounon. Mi fiéu,
Quand l'auto làupi sara lèsto,
De vèspre, coumpliren lou rèsto,
Car de Sant Jan aniue 's la fèsto,
Sant Jan lou meissounié, Sant Jan l'ami de Diéu !

Ansin lou mèstre li coumando.
Dedins la sciènci noblo e grando
Que fau pèr mena 'n bèn, que fau pèr coumanda,
Que fau pèr faire espeli, souto
La tressusour que ie degouto,
L'espigau blound i négri mouto,
De n'en saupre coume 'éu res poudié se vanta !

Sa vido èro paciènto e sobro.
Es verai que si lònguis obro,
Emé lou pes dis an, l'avien un pau gibla ;
Mai au tèms dis iero, à la caro
Souvènti-fes di jouine miarro,
Fièr e galoi, pourtavo encaro
Sus la paumo di man dous plen sestié de blad !

Couneissiè l'aflat de la luno,
Quouro es bono, quouro impourtuno,
Quouro buto la sabo e quouro l'entessis ;
E quand fai rodo, e quand es palo,
E quand es blanco vo pourpalo,
Sabiè lou tèms que n'en davalo.
Pèr éu lis auceloun, lou pan que se móusis,

« Coupez, dans les bois taillis, — chacun votre
fagot de branches ; — qu'en pile les fagots s'amon-
cellent. Mes fils, — quand le haut bûcher sera prêt,
— ce soir nous accomplirons le reste ; — car de
Saint Jean c'est la fête cette nuit, — Saint Jean le
moissonneur, Saint Jean l'ami de Dieu ! »

Ainsi les commande le maître. — Dans la noble
et grande science — nécessaire pour conduire un
bien, nécessaire pour commander, — nécessaire pour
faire éclore, sous — la sueur qui y ruisselle, — des
noires mottes l'épi blond, — d'en savoir comme lui
nul ne pouvait se vanter.

Sa vie était patiente et sobre. — En vérité ses longs
labeurs — et le poids des ans l'avaient un peu courbé ;
— mais au temps (où) les aires (sont pleines), à la
face, — maintes fois, des jeunes valets, — fier et
joyeux, il portait encore — sur la paume des mains
deux pleins setiers de blé !

Il connaissait l'influence de la lune, — quand est-
elle bonne, quand défavorable, — et quand pousse-
t-elle la sève, et quand l'arrête-t-elle ; — et lorsqu'elle a un cercle, et lorsqu'elle est pâle, — ou
blanche, ou empourprée, — il savait le temps qui en
descend. — Pour lui, les oisillons, le pain qui se
moisit.

E li jour negre de la Vaco,
    Pèr éu li nèblo qu'Avoust raco,
E li contro-soulèu, e l'aubo de Sant-Clar,
    Di quaranteno gabinouso,
    E di secaresso rouinóuso,
    Di pountannado plouvinouso,
E peréu di bons an èron li signe clar.


    Dins uno terro labourivo,
    Quand la faturo es tempourivo,
Ai de fes agu vist, atalado au coutrié,
    Sièis bèsti grasso e nervihouso ;
    Èro uno visto mervihouso !
    La terro, bleto e silenciouso,
Plan-plan devans la riho au soulèu se durbié


    E li sièis miolo, bello e sano,
    Seguien de longo la versano,
Semblavon, en tirant, coumprene per-de-que
    Fau que la terro se laboure :
    Sèns camina trop plan, ni courre,
    Devers lou sòu beissant lou mourre,
Atentivo, e lou còu tiblan coume un arquet.


    Lou fin bouié, l'iue sus la rego,
    E la cansoun entre li brego,
l'anavo à pas tranquile, en tenènt soulamen
    L'estevo drecho. Ansin anavo
    Lou tenamen que samenavo
    Mèste Ramoun, e que menavo,
Ufanous, coume un rèi dins soun gouvernamen !

Et les jours néfastes de la Vache [8], — pour lui les
brouillards qu'Août vomit, — et les parhélies, et
l'aube de la Saint-Clair,—des quarantaines humides,
— des sécheresses ruineuses, — des périodes de gelée, — et aussi des années bonnes, étaient les signes
clairs.

Dans une terre labourable, — quand la culture se
fait en temps propice, — j'ai vu parfois, attelées à la
charrue, — six bêtes grasses et nerveuses ; — c'était
un merveilleux spectacle ! — la terre, friable, en
silence, — lentement devant le soc au soleil s'entr'ouvrait.

Et les six mules, belles et saines, — suivaient
sans cesse le sillon; — elles semblaient, en tirant,
comprendre pourquoi — il faut labourer la terre :
— sans marcher trop lentement ni courir, — vers le
sol baissant le museau, — attentives, et le cou tendu
comme un arc.

Le fin laboureur, l'œil sur la raie, — et la chanson
entre les lèvres, — y allait à pas tranquilles, en tenant seulement — le manche droit. — Ainsi allait —
le ténement qu'ensemençait— Maître Ramon, et qu'il
dirigeait, — magnifique, tel qu'un roi dans son
royaume !

Deja pamens levant la fàci,
Lou majourau disié li gràci
E signavo soun front ; e di travaiadou
L'escarrado partié, galoio,
Pèr alesti loù fio de joio.
D'ùni van acampa de boio,
D'autre, di pin negras toumba lou ramadou.

Mai li dous vièi rèston à taulo,
E Mèste Ambroi pren la paraulo :
Vène, iéu, o Ramoun, vous demanda counsèu.
M'arribo un àrsi qù'avans l'ouro
Me coundurra mounte se plouro ;
Car noun vese coume ni quouro
D'aquéu nous de malur poudrai trouva lou sèu !

Sabès qu'ai un drole : jusqu'aro,
D'uno sagesso mai que raro
M'avié douna li provo, e toustêms. Auriéu tort,
Se veniéu dire lou countràri.
Mai touto pèiro a si gavàrri,
Lis agnèu meme an si catàrri,
E l'oundo la plus traito es aquelo que dor.

Sabès qu'a fa, lou sounjo-fèsto ?
S'es ana metre pèr la tèsto
Uno chato qu'a vist, de riche meinagié...
E la vòu, e la vòu, lou nèsci !
E tant vióulènt èi soun desfèci,
E soun amour de talo espèci
Que m'a fa pòu ! En van i'ai moustra sa foulié ;

Déjà, pourtant, levant la face (au ciel), — le chef
disait les grâces — et *portait la main* au front *pour
faire le* signe *de la croix;* et des travailleurs — la
troupe allait, gaiement, — préparer le feu de joie. —
Les uns vont ramasser des fanes de souchet, — d'autres, des sombres pins abattre la ramée.

Mais à table restent les deux vieillards, — et Maître
Ambroise prend la parole : — « Je viens, moi, ô Ramon, vous demander conseil. — Il m'advient une traverse qui avant l'heure — me conduira où sont les
pleurs ; — car je ne vois ni comment ni quand — de
ce nœud de malheur je pourrai trouver le sceau !

« Vous savez que j'ai un fils : jusqu'à cette heure,
— d'une sagesse plus que rare — il m'avait donné
les preuves, et toujours. J'aurais tort, — si je venais dire le contraire. — Mais toute pierre a ses javarts,
— les agneaux même ont leurs convulsions, — et
l'onde la plus perfide est celle qui dort.

« Savez-vous ce qu'il a fait, le songe-creux ? — Il
s'est allé mettre par la tête — une fille qu'il a vue,
de riches tenanciers... — Et il la veut, et il la veut,
l'insensé ! — Et si violent est son désespoir, — et tel
son amour — qu'il m'a fait peur ! Vainement lui ai-je
démontré sa folie,

En van i'ai di qu'en aquest mounde
Richesso crèis, pauriho founde...
— Courrès dire à si gènt que la vole à tout pres,
A respoundu ; que fau s'enchaure
Se l'ome es brave e noun s'es paure ;
Digas-ie que sabe reclaure,
Desmaienca li vigno e laboura li gres.

Digas-ie mai que si sièis couble
Sout moun gouvèr cavaran double ;
Digas-ie que siéu ome à respeta li vièi ;
Digas-ie que, se nous separon,
Pèr toujour nòsti cor se barron,
E tant iéu qu'elo, nous entarron !
Aro dounc, o Ramoun, que vesès ce que n'èi,

Digas-me s'emé mi roupiho
Anarai demanda la fiho,
O bèn se leissarai mouri moun drole... — Pòu !
Ramoun ie fai, noun largués velo
Sus un tau vènt. Éu nimai elo,
Boutas, mouriran pas d'aquelo !
Es iéu que vous lou dise, Ambroi, n'aguès pas pòu.

Moun ome, en voste lioc e plaço,
Fariéu pas tant de cambo lasso :
Acoumenço, pichot, de garda toun repau,
Ie vendriéu sènso mistèri,
Que s'à la fin ti refoulèri,
Ve ! fan esmòure lou tempèri,
Sarnipabiéune ! ve ! t'endóutrine em'un pau.

« Vainement lui ai-je dit qu'en ce monde, — richesse croît, pauvreté fond... — « Courez dire à ses
parents que je la veux à tout prix, — a-t-il répondu ;
qu'il faut se soucier — de la vertu de l'homme, et
non de sa misère ; — dites-leur que je sais biner, —
ébourgeonner les vignes, labourer les terrains pierreux.

« Dites-leur encore que leurs six paires (de bêtes),
— sous ma conduite, creuseront double ; — dites-
leur que je suis homme à respecter les vieillards ; —
dites-leur que, s'ils nous séparent, — pour toujours
ils ferment nos cœurs, — et, tant moi qu'elle, ils
nous enterrent ! » — Maintenant donc, ô Ramon, que
vous voyez ce qu'il en est,

« Dites-moi si, avec mes haillons, — je dois aller
demander la fille, — ou bien laisser mourir mon
fils... » — « Bah ! — Ramon lui dit, ne déployez
point voile — sur un tel vent ! Lui ni elle, — allez,
n'en mourront pas ! — C'est moi qui vous le dis,
Ambroise, n'ayez pas peur.

« Ami, en votre lieu et place, — je ne ferais pas
tant de démarches vaines : — « Commence, petit, par
garder ton repos, — lui dirais-je sans détour, — car
à la fin si tes caprices — vois ! font mouvoir la tempête, — *sarnipabiœune !* vois ! je t'endoctrine avec
un pieu ! »

Alor Ambroi : Quand l'ase bramo,
l'anés dounc plus traire de ramo :
Arrapas un barroun, e 'm' acò 'nsucas-lou!
E Ramoun : Un paire es un paire;
Si voulounta dèvon se faire ;
Troupèu que meno soun gardaire
Crucis, à tèms o tard, dins la gorgo dóu loup.

Qu'à soun paire un fiéu reguignèsse,
De noste tèms, ah! Diéu gardèsse!
L'aurié tua, belèu!... Li famiho, tambèn,
Li vesian forto, unido, sano,
E resistènto à la chavano
Coume un brancage de platano !
Avien proun si garrouio, — acoto, lou sabèn.

Mai quand lou vèspre de Calèndo,
Souto soun estelado tèndo,
Acampavo lou rèire e sa generacioun,
Davans la taulo benesido,
Davans la taulo ounte presido,
Lou rèire, de sa man frouncido,
Negavo tout acò dins sa benedicioun!

Mai, afebrido e blavinello,
L'enamourado pichounello
Vèn alor à soun paire : Adounc me tuarés,
O paire! Es iéu que Vincèn amo,
E, davans Diéu e Nostro-Damo,
Res autre qu'éu n'aura moun amo!...
Un silènci mourtau li prenguè tóuti tres.

Alors Ambroise : « Quand l'âne brait, — n'allez
donc plus lui jeter de la ramée : — empoignez une
trique et assommez-le ! » — Et Ramon : « Un père
est un père ; — ses volontés doivent être faites ! —
Troupeau qui mène son gardien, — tôt ou tard, craque dans la gueule du loup.

« Qu'à son père un fils regimbât, — de notre temps,
ah ! Dieu garde ! — il l'eût tué, peut-être !... Les fa-
milles, aussi, — nous les voyions fortes, unies, saines, — et résistantes à l'orage, — comme un bran-
chage de platane ! — Elles avaient, sans doute, leurs
querelles, nous le savons.

« Mais quand le soir de Noël, — sous sa tente
étoilée, — réunissait l'aïeul et sa génération, — devant la table bénie, — devant la table où il préside, —
l'aïeul, de sa main ridée, — noyait tout cela dans sa
bénédiction [9] ! »

Mais, enfiévrée et blême, — la jeune fille enamourée — dit alors à son père : « Vous me tuerez
donc, — mon père ! C'est moi que Vincent aime, —
et devant Dieu et Notre-Dame, — nul n'aura mon
âme que lui !... » — Un silence de mort les prit tous
trois.

Jano-Mario es la proumiero
Que s'aubourè de la cadiero :
— Ma fîho! la resoun que vènes d'alarga,
Ie fai ansin 'mé li man jouncho,
Es uno escorno que nous councho,
Es uno espino d'aiguespouncho
Que nous a pèr lontèms nòsti cor trafiga !

As refusa lou pastre Alàri,
Aquéu qu'avié milo bestiàri!
Refusa Veranet lou gardian ; rebuta,
Pèr ti maniero besuqueto,
Ourrias, lou tant riche en vaqueto!
Em' acò pièi, em' un fresqueto,
Em' un galabontèms te vas encoucourda!

Bèn ! i'anaras de porto en porto,
Emé toun gus courre pèr orto !
Sies touto tiéuno, parte, aboumianido!... Bon!
Associo-te 'mé la Roucano,
Emé Beloun la Roubicano !
Sus tres caiau, emé la Cano,
Vai couire ta bouiaco, à la sousto d'un pont !

Mèste Ramoun leissavo dire ;
Mai soun iue, lusènt coume un cire,
Soun iue parpelejavo e jitavo d'uiau
Souto sis usso espesso e blanco.
De sa coulèro la restanco
Pièi à la longo se desranco,
E 'oundo à boui furoun s'esclafis dins lou riau :

Jeanne-Marie est la première — qui se leva de la
chaise : — « Ma fille ! la parole qui vient de t'échapper, — lui fait-elle ainsi, les mains jointes, — est une
insulte qui nous souille, — est une épine de nerprun
— qui nous a pour longtemps percé le cœur !


« Tu as refusé le pâtre Alàri, — celui qui possédait
mille bestiaux ! — refusé Véranet le gardien ; rebuté,
— par tes manières dédaigneuses, — Ourrias, le riche (pasteur) de génisses ; — et puis, un freluquet, —
un garnement (suffit) pour te *séduire* [10] !


« Eh bien ! vas-y, de porte en porte, — avec ton
gueux courir les champs ! — Tu t'appartiens, pars !
bohémienne !… Oui ! — à la Roucane, — à Beloun la
Roubicane — associe-toi ! — Sur trois cailloux, avec
la Chienne, — va cuire ton potage, abritée sous (la
voûte) d'un pont ! »


Maître Ramon laissait dire ; — mais son œil, luisant comme un cierge, — son œil clignotait et jetait
des éclairs — sous ses sourcils épais et blancs. — De
sa colère l'écluse — à la longue s'arrache, — et l'onde
à bouillons furieux s'élance dans la rivière :

— A resoun, o, ta maire ! parte,
E que l'aurige liuen s'esvarte !...
Mai noun, demouraras, veses ?... Quand saubriéu
De t'estaca 'mé lis enfèrri,
E de te metre i narro un fèrri,
Coume se fai à-n-un gimèrri ;
Veguèsse-iéu subran toumba lou fio de Diéu !

De facharié morno e malauto,
Veguèsse-iéu foundre ti gauto,
Coume la nèu di colo à l'uscle dóu soulèu !
Mirèio ! coume aquelo graso
Dóu fougueiroun porto la braso ;
Coume lou Rose, quand s'arraso,
Fau que desbounde, e ve ! coume acò 's un calèu,

Rapello-te de ma paraulo :
Lou veiras plus !... E de la taulo
Em' un grand cop de poung destrantraio l'amplour.
Coume l'eigagno sus li berlo,
Coume un rasin que si pouperlo
Plovon à l'auro, perlo à perlo
Mirèio entanterin escampavo si plour.

— Quau m'a pas di, malavalisco !
Repren lou vièi, bret de la bisco,
Ambroi, quau m'a pas di que vous, vous, Mèste Ambroi,
Agués, 'mé voste tantalòri,
Entrepacha dins vosto bòri
Aquel infame raubatòri !...
L'endignacioun, aquest, l'enaurè tout revoi.

— « Elle a raison, oui, ta mère ! pars, — et que
l'ouragan loin se dissipe !... — Mais non, tu resteras,
vois-tu ?... Saurais-je — de t'attacher avec les entra-
ves, — et de te mettre aux narines un fer, — comme
on fait à un jumart ; — verrais-je subitement tomber
le feu du ciel !

« De fâcherie morne et malade, — verrais-je fondre
tes joues, — comme la neige des collines au hâle du
soleil ! — Mireille ! comme cette dalle — porte la
braise du foyer ; — comme le Rhône, comblé (par les
pluies), — forcément déborde ; et vois ! comme cela
est une lampe,

« Souviens-toi de ma parole : — tu ne le verras
plus !... » Et de la table — par un grand coup de
poing il fait trembler l'ampleur. — Comme la rosée
sur les berles, — comme une grappe dont les grains
trop mûrs — pleuvent au vent, perle à perle, — Mireille, en même temps, répandait ses larmes.

— « Qui m'*assure*, malédiction ! — reprend le vieillard, bègue de colère, — Ambroise, qui m'assure que
vous, vous, Maître Ambroise, — n'ayez point, avec
votre gredin, — machiné dans votre hutte — ce rapt
infâme ! » — L'indignation souleva, chez celui-ci, la
vigueur d'autrefois.

—Malan de Diéu! cridè tout-d'uno,
Se l'avèn basso, la fourtuno,
Vuei aprenès de iéu que pourtan lou cor aut!
     Que sache encaro, n'es pas vice
     La paureta, nimai brutice!
     Ai quaranto an de bon service,
De service à l'armado, au son di canoun rau!


     Just manejave uno partego,
     Que siéu parti de Valabrego
Pèr mòssi de veissèu. Emplana sus la mar,
     Sus la mar tempestouso o lindo,
     Ai vist l'empèri de Melindo,
     Emé Sufren ai treva l'Indo,
E, mai que la marino, agu de jour amar!


     Sóudard peréu di gràndi guerro,
     Ai barrula touto la terro,
Em' aquel aut guerrié que mountè dóu Miejour,
     E permenè sa man destrùci
     De l'Espagno à l'ermas di Rùssi;
     E coume un aubre de perùssi
Lou mounde s'espóussavo au brut de si tambour!


     E dins l'ourrour dis arrambage,
     E dins l'angouisso di naufrage,
Li riche, pèr acò, n'an jamai fa ma part!
     E iéu, enfant de la pauriho,
     Iéu que n'aviéu dins ma patrìo
     Pas un terroun à planta riho,
Pèr elo, quaranto an, ai matrassa ma car!

— « Malheur de Dieu ! s'écria-t-il soudain, — si
nous avons la fortune basse, — en ce jour apprenez
de moi que nous portons le cœur haut ! — Que je sa-
che encore, elle n'est point vice — la pauvreté, ni
souillure. — J'ai quarante ans de bon service, — de
service à l'armée, au son des canons rauques !

« A peine maniais-je une gaffe, — je suis parti de
Valabrègue, — mousse de vaisseau. Perdu sur les
plaines de la mer, — de la mer tempêtueuse ou limpide, — j'ai vu l'empire de Mélinde, — j'ai hanté
l'Inde avec Suffren, — et eu des jours plus amers que
la mer !

« Soldat aussi des grandes guerres, — j'ai parcouru
tout l'univers, — avec ce haut guerrier qui monta
du Midi , — et promena sa main destructrice — de
l'Espagne aux steppes russes ; — et, tel qu'un arbre
de poires sauvages, — au bruit de ses tambours se
secouait le monde !

« Et dans l'horreur des abordages, — et dans l'an-
goisse des naufrages, — les riches, malgré tout,
n'ont jamais fait ma part ! — Et moi, enfant du pauvre, — moi qui n'avais, dans ma patrie, — pas un
coin de terre où planter le soc, — pour elle quarante
ans j'ai harassé ma chair !

26

E couchavian à la plouvino,
E manjavian que de canino !
E jalous de mouri, courrian au chapladis,
Pèr apara lou noum de Franço...
Mai, d'acò, res n'a remembranço !
En acabant sa remoustranço,
Pèr lou mas bandiguè sa jargo de cadis.


— Qu'anas bousca vers Mount-de-Vergue
Lou Sant-Pieloun ? — lou vièi rouërgue
Rambaio coume eiçò Mèste Ambroi, — emai ièu
Ai ausi l'orre tron di boumbo
Di Toulounen clafi la coumbo ;
D'Arcolo ai vist lou pont que toumbo,
E li sablas d'Egito embuga de sang vièu !


Mai, de retour d'aquéli guerro,
A fouire, à bourjouna la terro
Nous sian mes coume d'ome, à se desmesoula,
De pèd e d'ounglo ! La journado
Èro avans l'aubo entamenado,
E la luno di vesprenado
Nous a vist mai d'un cop sus la trenco gibla !


Dison : La terro es abelano !
Mai, coume un aubre d'avelano,
En quau noun la tabasso à grand cop, dono rèn ;
E se coumtavon, dèstre à dèstre,
Li moutihoun d'aquéu benèstre
Que moun travai me n'a fa mèstre,
Coumtarien li degout de moun front susarèn !

« Et nous couchions sous le givre, — et ne man-
gions que du pain de chien ; — et, jaloux de mourir, nous courions au carnage — pour défendre
le nom de France !... — Mais, de cela nul n'a souvenir ! » — En achevant sa remontrance, — par la
ferme il jeta son manteau de cadis.

— « Qu'allez-vous chercher vers Mont-de-Vergue [11]
— le Saint-Pilon [12]? le vieux grondeur — ainsi rem-
barre Maître Ambroise, — et moi aussi j'ai entendu
l'horrible tonnerre des bombes, — emplir la vallée
des Toulonnais ; — d'Arcole j'ai vu le pont qui
tombe, — et les sables d'Égypte combugés de sang
vivant !

« Mais, au retour de ces guerres, — à fouir, à bou-
leverser le sol — nous nous mîmes comme des hommes, (au point) de nous sécher la moelle, — *de pied
et d'ongles !* La journée — s'entamait avant l'aube, —
et la lune des soirées — nous a vus plus d'une fois
ployés sur la houe.

« On dit : La terre est généreuse ! — mais, telle
qu'un arbre d'avelines, — à qui ne la frappe à grands
coups, elle ne donne rien ; — et si l'on comptait, pas
à pas [15], — les mottes de terre de cette aisance, —
que mon travail m'a conquise, — on compterait les
gouttes de sueur qui ont ruisselé de mon front !

Santo Ano d'At! pièi fau rèn dire!
Aurai adounc, coume un satire,
Rustica de countunio, e manja mi grapié,
Pèr qu'à l'oustau lou viéure abounde,
Pèr que de longo se i'apounde,
Pèr me metre à l'ounour dóu mounde,
Pièi dounarai ma fiho à-n-un gus de paié!


Anas-vous-en au tron de Diéune!
Gardo toun chin, garde moun ciéune.
Tau fuguè dóu pelot lou parla rabastous.
E l'autre vièi, s'aussant de taulo,
Prenguè sa jargo emè sa gaulo,
E n'apoundè que dos paraulo :
Adessias! Quauque jour, noun fugués regretous!


E lou grand Diéu emè sis ange
Mene la barco e lis arange!...
E coume s'enanavo emè lou jour fali,
Souto lou vènt-terrau que bramo,
Banejè dóu mouloun de ramo
Uno longo lengo de flamo.
Au tour, li meissounié, de joio trefouli,


Emè si tèsto fièro e libro
Se revessant dins l'èr que vibro,
Touti, d'un meme saut picant la terro ensèn,
Fasien deja la farandoulo.
La grand flamado, que gingoulo
Au revoulun que la ventoulo,
Empuravo à si front de rebat trelusènt.

« Sainte Anne d'Apt! et il faut se taire! — J'aurai
donc, comme un satyre [14], — ahané sans relâche
aux travaux des champs, et mangé mes criblures,—
pour qu'à la maison entre l'abondance, —pour l'aug-
menter sans cesse, — pour me mettre à l'honneur
du monde ; — puis, je donnerai ma fille à un gueux
(couchant) aux meules !

« Allez au tonnerre de Dieu ; — Garde ton chien,
je garde mon cygne. » — Tel fut du maître le rude
parler.—L'autre vieillard, se levant de table, — prit
son manteau et son bâton, — et n'ajouta que deux
paroles : — « Adieu! quelque jour, n'ayez point de
regrets !

« Et (que) le grand Dieu avec ses anges — mène la
barque et les oranges! » — Et comme il s'en allait
avec le jour tombant, — sous le mistral qui mugit,
— (pareille à une) corne, s'éleva du monceau de ramée — une longue langue de flamme. — Alentour,
les moissonneurs, fous de joie,

Avec leurs têtes fières et libres — se renversant
dans l'air vibrant, —tous, d'un même saut frappant
la terre ensemble, — faisaient déjà la farandole. —
La grande flamme, qui glapit — sous la bourrasque
qui l'agite, — attisait sur leurs fronts des reflets
éclatants.

26.

Li belugo, à remoulinado,
Mounton i nivo, afurounado.
Au crucimen di trounc toumbant dins lou brasas,
Se mesclo e ris la musiqueto
Dóu flaiutet, revertigueto
Coume un sausin dins li branqueto...
Sant Jan, la terro aprens trefoulis, quand passas !

La regalido petejavo ;
Lou tambourin vounvounejavo,
Grèu e countinuous, coume lou jafaret
De la mar founso, quand afloco
Pasiblamen contro li roco.
Li lamo foro di bedoco
E brandussado en l'èr, li dansaire mouret,

Tres fes, à gràndis abrivado,
Fan dins li flamo la Bravado,
E tout en trepassant lou rouge cremadou,
D'un rèst d'aiet trasien li veno
Au recaliéu ; e, li man pleno
De trescalan e de verbeno,
Que fasien benesi dins lou fio purgadou :

Sant Jan ! Sant Jan ! Sant Jan ! cridavon.
Tóuti li colo esbrihaudavon,
Coume s'avié plóugu d'estello dins l'oumbrun !
Enterin la rounflado folo
Empourtavo l'encèns di colo
Emé di fio la rougeirolo
Vers lou Sant, emplana dins lou blu calabrun.

Les étincelles, à tourbillons, — montent aux nues,
furibondes. — Au craquement des troncs tombant
dans le brasier, — se mêle et rit la petite musique
— du galoubet, vive et folâtre — comme un friquet
dans les rameaux... — Saint Jean, la terre enceinte
tressaille, quand vous passez !


Le feu joyeux petillait ; — le tambourin bour-
donnait, — grave et continu, comme le murmure
— de la mer profonde, quand elle bat — paisible-
ment contre les roches. — Les lames hors des four-
reaux — et brandies dans les airs, les danseurs
bruns,


Trois fois, avec de grands élans, — font dans les
flammes la Bravade [15]. — Et tout en franchissant
le rouge foyer, — d'une tresse d'aulx ils jetaient les
gousses — dans la braise ; et, les mains pleines — de
mille-pertuis et de verveine, — qu'ils faisaient bénir
dans le feu purificateur :


« Saint Jean ! Saint Jean ! Saint Jean ! » s'écriaient-
ils. — Toutes les collines étincelaient, — comme s'il
avait plu des étoiles dans l'ombre ! — Cependant
la rafale folle — emportait l'encens des collines —
et la rouge lueur des feux — vers le Saint, planant
dans le bleu crépuscule.

# NOTES

---

[1] Tortillade (*tourtihado*), gâteau en forme de couronne, fait de fine pâte, de sucre, d'œufs et d'anis.

[2] Prunelle (*agreno*), fruit du prunellier.

[3] *C'est là l'œuf de la Poule blanche :* expression proverbiale, pour dire une chose rare, précieuse, à laquelle on tient beaucoup Les sorciers allaient avec une poule blanche aux carrefours, au clair de lune, et évoquaient le diable par ce cri trois fois répété :

*Pèr la vertu de ma poulo blanco!* Juvénal, en parlant d'un homme heureux, dit : *Gallinæ filius albæ.*

[4] Lucre (*lucre*), tarin de Provence (*fringilla spinus,* Lin.), oiseau d'un beau jaune et dont le chant agréable a passé en proverbe.

[5] Doigtiers (*dedau*), doigtiers de roseau que les moissonneurs adaptent aux doigts de leur main gauche, afin de ne pas se blesser avec la faucille.

[6] Hémine (*eimino*), boisseau. — Héminée (*eiminado*), mesure de superficie, 8 ares 75, variable selon les pays.

[7] Cachat (*cachat*), fromage pétri qui acquiert par la fermentation un goût excessivement piquant. Ce mets figure journellement sur la table des valets de ferme, ou *ràfi.*

[8] Les jours néfastes de la Vache, vulgairement *li Vaqueiriéu.* Ce sont les trois derniers jours de mars et les quatre premiers d'avril, période redoutée des paysans. On a vu, dans la note 7 du Chant VI, ce que les Provençaux entendent par *la Vieille.* Voici la suite de ce fabliau :

Quand la Vieille eut perdu son troupeau de brebis, elle acheta des vaches; et, arrivée sans encombre à la fin du mois de mars, elle dit imprudemment ·

> En escapant de Mars e de Marsèu,
> Ai escapa mi vaco e mi vedèu.

Mars, blessé du propos, va sur-le-champ trouver Avril

> Abriéu, n'ai plus que tres jour : presto-me-n'en quatre,
> Li vaco de la Vièio faren batre !

Avril consentit au prêt...; une tardive et terrible gelée brouït toute végétation, et la pauvre Vieille perdit encore son troupeau.

[9] Noël est la principale fête des Provençaux. En voici une description qui primitivement faisait partie du poëme, et que l'auteur a supprimée pour éviter les longueurs :

. . . . . .

. . . . . . .

Ah ! Calèndo, Calèndo, ounte èi ta douço pas?
　　Ounte soun li caro risènto
　　Dis enfantoun e di jouvènto?
　　Ounte èi la man rufo e mouvènto
Dóu vièi que fai la crous dessus lou sant repas!

　　Alor lou ràfi que labouro
　　Quito la rego de bono ouro,
E tanto e pastrihoun patusclon, deligènt;
　　Dóu dur travai lou cors escàpi,
　　Van à soun oustaloun de tàpi
　　Emé si gènt manja 'n gre d'àpi
E pausa gaiamen cachafiò 'mé si gènt.

　　Dóu four, sus lo taulo de pibo,
　　Deja lou calendau arribo,
Flouca de verbouisset, festouna de façoun;
　　Deja s'atubon tres candèlo,
　　Novo, sacrado, clarinello,
　　E dins tres blànquis escudello,
Greio lou blad nouvèu, premicio di meissoun.

　　Un grand pirastre negrejavo
　　E dóu vieiounge trantraiavo...
L'einat de l'oustau vèn, lou cepo pèr lou pèd,
　　A grand cop de destrau l'espalo,
　　E, lou cargant dessus l'espalo,
　　Contro la taulo calendalo
Vèn i pèd de soun grand lou pausa 'mé respèt.

　　Lou segne-grand, de gen de modo,
　　Vòu renouncia si vièii modo :
A troussa lou davans de soun ample capèu,
　　E vai, couchous, querre la fiolo;
　　A mès sa longo camisolo
　　De cadis blanc, e sa taiolo,
E si braio nouvialo, e si guèto de pèu.

.   .   .   .   .   .   .   .   .   .   .   .   .   .   .
.   .   .   .   .   .   .   .   .   .   .   .   .   .   .

Ah! Noël, Noël, où est ta douce paix? — Où sont les visages riants — des petits enfants et des jeunes filles? — Où est la main calleuse et agitée — du vieillard qui fait la croix sur le saint repas?

Alors le valet **qui** laboure — quitte le sillon de bonne heure, — et servantes et bergers décampent, diligents. — Le corps échappé au dur travail, — ils vont, à leur maisonnette de pisé, — avec leurs parents manger un cœur de céleri — et poser gaiement la *bûche* (au feu) avec leurs parents.

Du four, sur la table de peuplier, — déjà le (pain) de Noël arrive, — orné de petit-houx, festonné d'enjolivures. — Déjà s'allument trois chandelles, — neuves, claires, sacrées, — et dans trois blanches écuelles — germe le blé nouveau, prémices des moissons.

Un noir et grand poirier sauvage — chancelait de vieillesse... — L'aîné de la maison vient, le coupe par le pied, — à grands coups de cognée l'ébranche, — et le chargeant sur l'épaule, — près de la table de Noël, — il vient, aux pieds de son aïeul, le déposer respectueusement.

Le vénérable aïeul, d'aucune manière, — ne veut renoncer à ses vieilles modes. — Il a retroussé le devant de son ample chapeau, — et va, en se hâtant, chercher la bouteille. — Il a mis sa longue camisole — de cadis blanc, et sa ceinture, — et ses *brayes* nuptiales, et ses guêtres de peau.

Mai pamens touto la famiho
A soun entour s'escarrabiho...
— Bèn? Cachafiò boutan, pichot? — Si! vitamen
Tóuti ie respondon. — *Alègre!*
Crido lou vièi, *alègre, alègre!*
*Que Noste Segne nous alègre!*
*S'un autre an sian pas mai, moun Diéu, fuguen pas men*

E 'mplissènt lou got de clareto,
Davans la bando risouleto,
Éu n'escampo tres cop dessus l'aubre fruchau ;
Lou pu jouinet lou pren d'un caire,
Lou vièi de l'autre, e sorre e fraire
Entre-mitan, ie fan pièi faire
Tres cop lou tour di lume e lou tour de l'oustau.

E dins sa joio lou bon rèire
Aubouro en l'èr lou got de vèire :
*O fio, dis, fio sacra, fai qu'aguen de bèu tèm!*
*E que ma fedo bèn agnelle,*
*E que ma trueio bèn poucelle,*
*E que ma vaco bèn vedelle,*
*Que mi chato e mi noro enfanton tóuti bèn!*

*Cachafio, bouto fio!* Tout-d'uno,
Prenènt lou trounc dins si man bruno,
Dins lou vaste fougau lou jiton tout entié.
Veirias alor fougasso à l'òli,
E cacalauso dins l'aiòli
Turta, dins aquéu bèu regòli,
Vin cue, nougat d'amelo e frucho dóu plantié.

D'uno vertu devinarello
Veirias lusi li tres candèlo ;
Veirias d'Esperitoun giscla dóu fio ramu,
Dóu mou veirias penja la branco
Vers aquéu que sara de manco ;
Veirias la napo resta blanco
Souto un carboun ardènt, e li cat resta mut !

. . . . . . . . . . .

Cependant toute la famille — autour de lui joyeusement s'agite... — « Eh bien ! posons-nous la bûche, enfants ? — « Oui ! » promptement — tous lui répondent. « *Allégresse !* — le vieillard s'écrie, *allégresse, allégresse ! — que Notre-Seigneur nous emplisse d'allégresse ! — et si, une autre année, nous ne sommes pas plus, mon Dieu, ne soyons pas moins !*

Et remplissant le verre de *clarette*, — devant la troupe souriante — il en verse trois fois sur l'arbre fruitier ; — le plus jeune prend (l'arbre) d'un côté, — le vieillard de l'autre, et sœurs et frères — entre les deux, ils lui font faire ensuite — trois fois le tour des lumières et le tour de la maison.

Et dans sa joie, le bon aïeul — élève en l'air le gobelet de verre : — « *O feu,* dit-il, *feu sacré, fais que nous ayons du beau temps ! — et que ma brebis mette bas heureusement, — que ma truie soit féconde, — que ma vache vêle bien, — que mes filles et mes brus enfantent toutes bien !*

*Bûche bénie, allume le feu !* » Aussitôt — prenant le tronc dans leurs mains brunes, — ils le jettent entier dans l'âtre vaste. — Vous verriez alors gâteaux à l'huile, — et escargots dans l'*aïoli,* — heurter, dans ce beau festin, — vin cuit, nougat d'amandes et fruits de la vigne.

D'une vertu fatidique — vous verriez luire les trois chandelles ; — vous verriez des Esprits jaillir du feu touffu ; — du lumignon vous verriez pencher la branche — vers celui qui manquera (au banquet) ; — vous verriez la nappe rester blanche — sous un charbon ardent, et les chats rester muets !

· · · · · · · · · · · · · · · ·

**27**

[10] Suffit pour te séduire. — *S'encoucourda* signifie au propre, *acheter une courge pour un melon;* au figuré se tromper, se mal marier.

[11] Mont-de-Vergue (*Mount-de-Vergue*), colline au levant d'Avignon.

[12] Le Saint-Pilon (*lou Sant-Pieloun,* le Saint-Puy), nom du rocher à pic dans lequel est creusée la grotte où se retira sainte Magdeleine. (Voyez le Chant XI.)

[13] Pas à pas (*dèstre à dèstre*). Le *Dèstre* est une mesure agraire, la centième partie de l'*eiminado,* environ neuf centiares.

[14] Comme un satyre (*coume un Satire*). Pour diré *travailler comme un nègre,* on dit en Provence *travailler comme un Satyre.* Les anciens ont pu prendre les nègres sauvages pour des divinités des bois qu'ils nommèrent satyres, et dans l'esprit du peuple, ces deux mots ont pu devenir synonymes.

[15] Bravade (*Bravado*), décharges de mousqueterie qu'on faisait autrefois au moment d'allumer le feu de la Saint-Jean, et, par extension, cérémonies préliminaires et saut de ce feu.

# CANT VUECHEN

## LA CRAU

Desesperanço de Mirèio. — Atrencaduro d'Arlatenco. — La chato, au mitan de la niue, fugis l'oustau pairau. — Vai au toumbèu di Santi-Marìo, que soun li patrouno de Prouvènço, li suplica de touca si parènt. — Lis Ensigne. — Tout en courrènt à travès de Crau, rescontro li pastre de soun paire. — La Crau, la guerro di Gigant. — Li rassado, li prègo-Diéu d'estoublo, li parpaioun, avertisson Mirèio. — Mirèio, badanto de la set, e n'en poudènt plus de la caud, prègo sant Gènt, que vèn à soun secours. — Rescontre d'Andreloun, lou cacalausié. — Eloge d'Arle. — Recit d'Andreloun : istòri dóu Trau de la Capo, li cauco, li caucaire aproufoundi. — Mirèio coucho au tibanèu de la famiho d'Andreloun.

Quau tendra la forto leiouno,
Quand, de retour à soun androuno,
Vèi plus soun leiounèu? Ourlanto sus-lou-cop,
Lóugiero e primo de ventresco,
Sus li mountagno barbaresco
Patusclo.... Un cassaire mouresco
Entre lis argelas i'emporto au grand galop.

Quau vous tendra, fiho amourouso?...
Dins sa chambreto souloumbrouso
Mounte la niue que briho esperlongo soun rai,
Mirèio es dins soun lie couchado
Que plouro touto la niuechado,
Emé soun front dins sa junchado :
— Nostro-Damo-d'Amour, digas-me que farai !

# CHANT HUITIÈME

## LA CRAU

Désespoir de Mireille. — Toilette d'Arlésienne. — La jeune fille, au milieu de la nuit, fuit la maison paternelle. — Elle va au tombeau des Saintes-Maries supplier ces patronnes de la Provence de fléchir ses parents. — Les constellations. — Dans sa course à travers la Crau, elle rencontre les bergers de son père. — La Crau, la guerre des Géants. — Les lézards, les mantes religieuses, les papillons avertissent Mireille. — Mireille haletante de soif, accablée par la chaleur du jour, implore saint Gent, qui la secourt. — Rencontre d'Andreloun, le ramasseur de limaçons. — Éloge d'Arles. — Récit d'Andreloun : légende du Trou de la Cape, le foulage des gerbes, les fouleurs engloutis. — Mireille passe la nuit sous la tente de la famille d'Andreloun.

Qui tiendra la forte lionne, — quand, de retour à son antre, — elle ne voit plus son lionceau ? Hurlante soudain, — légère et efflanquée, — sur les montagnes barbaresques — elle court... Un chasseur maure — dans les genêts épineux le lui emporte au grand galop.

Qui vous tiendra, filles amoureuses ?... — Dans sa chambrette sombre, — où la nuit qui brille prolonge son rayon, — Mireille est dans son lit couchée — qui pleure toute la nuitée, — avec son front dans ses mains jointes : — « Notre-Dame d'Amour, dites-moi ce que je dois faire !

27.

O marrit sort que m'estransines !
O paire dur que me chaupines,
Se vesiès de moun cor l'estras e lou coumbour,
     Auriés pieta de ta pichoto !
     Iéu qu'apelaves ta mignoto,
     Me courbes vuei souto la joto,
Coume s'ère un fedoun atrinable au labour !


     Ah ! perqué noun la mar s'enverso,
     E dins la Crau largo sis erso !
Guio, veiriéu prefoundre aquéu bèn au soulèu,
     Soulo encauso de mi lagremo !
     O perqué, d'uno pauro femo,
     Perqué nasquère pas iéu-memo,
Dins quauque trau de serp !... Alor, alor, belèu,


     S'un paure drole m'agradavo,
     Se Vincenet me demandavo,
Lèu-lèu sariéu chabido !... O moun bèu Vincenet,
     Mai qu'emé tu pousquèsse viéure,
     E t'embrassa coume fai l'éurre,
     Dins li roudan anariéu béure !
Lou manja de ma fam sarié ti poutounet !


     E coume, ansin, dins sa bressolo,
     La bello enfant se descounsolo,
Lou sen brulant de fèbre e d'amour fernissèn ;
     De si proumiéris amoureto
     Coume repasso lis oureto
     E li passado tant clareto,
le revèn tout-d'un-cop un counsèu de Vincèn :

« O sort cruel, qui me sèches d'ennuis ! — O père
dur qui me foules aux pieds ,— si tu voyais de mon
cœur le déchirement et le trouble, — tu aurais pitié
de ton enfant ! — Moi que tu nommais ta mignonne,
— tu me courbes aujourd'hui sous le joug, —
comme si j'étais un poulain qu'on peut dresser au labour !

« Ah ! que la mer ne déborde-t-elle, — et dans la
Crau que ne lâche-t-elle ses vagues ! — Joyeuse, je
verrais s'engloutir ce bien au soleil, — seule cause
de mes larmes ! — Ou pourquoi, d'une pauvre
femme, — pourquoi ne suis-je pas née moi-même,
— dans quelque trou de serpent !... Alors, alors,
peut-être,

« Si un pauvre garçon me plaisait,—si Vincent de-
mandait (ma main),— vite, vite on me marierait !...
O mon beau Vincent, — pourvu qu'avec toi je pusse
vivre,— et t'embrasser comme fait le lierre,—dans les
ornières j'irais boire !— Le manger de ma faim serait
tes (doux) baisers ! »

Et pendant qu'ainsi, dans sa couchette, — la belle
enfant se désole,—le sein brûlant de fièvre et frémissant d'amour,—des premiers (temps) de ses amours
— pendant qu'elle repasse les (charmantes) heures
— et les moments si clairs, — lui revient tout d'un
coup un conseil de Vincent :

-- O, crido, un cop qu'au mas venguères
Es bèn tu que me lou diguères :
S'un chin foui, un lesert, un loup o 'n serpatas,
O touto autro bèsti courrènto
Vous fai senti sa dènt pougnènto ;
Se lou malur vous despoutènto,
Courrès, courrès i Santo, aurés lèu de soulas !

Vuei lou malur me despoutènto,
Parten ! N'en revendren countènto
Acò di, sauto lèu de soun blanc linçoulet ;
Emé la clau lusènto, duerbe
Lou gardo-raubo que recuerbe
Soun prouvimen, moble superbe,
De nóuguié, tout flouri souto lou ciselet.

Si tresouroun de chatouneto
Eron aqui : sa courouneto
De la proumiero fes que fagué soun bon jour;
Un brout de lavando passido ;
Uno candeleto, gausido
Quasimen touto, e benesido
Pèr esvarta li tron dins la sourno liuenchour.

Elo, emé 'no courdello blanco,
D'abord se nouso, au tour dis anco,
Un rouge coutihoun, qu'elo-memo a pica
D'uno fino carreladuro,
Mereviheto de çourduro ;
E sus aquéu, à sa centuro,
Un autre bèn plus bèu es lèu mai atrenca.

—« Oui, s'écrie-t-elle, un jour que tu vins au *mas*, — c'est bien toi qui me le dis : — « Si (jamais) un chien enragé, un lézard, un loup ou un serpent énorme, — ou toute autre bête errante, — vous fait sentir sa dent aiguë ; — si le malheur vous accable, — courez, courez aux Saintes [1], vous aurez tôt du soulagement ! »

« Aujourd'hui le malheur m'accable, — partons ! nous en reviendrons contente. » — Cela dit, elle saute, légère, de son (petit) drap blanc ; — elle ouvre avec la clef luisante, — la garde-robe qui recouvre — son trousseau, meuble superbe, — de noyer, tout fleuri sous le ciselet.

Ses petits trésors de jeune fille — étaient là : sa couronne—de la première fois qu'elle fit son *bon jour* ; — un brin de lavande flétrie ; —un (petit) cierge, usé — presque en entier, et bénit — pour dissiper les foudres dans le sombre éloignement.

Elle, avec un lacet blanc, — d'abord se noue autour des hanches—un rouge cotillon, qu'elle-même a piqué — d'une fine (broderie) carrelée, — petit chef-d'œuvre de couture ; — sur celui-là, d'un autre bien plus beau lestement elle s'attife encore.

Pièi, dins uno èso negro, esquicho
Lóugeiramen sa taio richo,
Qu'uno espingolo d'or sufis à ressarra;
Pèr treneto longo e brunello
Soun péu pendoulo, e i'enmantello
Si dos espalo blanquinello.
Mai elo, n'arrapant li trachèu separa,

Lèu lis acampo e li restroupo,
A plen de man lis agouloupo
D'uno dentello fino e clareto; e 'no fes
Li bèlli floto ansin restrencho,
Tres cop poulidamen li cencho
Em' un riban a bluio tencho,
Diadèmo arlaten de soun front jouine e fres.

Met soun faudau; sus la peitrino,
De soun fichu de mousselino
Se croso à pichot ple lou viergìnen teissut;
Mai soun capèu de Prouvençalo,
Soun capeloun à gràndis alo
Pèr apara li caud mourtalo,
Oublidè, pèr malur, de s'en curbi lou su...

Acò feni, l'ardènto chato
Pren à la man si dos sabato;
Dis escalié de bos, sèns mena de varai,
Davalo d'escoundoun; desplanto
Dóu pourtau la tanco pesanto;
Se recoumando i bòni Santo,
E part, coume lou vènt, dins la niue porto-esfrai.

Puis, dans une casaque noire, elle presse — légèrement sa taille riche, — qu'une épingle d'or suffit à
resserrer ; — par tresses longues et brunes — ses
cheveux pendent, et revêtent comme d'un manteau—
ses deux épaules blanches. — Mais elle en saisit les
boucles éparses,

Vite les rassemble et les retrousse,—à pleine main
les enveloppe — d'une dentelle fine et transparente ;
et une fois—les belles touffes ainsi étreintes,—trois
fois gracieusement elle les ceint—d'un ruban à teinte
bleue, — diadème arlésien de son front jeune et
frais.

Elle met son tablier ; sur le sein,—de son fichu de
mousseline — elle se croise à petits plis le virginal
tissu.—Mais son chapeau de Provençale,— son petit
chapeau à grandes ailes — pour défendre des mor-
telles chaleurs, — elle oublia, par malheur, de s'en
couvrir la tête...

Cela fini, l'ardente fille — prend à la main sa
chaussure ; — par l'escalier de bois, sans faire de
bruit,— descend en cachette ; enlève — la barre pesante de la porte ; — se recommande aux bonnes
Saintes, — et part, comme le vent, dans la nuit qui
effraye.

Èro l'ouro que lis Ensigne
I barquejaire fan bèu signe.
De l'Aiglo de Sant Jan, que se vèn d'ajouca,
I pèd de soun Evangelisto,
Sus li tres astre mounte elo isto,
Se vesié trantraia la visto;
Lou tèms èro seren, e sol, e 'sperluca.


E dins li planuro estelado
Precepitant si rodo alado,
Lou grand Càrri dis Amo, alin, dóu Paradis
Prenié la mountado courouso,
Emé sa cargo benurouso;
E li mountagno tenebrouso
Regardavon passa lou Càrri vouladis.


Mirèio anavo davans elo,
Coume antan Magalouno, aquelo
Que cerquè tant de tèms, en plourant, dins li bos
Soun ami Pèire de Prouvénço,
Qu'éu empourta pèr la vióulènço
Dis oundo, èro restado sènso.
I counfigno pamens dóu terraire entrefos,


E dins lou pargue recampaire,
I'avié li pastre de soun paire
Qu'anavon deja mòuse; e d'ùni, 'mé la man,
Tenènt li fedo pèr lou mourre,
Inmoubile davans li fourre,
Fasien teta lis agnèu bourre
E de-longo entendias quauco fedo bramant.....

C'était l'heure où les constellations — aux nautoniers font beau signe. — De l'Aigle de Saint Jean[2],
qui vient de se jucher, — aux pieds de son Évangéliste, — sur les trois astres où il réside, — on voyait
clignoter le regard. — Le temps était serein, et calme, et resplendissant d'étoiles.

Et dans les plaines étoilées — précipitant ses roues
ailées, — le grand Char des Ames, dans les profondeurs (célestes), du Paradis — prenait la montée
brillante, — avec sa charge bienheureuse ; — et les
montagnes sombres — regardaient passer le Char
volant.

Mireille allait devant elle, — comme jadis Maguelonne[3], celle — qui chercha si longtemps, éplorée,
dans les bois, — son ami Pierre de Provence, — qui,
emporté par la fureur — des flots, l'avait laissée
abandonnée. — Cependant aux limites du terroir
cultivé,

Et dans le parc (où) se rassemblent (les brebis),
— les pâtres de son père — allaient traire déjà ; et
les uns, avec la main, — tenant les brebis par le museau, — immobiles devant les abris-vent, — faisaient
teter les agneaux bruns. — Et sans cesse on entendait quelque brebis bêlant...

28

D'autre couchavon li maniero
Vers lou móusèire ; à la sourniero,
Asseta su 'no pèiro, e mut coume la niue,
Di pousso gounflo aquest tiravo
,  Lou bon la caud : lou la 'spiravo
A long raiòu, e s'aubouravo,
Dins li bord escumous dóu cibre, à visto d'iue.

Li chin èron coucha, tranquile ;
Li bèu chinas, blanc coume d'ile,
Jasien de-long dóu cast, 'mè lou mourre alounga
Dins li ferigoulo ; calaumo
Tout à l'entour, e som, e chaumo
Dins lou campas que sènt qu'embaumo...
Lou tèms èro seren, e sol, e 'sperluca.

E coume un lamp, à ras di cledo
Mirèio passo. Pastre e fedo,
Coume quand lis amourro un subit fouletoun,
S'amoulounèron. Mai la fiho :
Emé iéu, i Sànti-Marìo
Res vòu veni, de la pastriho?
E davans, ie fusè coume un esperitoun.

Li chin dóu mas la couneiguèron,
E dóu repaus noun bouleguèron.
Mai elo, dis avaus frustant li cabassòu,
Es deja liuencho ; e sus li mato
Di panicaut, di canfourato,
Aquéu perdigalet de chato
Lando, lando ! Si pèd toucavon pas lou sòu...

D'autres chassaient les mères (qui n'ont plus d'a-
gneau) — vers le trayeur : dans l'obscurité, — assis
sur une pierre, et muet comme la nuit, — des mamelles gonflées celui-ci exprimait — le bon lait
chaud ; le lait, jaillissant — à longs traits, s'élevait
— dans les bords écumeux de la seille, à vue d'œil.

Les chiens étaient couchés, tranquilles ; — les
beaux et grands chiens, blancs comme des lis, —
gisaient le long de l'enclos, le museau allongé —
dans les thyms. Calme — tout alentour, et sommeil, et repos — dans la lande embaumée ; — le
temps était serein, et calme, et resplendissant d'é-
toiles.

Et comme un éclair, à ras des claies — Mireille
passe : pâtres et brebis, — comme lorsque leur
courbe la tête un soudain tourbillon, — s'agglomérè-
rent. — Mais la jeune fille : — « Avec moi, aux
Saintes-Maries — nul ne veut venir, d'entre les bergers ? » Et devant (eux), elle fila comme un esprit.

Les chiens du *mas* la reconnurent, — et du repos
ne bougèrent. — Mais elle, des chênes-nains frôlant
les têtes, — est déjà loin ; et sur les touffes — des
panicauts, des camphrées, — ce perdreau de fille —
vole, vole ! Ses pieds ne touchaient pas le sol !

Souvènti-fes à soun passage,
Li courreli que dins l'erbage,
Au pèd di reganèu, dourmien agroumouli,
De sa dourmido treboulado
Subran partien à grand voulado ;
E dins la Crau sourno e pelado
Cridavon : *Courreli! courreli! courreli!*

Emé si péu lusènt d'eigagno,
L'Aubo, entremen, de la mountagno
Se vesié pau-à-pau davala dins lou plan ;
E di calandro capeludo
Lou vòu cantaire la saludo ;
E de l'Aupiho baumeludo
Semblavo qu'au soulèu se mouvien li calan.

Acampestrido e secarouso,
L'inmènso Crau, la Crau peirouso
Au matin pau-à-pau se vesié destapa ;
La Crau antico, ounte, di rèire
Se li raconte soun de crèire,
Souto un deluge counfoundèire
Li Gigant auturous fuguèron aclapa.

Li testoulas! em' uno escalo,
Em' un esfors de sis espalo
Cresien de cabussa l'Ounnipoutènt! Deja
De Santo-Vitòri lou serre
Èro estrassa pèr lou pau-ferre ;
Deja l'Aupiho venien querre,
Pèr n'apoundre au Ventour li grand baus eigreja

Souventes fois, à son passage, — les courlis qui,
dans les herbes, — au pied des chêneteaux, dormaient blottis, — troublés dans leur sommeil, —
soudain partaient à grande volée, — et dans la Crau
sombre et nue — criaient : *Courreli ! courreli ! courreli !*

Les cheveux luisants de rosée, — l'Aurore, cependant, de la montagne — se voyait peu à peu dé-
valer dans la plaine ;—et des alouettes huppées — la
volée chanteuse la salue ; — et de l'Alpine caverneuse [4] — il semblait qu'au soleil se mouvaient les
sommets.

On voyait le matin découvrir peu à peu — la Crau
inculte et aride, — la Crau immense et pierreuse, —
la Crau antique, où, des ancêtres — si les récits sont
dignes de foi, — sous un déluge accablant — les
Géants orgueilleux furent ensevelis.

Les stupides ! avec une échelle, — avec un effort
de leurs épaules — ils croyaient renverser le Tout-
Puissant ! Déjà — de Sainte-Victoire [5] le morne — était
déchiré par le levier ; — déjà ils venaient quérir
l'Alpine, — pour en ajouter au Ventour les grands
escarpements ébranlés.

28.

Diéu duerb la man ; e lou Maïstre,
Emé lou Tron, emé l'Auristre,
De sa man, coume d'aiglo, an parti tóuti tres ;
De la mar founso, e de si vabre,
E de si toumple, van, alabre,
Espeirega lou lie de mabre,
E 'm' acò s'enaurant, coume un lourd sagarès,

L'Anguieloun, lou Tron e l'Auristre,
D'un vaste curbecèu de sistre
Amassolon aqui lis omenas... La Crau,
I douge vènt la Crau duberto,
La mudo Crau, la Crau deserto,
A counserva l'orro cuberto...
Mirèio, sèmpre mai, dóu terradou pairau

Prenié l'alòngui. Li raiado
E lou dardai di souleiado
Empuravon dins l'èr un lusènt tremoulun ;
E di cigalo garrigaudo,
Que grasihavo l'erbo caudo,
Li cimbaleto fouligaudo
Repetavon sèns fin soun long cascarelun.

Ni d'aubre, ni d'oumbro, ni d'amo !
Car, de l'estiéu fugènt la flamo,
Li noumbrous abeié que rasclon, dins l'ivèr,
L'erbeto courto, mai goustouso,
De la grand plano sóuvertouso,
Is Aupo fresco e sanitouso
Èron ana cerca de pasquié sèmpre verd.

Dieu ouvre la main; et le Mistral, — avec la Foudre
et l'Ouragan, — de sa main, comme des aigles, sont
partis tous trois; — de la mer profonde, et de ses ravins, — et de ses abîmes, ils vont, avides, — épierrer
le lit de marbre ; — et ensuite s'élevant comme un
lourd brouillard,

L'Aquilon, la Foudre et l'Ouragan, — d'un vaste
couvercle de poudingue — assomment là les colosses...
La Crau, — la Crau ouverte aux douze vents, — la
Crau muette, la Crau déserte, — a conservé l'horrible
couverture... — De plus en plus, Mireille, du terroir
paternel

S'éloignait. Les rayonnances — et l'éjaculation
ardente du soleil — attisaient dans l'air un luisant
tremblement ; — et des cigales de la lande, — que
grillait l'herbe chaude, — les petites cymbales folles
— répétaient sans fin leur long claquettement.

Ni arbre, ni ombre, ni âme! — car, fuyant la
flamme de l'été, — les nombreux troupeaux qui ton-
dent en hiver — l'herbette courte, mais savoureuse, —
de la grande plaine sauvage, — aux Alpes fraîches et
salubres — étaient allés chercher des pâturages toujours verts.

Souto li fio que Jun escampo,
　　Mirèio lampo, e lampo, e lampo!
E li rassado griso, au revès de si trau,
　　S'entredisien : Fau èstre folo.
　　Pèr barrula li clapeirolo,
　　Em' un soulèu que sus li colo
Fai dansa li mourven, e li code à la Crau!


　　E li prègo-Diéu, à l'oumbrino
　　Dis argelas : O pelerino,
Entorno, entorno-te! ie venien. Lou bon Diéu
　　A mes i font d'aigo clareto,
　　Au front dis aubre a mes d'oumbreto
　　Pèr apara ti couloureto,
E tu, rimes ta caro à l'uscle de l'estiéu!


　　En van peréu l'avertiguèron
　　Li parpaioun que la veguèron.
Lis alo de l'Amour e lou vènt de la Fe
　　L'emporton, coume l'auro emporto
　　Li blanc gabian que soun pèr orto
　　Dins li sansouiro d'Aigui-Morto.
Tristas, abandouna di pastre e de l'avè,


　　De liuen en liuen, pèr la campagno,
　　Parèis un jas cubert de sagno...
Quand pamens se veguè, badanto de la set,
　　Au bruladou touto souleto,
　　Ni regouloun ni regouleto,
　　Trefouliguè 'no brigouleto...
E faguè : Grand Sant Gènt, ermito dóu Bausset!

Sous les feux que Juin verse, — comme l'éclair
Mireille court, et court, et court! — Et les grands lézards gris, au rebord de leurs trous, — disaient entre
eux : « Il faut être folle — pour vaguer dans les
cailloux, — par un soleil qui sur les collines — fait
danser les *morvens*[6], et les galets dans la Crau! »

Et les mantes-religieuses, à l'ombrette — des
ajoncs : « O pèlerine, — retourne, retourne-toi! lui
disaient-elles. Le bon Dieu — a mis aux sources de
l'eau claire, — au front des arbres a mis de l'ombre
— pour protéger les couleurs de tes (joues), — et toi,
tu brûles ton visage au hâle de l'été! »

Vainement l'avertirent aussi — les papillons qui la
virent. — Les ailes de l'Amour et le vent de la Foi —
l'emportent, comme la bise emporte — les blancs
goëlands qui errent — dans les plages salées d'Aigues-
Mortes. — Profondément triste, abandonnée des pâtres et des brebis,

De loin en loin, par la campagne, — paraît une
bergerie couverte de *typha*. — Quand pourtant elle
se vit, béante de soif, — en ces lieux brûlés toute
seule, — sans ruisseau ni ruisselet, — elle tressaillit légèrement... — et dit : « Grand Saint Gent, ermite du
Bausset[7]!

O bèu e jouine labouraire,
        Qu'atalerias à voste araire
Lou loup de la mountagno! o divin garrigaud,
        Que durberias la roco duro
        A dos pichòti couladuro
        D'aigo e de vin, refrescaduro
Pèr vosto maire, lasso e mourènto de caud;


        Car, coume ièu, quand tout soumiho,
        Avias placa vosto famiho,
E, soulet emé Diéu, i gorgo dóu Bausset
        Vous trouvè vosto maire. Ansindo,
        Mandas-me 'n fiéu d'aigueto lindo,
        O bon Sant Gènt! Lou gres que dindo
Me crèmo li peiado, e more de la set!


        Lou bon Sant Gènt, de l'empirèio,
        Entendeguè prega Mirèio :
E Mirèio, autant lèu, d'un releisset de pous,
        Alin dins la champino raso,
        A vist belugueja la graso.
        E dóu dardai fendè la braso,
Coume lou martelet que travèsso un espousc.


        Èro un vièi pous tout garni d'éurre,
        Que li troupèu j' anavon béure.
Murmurant douçamen quàuqui mot de cansoun,
        I' a 'n pichot drole que jougavo
        Souto la pielo, ounte cercavo
        Lou pau d'oumbreto qu'amagavo;
Contro, aviè 'n panié plen de blanc cacalausoun.

« O bel et jeune laboureur, — qui attelâtes à votre
charrue — le loup de la montagne ! ô divin solitaire,
— qui ouvrîtes la roche dure — à deux petits filets
— d'eau et de vin, pour rafraîchir — votre mère,
lasse et mourante de chaud ;

« Car, ainsi que moi, lorsque tout dort, — vous
aviez déserté votre famille, — et, seul et avec Dieu,
aux gorges du Baùsset — vous trouva votre mère. De
même, — envoyez-moi un filet d'eau limpide, — ô
bon Saint Gent ! Le galet sonore — brûle l'empreinte
de mes pieds, et je meurs de soif ! »

Le bon Saint Gent, de l'empyrée — entendit prier
Mireille : — et Mireille aussitôt, d'une margelle de puits,
— au loin dans la rase campagne, — a vu étinceler la
dalle. — Et des dards du soleil elle fendit la braise,
— comme le martinet qui traverse une ondée.

C'était un vieux puits tout revêtu de lierre, — où
les troupeaux allaient boire. — Murmurant doucement quelques mots de chanson, — un petit garçon
y jouait — sous l'auge, où il cherchait — le peu
d'ombre qu'elle abritait ; — près de lui, il avait un
panier plein de blancs limaçons.

E l'enfantoun, dins sa man bruno,
Lis agantavo, uno pèr uno,
Li pàuri meissounenco ; e 'm' acò ie veniè :
   *Cacalaus, cacalaus mourguèto,*
   *Sorte lèu de ta cabaneto,*
   *Sorte lèu ti bèlli baneto,*
*O senoun, te roumprai toun pichot mounastiè.*


   La bello Craenco enflourado,
   E qu'au ferrat s'èro amourrado,
Aubourè tout-d'un-cop soun poulit mourranchoun :
   — Mignot, que fas aqui? — Pauseto.
   — Dins lou baucage e li lauseto,
   Acampes de cacalauseto ?
— L'avès bèn devina ! respoundè lou pichoun.


   Vè! quant n'ai dins ma canestello !
   Ai de mourgueto, de platello,
De meissounenco...—E pièi, li manjes?—Ièu? pas mai!
   Ma maire, tóuti li divèndre,
   Li porto à-n-Arle pèr li vèndre,
   E nous entorno bon pan tèndre....
Ie sias agudo estado, en Arle, vous? — Jamai.


   — Hoi! sias jamai estado en Arle?
   Ie siéu esta, ièu que vous parle !
Ai! pauro, se sabias la grando vilo qu'es,
   Arle ! Talamen s'estalouiro
   Que, dóu grand Rose que revouiro,
   N'en tèn li sèt escampadouiro !...
Arle à de biòu marin que paisson dins si tes,

Et le jeune enfant, dans sa main brune, — les prenait, une à une, — les pauvres hélices des moissons[8],
et leur chantait : — « *Escargot, escargot nonnain*, —
*sors promptement de ta cellule*, — *sors promptement tes*
*belles petites cornes*, — *ou sinon, je romprai ton petit*
*monastère.* »

La belle fille de Crau, colorée (par la marche), —
et qui dans le seau avait plongé ses lèvres, — releva
tout d'un coup son charmant minois : — « Mignon,
que fais-tu là ! » — « Petite pause. » — « Dans le
gazon et les galets, — tu ramasses des limaçons ? »
— « Vous avez deviné juste ! répliqua le petit.

« Voyez ! combien j'en ai dans ma corbeille ! —
J'ai des *nonnains*, des *platelles*, des *moissonnien-*
*nes*[9]... » — « Et puis, tu les manges ? » — « Moi ?
nenni ! — Ma mère, tous les vendredis, — les porte
à Arles pour les vendre, — et nous rapporte bon
pain tendre... — Y avez-vous été en Arles, vous ? »
— « Jamais. »

— « Quoi ! vous n'avez jamais été en Arles ? — J'y
ai été, moi qui vous parle ! — Ah ! pauvrette, si vous
saviez la grande ville que c'est, — Arles ! Si loin elle
s'étend, — que, du grand Rhône plantureux — elle
tient les sept embouchures'... — Arles a des bœufs
marins qui paissent dans les îlots de sa plage ;

Arle a soun cavalin sóuvage ;
Arle, dins rèn qu'un estivage,
Meissouno proun de blad, pèr se nourri, se vòu,
Sèt an de filo ! A de pescaire
Que ie carrejon de tout caire ;
A d'entrepide navegaire
Que van di liuénchi mar afrounta li revòu...

E tirant glòri mervihouso
De sa patrio souleiouso,
Disié, lou galant drole, emé sa lengo d'or,
E la mar bluio que tremolo,
E Mount-Majour que pais li molo
De plen gourbin d'óulivo molo,
E lou bram qu' i palun fai ausi lou bitor.

Mai, o ciéuta douço e brunello,
Ta mereviho courounello,
Oublidè, lou pichot, de la dire : lou cèu,
O drudo terro d'Arle, douno
La bèuta puro à ti chatouno,
Coume li rasin à l'autouno,
De sentour i mountagno e d'aleto à l'aucèu.

La bastidano, inatentivo,
Èro aqui drecho e pensativo :
— Bèu jouveinet, se vos, faguè, veni 'mé iéu,
Emé iéu vène ! Sus li sause
Avans que la reineto s'ause
Canta, fau que moun ped se pause
De l'autro man dóu Rose, à la gàrdi de Diéu !

« Arles a sa race de chevaux sauvages ; — Arles, en seul été, — moissonne assez de blé pour se nourrir, si elle veut, — sept ans de suite ! Elle a des pêcheurs — qui lui charrient de toute part ; — elle a des navigateurs intrépides — qui vont des mers lointaines affronter les tourbillons... »

Et tirant gloire merveilleuse — de sa patrie de soleil, — il disait, le gentil gars, en sa langue d'or, — et la mer bleue qui tremble, — et Mont-Majour qui paît les meules — de pleines mannes d'olives molles, — et le beuglement qu'aux marécages fait ouïr le butor.

Mais, ô cité douce et brune, — ta merveille suprême, — il oublia, l'enfant, de la dire : le ciel, — ô féconde terre d'Arles, donne — la beauté pure à tes filles, — comme les raisins à l'automne, — des senteurs aux montagnes et des ailes à l'oiseau.

Inattentive, la fille des champs — était là debout et pensive : — « Beau gars, si tu veux, dit-elle, venir avec moi, — avec moi viens ! Sur les saules — avant que la raine s'entende — chanter, il faut que mon pied se pose — de l'autre côté du Rhône, à la garde de Dieu ! »

Lou drouloun ie diguè : Pecaire !
   Capitas bèn : sian de pescaire.
Emé nous-autre, aniue, souto lou tibanèu,
   Vous coucharés au pèd dis aubo,
   E dourmirés dins vosto raubo ;
   Moun paire, pièi, à la primo aubo,
Deman vous passara, dins noste breganèu.

   — Oh ! noun, me sènte enca proun forto
   Pèr, esto niue, resta pèr orto...
— Que Diéu vous en preserve ! adounc voulès aniuc
   Vèire la bando que s'escapo,
   Doulènto, dóu Trau de la Capo ?
   Ai ! ai ! ai ! ai ! se vous encapo,
Em' elo dins lou gourg vous fai passa pèr iue !

   — E qu'es aquéu Trau de la Capo ?
   — Tout en caminant dins li clapo,
Vous countarai acò, fiheto !... E coumencè :
   l'avié 'no fes uno grando iero
   Que regounflavo de garbiero.
   Sus lou dougan de la ribiero,
Deman veirés lou rode ounte acò se passè.

   Despièi un mes, emai passavo,
   Sus lou plantat que s'espóussavo
Un roudet Camarguen de-longo avié cauca.
   Pas uno vòuto de relàmbi !
   Sèmpre li bato dins l'engàmbi !
   E, sus l'eiròu póussous e gàmbi,
De mountagno d'espigo à sèmpre cavauca !

Le gars lui dit : — « Dame! — vous rencon-
trez bien : nous sommes pêcheurs. — Avec nous,
cette nuit, sous la tente, — vous coucherez au pied
des peupliers blancs, — et dormirez dans votre robe;
— mon père, ensuite, à la première aurore, — demain vous passera, dans notre *bord*. »

— « Oh! non, je me sens assez forte encore —
pour, cette nuit, rester errante! » — « Que Dieu vous
en garde! Voulez-vous donc, cette nuit, — voir la
bande qui s'échappe, — plaintive, du Trou, de la Cape?
— Malheur à vous! si elle vous rencontre, — avec
elle dans le gouffre elle vous fait sombrer! »

— « Et qu'est-ce que ce Trou de la Cape? » — « Tout
en marchant parmi les pierres, — je vous conterai ça,
fillette!... » Et il commença : — « Il était une fois une
grande aire — qui regorgeait de meules de gerbes. —
Sur la berge de la rivière, — demain vous verrez le
lieu où cela se passa.

« Depuis un mois et plus, — sur les (gerbes) dressées qui secouaient (leurs grains), — un cercle de
(chevaux) Camargues avait sans cesse piétiné. —
Pas un instant de relâche! — toujours les sabots
dans l'entrave! — et sur l'airée poudreuse et tor-
tueuse, — toujours des montagnes d'épis à *che-
vaucher!*

29.

Fasiè 'n soulèu!... La derrabado
Semblavo, dison, atubado.
E li fourco de bos, de-longo, en l'èr, fasien
Sauta de revoulun de blesto ;
E lou pòutras, e lis aresto,
Coume de flècho d'aubaresto,
I narro di chivau de-longo se trasien.


O pèr Sant Pèire o pèr Sant Charle
Poudias souna, campano d'Arle!
Ni fèsto ni dimenche au paure cavalun !
Sèmpre la matrassanto cauco,
Sèmpre l'aguhiado que trauco,
Sèmpre la cridadisso rauco
Dóu gardian, aplanta dins l'ardènt revoulun !


L'avare mèstre, i blanc caucaire
Encaro aviè bouta, pecaire !
Lou mourraioun... Venguè Nostro-Damo d'Avoust
Deja, sus lou plantat que fumo,
Li liame, coume de coustumo,
Viravon mai, trempe d'escumo,
Lou fege arrapa i costo e lou mourre bavous.


Veici que tout-d'un-cop s'acampo
E la chavano e la sisampo...
Ai! un cop de mistrau escoubeto l'eiròu ;
Dis afama (que renegavon
Lou jour de Diéu) lis iue se cavon ;
Lou batedou mounte caucavon
Trantraio, e s'entreduerb coume un negre peiròu!

« Il faisait un soleil!... L'airée [10] — semblait, dit-
on, en flammes. — Et les fourches de bois, sans
cesse, dans l'air faisaient — bondir des tourbillons
de gerbée ;—et les ablais et les barbes (du froment),
— comme des flèches d'arbalète, — aux naseaux des
chevaux sans cesse étaient lancés.

« Ou à la Saint-Charles ou à la Saint-Pierre, —vous
pouviez sonner, cloches d'Arles ! — Ni fête ni dimanche aux malheureux chevaux : — toujours le
harassant foulage ! —toujours l'aiguillade qui perce!
— toujours les cris rauques — du gardien, immobile
dans l'ardent tourbillon !

« L'avare maître, aux blancs *fouleurs* — en outre
avait mis, hélas ! — la muselière... Vint Notre-Dame
d'Août. — Déjà, sur les (gerbes) dressées (et) fu-
mantes, —les (bêtes) accouplées, comme d'usage,—
tournaient encore, trempées d'écume, — le foie collé
aux côtes et le museau baveux.

« Voici que tout à coup accourent — et l'orage et
la bise glacée... — Aïe ! un coup de mistral balaye
l'airée ; — des affamés (qui reniaient — le jour de
Dieu) les yeux se creusent ; — le champ du foulage
— chancelle, et s'entr'ouvre comme un noir chaudron !

La grand bancado remoulino,
Coume en furour; de la toumplino,
Fourquejaire, gardian, gardianoun, rèn pousquè
    Se n'en sauva! Lou mèstre, l'iero,
    Lou drai, li cabro, li garbiero,
    Li primadié, la rodo entiero,
Dins lou toumple sèns founs tout s'aproufoundiguè!


    — Me fai ferni! diguè Mirèio.
    — Oh! n'i'a bèn mai, o vierginèio!
Deman, dirés bessai que sièu un foulinèu,
    Veirés, dins soun aigo blavenco,
    Jouga lis escarpo e li tenco;
    E li merlato palunenco
De-countunio à l'entour canta dins li canèu.


    Vèngue lou jour de Nostro-Damo.
    Lou soulèu, courouna de flamo,
A mesuro que mounto à soun pounteficat,
    Emé l'auriho contro terro
    Boutas-vous plan, plan, à l'espèro:
    Veirés lou gourg, de linde qu'èro,
S'ensourni pau-à-pau de l'oumbro dóu pecat!


    E di founsour de l'aigo fousco,
    Coume de l'alo d'uno mousco
Ausirés pau-à-pau s'auboura lou zounzoun;
    Pièi es un clar dindin d'esquerlo;
    Pièi, à cha pau, entre li berlo,
    Coume de voues dins uno gerlo,
Un orre jafaret qu'adus la fernisoun!

« Le grand monceau (de pailles) tourbillonne, —
comme en fureur ; de l'abîme, — ouvriers aux fourches, gardiens, aides-gardiens, rien ne put — s'en
sauver. Le maître, l'aire, — le van, les chèvres (du
van), les meules, — les (coursiers) conducteurs, le
haras tout entier, — dans le gouffre sans fond tout
s'engloutit. »

— « Cela me fait frissonner ! » dit Mireille. —
« Oh ! il y a bien plus, ô vierge ! — Demain, vous di-
rez peut-être que je suis un petit fou, — vous verrez,
dans son eau bleuâtre, — se jouer les carpes et les
tanches ; — et les merles de marais — continuellement alentour chanter dans les roseaux.

« Vienne le jour de Notre-Dame. — A mesure que
le soleil, couronné de feux, — monte à son pontificat,
— avec l'oreille contre terre, — mettez-vous doucement, doucement à l'affût ! — vous verrez le gouffre,
de limpide qu'il était, — s'assombrir peu à peu de l'ombre du péché.

« Et des profondeurs de l'eau trouble, — comme
de l'aile d'une mouche — vous ouïrez peu à peu s'é-
lever le bourdonnement. — Puis c'est un clair tinte-
ment de clochettes ; — puis, peu à peu, entre les
berles, — semblable à des voix dans une amphore, —
un horrible tumulte qui amène le frisson !

Es pièi un trot de chivau maigre
Que sus l'eiròu un gardian aigre
Lis esbramasso e coucho emé de maugrabièu.
    Es d'estrepado rabastouso ;
    Es uno terro despietouso,
    Aspro, secado, souvertouso,
Que respond coume uno iero ounte caucon, l'estiéu.

    Mai à mesuro que declino
    Lou sant soulèu, de la toumplino
Li blastème, li brut, se fan rau, mourtinèu ;
    Toussis la manado gancherlo
    Aperalin ; souto li berlo
    Calon li clar dindin d'esquerlo,
E canton mai li merle au bout di long canèu.

    Tout en parlant d'aquéli causo,
    Em' soun panié de cacalauso
Davans la chatouneto anavo lou drouloun.
    Lindo, sereno, acoulourido
    Pèr lou tremount, la colo arido
    Emé lou cèu deja marido
Sis àuti peno bluio e si grand testau blound ;

    E lou soulèu que, dins la cintro
    De si long rai, plan-plan s'enintro,
Laisso la pas de Diéu i palun, au Grand-Clar,
    Is óulivié de la Vaulongo,
    Au Rose qu'eilavau s'alongo,
    I meissounaire, qu'à la longo
Aubouron soun esquino e bevon lou vènt Larg.

« C'est ensuite un trot de chevaux maigres — que
sur l'airée un aigre gardien — insulte de ses cris et
presse de jurons. — C'est un piétinement pénible ;
— c'est un sol inclément, — âpre, sec plein d'horreur, — sonore comme une aire où l'on dépique,
l'été.

« Mais à mesure que décline — le saint soleil, du
gouffre — les blasphèmes, les bruits, se font rauques, mourants ; — tousse le troupeau écloppé —
dans les lointaines profondeurs ; sous les berles —
s'éteignent les clairs tintements de clochettes, — et
chantent de nouveau les merles au bout des longs roseaux. »

Tout en parlant de ces choses, — avec son panier
de limaçons — devant la jeune fille allait le petit gars.
— Limpide, sereine, colorée — par le couchant, la
colline aride — au ciel déjà marie — ses hauts
remparts bleus et ses grands promontoires blonds ;

Et le soleil qui, dans le cintre — de ses longs
rayons, lentement se retire, — laisse la paix de Dieu
aux marais, au Grand-Clar [11], — aux oliviers de la
Vallongue [12], — au Rhône qui s'allonge là-bas, — aux
moissonneurs, qui enfin — relèvent leur dos et boivent le vent Largue.

E lou drouloun diguè : Jouvènto,
Alin, vè la telo mouvènto
De noste tibanèu, mouvènto au ventoulet !
Vè, sus l'aubo que ie fai calo,
Vè, vè moun fraire Not qu'escalo !
Segur aganto de cigalo,
O regardo belèu se torne au tendoulet.

Ai ! nous a vist !... Ma sorre Zeto,
Que ie fasié la courbo-seto,
Se reviro... e vela que vers ma maire cour
Ie dire que, sèns tiro-laisso,
Pòu alesti lou bouiabaisso.
Dins lou barquet deja se baisso,
Ma maire, e pren li pèis que soun à la frescour.

Mai èli dous, d'uno abrivado,
Coume escalavon la levado :
— Tè ! cridè lou pescaire, espincho, que fai gau,
Femo !... Bèn lèu, pèr mau que vague,
Noste Andreloun, crese que fague
Un pescadou di fièr que i' ague !
Velou que nous adus la rèino di pougau !

Et le gars dit : « Jouvencelle, — au loin, voyez-vous la toile mouvante — de notre pavillon, mouvante au zéphyr ? — Voyez, sur le peuplier blanc qui l'abrite, — voyez, voyez mon frère Not qui grimpe ! —Bien sûr il attrappe des cigales,—ou regarde peut-être si je retourne à la tente.

« Ah ! il nous a vus !... Ma sœur Zette, — qui lui prêtait l'épaule,—se retourne... et la voilà qui court vers ma mère — pour lui dire que, sans retard, — elle peut apprêter le *bouillabaisse*. — Dans le bateau déjà se courbe — ma mère, et elle prend les poissons qui sont au frais. »

Mais comme, d'un élan, eux deux — gravissaient la digue : — « Tiens ! s'écria le pêcheur, vois comme c'est charmant, — femme !... Bientôt, vienne qui plante ! — notre Andreloun fera, je crois, — un pêcheur des fiers qu'il y ait ! —Le voici qui nous amène la reine des anguilles ! »

# NOTES

## DU CHANT HUITIÈME.

----

¹ Courez aux Saintes (*courrès i Santo*). Voyez Chant I, note 15.

² L'Aigle, constellation.

⁵ Maguelonne (*Magalouno*). D'après un vieux roman de chevalerie aussi populaire que celui de *Quatre fils Aymon*, le comte Pierre de Provence, ayant enlevé Maguelonne, fille du roi de Naples, s'enfuit avec elle à travers monts et vallées. Un jour que Maguelonne s'était endormie au bord de la mer, un oiseau de proie enleva un bijou de santal qui brillait au cou de la princesse. Son amant monta sur une nacelle pour suivre l'oiseau sur la mer; mais soudain une tempête s'éleva, et emporta Pierre en Égypte, où il fut accueilli et comblé d'honneurs par le soudan. La belle Maguelonne s'éveilla et se mit, tout éplorée, à chercher son ravisseur. Après une foule d'aventures romanesques, ils se retrouvèrent en Provence, où Maguelonne, devenue abbesse, avait fondé un hôpital, autour duquel, selon cette chronique fabuleuse, s'éleva plus tard la ville de Maguelonne.

⁴ L'Alpine *caverneuse* (*l'Aupiho baumeludo*), épithète motivée par les grottes des Baux et de Cordes qu'on trouve dans cette montagne.

[5] Le morne ou pic de Sainte-Victoire (*de Santo-Vitòri lou serre*), à l'orient d'Aix : haut escarpement qui tire son nom de la grande victoire remportée par Marius sur les Teutons, à Pourrières, dans le voisinage.

[6] Les morvens (*li mourven*), genévriers de Phénicie (*Juniperus Phœnicea*, Lin.)

[7] Saint Gent, ermite du Bausset (*Sant Gènt, ermito dóu Baussel*), jeune laboureur, de Monteux, qui, au commencement du onzième siècle, se retira dans la gorge du Bausset (près de Vaucluse) pour y vivre en ermite. Son ermitage, et la fontaine miraculeuse qu'il fit jaillir, dit la tradition, en implantant ses doigts dans le rocher, sont le but d'un pèlerinage très-fréquenté.

[8] Hélice des *moissons* (*meissounenco*), *helix cæspitum*, nommée *meissounenco*, parce qu'après la moisson, elle monte et se colle le long des chaumes.

[9] Nonnain (*mourgueto*), *helix vermiculata*. — Platelle (*platello*), *helix algira*. — *Moissonniennes*, voyez la note précédente.

[10] *Derrabado*, improprement traduit par *airée*, signifie *arrachis*. Ce mot désigne les gerbes qui ont déjà subi un premier piétinement de chevaux, et qu'on arrache de dessous l'airée pour les soumettre à un nouveau foulage.

[11] Grand-Clar (*Grand-Clar*), vaste étang de la Crau, entre les Baux et Arles.

[12] Vallongue (*Vaulongo*), vallée des Alpines.

# CANT NOUVEN

## L'ASSEMBLADO

Desoulacioun de Mèste Ramoun e de Jano-Mario, quand trovon plus Mirèio. — Tout-d'un-tèms lou vièi mando souna e acampo dins l'iero tóuti li travaiadou dóu mas. — Li segaire, li rastelarello, lou feneirage. — Li carretié, l'estremage di fen. — Li bouié. — Li meissounié, la meissoun, li glenarello. — Li pastre. — Recit de Laurèn de Gòut, capoulié di meissounié : lou cop de voulame. — Recit dóu segaire Jan Bouquet : lou nis agarri pèr li fournigo. — Recit dóu Marran, baile di fïrá : la marco de mort. — Recit d'Antèume, lou baile-pastre.—Antèume a vist Mirèio qu'anavo i Sànti-Mario. — Estrambord e prejit de la maire. — Partènço de la familho pèr avé Mirèio.


Li grand falabreguié plourèron ;
Adoulentido, s'embarrèron
Dins si brusc lis abiho, óublidant lou pasquié
Plen de lachusclo e de sadrèio.
— Avès rèn vist mounte èi Mirèio ?
Ie demandavon li ninfèio,
I gèntis argno bluio adounado au pesquié.


Lou vièi Ramoun emé sa femo,
Tóuti dous gounfle de lagremo,
Ensèn, la mort au cor, asseta dins lou mas,
Amaduron soun coudoun : — Certo,
Fau agué l'amo escalaberto !...
O malurouso ! o disaverto !
De la folo jouinesso o terrible estramas !

# CHANT NEUVIÈME

## L'ASSEMBLÉE

Désolation de Maître Ramon et de Jeanne-Marie, en s'apercevant de
l'absence de Mireille. — Le vieillard mande aussitôt et rassemble
dans l'aire tous les travailleurs de la ferme. — Les faucheurs, les
faneuses, la fenaison. — Les charretiers, la rentrée des foins. —
Les laboureurs. — Les moissonneurs, la moisson, les glaneuses.
— Les bergers. — Récit de Laurent de Goult, chef des moissonneurs : le coup de faucille. — Récit du faucheur Jean Bouquet : le
nid envahi par les fourmis. — Récit du Marran, chef des garçons
de charrue : le présage de mort. — Récit d'Antelme, chef des
pâtres. — Antelme a vu Mireille allant aux Saintes-Maries. —
Transports et invectives de la mère. — Départ de la famille à la
poursuite de Mireille.


Les grands micocouliers pleurèrent ; — affligées,
s'enfermèrent — dans leurs ruches les abeilles, ou-
bliant le pacage — plein de tithymales et de sarriettes.
— « Avez-vous point vu où est Mireille? » — deman-
daient les nymphæas — aux gentils alcyons bleus
adonnés au vivier.


Le vieux Ramon et son épouse, — tous deux gon-
flés de larmes, — ensemble, la mort au cœur, assis
dans le *mas*, — mûrissent leur douleur[1] : « Certes,
— il faut avoir l'âme en délire!... — O malheureuse !
ô écervelée! — de la folle jeunesse ô terrible et lourde
chute !

Nosto Mirèio bello, o gafo !
O plour ! 'mé lou darrié di piafo
S'èi raubado, raubado em' un abóumiani !...
    Quau nous dira, desbardanado,
    Lou lio, la cauno acantounado
    Ounte lou laire t'a menado ?...
E brandavon ensèn si front achavani.


    Emé la saumo e lis ensàrri
    Venguè lou chourlo, à l'ourdinàri ;
E dre sus lou lindau : Bonjour ! Veniéu cerca,
    Mèstre, lis iòu e lou grand-bèure.
    — Entorno-te, maladiciéure !
    Cridè lou vièi, que, tau qu'un siéure,
Me sèmblo que sènso elo aro siéu desrusca !


    D'uno souleto escourregudo,
    Entorno-te de ta vengudo,
Chourlo ! à travès de champ parte coume l'uiau !
    Que li segaire e labouraire
    Quiton li daio e lis araire !
    I meissounié digo de traire
Li voulame ; i mendi, de leissa lou bestiau :


    Que vèngon m'atrouva ! — Tout-d'uno,
    Mai lóugeiret que la cabruno,
Part lou varlet fidèu ; travèsso, dins li gres,
    Li bèus esparcet rouge ; passo
    Entre lis éuse di ribasso ;
    Franquis d'un bound li draio basso ;
Sènt deja li prefum dóu fen toumba de fres.

« Notre Mireille belle, ô équipée . — ô pleurs ! avec
le dernier des truands — s'est enlevée, enlevée avec
un bohême !... — Qui nous dira, dévergondée, — le
lieu, la caverne reculée — où le larron t'a conduite?... » — Et ils branlaient ensemble leurs fronts
orageux.

Avec l'ânesse et les mannes de sparterie—vint l'é-
chanson, selon l'usage ; — et, debout sur le seuil :
« Bonjour ! Je venais querir,—maître, les œufs et le
*grand-boire* [2]. » — « Retourne-toi, malédiction ! —
cria le vieillard, car, tel qu'un chêne-liége, — sans
elle, ores il me semble qu'on m'a arraché l'écorce !

« D'une seule course, — retourne-toi de ta venue,
— échanson ! A travers champs pars comme l'é-
clair ! — Que les faucheurs et laboureurs — quittent
les faux et les charrues ! — aux moissonneurs dis de
jeter — les faucilles ; aux bergers, de laisser le bétail :

« Qu'ils viennent me trouver ! » — Aussitôt, —
plus léger que les chèvres, — part le valet fidèle ; il
traverse, dans les terrains pierreux, — les beaux
sainfoins rouges ; il passe — entre les yeuses des
hauts talus ; —il franchit d'un bond les chemins bas ;
— il sent déjà les parfums du foin fraîchement
abattu.

　　　Dins li luserno bèn nourrido,
　　　Auto, e de blu tóuti flourido,
Entènd cruci de liuen la daio ; à pas egau
　　　Vèi avança li fort segaire,
　　　Sus l'andano plega : de caire,
　　　Davans l'acié desverdegaire,
Cabusso la panouio en marro que fan gau.


　　　D'enfant, de chato risouleto,
　　　Dins l'endaiado verdouleto
Rastelavon ; n'en vèi que meton à mouloun
　　　Lou fen adeja lèst ; cantavon,
　　　E li grihet (que desertavon
　　　De davans li daio), escoutavon...
Sus un brancan de frais que tiron dous biòu blound,


　　　Alin pu liuen, vèi, auto e largo,
　　　L'erbo fenalo que se cargo :
L'abile carretié, sus lou viage, eilamount,
　　　A grand brassòu, de la pasturo
　　　Que i'embarravo la centuro,
　　　Fasié mounta sèmpre l'auturo,
Acatant parabando, e rodo, emai timoun.


　　　E 'mé lou fen que tirassavo,
　　　Quand pièi lou càrri s'avançavo,
D'un bastimen de mar aurias di l'embalun !
　　　Veici pamens que lou cargaire
　　　S'aubouro dre coume un targaire,
　　　E tout-d'un-tèms crido i segaire :
Segaire ! aplantas-vous, i'a quauque treboulun !

Dans les luzernes touffues, — hautes, et de bleu
toutes fleuries, — il entend craquer de loin la faux,
à pas égaux — il voit avancer les forts faucheurs, —
ployés sur l'andain : de côté, — devant l'acier des·
tructeur de verdure, — se renverse la fane en lignes
qui font plaisir (à voir).

Des enfants, des jeunes filles rieuses, — dans l'andain verdoyant — râtelaient ; il en voit qui mettent à
meules — le foin déjà prêt ; ils chantaient, — et les
grillons (qui désertaient — devant les faux), écoutaient... — Sur un chartil de frêne, que tirent deux
bœufs blonds,

Là-bas, plus loin, il voit, large et haute, — l'herbe
fauchée que l'on charge ; — l'habile charretier, sur
le charroi, là-haut, — à grandes brassées, du four-
rage — qui lui enfermait la ceinture, — élevait sans
cesse la hauteur, — couvrant ridelles, et roues, et
timon.

Et, avec le foin qui traînait, — lorsque ensuite s'a-
vançait le char, — d'un bâtiment de mer vous eussiez dit la masse. — Voici pourtant que le chargeur
— comme un jouteur se lève droit, — et crie soudain
à ceux qui fauchent : « Faucheurs ! arrêtez-vous, il y
a quelque trouble ! »

Li carreteiroun, qu'à fourcado
le pourgissien l'erbo secado,
Tourquèron li degout de soun front tout coulant;
E, sus la cenglo de sa taio,
Pausant la costo de la daio,
Vers la planuro ounte dardaio
Li segaire tenien la visto, en amoulant.


— Ome! escoutas qu'a di lou mèstre,
le fai lou mandadou campèstre :
Chourlo, m'a di, subran parte coume l'uiau!
Que li segaire e labouraire
Quiton li daio e lis araire;
I meissounié digo de traire
Li voulame ; i mendi, de leissa lou bestiau :


Que vèngon m'atrouva! — Tout-d'uno,
Mai lóugeiret que la cabruno,
Part lou varlet fidèu : encambo li regoun
Mounte trachisson li garanço,
D'Alten preciouso remembranço;
Vèi de pertout l'Amaduranço
Que daurejo la terro i fio de soun pegoun.


Dins li gara 'stela d'auriolo,
Vèi, caminant darrié si miolo,
Li ràfi vigourous, courba sus lou doubli;
Vèi, de soun ivernenco dormo,
La terro qu'en mouto disformo
S'eigrejo, e dins la rego einormo
Li guigno-co segui l'araire, entrefouli.

Les aides-charretiers, qui à pleine fourche — lui
présentaient l'herbe fanée, — essuyèrent les gouttes
de leur front ruisselant ; — et sur le ceinturon de
leur taille—posant le dos de la faux, —vers la plaine
où darde (le soleil) — les faucheurs tenaient la vue,
en aiguisant.

— « Hommes ! écoutez ce qu'a dit le maître, —
leur fait le messager rustique : — « Échanson, m'a-
t-il dit, pars soudain comme l'éclair ! — Que les faucheurs et laboureurs — quittent les faux et les charrues ; — aux moissonneurs dis de jeter — les faucilles ; aux bergers, de laisser le bétail :

« Qu'ils viennent me trouver ! » — Aussitôt, plus
léger que les chèvres, — part le valet fidèle : il enjambe les billons — où croissent les garances, —
d'Althen³ précieux souvenir ; — il voit de partout
la Maturité — qui dore la terre aux feux de sa
torche.

Dans les guérets étoilés d'*aurioles*⁴, — il voit,
cheminant derrière leurs mules, — les laboureurs vigoureux, courbés sur la charrue ; — il voit, de son
sommeil hivernal, — la terre en mottes difformes —
se soulever, et dans l'énorme sillon—les hochequeues
suivre l'araire, frétillants.

— Ome! escoutas qu'a di lou mèstre!
Ie fai lou mandadou campèstre :
Chourlo, m'a di, subran parte coume l'uiau!
 Que li segaire e labouraire
 Quiton li daio e lis araire ;
 I meissounié digo de traire
Li voulame ; i mendi, de leissa lou bestiau :

 Que vèngon m'atrouva ! — Tout-d'uno,
 Mai lóugeiret que la cabruno,
Part lou varlet fidèu : e sauto li valat
 Tóuti flouri d'erbo pradiero;
 Trauco li blànqui civadiero ;
 Dins li grand terrado bladiero
E rousso d'espigau, s'esmarro apereila.

 Quaranto meissounié, quaranto
 Coume de flamo devouranto,
De soun vèsti fougous, redoulènt, agradiéu,
 Despuiavon la terro ; anavon
 Sus la meissoun que meissounavon,
 Coume de loup ! Desvierginavon
De soun or, de sa flour, e la terro e l'estiéu.

 Darrié lis ome, e'n lòngui ligno
 Coume li maiòu d'uno vigno,
Toumbavo la gavello aderrèn : dins si bras,
 Li ligarello afeciounado
 Lèu acampavòn li manado :
 E lèu, la garbo estènt quichado
Em' un cop de geinoun, la jitavon detras.

— « Hommes! écoutez ce qu'a dit le maître, —
leur fait le messager rustique : — « Échanson, m'a-
t-il dit, pars soudain comme l'éclair ! — Que les faucheurs et laboureurs — quittent les faux et les charrues ; — aux moissonneurs dis de jeter — les faucilles ; aux bergers, de laisser le bétail :


« Qu'ils viennent me trouver! » Aussitôt, — plus
léger que les chèvres, — part le valet fidèle : il saute
les fossés, — tout fleuris d'herbes prairiales ; — il
troue (dans) les champs d'avoine blancs ; — dans les
grandes pièces de blé, — rousses d'épis, il se perd
au loin.


Quarante moissonneurs, quarante, —pareils à des
flammes dévorantes, — de son vêtement touffu,
odorant, gracieux, — dépouillaient la terre ; ils
allaient — sur la moisson qu'ils moissonnaient —
comme des loups ! ils dévirginaient — de leur or, de
leur fleur, et la terre, et l'été.


Derrière les hommes, et en longues files — comme
les crossettes d'une vigne, — tombait la javelle avec
ordre : dans leurs bras — les ardentes lieuses —
vite ramassaient les poignées, — et vite, pressant la
gerbe — d'un coup de genou, la jetaient derrière
(elles).

31

Coume lis alo d'un eissame
Beluguejavon li voulame;
Beluguejavon coume, à la mar, li risènt
Mounte au soulèu jogo la larbo;
E counfoundènt si rùfi barbo,
En garbeiroun lis àuti garbo,
En garbeiroun pounchu, mountavon à cha cènt.


Acò semblavo, pèr li terro,
Li pavaioun d'un camp de guerro :
Coume aquéu de Bèucaire, autre-tèms, quand Simoun,
E la Crousado franchimando,
E lou legat que li coumando,
Venguèron, zóu! à touto bando,
Sagata la Prouvènço e lou Comte Ramoun !


Mai enterin li glenarello,
D'aqui, d'eila, van, jougarello,
E si gleno à la man; enterin, i canié,
O di garbiero à l'oumbro caudo,
Manto chatouno fouligaudo,
Souto un regard que l'esbrihaudo,
S'alangouris : Amour tambèn es meissounié.


— Ome! escoutas qu'a di lou mèstre,
Ie fai lou mandadou campèstre :
Chourlo ! m'a di, subran parte coume l'uiau;
Que li segaire e labouraire
Quiton li daio e lis araire;
I meissounié, digo de traire
Li voulame ; i mendi, de leissa lou bestiau.

Comme les ailes d'un essaim — étincelaient les
faucilles; — elles étincelaient comme, à la mer, les
(flots) rieurs — où, au soleil, s'ébat le carrelet; —
et confondant leurs barbes rudes, — en meules les
hautes gerbes, — en meules pyramidales, s'élevaient
par centaines.


Cela ressemblait, par les champs, — aux pavillons
d'un camp de guerre : — comme celui de Beaucaire,
autrefois, quand Simon, — et la Croisade française,
— et le légat qui les commande, — vinrent, impétueux, à toute horde, — égorger la Provence et le
Comte Raymond!


Mais, cependant, les glaneuses, — çà et là vont,
se jouant, — leurs glanes à la main; — cependant,
aux cannaies, — ou à l'ombre chaude des *gerbiers*,
— mainte fillette folâtre, sous un regard qui la fas-
cine,—se laisse aller à la langueur : Amour aussi est
moissonneur.


— « Hommes! écoutez ce qu'a dit le maître, —
leur fait le messager rustique : — « Échanson, m'a-
t-il dit, pars soudain comme l'éclair; — que les fau
cheurs et laboureurs — quittent les faux et les charrues; — aux moissonneurs dis de jeter — les faucilles; aux bergers de laisser le bétail.

Que vèngon m'atrouva ! — Tout-d'uno,
Mai-lóugeiret que la cabruno,
Part lou varlet fidèu : dins lis óulivié gris
    Pren lis acóurchi ; mounte lampo,
    Di vignarés trosso la pampo,
    Coume un revès de la sisámpo ;
E, tout soul, velaqui dins li canto-perdris.

    Dins l'estendard di Crau brusido,
    Souto d'éusino abouscassido,
Destousco aperalin li troupèu achauma :
    Li pastrihoun, lou baile-pastre,
    Fasien miejour sus lou mentastre ;
    En pas courrien li galapastre
Sus l'esquino di fedo en trin de remiauma,

    De nevoulino clarinello,
    E voulatilo, e blanquinello,
De la mar plan-planet s'enauravon : belèu,
    Dins lis autour inmaterialo,
    Quauco santoumo celestialo,
    De soun velet de counventialo
S'èro delóugerido en frustant lou soulèu.

    — Ome ! escoutas qu'a di lou mèstre,
    Ie fai lou mandadou campèstre :
Chourlo, m'a di, subran parte coume l'uiau ;
    Que li segaire e labouraire
    Quiton li daio e lis araire ;
    I meissounié digo de traire
Li voulame ; i mendi, de leissa lou bestiau.

« Qu'ils viennent me trouver ! » Aussitôt, —
plus léger que les chèvres, — part le valet fidèle :
dans les oliviers gris — il prend les raccourcis (du
chemin) ; il va comme l'éclair ; — des vignobles il
tord le pampre, — comme une rafale de bise ; — et
le voilà, seul, (aux lieux) où chante la perdrix.


Dans la vaste étendue des Craux arides, — sous
des chêneteaux rabougris, — il découvre au lointain
les troupeaux qui reposent ; — les jeunes bergers, le
chef des pasteurs, — faisaient la méridienne sur le
marrube ; — en paix couraient les bergeronnettes, —
sur le dos des brebis en train de ruminer.


Des vapeurs diaphanes, — légères et blanches ; —
de la mer lentement s'élevaient : peut-être, — dans
les hauteurs immatérielles, — quelque sainte du ciel,
— de son voile de nonne—s'était-elle allégée en frôlant le soleil.


— « Hommes ! écoutez ce qu'a dit le maître, —
leur fait le messager rustique : — « Échanson, m'a
t-il dit, soudain pars comme l'éclair ; — que les faucheurs et laboureurs — quittent les faux et les charrues ; — aux moissonneurs dis de jeter — les faucilles ; aux bergers de laisser le bétail. »

31.

Adounc li daio s'arrestèron,
E lis araire s'aplantèron ;
Li quaranto gavot que toumbavon li blad,
Adounc quitèron li voulame,
E venguèron coume un eissame
Que, de sa brusco parti flame,
Au brut di chaplachòu su 'n pin vai s'assembla.

Au mas venguè li ligarello,
Venguèron li rastelarello,
Venguè lou carretié 'mé si carreteiroun ;
Venguè li pastre, li glenaire,
E li toutobro amoulounaire,
Venguè lis engarbeirounaire,
Leissant toumba li garbo au pèd di garbeiroun.

Morne e mut, dins l'iero tepouso,
Lou majourau e soun espouso
Esperavon l'acamp ; e lis ome, esmougu
De ce qu'ansin li destourbavon,
Autour dóu mèstre se rambavon,
E ie disien, coume arribavon :
Nous avès manda querre, o mèstre, sian vengu !

Mèste Ramoun aussè la tèsto :
— Sèmpre à meissoun la grand tempèsto !
Pauras que tóuti sian ! pèr tant qu'anen d'avis,
Sèmpre au malur fau que l'on pique !
Oh ! diguè, sèns que mai m'esplique,
Mi bons ami, vous n'en suplique,
Lèu digue-me, chascun, ce que saup, ce qu'a vist.

Alors s'arrêtèrent les faux, — et firent halte les
charrues; — les quarante montagnards qui abat-
taient les blés, — alors quittèrent les faucilles, — et
vinrent comme un essaim—qui, parti de sa ruche, dès
que les ailes lui ont poussé, — au bruit des cymbales
éclatantes, sur un pin va se rassembler.

Au *mas* vinrent les lieuses (de gerbes), — vinrent
les râteleuses, — vint le charretier avec ses aides,
— vinrent les pâtres, les glaneurs, — et les ouvriers
qui ameulonnent, — vinrent les entasseurs de
gerbes, — laissant tomber les gerbes au pied des
meules.

Mornes et muets, dans l'aire gazonneuse,— le chef
(de la ferme) et son épouse—attendaient le rassem-
blement ; — et les hommes, émus — d'être ainsi
troublés (dans leurs travaux), — autour du maître se
rendaient, — et lui disaient en arrivant : — « Vous
nous avez mandés, ô maître, nous voici! »

Maître Ramon leva la tête : — « Toujours à la
moisson le grand orage!—Infortunés que nous sommes tous! si bien avisés que nous soyons,—toujours
au malheur il faut se heurter! — Oh ! dit-il, sans
que je m'explique davantage, — mes bons amis, je
vous en supplie, — que promptement chacun me dise
ce qu'il sait, ce qu'il a vu. »

Laurèn de Gòut aqui s'avanço.
N'avié pas, dempièi soun enfanço,
Manca 'no soulo fes, quand bloundejon li blad,
De se gandi 'mé sa bedoco
I plano d'Arle. Vièio roco
Mounte la mar en van afloco,
Coume un queiroun de glèiso avié lou ten brula.

Vièi capitàni dóu voulame,
Que lou soulèu roustigue, o brame
Lou Maïstrau, de-longo à l'obro lou proumié !
Avié 'm' éu si sèt drole, ruste,
Mouret coume éu, coume éu roubuste...
Li meissounié, coume de juste,
L'avien, tout d'un acord, chausi pèr capoulié.

— S'acò 's verai que plòu o nèvo,
Quand, rouginas, lou jour se lèvo,
Ce qu'ai vist, coumencè Laurèn de Gòut, segur,
Mèstre, nous marco de lagremo.
Diéu! esvartas lou terro-tremo !
Èro de matin : l'aubo memo
Deja vers lou Pounènt fasié courre l'escur.

Trempe d'eigagno, à l'abitudo,
Anavian faire la fendudo.
— Sòci, rapelen-nous de lou bèn adouba,
Ie dise, e d'enavans !... M'estroupe,
A moun prefa, galoi, me groupe;
Dóu proumié cop, mèstre, me coupe !
I'a trento an, bèu Bondiéu! que noun m'èro arriba!

Laurent, de Goult [5], s'avance alors : — il n'avait
pas, depuis son enfance, — manqué une seule fois,
quand blondissent les blés, — de s'acheminer avec le
carquois (de sa faucille) — vers les plaines d'Arles.
Vieille roche — que la mer frappe en vain de ses vagues, — comme une pierre d'église, il avait le teint
brûlé.

Vieux capitaine de la faucille, — que le soleil rô-
tisse ou que mugisse — le Mistral, toujours à l'œuvre
le premier ! — Il avait avec lui ses sept fils, rustauds,
— hâlés comme lui, comme lui robustes... — Les
moissonneurs, à juste titre, — l'avaient, d'un accord
unanime, élu pour chef.

— « S'il est vrai qu'il pleut ou qu'il neige, — lorsque, rougeâtre, le jour se lève, — ce que j'ai vu,
commença Laurent de Goult, à coup sûr, — maître,
nous présage des larmes. — Dieu ! dissipez le tremblement de terre ! — C'était ce matin : l'aube même
— déjà vers le Ponant chassait l'obscurité.

« Trempés d'aiguail, à l'habitude, — nous allions
faire la trouée. — Compagnons, rappelons-nous de
bien arranger (le travail), — leur dis-je, et de l'en-
train !... Je me retrousse, — à ma tâche, gaiement,
je me courbe ; — du premier coup, maître, je me
blesse ! — Voilà trente ans, beau Dieu ! que cela ne
m'était arrivé ! »

E coume a di, mostro sis ounso
Qu'ensaunousis la plago founso.
Li parènt de Mirèio an que mai pregemi.
E Jan Bouquet, un di segaire,
Pren la paraulo de soun caire,
Tarascounen e Tarascaire,
Bèu clapas de jouvènt, mai dous, e bon ami.


Ha! quand courrié *la viéio masco,*
*Lagadigadèu! la Tarasco!*
Que de danso, de crid, de joio e d'estampèu
La vilo morno s'enlumino,
Res que faguèsse en Coundamino,
Mies qu'éu o de meiouro mino,
Voulastreja pèr l'èr la Pico e lou Drapèu.


Entre li mèstre dóu segage
Aurié pres rèng, i pasturgage,
S'aguèsse dóu travai bèn tengu lou draiòu;
Mai quand venié lou tèms di voto,
Adiéu l'enchaple! I grand riboto
Souto l'autin o dins li croto,
I lòngui farandoulo, em'i courso de biòu,


Èro un timoun, un fena! — Mèstre,
Coume daiavian à grand dèstre,
Coumencè lou jouvènt, souto un clot de margai,
Descate un nis de francouleto
Que boulegavon sis aléto;
E vers la mato penjouleto,
Pèr vèire quant n' i' avié, me clinave tout gai;

A ces mots, il montre ses phalanges — qu'ensan-
glante la plaie profonde. — Les parents de Mireille
ont d'autant plus gémi. — Et Jean Bouquet, l'un des
faucheurs, — prend la parole de son côté : — Tarasconais et chevalier de la Tarasque, — beau bloc de
garçon, mais doux, et bon ami.


Ah! quand courait *l'antique sorcière*, — *lagadi-
gadèou! la Tarasque!* — quand de danses, de cris,
de joie et de vacarme — s'enlumine la ville morne, —
nul qui fît, en Condamine, — mieux que lui ou de
meilleure grâce, — voltiger dans les airs la pique et
le drapeau [6].


Parmi les maîtres de la fauche — il aurait pris rang,
aux pâturages, — s'il eût du travail bien tenu le
sentier. — Mais quand venait le temps des fêtes, —
adieu le martelage (de la faux)! Aux grandes orgies
— sous la tonnelle ou dans les tavernes voûtées,
— aux longues farandoles et aux courses de taureaux,


C'était un timon, un forcené! — « Maître, — pendant que nous fauchions à grands coups, — commença le jouvenceau, sous une touffe d'ivraie, — je
découvre un nid de francolins — qui agitaient leurs
ailerons ; — et vers la fane pendante, — afin d'en
voir le nombre, je me penchais tout joyeux ;

Oh! noum de sort! pàuri bestiolo!
De fournigasso, roujo e folo,
Dóu nis e di nistoun venien de s'empara:
　　Tres èron deja mort; lou rèsto,
　　Empesouli d'aquelo pèsto,
　　Sourtié foro dóu nis la tèsto,
Que semblavo me dire : Oh ! venès m'apara!


　　Mai uno nèblo de fournigo
　　Mai verinouso que d'ourtigo,
Furouno, acarnassido, alabro, li pougnié ;
　　E iéu, apensamenti qu'ère
　　Contro lou manche de moun ferre,
　　Dins la garrigo entendeguère
La maire qu'en plourant piéutavo e li plagnié.


　　Aquéu recit de maluranço
　　Es tournamai un cop de lanço :
Dóu paire e de la maire a gounfla lou segren.
　　E coume, en Jun, quand vers la plano
　　Mounto en silènci la chavano,
　　Que, cop sus cop, la Tremountano
Uiausso, e que lou tèms de tout caire se pren,


　　Vèn lou Marran. Dins li bastido
　　Soun noum avié de restountido ;
E lou vèspre, enterin que li miòu estaca
　　Tiron di grùpi la luserno,
　　Souvènt li ràfi, quand iverno,
　　Abenon l'òli di lanterno,
En parlant de la fes que venguè se louga.

« Oh! sort fatal! pauvres petites bêtes! — D'af-
freuses fourmis, rouges et folles, — du nid et des
petits venaient de s'emparer. — Trois étaient déjà
morts ; le reste, — infesté de cette vermine, — sortait hors du nid la tête, — qui semblait me dire :
Oh¹ venez me défendre!

« Mais une nuée de fourmis — plus venimeuses
que des orties, — furieuse, acharnée, avide, les per-
çait ; — et moi, pensif que j'étais — contre le manche
de mon fer, — dans la lande j'entendis — la mère
qui en pleurant piaulait et les plaignait. »

Ce récit de malheur — est derechef un coup de
lance : — du père et de la mère il a gonflé l'amer
pressentiment. — Et comme, en juin, quand vers la
plaine — monte en silence l'orage, — que, coup sur
coup, la Tramontane⁷ — resplendit d'éclairs, et que
le temps de toute part se couvre,

Vient le Marran. Dans les *bastides* — son nom
avait du retentissement ; — et le soir, pendant que
les mulets attachés — tirent des crèches la luzerne,
souvent les valets de labour, en hiver, — épuisent
l'huile des falots, — en parlant de la fois qu'il vint se
louer.

S'èro louga pèr li semenço :
Chasque bouié lèu acoumenço
D'enrega sa versano ; e lou Marran, pamen,
Èro darrié que de sa riho
Tascoulejavo lis auriho,
O l'aramoun o li tendiho,
Coume un que, de sa vido, a touca l'estrumen.


— Te vas louga pèr labouraire,
E sabes pas mounta 'n araire,
Desgaubia ! ie cridè lou proumié carretié.
Tène qu'un verre emé soun mourre
Miéu que tu, gafagnard, laboure !
— Vosto escoumesso, iéu l'auboure,
Respoundè lou Marran ; e quau sara coustié,


De iéu o de vous, perdra, baile,
Tres louvidor !... Sounas dóu graile !
Li dos riho à la fes an fendu lou gara.
Li dous bòuié vers l'autro ribo
Prenon signau en dos grand pibo...
Li dous fourcat fan pa' no gibo !
Pèr lou rai dóu soulèu li cresten soun daura.


— Rampau de Diéu ! adounc faguèron
Li lougadié tóuti tant qu'èron,
Vosto enregado, baile, es d'un ome de bon
E d'uno man rèn maladrecho !
Mai fau tout dire : es bèn tant drecho,
Aquelo d'éu, qu'em' uno flecho
Se pourrié de-segur enfiela tout-de-long !

Il s'était loué pour les semailles : — chaque laboureur bientôt commence — à tracer son sillon ; et le
Marran, néanmoins, — était derrière qui de son soc
— cognait gauchement les oreilles, — ou le cep, ou
les tirants, — comme celui qui, de sa vie, n'a touché
l'outil.

— « Tu vas te louer pour laboureur, — et tu ne
sais pas monter un araire, — maladroit ! lui cria le
premier charretier. — Je tiens qu'un verrat avec son
groin — mieux que toi, goujat, laboure ! » — « Votre
gageure, je la relève, — répondit le Marran, et qui
manquera le but,

« De moi ou de vous, perdra, chef, — trois louis
d'or !... Sonnez du clairon ! » — Les deux socs à la
fois ont fendu le guéret. — Les deux laboureurs
vers l'autre rive — prennent pour jalons deux grands
peupliers... — Les deux araires ne font pas une
inflexion ! — Par le rayon du soleil les arêtes sont
dorées.

— « Palme de Dieu ! dirent pour lors — les servi-
teurs, tous tant qu'ils étaient, — votre sillon, chef,
est d'un homme valeureux — et d'une main point
maladroite ! — Mais, disons tout : tellement droit est
— celui de l'autre, qu'avec une flèche — on pourrait assurément l'enfiler tout du long ! »

E lou Marran gagnè li joio.
Au parlamen que desmemoio
Lou Marran, éu peréu, venguè dounc escampa
Soun mot amar ; diguè tout blave :
— Adès en coutreiant siblave ;
Èro un brisoun dur : me tablave
D'alounga 'n pau la juncho, e 'm' acò d'acala.

Tout-en-un cop vese mi bèsti
Rebufela soun pelous vièsti ;
Vese la fernisoun e l'esfrai tout ensèn
Que fan aplanta 'qui moun couble
E chauriha ; iéu, vesiéu double,
Vesiéu lis erbo dòu restouble
Se clina vers lou sòu en s'escoulourissènt.

Couche mi bèsti : la Baiardo
Em 'un èr triste m'arregardo,
Mai brando pas ; Falet niflavo lou cresten
Un cop de fouit lis enjarreto…
Parton esglaia ; la cambeto,
Uno cambeto d'óume, peto ;
Emporton bassegoun e joto ; e pale, esten,

A iéu m'a pres coume un catàrri ;
Un aucidènt invoulountàri
A fa cruci ma maisso ; un frejoulun me vèn ;
E sus mi car estabousido,
E sus ma tèsto agarrussido
Coume li tèsto de caussido,
Iéu ai senti la Mort qu'a passa coume un vènt !

Et le Marran gagna le prix. — Dans le conseil qui
déconcerte, — le Marran, lui aussi, vint donc verser
— son mot amer; il dit tout blême : — « Tantôt en
labourant je sifflais ; — c'était tant soit peu dur : je
me proposais — d'allonger un peu la séance, afin
d'achever.

« Tout à coup je vois mes bêtes — hérisser leur
vêtement poilu ; — je vois le frémissement et l'effroi
tout ensemble — qui font arrêter là ma paire — et
chauvir des oreilles; moi, je voyais double, — je
voyais les herbes de la jachère — se pencher vers le
sol en se décolorant.

« Je touche mes bêtes : la Bayarde — avec un air
triste me regarde, — mais ne remue pas ; Falet flai-
rait l'arête (du sillon).—Un coup de fouet leur cingle
les jarrets…—elles partent effarées; *l'age*, — un *age*
d'orme, éclate; — elles emportent la flèche et le
joug; et pâle, oppressé,

« A moi, il m'a pris comme une épilepsie ; — une
convulsion involontaire—a fait grincer ma mâchoire
un frisson me vient ; — et sur mes chairs conster-
nées, — et sur ma tête ébouriffée—comme les têtes
des chardons, — j'ai senti la Mort passer comme un
vent ! »

— Bono Maire de Diéu ! acato
De toun mantèu ma bello chato !
Cridè la pauro maire em' un crid desoula.
    Es à geinoun aqui toumbado
    E vers li nivo encaro bado...
    Veici qu'arribo à grand cambado
Lou  baile  Antèume, pastre e móusèire de la.


— Qu'èi qu'aviè dounc tant matiniero,
Pèr treva 'nsin li cadeniero ?
Diguè lou baile Antèume en intrant au counsèu.
    Nautre erian claus dins nòsti cledo,
    En trin de mòuse nòsti fedo ;
    E sus li vàsti claparedo
Lis estello de Diéu clavelavon lou cèu.


    Uno amo, uno oumbrinello, un glàri
    Frusto lou pargue ; de l'esglàri
Se tènon mut li chin, s'amoulouno l'avé.
    — Parlo-me dounc, se sies bono amo !
    Se sies marrido, torno i flamo !
    En iéu pensère... A Nostro-Damo,
Mèstre, n'ai pas  lesi d'entamena 'n Ave.


    Emé iéu, i Sànti Marìo,
    Res vòu veni de la pastriho ?...
Uno voues couneigudo alor crido. E 'm' acò
    Tout s'esvalis dins lou campèstre.
    Quau vous a pas di, noste mèstre,
    Qu'èro Mirèio ! — Acò pòu èstre ?
Tout lou mounde à la fes adounc fai sus-lou-cop.

— « Bonne Mère de Dieu ! couvre — de ton manteau ma belle enfant ! » — s'écria la pauvre mère
d'un cri désolé. — A genoux elle est tombée là, —
et vers les nues elle ouvre encore la bouche... —
Voici qu'arrive à grandes enjambées — le chef Antelme, pâtre et trayeur de lait.

— « Qu'avait-elle donc, si matinale,—pour hanter
ainsi les taillis de cades? — dit le chef Antelme en
entrant au conseil. — Nous étions, nous, enfermés
dans nos claies, — en train de traire nos brebis ; —
et, au-dessus des vastes (plaines) caillouteuses,—les
étoiles de Dieu clouaient le ciel.

« Une âme, une ombre légère, un spectre — frôle
le parc ; de frayeur — restent muets les chiens, se
pelotonne le troupeau. — Si tu es une bonne âme,
parle-moi donc ! — si tu es mauvaise, retourne aux
flammes ! — pensai-je en moi-même.... A Notre-
Dame, — maître, je n'ai pas le loisir d'entamer un
*Ave.*

— « Avec moi, aux Saintes Maries, — nul ne veut
venir, d' (entre) les bergers? » — une voix connue
alors crie. Et ensuite — tout disparaît dans la lande.
— Le croiriez-vous? ô notre maître, — c'était Mireille ! » — « Se peut-il? »—tout le monde à la fois,
pour lors, dit sur-le-champ.

— Mirèio ! countuniè lou pastre,
L'ai visto à la clarta dis astre,
L'ai visto, iéu vous dise, e m'a fusa davan ;
    L'ai visto, noun plus talo qu'èro,
    Mai dins sa caro tristo e fèro
    Se couneissiè que, sus la terro,
Un cousènt desplesi ie dounavo lou vanc !

    D'entèndre la debalausido,
    Entre si man enterrousido
Lis ome en gemissènt piquèron à la fes.
    — I Santo menas-mé lèu, drole !
    Crido la pauro maire : vole,
    Ounte que vague, ounte que vole,
Segui moun auceloun, moun perdigau de gres !

    Se li fournigo l'agarrisson,
    Fin que d'uno, mi dènt que trisson
Manjaran, trissaran fournigo e fourniguiè !
    Se l'abramado Mort-peleto
    Te voulié torse, iéu souleto
    Embrecarai sa daio blèto,
E dóu tèms, fugiras à travès li jounquiè !

    E pèr lou champ, Jano-Mario,
    Que la cregnènço desvario,
Samenavo en courrènt si desvaga prejit.
    — Carretié, tendo la carreto,
    Vougne l'essiéu, bagno li freto,
    E lèu atalo la Moureto,
Qu'es tard, disié lou mèstre, e qu'avèn long trejit !

— « Mireille ! continua le pâtre, — je l'ai vue à la clarté des astres, — je l'ai vue, vous dis-je, et elle a filé devant moi ; — je l'ai vue, non plus telle qu'elle était, — mais, dans sa figure triste et sauvage, — on connaissait que, sur la terre, — un cuisant déplaisir lui donnait l'élan ! »

A la fatale nouvelle, — dans leurs mains terreuses — les hommes en gémissant frappèrent à la fois. — « Aux Saintes, menez-moi vite, gars ! — s'écrie la pauvre mère. Je veux, — où qu'il aille, où qu'il vole, — suivre mon oisillon, mon perdreau des champs pierreux !

« Si les fourmis l'attaquent, — jusqu'à la dernière, mes dents qui broient — mangeront, broieront fourmis et fourmilière ! — si l'avare Mort décharnée—te voulait tordre, moi seule — j'ébrécherai sa faux usée, — et pendant ce temps, tu fuiras à travers les jonchaies ! »

Et par les champs, Jeanne-Marie — que l'appré- hension égare, — semait en courant ses folles invec- tives. — « Charretier, tente la charrette ! — oins l'essieu, mouille les cercles (des moyeux), — et promptement attelle la Mourette[8], — car il est tard, disait le maître, et nous avons un long trajet ! »

E sus lou càrri bacelaire
Jano-Mario mounto, e l'aire
S'emplissiè mai-que-mai d'estrambord pietadous :
　　Ma bello mignoto !... Clapouiro,
　　Erme de Crau, vàsti sansouiro,
　　A ma chatouno que langouiro,
Emai tu, souleias, fuguès amistadous !...

　　Mai, l'abouminablo mandrouno
　　Que póutirè dins soun androunò
Ma chato, e de-segur i' a veja, i' a 'mpassa
　　Si trassegun e si boucòm,
　　Taven ! que tóuti li demòni
　　Qu'espaventèron Sant Antòni,
Sus li roco di Baus te vagon tirassa !...

　　Dins lou trantran de la carreto
　　S'esperd la voues de la paureto...
E lis ome dóu mas, en espinchant se res
　　Apareissiè dins la Crau liuncho,
　　Plan s'entournavon à la juncho..
　　Urous, entre li lèio juncho,
Li vòu de mousquihoun revoulunant au fres !

Et sur le char retentissant — Jeanne-Marie monte,
et l'air — s'emplissait plus que jamais de transports
délirants et plaintifs : — « Ma belle mignonne !...
pierrées, — landes de Crau, vastes plages salines, —
à ma fille qui languit, — et toi aussi, grand soleil,
soyez bienveillants !...

« Mais l'abominable matrone — qui attira dans son
antre — mon enfant, et à coup sûr lui a versé, lui a
fait avaler — ses philtres et ses poisons, — Tavèn !
que tous les démons — qui épouvantèrent Saint
Antoine, — sur les roches des Baux aillent te traîner !.. »

Dans les cahots de la charrette — se perd la voix
de la malheureuse... — Et les hommes du *mas*, en
examinant si personne — n'apparaissait dans la Crau
lointaine, — lentement retournaient au travail... —
Heureux, entre les allées (dont les arbres) se joignent,
— les essaims de moucherons tourbillonnant au
frais !

# NOTES

## DU CHANT NEUVIÈME.

---

¹ Mûrissent leur douleur. *Coudoun* signifie, au fig. lourd chagrin, poids douloureux qu'on a sur le cœur; au propre, coing. Ce mot, dans le dernier sens, dérive du grec χυδώνιον, fruit de Cydon, coing; dans le premier, de κότος, profond ressentiment

² Grand-boire (*grand-béure*), petit repas que les moissonneurs font vers les dix heures du matin.

³ Jean Althen, aventurier arménien qui, en 1774, introduisit la culture de la garance dans le comtat Venaissin. En 1850, on lui a élevé une statue sur le rocher d'Avignon

⁴ Auriole (*auriolo*), centaurée du solstice (*centaurea solstitialis*, Lin.), plante qui pullule dans les chaumes, après la moisson. Ses fleurs jaunes, et les épines étoilées de leur involucre, lui ont valu son nom provençal, qui signifie *auréole*.

⁵ Goult, ou Agoult (*Gòut*), village du département de Vaucluse, qui a donné son nom à l'une des plus illustres maisons de Provence.

⁶ Tout le monde a entendu parler de la Tarasque, monstre qui, d'après la tradition, ravageait les bords du Rhône et qui fut dompté

par sainte Marthe. Chaque année les Tarasconais célèbrent leur
délivrance par l'exhibition d'un simulacre de ce monstre, que des
hommes portent à la course à travers les rues; et à des époques
plus ou moins rapprochées, on rehausse cette fête par une foule
de jeux. Ceux de la Pique et du Drapeau, mentionnés dans le
poëme, consistent à faire voltiger gracieusement, à lancer à une
grande hauteur et à rattraper avec adresse un étendard aux larges
plis ou une longue javeline.

— *Lagadigadèu* est la célèbre ritournelle d'une chanson populaire attribuée au roi René, et qu'on chante à Tarascon dans cette
fête. En voici le couplet le plus connu :

Lagadigadèu !
La Tarasco !
Lagadigadèu !
La Tarasco
De Castèu !
Leissas-la passa,
La vièio masco !
Leissas-la passa
Que vai dansa.

— En Condamine (*en Coundamino*). La Condamine (*campus Do-
mini*) est un quartier de Tarascon. On retrouve cette dénomina-
tion dans plusieurs villes du Midi.

[7] Tramontane (*Tremountano*), vend du nord-est, et par extension
nord-est.

[8] La Mourette (*la Moureto*), nom de mule. Dans les campagnes,
on désigne ordinairement les bêtes de somme par la couleur de
leur robe. Les noms les plus communs sont *blanquet* (blanc), *mouret* (noir), *brunèu* (brun), *falet* (gris), *baiard* (bai), *roubin* (bai
clair).

# CANT DESEN

## LA CAMARGO

Mirèio passo lou Rose dins lou barquet d'Andreloun, e countunio sa courso à travès la Camargo. — Li dougan dóu Rose entre la mar e Arle. — Descripcioun de la Camargo. — La calour. — La danso de la Vièio. — Li mountiho. — Li sansouiro. — Mirèio es ensucado pèr un cop de soulèu sus li ribo de l'estang dóu Vacarés.—Lis arabi la revènon. — La roumiéuvo d'amour se tirasso jusqu'à la glèiso di Santo. — La preièro. — La visioun. — Descours di Sànti Mario. — La vanita dóu bonur d'aquest mounde, la necessita e lou merite de la soufrénço. — Li Santo, pèr ie referni lou cor, raconton à Mirèio sis esprovo terrèstro.


Desempièi Arle jusqu'à Vènço,
  Escoutas-me, gènt de Prouvènço !
Se trouvas que fai caud, ami, tóutis ensèn.
      Sus lou ribas di Durençolo,
      Anen à santo-repausolo !
      E de Marsiho à Valensolo,
Que se cante Mirèio e se plagne Vincèn !


      Lou pichot barquet fendié l'aigo,
      Sèns mai de brut qu'uno palaigo ;
Lou pichot Andreloun menavo lou barquet ;
      E l'amourouso qu'ai cantado
      Em' Andreloun s'èro avastado
      Sus lou grand Rose ; e, d'assetado,
Countemplavo lis oundo em' un regard fousquet.

# CHANT DIXIÈME

## LA CAMARGUE

Mireille passe le Rhône dans la nacelle d'Andreloun, et poursuit sa course à travers la Camargue. — Les bords du Rhône, entre la mer et Arles. — Description de la Camargue. — La chaleur. — Le mirage. — Les dunes. — Les *Sansouires*. — Mireille est frappée d'un coup de soleil, sur les rives de l'étang du Vaccarés. — Les moustiques la rappellent à la vie. — La pèlerine d'amour se traîne jusqu'à l'église des Saintes-Maries. — La prière. — La vision. — Discours des Saintes Maries. — La vanité du bonheur de ce monde, la nécessité et le mérite de la souffrance. — Les Saintes, pour raffermir le courage de Mireille, lui font le récit de leurs épreuves terrestres.

Depuis Arles jusqu'à Vence, — gens de Provence, — écoutez-moi! — Si vous trouvez qu'il fait chaud, — amis, tous ensemble, — sur la berge des Duran-çoles — allons nous reposer! — et de Marseille à Valensole, — que l'on chante Mireille et que l'on plaigne Vincent[1] !

La petite nacelle fendait l'eau, — sans plus de bruit qu'une sole; — le petit Andreloun conduisait la nacelle; — et l'amante que j'ai chantée, — avec Andreloun s'était aventurée — sur le vaste Rhône; et assise, — elle contemplait les ondes, d'un regard nébuleux.

E ie disiè l'enfant remaire :
Ve! coume es large dins sa maire
Lou Rose!... Jouveineto, entre Camargo e Crau,
Se ie fariè de bèlli targo !
Car aquelo isclo es la Camargo,
E peralin tant s'espalargo
Que dóu fluve arlaten vèi bada li sèt grau.


Coume parlavo, dins lou Rose
Tout resplendènt di trelus rose
Que deja lou matin i'espandissié, plan-plan
Mountavo de lahut : di velo
L'auro de mar gounflant la telo,
Li campejavo davans elo
Coume uno pastourello un troupèu d'agnèu blanc.


O magnefiqui souloumbrado !
De frais, d'aubo desmesurado
Miraiavon, di bord, si pèje blanquinous;
De lambrusco antico, bistorto,
l'envertouiavon si redorto,
E dóu cimèu di branco forto
Leissavon pendoula si pampagnoun sinous.


Lou Rose, emé sis oundo lasso,
E dourmihouso, e tranquilasso,
Passavo; e regretous dóu palais d'Avignoun,
Di farandoulo e di sinfòni,
Coume un grand vièi qu'es à l'angòni,
Éu pareissiè tout malancòni
D'ana perdre à la mar e sis aigo e soun noum.

Et lui disait l'enfant rameur : — « Vois ! comme
est large dans son lit — le Rhône !... Jeune fille, entre
Camargue et Crau, — il se ferait de belles joûtes ! —
car cette île, c'est la Camargue ; — et au loin tellement elle s'étend, — que du fleuve arlésien elle voit
béer les sept embouchures. »


Comme il parlait, dans le Rhône — tout resplendissant des reflets roses — que déjà le matin y épan-
dait, lentement — montaient des tartanes : des voi-
lures — le vent de mer gonflant la toile, — les poussait devant lui, — comme une bergère un troupeau
d'agneaux blancs.


O magnifiques ombrages ! — Des frênes, des peupliers blancs gigantesques — miraient, des bords,
leurs troncs blanchâtres ; — des lambrusques antiques, tortueuses, — y enroulaient leurs lianes, —
et du faîte des branches fortes — laissaient pendiller
leurs moissines noueuses.


Le Rhône, avec ses ondes fatiguées, — dormantes,
majestueusement tranquilles, — passait ; et regrettant
le palais d'Avignon, — les farandoles et les sympho-
nies, — comme un grand vieillard qui agonise, — il
semblait tout mélancolique — d'aller perdre à la mer
et ses eaux et son nom.

33.

Mai l'amourouso qu'ai cantado
Sus lou dougan èro sautado :
— Camino, lou pichot ie cridavo, tant que
   Trouvaras de camin! Li Santo
   A sa capello miraclanto
   Tout dre te menaran. — Aganto,
Acò di, si dos remo, e viro soun barquet.


Souto li fio que Jun escampo,
   Mirèio lampo, e lampo, e lampo !
De soulèu en soulèu e d'auro en auro, vèi
   Un plan-païs inmènse ; d'erme
   Que n'an à l'iue ni fin ni terme ;
   De liuen en liuen e pèr tout germe,
De ràri tamarisso... e la mar que parèi...


De tamarisso, de counsòudo,
   D'engano, de fraumo, de sòudo,
Amàri pradarié di campèstre marin,
   Ounte barrulon li brau negre
   E li cavalot blanc : alegre,
   Podon aqui libramen segre
Lou ventihoun de mar tout fres de pouverin.


La bluio capo souleianto
   S'espandissié, founso, brihanto,
Courounant la palun de soun vaste countour ;
   Dins la liuenchour qu'alin clarejo
   De fes un gabian voulastrejo ;
   De fes un aucelas oumbrejo,
Ermito cambaru dis estang d'alentour.

Mais l'amante que j'ai chantée — avait sauté sur
le rivage : « Marche, le petit lui criait, tant que —
tu trouveras du chemin ! Les Saintes — à leur chapelle miraculeuse — tout droit te conduiront. »
Il saisit, — cela dit, ses deux rames, et tourne la
nacelle.

Sous les feux que Juin verse, — comme l'éclair,
Mireille court, et court, et court ! — De soleil en soleil et de vent en vent [2], elle voit — une plaine immense : des savanes — qui n'ont à l'œil ni fin ni
terme; — de loin en loin, et pour toute végétation,
— de rares tamaris... et la mer qui paraît...

Des tamaris, des prêles, — des salicornes, des ar-
roches, des soudes [3], — amères prairies des plages
marines, — où errent les taureaux noirs — et les
chevaux blancs : joyeux, — ils peuvent là librement
suivre — la brise de mer tout imprégnée d'embrun.

La voûte bleue où (plane) le soleil — s'épanouissait, profonde, brillante, — couronnant les marais de
son vaste contour; — dans le lointain clair — parfois un goéland vole ; — parfois un grand oiseau pro-
jette son ombre, — ermite aux longues jambes des
étangs d'alentour.

Es un cambet qu'a li pèd rouge ;
O 'n galejoun qu'espincho, aurouge,
E drèisso fieramen soun noble capelut,
   Fa de tres lòngui plumo blanco…..
   La caud deja pamens assanco :
   Pèr s'alóugeri, de sis anco
La chatouno desfai li bout de soun fichu.

   E la calour, sèmpre mai vivo,
   Sèmpre que mai se recalivo ;
E dóu soulèu que mounto à l'afrèst dóu cèu sin,
   Dóu souleias li rai e l'uscle
   Plovon à jabo coume un ruscle :
   Sèmblo un leioun que, dins soun ruscle,
Devouris dóu regard li desert abissin !

   Souto un fau, que farié bon jaire !
   Lou blound dardai beluguejaire
Fai parèisse d'eissame, e d'eissame furoun,
   D'eissame de guèspo, que volon,
   Mounton, davalon, e tremolon
   Coume de lamo que s'amolon.
La roumiéuvo d'amour que lou lassige roump

   E que la caumo desaleno,
   De soun èso redouno e pleno
A leva l'espingolo ; e soun sen, bouleguiéu
   Coume dos oundo bessouneto
   Dins uno lindo fountaneto,
   Sèmblo d'aquèli campaneto
Qu'en ribo de la mar blanquejon dins l'estiéu.

C'est un chevalier aux pieds rouges [4] ; — ou un
bihoreau [5] qui regarde; farouche, — et dresse fièrement sa noble aigrette, — faite de trois longues
plumes blanches... — Déjà cependant la chaleur
énerve : — pour s'alléger, de ses hanches — la jeune
fille dégage les bouts de son fichu.

Et la chaleur, de plus en plus vive, — de plus en
plus devient ardente ; — et du soleil qui monte au
zénith du ciel pur, — du grand soleil les rayons et
le hâle—pleuvent à verse comme une giboulée : — tel
un lion, dans la faim qui le tourmente, — dévore du
regard les déserts abyssins !

Sous un hêtre, qu'il ferait bon s'étendre ! — Le
blond rayonnement (du soleil) qui scintille — simule
des essaims, des essaims furieux, — des essaims de
guêpes, qui volent, — montent, descendent et tremblotent — comme des lames qui s'aiguisent. — La
pèlerine d'amour que la lassitude brise

Et que la chaleur essouffle, — de sa casaque ronde
et pleine — a ôté l'épingle ; et son sein agité
— comme deux ondes jumelles — dans une limpide
fontaine, — ressemble à ces campanules — qui, au
rivage de la mer, étalent en été leur blancheur [6].

Mai pau-à-pau davans sa visto
Lou terradou se desentristo ;
E veici pau-à-pau qu'aperalin se mòu
E trelusis un grand clar d'aigo :
Li daladèr, li bourtoulaigo,
Autour de l'erme que s'enaigo
Grandisson, e se fan un capèu d'oumbro mòu.

Èro uno visto celestino,
Un fres pantai de Palestino !
De-long de l'aigo bluio uno vilo lèu-lèu
Alin s'aubouro, emé si lisso,
Soun bàrri fort que l'empalisso,
Si font, si glèiso, si téulisso,
Si clóuchié loungaru que crèisson au soulèu.

De bastimen e de pinello,
Emé si velo blanquinello
Intravon dins la darso ; e lou vènt, qu'èro dous,
Fasié jouga sus li poumeto
Li bandeiroun e li flameto.
Mirèio, emé sa man primeto
Eissuguè de soun front li degout aboundous ;

E de vèire tal espetacle,
Cujè, moun Diéu ! crida miracle !
E de courre, e de courre, en cresènt qu'èro aqui
La toumbo santo di Mario.
Mai au mai cour, au mai vario
La ressemblanço que l'esbriho,
Au mai lou clar tablèu de liuen se fai segui.

Mais peu à peu devant sa vue — le pays perd sa
tristesse; — et voici peu à peu qu'au loin se meut —
et resplendit un grand lac d'eau : — les philly-
rea [7], les pourpiers, — autour de la lande qui se
liquéfie, — grandissent, et se font un mol chapeau
d'ombre.

C'était une vue céleste, — un rêve frais de Terre-
promise ! — Le long de l'eau bleue, une ville bientôt
— au loin s'élève, avec ses boulevards, — sa muraille forte qui la ceint, — ses fontaines, ses églises,
ses toitures, — ses clochers allongés qui croissent
au soleil.

Des bâtiments et des *pinelles*, — avec leurs voiles blanches, — entraient dans la darse, et le vent,
qui était doux, — faisait jouer sur les pommettes
— les banderolles et les flammes. — Mireille, avec sa
main légère — essuya de son front les gouttes abondantes ;

Et à pareille vue — elle pensa, mon Dieu ! crier
miracle ! — Et de courir, et de courir, croyant que
là était — la tombe sainte des Maries. — Mais plus
elle court, plus change — l'illusion qui l'éblouit,
— et plus le clair tableau s'éloigne et se fait suivre.

Obro vano, sutilo, alado,
Lou Fantasti l'aviè fielado
Em' un rai de soulèu, tencho emé li coulour
Di nivoulun : sa tramo feblo
Fenis pèr tremoula, vèn trèblo,
E s'esvalis coume uno nèblo.
Mirèio rèsto soulo e nèco, à la calour.


E zóu li camello de sablo,
Brulanto, mouvènto, ahissablo !
E zóu la grand sansouiro, e sa crousto de sau
Que lou soulèu boufigo e lustro.
E que cracino, e qu'escalustro !
E zóu li plantasso palustro,
Li canèu, li triangle, estage di mouissau !


Emé Vincèn dins la pensado,
Pamens, dempièi lòngui passado,
Ribejavo toujour l'esmarra Vacarés ;
Deja, deja di gràndi Santo
Vesié la glèiso roussejanto,
Dins la mar liuencho e flouquejanto
Crèisse, coume un veissèu que poujo au ribeirés.


De l'implacablo souleiado
Tout-en-un-cop l'escandihado
Ie tanco dins lou front si dardaioun : velà,
O pecaireto ! que s'arreno,
E que, long de la mar sereno,
Toumbo, ensucado, sus l'areno...
O Crau, as toumba flour ! o jouvènt, plouras-la !...

Œuvre vaine, subtile, ailée, — le Fantastique
l'avait filée — avec un rayon de soleil, teinte avec
les couleurs — des nuages : sa trame faible — finit
par trembler, devient trouble, — et se dissipe comme
un brouillard. — Mireille reste seule et ébahie, à la
chaleur.

Et en avant dans les monceaux de sable, — brûlants, mouvants, odieux ! — et en avant dans la
grande *sansouire*⁹, à la croûte de sel — que le soleil boursoufle et lustre, — et qui craque, et éblouit !
— et en avant dans les hautes herbes paludéennes, — les roseaux, les souchets, asile des cou-
sins !

Avec Vincent dans la pensée, — cependant, depuis longtemps — elle côtoyait toujours (la plage)
reculée (du) Vaccarés ; — déjà, déjà des grandes
Saintes — elle voyait l'église blonde, — dans la mer
lointaine et clapoteuse, — croître, comme un vaisseau
qui cingle vers le rivage.

De l'implacable soleil — tout à coup la brûlante
échappée — lui lance dans le front ses aiguillons :
la voilà, — infortunée ! qui s'affaisse, — et qui,
le long de la mer sereine, — tombe, frappée à mort,
sur le sable. — O Crau, ta fleur est tombée !.. ô jeunes hommes, pleurez-la :

Quand lou cassaire de la coumbo
De-long d'un riéu vèi de couloumbo
Que bevon, innoucènto, e que s'aliscon, lèu
Qu'entre-mitan li bouissounaio
Emé soun armo vèn en aio ;
E sèmpre aquelo qu'engranaio
Es la plus bello : ansin faguè lou dur soulèu.

La malurouso èro esternido
Sus lou sablas, éstavanido.
D'asard, aqui de-long, passè 'n vòu d'arabi ;
E 'n la vesènt que rangoulavo,
E soun blanc pitre que gounflavo,
E dóu rebat que la brulavo
Pas un brout de mourven que vèngue la curbi,

Pietousamen li mouissaleto
Fasien vióuloun de sis aleto,
E zounzounavon : Lèu! poulido, lèvo-te!
Lèvo-te lèu! qu'es trop malino
La caud de la palun salino !
E ie pougnien sa tèsto clino.
E la mar, entremen, de si fin degoutet,

Contro li flamo de sa caro
Bandissiè l'eigagnolo amaro.
Mirèio se levè. Doulènto, e gingoulant :
Ai ! de ma tèsto ! plan-planeto
Se tirassè la chatouneto ;
E, d'enganeto en enganeto,
I Santo de la mar venguè balin-balan.

Quand le chasseur de la vallée, —le long d'un ruisseau, aperçoit des colombes—qui boivent, innocentes,
et qui lissent leurs (plumes), vite, — à travers les
buissons, — avec son arme il vient, ardent; — et
toujours celle qu'il perce de ses plombs — est la
plus belle : ainsi agit le dur soleil.


La malheureuse était renversée — sur la dune,
évanouie. — D'aventure, sur ces bords, passa un essaim de moustiques; — et la voyant qui râlait, — et
sa blanche poitrine palpitante, — et contre la réver-
bération qui la brûle — pas un brin de *morven* [10] qui
vienne la couvrir,


Plaintivement les moucherons — faisaient violon
de leurs petites ailes, — et bourdonnaient : « Vite !
jolie, lève-toi ! —lève-toi vite, car trop maligne est—
la chaleur du marais salin! »—Et ils piquaient sa tête
penchée. — Et la mer, en même temps, de ses fines
gouttelettes,


Contre les flammes de son visage — jetait la rosée
amère. — Mireille se leva. Dolente et gémissant : —
*Aïe! de ma tête!* à pas lents — se traîna la jeune
fille ; — et de salicornes en salicornes, —aux Saintes
de la mer elle vint, chancelante.

E 'mé de plour dins si parpello,
Contro li bard de la capello,
Que lou toumple marin bagno de soun trespir,
    Piquè sa tèsto, la paureto !
    E, sus lis alo de l'aureto,
    Entanterin sa preiereto
Veici coume eilamount s'enanavo en souspir :

    O Sànti Marìo,
    Que poudès en flour
    Chanja nòsti plour,
    Clinas lèu l'auriho
    De-vers ma doulour !

    Quand veirés, pecaire !
    Moun reboulimen
    E moun pensamen,
    Vendrés de moun caire
    Pietadousamen.

    Siéu uno chatouno
    Qu'ame un jouveinet,
    Lou bèu Vincenet !
    Iéu l'ame, Santouno,
    De tout moun senet !

    Iéu l'ame ! iéu l'ame,
    Coume lou valat
    Amo de coula,
    Coume l'aucèu flame
    Amo de voula.

Et avec des pleurs dans ses paupières, — contre
les dalles de la chapelle, — que le gouffre marin
mouille de son infiltration, — elle frappa sa tête,
infortunée !—et sur les ailes de la brise,—cependant,
voici comme sa prière — au ciel s'en allait en soupirs :


« O Saintes Maries,—qui pouvez en fleurs—changer nos larmes, — inclinez vite l'oreille — devers ma
douleur !


« Quand vous verrez, hélas ! — mon tourment —
et mon souci, — vous viendrez de mon côté — avec
pitié.


« Je suis une jouvencelle — qui aime un jouvenceau,—le beau Vincent ! — Je l'aime, chères Saintes,
— de tout mon cœur.


« Je l'aime ! je l'aime — comme le ruisseau —
aime de couler, — comme l'oiseau dru — aime de
voler.


34.

E volon qu'amosse
Aquéu fio nourri
Que vòu pas mouri !
E volon que trosse
L'amelié flouri!


O Sànti Mario,
Que poudès en flour
Chanja nòsti plour,
Clinas lèu l'auriho
De-vers ma doulour !


D'alin siéu vengudo
Querre eici la pas.
Ni Crau, ni campas,
Ni maire esmougudo
Qu'arrèste mi pas !


E la souleiado,
Emé si clavèu
E sis arnavèu,
La sènte, à raiado,
Que poun moun cervèu.


Mai, poudès me crèire !
Dounas-me Vincèn ;
E gai e risènt,
Vendren vous revèire
Tóuti dous ensèn.

« Et l'on veut que j'éteigne — ce feu nourri — qui
ne veut pas mourir ! — et l'on veut que je torde —
l'amandier fleuri !

« O Saintes Maries, — qui pouvez en fleurs —
changer nos larmes, — inclinez vite l'oreille —
devers ma douleur !

« De loin je suis venue — chercher ici la paix. —
Ni Crau, ni landes, — ni mère émue — qui arrête
mes pas !

« Et du soleil qui darde — ses clous — et ses
épines, — je sens les rayonnances — qui poignent
mon cerveau.

« Mais, vous pouvez me croire ! — donnez-moi
Vincent ; — et gais et souriants, — nous viendrons
vous revoir — tous deux ensemble.

L'estras de mi tempe
Alor calara ;
E dóu grand ploura
Moun regard qu'èi trempe,
De gau lusira.


Moun paire s'oupauso
A-n-aquel acord :
De touca soun cor,
Vous èi pau de causo,
Bèlli Santo d'or !


Emai fugue duro
L'óulivo, lou vènt
Que boufo is Avènt,
Pamens l'amaduro
Au poun que counvèn.


La nèspo, l'asperbo,
Tant aspro au culi
Que fan tressali,
l'a proun d'un pau d'erbo
Pèr li remouli !


O Sànti Marìo,
Que poudès en flour
Chanja nòsti plour,
Clinas lèu l'auriho
De-vers ma doulour !

« Le déchirement de mes tempes — alors cessera ;
— et d'un *torrent* de larmes — mon regard maintenant inondé, — luira de joie.

« Mon père s'oppose — à cet accord : — de toucher son cœur, — ce vous est peu de chose, — belles
Saintes d'or !

« Bien que dure soit — l'olive, le vent — qui souffle
à l'Avent, — néanmoins la mûrit — au point qui convient.

« La nèfle, la corme, — si acerbes, quand on les
cueille, — qu'elles font tressaillir, — c'est assez d'un
peu d'herbe — pour les ramollir [11] !

« O Saintes Maries, — qui pouvez en fleurs — changer nos larmes, — inclinez vite l'oreille — devers ma
douleur !

. . . . . . . .

. . . . . . .

Ai de farfantello ?
Qu'es ?... lou paradis ?
La glèiso grandis,
Un baren d'estello
Amount s'espandis !.

O iéu benurouso !
Li Santo, moun Diéu !
Dins l'èr sènso niéu
Davalon, courouso,
Davalon vers iéu !...

O bèlli patrouno,
Èi vous, bèn verai !...
Escoundès li rai
De vòsti courouno,
O iéu mourirai !

Vosto voues m'apello ?...
Que noun vous neblas,
Que mis iue soun las !...
Mounte es la capello ?
Santo !... me parlas ?...

. . . . . . . .

. . . . . . .

.   .   .   .   .   .   .   .   .   .   .   .

.   .   .   .   .   .   .   .   .   .   .   .

« Ai-je des éblouissements? — Qu'est-ce?. . le
Paradis? — L'église grandit, — un gouffre d'étoiles
— là-haut se répand!

« O moi bienheureuse! — les Saintes, mon Dieu!
— dans l'air sans nuage — descendent, radieuses, —
descendent vers moi!

« O belles patronnes, — c'est vous, réellement!...
— Cachez les rayons — de vos couronnes, — ou
moi je mourrai!

« Votre voix m'appelle?... — Que ne vous voi-
lez-vous d'un nuage, — car mes yeux sont las!...
— Où est la chapelle? — Saintes!... vous me parlez?...

.   .   .   .   .   .   .   .   .   .   .   .   .

.   .   .   .   .   .   .   .   .   .   .   .

E dins l'estàsi que l'emporto,
Desalenado, mita morto,
Mirèio, d'à-geinoun, èro aqui sus li bard,
    Li bras en l'èr, la tèsto à rèire;
    E dins li porto de Sant-Pèire,
    Sis iue fissa pareissien vèire
L'autre mounde, à travès la teleto de car.


    A si bouqueto que soun mudo;
    Sa caro bello se tremudo,
E soun amo e soun cors dins la countemplacioun
    Nadon estabousi : dins l'Aubo
    Que cencho d'or lou front dis aubo,
    Palis de meme e se desraubo
Lou lume que vihavo un ome en perdicioun.


    Tres femo de bèuta divino,
    Pèr un draiòu d'estello fino,
Davalavon d'amount; e coume, au jour levant,
    Un escabot se destroupello,
    Lis aut pieloun de la capello
    Emé l'arcèu que l'encapello,
Pèr ic durbi camin, se garavon davan.


    E, dins l'èr linde, blanquinouso,
    Li tres Mario luminouso
Davalavon d'amount : uno, contro soun sen,
    Tenié sarra 'n vas d'alabastre;
    E, dins li niue sereno, l'astre
    Que douçamen fai lume i pastre,
Pòu retraire soulet soun front paradisen!

Et dans l'extase qui l'emporte, — haletante,
morte à demi, — Mireille, à genoux, était là sur les
dalles, — les bras en l'air, la tête en arrière ; — et
dans les portes de Saint-Pierre, — ses yeux fixés pa-
raissaient voir — l'autre monde, à travers le voile de
chair.

Elle a ses lèvres muettes ; — son beau visage se
transfigure, — et son âme et son corps dans la con-
templation — nagent, ravis : dans l'Aurore — qui
couronne d'or le front des peupliers blancs, — ainsi
pâlit et se dérobe — la lampe qui veillait un homme
en perdition.

Trois femmes de beauté divine, — par un sentier
de fines étoiles, — descendaient du ciel ; et comme,
au lever du jour, — un troupeau se disperse, — les
hauts piliers de la chapelle — avec l'arceau qui en
soutient la voûte, — pour leur ouvrir chemin, s'écar-
taient devant (elles).

Et, blanches dans l'air limpide, — les trois Maries
lumineuses — descendaient du ciel : l'une, contre
son sein, — tenait serré un vase d'albâtre ; — et, dans
les nuits sereines, l'astre — qui doucement éclaire
les bergers, — peut seul rappeler son front *para-
disien.*

I jo de l'auro, la segoundo
Laisso ana si treneto bloundo,
E camino, moudèsto, un rampau à la man;
La tresenco, jouineto encaro,
De sa blanco mantiho claro
Escoundié 'n pau sa bruno caro,
E si negre vistoun lusien mai que diamant.


Vers la doulènto quand fuguèron,
En dessus d'elo se tenguèron,
Immoubilo, e'm'acò ie parlavon. Tant dous
E clarinèu èro soun dire,
E tant afable soun sourrire,
Que lis espino dóu martire
Flourissien dins Mirèio en soulas aboundous.


✝


Assolo-te, pauro Mirèio :
Sian li Mario de Judèio !
Assolo-te, fasien, sian li Santo di Baus !
Assolo-te ! sian li patrouno
De la barqueto, qu'envirouno
Lou trigos de la mar furouno,
E la mar, quand nous vèi, retoumbo lèu à paus !

Aux jeux du vent, la seconde — laisse aller ses
blondes tresses, — et chemine, modeste, une palme
à la main ; — la troisième, jeunette encore, — de sa
blanche mantille claire — cachait un peu son brun
visage, — et ses noires prunelles luisaient plus que
diamant.


Vers la dolente quand elles furent, — au-dessus
d'elle elles se tinrent, — immobiles, et elles lui
parlaient. Si doux — et clair était leur dire, — et
leur sourire si affable, — que les épines du martyre — fleurissaient dans Mireille en charmes abon-
dants.

— « Console-toi, pauvre Mireille : —nous sommes
les Maries de Judée ! — Console-toi, disaient-elles,
nous sommes les Saintes des Baux ! — Console-toi,
nous sommes les patronnes — de l'esquif qu'entoure
— le fracas de la mer furieuse, —et la mer, à notre
aspect, retombe vite au calme.

Maì, que ta visto amount s'estaque!
Veses lou camin de Sant Jaque?
Adès i'erian ensèn, alin de l'autre bout;
    Regardavian, dins lis estello,
    Li proucessioun que van, fidèlo,
    En roumavage à Coumpoustello
Prega, sus soun toumbèu, noste fiéu e nebout.


    E 'scoutavian li letanìo....
    E lou murmur di fountaniho,
Lou balans di campano, e lou declin dóu jour,
    E li roumiéu pèr la campagno,
    Tout rendié glòri, de coumpagno,
    A l'Apoustòli de l'Espagno,
Noste fiéu e nebout, Sant Jaque lou Majour.


    E, benurouso de la glòri
    Que remountavo à sa memòri.
Sus lou front di roumiéu mandavian lou bagnun
    Dóu serenau, e dedins l'amo
    le vejavian joio e calamo.
    Pougnènt coume de jit de flamo,
Es alor que vers nautre an mounta ti plagnun.


    O chatouno, ta fe 's di grando ;
    Mai, que nous peson ti demando !
Vos béure, dessenado, i font de l'amour pur !
    Dessenado, avans qu'èstre morto,
    Vos assaja la vido forto
    Que dins Diéu meme nous tresporto !
Dempièi quouro as avau rescountra lou bonur?

« Mais que ta vue là-haut s'attache! — Vois-tu le chemin de Saint-Jacques? — Tantôt nous y étions ensemble, là-bas à l'autre extrémité ; — nous regardions, dans les étoiles, — les processions fidèles qui vont — en pèlerinage à Compostelle, — prier, sur son tombeau, notre fils et neveu.

« Et nous écoutions les litanies…—Et le murmure des fontaines, — le branle des cloches, et le déclin du jour, — et les pèlerins par les champs, — tout rendait gloire, de concert, — à l'Apôtre de l'Espagne, — notre fils et neveu, Saint-Jacques le Majeur.

« Et, bienheureuses de la gloire — qui remontait à son souvenir, — sur le front des pèlerins nous épandions la rosée — du serein, et dans leur âme — nous versions joie et calme. — Poignantes comme des jets de flamme, — c'est alors que vers nous ont monté ses plaintes.

« O jeune fille, ta foi est des grandes ; — mais que tes demandes nous pèsent! — Tu veux boire, insensée, aux fontaines de l'amour pur ; — insensée, avant la mort, — tu veux essayer la forte vie — qui en Dieu lui-même nous transporte! — Depuis quand as-tu là-bas rencontré le bonheur?

L'as vist dins l'ome riche? Gounfle,
  Estalouira dins soun triounfle,
Nègo Diéu dins soun cor e tèn tout lou camin;
    Mai, quand es plen, toumbo l'iruge;
    E que fara de soun gounfluge,
    Quand se veira davans lou Juge
Que dins Jerusalèn intravo su 'n saumin?


  L'as vist au front de la jacudo,
  Quand de soun la, touto esmougudo,
Porge lou proumiè rai à soun enfantounet?
    I'a proun d'uno malo tetado;
    E, sus la brèsso descatado,
    Regardo-la, despoutentado,
Que poutounejo mort soun paure pichounet!


  L'as vist au front de la nouvieto,
  Quand, plan-planet, dins la draieto
Caminavo à la glèiso emé soun nòvi?... Vai,
    Pèr lou parèu que lou chaupino,
    Aquèu draiòu a mai d'espino
    Que l'agrenas de la champino,
Car tout n'es eilavau qu'esprovo e long travai!


  E 'ilavau l'oundo la pu claro,
  Quand l'as begudo, vèn amaro;
Eilavau nais lou verme emé lou fru nouvèu,
    E tout degruno, e tout se gasto...
    As bèu chausi sus la banasto:
    L'arange, tant dous à la tasto,
A la longo dóu tèms vendra coume de fèu!

« L'as-tu vu dans l'homme riche? Bouffi, — couché nonchalamment dans son triomphe, — il nie Dieu dans son cœur et tient tout le chemin ; — mais la sangsue, quand elle est pleine, tombe... — Et que fera-t-il de sa bouffissure, — lorsqu'il se verra devant le Juge — qui dans Jérusalem entrait sur un ânon?

« L'as-tu vu au front de l'accouchée, — quand de son lait, tout émue, — elle tend le premier jet à son petit enfant?—C'est assez d'un trait de mauvais lait; — et, sur le berceau découvert, — regarde-la, ne se possédant plus, — qui couvre de baisers son pauvre petit, mort !

« L'as-tu vu au front de la fiancée, — lorsqu'à pas lents, dans le sentier, — elle cheminait à l'église, avec son fiancé?... Va, — pour le couple qui le foule, — ce sentier-là a plus d'épines — que le prunelier de la lande, — car tout n'est là-bas qu'épreuves et long labeur!

« Et là-bas la plus claire des ondes, — quand tu l'as bue, devient amère ; — là-bas naît le ver avec le fruit nouveau, — et tout tombe en ruine, et tout en corruption... — En vain choisis-tu sur la corbeille : — l'orange, si douce au goût,— à la longue du temps deviendra comme du fiel.

E tau, te sèmblo que respiron,
Dins voste mounde, que souspiron!...
Mai quau sara 'nvejous de béure à-n-un sourgènt
Que noun s'agote e se courroumpe,
En soufrissènt, que se lou croumpe!
Fau que la pèiro en tros se roumpe,
Se voulès n'en tira la paiolo d'argènt.


Urous adounc quau pren li peno,
E quau en bèn fasènt s'abeno;
E quau plouro, en vesènt ploura lis autre; e quau
Trai lou mantèu de sis espalo
Sus la paurïho nuso e palo;
E quau 'mé l'umble se rebalo,
E pèr l'afrejouli fai lampa soun fougau!


E lou grand mot que l'ome óublido,
Veleici : La mort es la vido!
E li simple, e li bon, e li dous, benura!
Emé l'aflat d'un vènt sutile,
Amount s'envoularan tranquile,
E quitaran, blanc coume d'ile,
Un mounde ounte li Sant soun de-longo aqueira!


Tambèn, oh! se vesiés, Mirèio,
Pereiçamount de l'empirèio,
Coume voste univers nous parèis marridoun,
E folo, e pleno de misèri
Vòstis ardour pèr la matèri,
E vòsti pòu dóu çamentèri!
O pauro! belariés la mort e lou perdoun!

« Et tels te semblent respirer,—dans votre monde,
qui soupirent !... — Mais qui sera désireux de boire
à une source — intarissable, incorruptible, — en
souffrant, qu'il se l'achète ! — Elle doit, la pierre, en
morceaux être brisée, — si l'on veut en extraire la
paillette d'argent.

« Heureux donc qui prend les peines, — et qui en
faisant le bien s'épuise ; — et qui pleure, en voyant
pleurer les autres ; et qui — jette le manteau de ses
épaules — sur la pauvreté nue et pâle ; — et qui
avec l'humble s'abaisse, — et pour celui qui a froid
fait briller son foyer !

« Et le grand mot que l'homme oublie,—le voici :
La mort, c'est la vie ! — Et les simples, et les bons,
et les doux, bienheureux ! — A la faveur d'un vent
subtil, — au ciel ils s'envoleront tranquilles, — et
quitteront, blancs comme des lis, — un monde où
les Saints sont continuellement lapidés !

« Aussi, oh ! si tu voyais, Mireille, — des suprê-
mes hauteurs de l'empyrée, — combien votre univers nous paraît souffreteux, — et folles et miséra-
bles, — vos ardeurs pour la matière — et vos peurs
du cimetière ! — ô infortunée ! tu *bêlerais* la mort et
le pardon !

Mai, de davans que lou bla 'spigue,
En terro fau que rebouligue !
Es la lèi... Emai nautre, avans d'avé de rai,
Avèn begu l'aigre abéurage ;
E pèr enfin que toun courage
Prengue d'alen, de noste viage
Voulèn te recounta lis àrsi e lis esfrai.


E se teisèron li tres Santo.
E lis oundado caressanto,
Pèr escouta, courrien de-long dóu ribeirés,
A troupelado. Li pinedo
Faguèron signe à la vernedo ;
E li gabian e lis anedo
Veguèron s'amata l'inmènse Vacarés.


E lou soulèu emé la luno,
Dins la liuenchour que s'empaluno,
Adourèron, clinant si frountas cremesin ;
E la Camargo salabrouso
Trefouliguè !... Li Benurouso,
Pèr douna voio à l'amourouso,
Au bout d'un moumenet coumencèron ansin :


✝

« Mais avant que le blé monte en épis, — dans la
terre il faut qu'il fermente! — C'est la loi... Et nous
aussi, avant d'avoir des rayons, — avons bu l'aigre
breuvage; — et afin que ton courage — prenne haleine, de notre voyage — nous voulons te raconter les
tribulations et les effrois. »

Et les trois Saintes se turent. — Et les vagues ca-
ressantes, — pour écouter, couraient le long du rivage, — à troupeaux. Les bois de pins — firent signe
à l'aunaie; — et les goëlands et les sarcelles — virent
l'immense Vaccarès abattre (ses flots) [12].

Et le soleil et la lune, — dans le lointain des marécages, — adorèrent, inclinant leurs larges fronts
cramoisis; — et la Camargue imprégnée de sel —
tressaillit!... Les Bienheureuses, — pour donner des
forces à l'amante, — au bout d'un petit moment
commencèrent ainsi :

☩

# NOTES

---

Vence (*Vènço*), petite ville du département du Var, du côté d'Antibes, ancien évêché. — *Durençolo*. On donne ce nom aux divers canaux dérivés de la Durance. — Valensole, petite ville des Basses-Alpes.

De soleil en soleil et de vent en vent (*de soulèu en soulèu e d'auro en auro*), locution usuelle en Provence pour dire : Du levant au couchant, du nord au midi

[3] Tamaris (*tamarisso*), *tamarix gallica*, Lin. — Salicorne (*engano*), *salicornia fruticosa*, Lin. — Arroche-pourpier (*fraumo*), *atriplex portulacoïdes*, Lin. — Soude (*sòudo*), *salsola soda*, Lin., végétaux communs dans la Camargue.

[4] *Cambet*. Ce nom désigne plusieurs oiseaux de l'ordre des échassiers, principalement le petit Chevalier aux pieds rouges (*tringa gambetta*, Lin.), et le grand Chevalier aux pieds rouges (*scolopax calidrix*, Lin.).

[5] Bihoreau (*galejoun*), *ardea nycticorax*, Lin, oiseau de l'ordre des échassiers, qu'on appelle aussi *mona*.

[6] .... Ces campanules qui, au rivage de la mer, étalent en été eur blancheur.

L'auteur a voulu parler ici de la belle fleur qu'on nomme en provençal *ile de mar* (*pancratium maritimum*, Lin.).

[7] Phyllirea (*daladèr*, du latin *alaternus*), *phyllirea latifolia*, Lin., grand arbrisseau de la famille des jasminées.

[8] Le Fantastique (*lou Fantasti*), autrement nommé *Esprit fantasti*, follet, lutin dont l'action se manifeste par des espiègleries. (Pour plus de détails sur cette croyance populaire, *voyez* Chant VI, strophes 41 et suiv.)

[9] Sansouire (*sansouiro*), vastes espaces stérilisés et couvert d'efflorescences salines par le voisinage et l'infiltration de la mer

[10] Morven (*mourven*), genévrier de Phénicie

[11] C'est assez d'un peu d'herbe pour les ramollir.

On fait mûrir et ramollir sur de la paille les nèfles et les cormes.

[12] Le Vaccarés (*Vacarés*). Voyez Chant IV, note 10.

# CANT VOUNGEN

## LI SANTO

Li Sànti Mario racouton, qu'après la mort dóu Crist, fuguèron embandido, emé d'àutri disciple, à la bello cisservo de la mar, e qu'abourdèron en Prouvènço, e que counvertiguèron li pople d'aquelo encountrado. — La navigacioun. — La tempèsto. — Arribado à-n-Arle di sant despatria. — Arle rouman. — La fèsto de Venus. — Sermoun de sant Trefume. — Counversioun dis Arlaten. — Li Tarascounen vènon imploura lou secours de Santo Marto. — La Tarasco. — Sant Marciau à Limoge; Sant Savournin à Toulouso; Sant Estròpi en Aurenjo. — Santo Marto doumto la Tarasco, e pièi counvertis Avignoun. — La papauta en Avignoun. — Sant Lazàri à Marsiho. — Santo Madaleno dins la baumo. — Sant Massemin à-z-Ais. — Li Sànti Mario i Baus. — Lou rèi Reinié. — La Prouvènço unido à la Franço. — Mirèio, vierge e martiro.


L'aubre de la crous, o Mirèio,
Sus la mountagno de Judèio
Èro encaro planta : dre sus Jerusalèn,
E dóu sang de Diéu encaro ime,
Cridavo à la ciéuta dóu crime,
· Endourmido avau dins l'abime :
Que n'as fa, que n'as fa dóu rèi de Betelèn ?


E di carriero apasimado
Mountavon plus li grand bramado ;
Lou Cedroun tout soulet gingoulavo eilalin ;
E lou Jourdan, de languitudo,
S'anavo escoundre i soulitudo,
Pèr desgounfla si plagnitudo
A l'oumbro di rastencle e di verd petelin.

# CHANT ONZIÈME

## LES SAINTES

Les Saintes Maries racontent comment, après la mort du Christ, ayant été livrées à la merci des flots avec plusieurs autres disciples, elles abordèrent en Provence, et convertirent les peuples de cette contrée. — La navigation. — La tempête. — Arrivée des Saints proscrits à Arles. — Arles romaine. — La fête de Vénus. — Discours de saint Trophime. — Conversion des Arlésiens. — Les Tarasconais viennent implorer le secours de Sainte Marthe. — La Tarasque. — Saint Martial à Limoges; Saint Saturnin à Toulouse; Saint Eutrope à Orange. — Sainte Marthe dompte la Tarasque, et ensuite convertit Avignon. — La papauté à Avignon. — Saint Lazare à Marseille; Sainte Magdeleine dans la grotte; Saint Maximin à Aix; les Saintes Maries aux Baux. — Le roi Réné. — La Provence unie à la France. — Mireille, vierge et martyre.

« L'arbre de la croix, ô Mireille, — sur la montagne de Judée — était encore planté : debout sur Jérusalem, — et du sang de Dieu encore humide, — il criait à la cité du crime, — endormie là-bas dans l'abîme : — « Qu'en as-tu fait, qu'en as-tu fait, du roi de Béthléem ? »

« Et des rues apaisées — ne montaient plus les grandes clameurs. — Le Cédron seul se lamentait au loin; — et le Jourdain, mélancolique, — allait se cacher aux solitudes, — pour dégonfler ses plaintes, — à l'ombre des lentisques et des verts térébinthes.

E lou paure pople èro triste,
Car vesié bèn qu'èro soun Criste,
Aquéu que de la toumbo aussant lou curbecèu,
A si coumpagno, à si cresèire,
Èro tourna se faire vèire,
E pièi, leissant li clau à Pèire,
S'èro coume un eigloun enaura dins lou cèu !


Ah ! lou plagnien, dins la Judèio,
Lou bèu fustié de Galilèio !
Lou fustié di péu blound qu'amansissié li cor
Emé lou mèu di parabolo,
E qu'à bèl èime sus li colo
Li nourrissié 'mé de caudolo,
E toucavo si ladre, e revenié si mort.


Mai li dóutour, li rèi, li prèire,
Touto la chourmo di vendèire
Que de soun tèmple sant lou mèstre vié cassa :
— Quau poudra teni la pauriho,
Se murmurèron à l'auriho,
Se dins Sioun e Samario,
Lou lume de la Crous n'èi pas lèu amoussa?


Alor li ràbi s'encagnèron,
E li martire temounièron :
Alor l'un, coume Estève, èro aqueira tout viéu,
Jaque espiravo pèr l'espaso,
D'autre, engrana souto uno graso !...
Mai sout lou ferre o dins la braso,
Tout cridavo en mourènt : O, Jesu 's Fiéu de Diéu !

« Et le pauvre peuple était triste, — car il voyait
bien que celui-là était son Christ, — qui de la tombe
haussant le couvercle, — à ses compagnons, à ses
disciples,— était revenu se montrer,— et puis, laissant les clefs à Pierre,— s'était comme un aiglon enlevé dans le ciel !

« Ah! on le plaignait, dans la Judée, — le beau
charpentier Galiléen, — le charpentier aux cheveux
blonds qui apprivoisait les cœurs — avec le miel des
paraboles, — et qui avec largesse sur les collines —
nourrissait la *foule* de pain azyme, — et touchait ses
lépreux, et ressuscitait ses morts !

« Mais les docteurs, les rois, les prêtres, — la
horde entière des vendeurs — que de son temple
saint le Maître avait chassés : — « Qui retiendra la
multitude, — se murmurèrent-ils à l'oreille, — si
dans Sion et Samarie — la lumière de la Croix n'est
promptement éteinte? »

« Alors les rages s'irritèrent, — et les martyrs té-
moignèrent ;— alors l'un, tel qu'Étienne, était lapidé
vif, — Jacques expirait par l'épée, — d'autres, écra-
sés sous un bloc de pierre !... — Mais sous le fer ou
dans la braise, — tout criait en mourant : « Oui,
Jésus est Fils de Dieu! »

Nautre, li sorre emè li fraire,
Que lou seguian pèr tout terraire,
Sus uno ratamalo, i furour de là mar,
E sènso velo e sènso remo,
Fuguerian embandi. Li femo,
Toumbavian un riéu de lagremo;
Lis ome vers lou cèu pourtavon soun regard.


Deja, deja vesèn s'encourre
Ouliveto, palais e tourre;
Vesèn de l'aut Carmel li serre e lis estras,
Qu'aperalin fasien la gibo.
Tout-d'un-cop un crid nous arribo :
Nous reviran, e sus la ribo
Vesèn uno chatouno. Aubouravo si bras,


En nous cridant, touto afougado :
— Oh! menas-me dins la barcado,
Mestresso, menas-me! Pèr Jesu, iéu perèu,
Vole mouri de mort amaro !
Èro nosto servènto Saro;
E dins lou cèu la veses aro
Que lou front ie lusis coume uno aubo d'Abrèu.


Liuen d'aqui l'Anguieloun nous tiro;
Mai Salomé, que Diéu enspiro,
Is erso de la mar a jita soun velet...
O pouderouso fe!... sus l'oundo
Que sautoulrejo, bluio e bloundo,
La chato, que noun se prefoundo,
Venguè dóu ribeirés à noste veisselet;

« Nous, les sœurs et les frères — qui le suivions
par tout pays, — sur un méchant navire, aux fureurs
de la mer, — sans voiles et sans rames, — fûmes
chassés. Les femmes, — nous versions un ruisseau
de larmes ; — les hommes vers le ciel portaient leur
regard.

« Déjà, déjà nous voyons fuir — bois d'oliviers,
palais et tours ; — nous voyons du haut Carmel les
crêtes et les déchirures — au lointain bossuer (l'horizon). — Tout à coup un cri nous arrive... — nous
nous retournons, et sur la plage, — nous voyons une
jeune fille. Elle élevait ses bras,

« En nous criant, tout ardente : — « Oh ! emme-
nez-moi dans la batelée, — maîtresses, emmenez-
moi ! Pour Jésus moi aussi — je veux mourir de
mort amère ! » — C'était notre servante Sara ; — et
dans le ciel tu la vois maintenant — avec une auréole
comme une aube d'avril.

« Loin de là l'Aquilon nous entraîne. — Mais Salomé, que Dieu inspire, — aux vagues de la mer a jeté
son voile. — O puissante foi !... sur l'onde — qui
sautille, blonde et bleue, — la jeune fille, sans s'engloutir, — vint du rivage à notre vaisseau frêle ;

E l'Anguieloun la campejavo,
E lou velet la carrejavo.
Pamens, quand dins la fousco eilalin veguerian
Cimo à cha cimo desparèisse
Lou dous païs, e la mar crèisse,
Fau l'esprouva pèr lou counèisse
Lou làngui segrenous qu'alor sentiguerian!

Adiéu! adiéu, terro sacrado!
Adiéu! Judèio mal astrado,
Que coussaies ti juste e clavelles toun Diéu!
Aro, ti vigno emé ti dàti
Di rous leioun saran lou pàti,
E ti muraio, lou recàti
Di serpatas!... Adiéu, patrìo, adiéu, adiéu!

Uno ventado tempestouso
Sus la marino sóuvertouso
Couchavo lou batèu : Marciau e Savournin
Soun ageinouia sus la poupo ;
Apensamenti, dins sa roupo
Lou vièi Trefume s'agouloupo ;
Contro éu èro asseta l'evesque Massemin.

Dre sus lou tèume, aquéu Lazàri
Que de la toumbo e dóu susàri
Avié 'ncaro garda la mourtalo palour,
Sèmblo afrounta lou gourg que reno ;
Em' éu la nau perdudo enmeno
Marto sa sorre, e Madaleno,
Couchado en un cantoun, que plouro sa doulour.

« Et l'Aquilon la poussait, — et le voile la portait.
— Lorsque, pourtant, dans la brume éloignée nous
vîmes, — cime à cime, disparaître — le doux pays,
et la mer croître, — il faut l'éprouver pour la connaître, — la nostalgie profonde qu'alors nous ressen-
tîmes !

« Adieu ! adieu, terre sacrée ! — Adieu, Judée vouée
au malheur, — qui pourchasses tes justes et cruci-
fies ton Dieu ! — Maintenant tes vignes et tes dattes —
des fauves lions seront le pâturage, — et tes murailles, le repaire — des hideux serpents !... Adieu,
patrie ! adieu, adieu ! »

« Un coup de vent tempêtueux — sur la mer effrayante — chassait le bateau : Martial et Saturnin
— sont agenouillés sur la proue ; — pensif, dans son
manteau — le vieux Trophime s'enveloppe ; — auprès de lui était assis l'évêque Maximin.

« Debout sur le tillac, ce Lazare — qui de la tombe
et du suaire — avait encore gardé la mortelle pâleur,
— semble affronter le gouffre qui gronde ; — avec
lui la nef perdue emmène — Marthe sa sœur, et
Magdeleine, — couchée en un coin, et pleurant sa
douleur.

La nau, que buton li demòni,
Meno Estròpi, meno Sidòni,
Jóusè d'Arimatio, e Marcello, e Cleoun ;
   E, d'apiela sus lis escaume,
   Au silènci dòu blu reiaume
   Fasien ausi lou cant di Saume ;
E 'nsèn repetavian : *Laudamus te Deum !*


   Oh ! dins lis aigo belugueto
   Coume landavo la barqueto !
Nous sèmblo enca de vèire aquéli fouletoun
   Que retoursien en revoulino
   Lou pouverèu de la toumplino,
   Pièi, en colono mistoulino,
S'esvalissien alin coume d'esperitoun.


   De la mar lou soulèu mountavo,
   E dins la mar se recatavo ;
E, toujour emplana sus la vasto aigo-sau,
   Courrian toujour la bello eisservo.
   Mai dis estèu Diéu nous preservo,
   Car dins si visto nous reservo
Pèr adurre à sa lèi li pople prouvençau.


   Un matin sus tóuti lis autre,
   Fasié tèms sol : de davans nautre
Vesian courre la niue 'mé soun lume à la man,
   Coume uno véuso matiniero
   Que vai au four couire si tiero ;
   L'oundo, aplanado coume uno iero,
Dòu batèu tout-bèu-just batié li calaman.

« La nef, que poussent les démons, — conduit Eutrope, conduit Sidoine, — Joseph d'Arimathie, et Marcelle, et Cléon; — et, appuyés sur les tolets, — au silence du royaume bleu — ils faisaient ouïr le chant des Psaumes; — et nous répétions ensemble : *Laudamus te Deum !*

« Oh! dans les eaux scintillantes — comme courait la nacelle! — Il nous semble encore voir ces souffles tournoyants — qui retordaient en tourbillons — l'embrun de l'abîme, — puis, en colonnes légères — s'évanouissaient au loin comme des esprits.

« Le soleil montait de la mer, — et se couchait dans la mer; — et toujours errants sur la vaste plaine salée, — toujours nous allions au gré (du vent). — Mais des écueils Dieu nous garde, — car, dans ses vues, il nous réserve — pour amener à sa loi les peuples provençaux.

« Un matin sur tous les autres, — le temps était calme : devant nous, — nous voyons fuir la nuit avec sa lampe à la main, comme une veuve matinale — qui va au four cuire sa rangée *de pains*; — l'onde, aplanie comme une aire, — du bateau battait à peine les madriers.

D'apereilalin nais, se gounflo,
Et porto ourrour dins l'amo, e rounflo
Un brut descouneissable, un sourne brounsimen,
Que nous penètro li mesoulo,
E sèmpre mai ourlo e gingoulo.
Isterian mut! La visto soulo,
Tant liuen que poudi' ana, tenié l'aigo d'à-ment.


E sus la mar que s'agrounchavo,
La broufounié se raprouchavo,
Rapido, fourmidablo! e morto à noste entour
Èron lis erso; e, negro marco,
Enclauso aqui tenien la barco.
Alin, tout-en-un-cop s'enarco
Uno mountagno d'aigo, esfraiouso d'autour.


De nivoulas encourounado,
La mar entiero amoulounado,
E que boufo, e que bramo, o Segnour! en courrènt
Venié sus nautre: à la subito,
Un cop de mar nous precepito
Au founs d'un toumple, e nous rejito
A la pouncho dis erso, espavourdi, mourènt!


Quèntis espaime! que destourne!
De longs uiau fèndon lou sourne,
E peto cop sus cop d'espaventable tron!
E tout l'Infèr se descadeno
Pèr englouti nosto careno
La Labechado siblo, reno,
E contro lou paiòu bacello nòsti front.

« Des profondeurs de (l'horizon) naît, se goufle,
— et porte l'horreur dans l'âme, et gronde — un
bruit inconnu, un mugissement sombre, — qui nous
pénètre les moelles, — et de plus en plus hurle et
gémit. — Nous restâmes muets! La vue seule, —
aussi loin qu'elle pouvait aller, guettait les flots.

« Et sur la mer qui se blottissait (d'effroi), — la
rafale se rapprochait, — rapide, formidable! et
mortes autour de nous — étaient les vagues; et,
noir présage, — *comme* immobilisée par un charme
elles tenaient la barque. — Au loin soudain se dresse
— une montagne d'eau, effrayante de hauteur.

« De sombres nuages couronnée, — la mer entière
amoncelée, — en soufflant et beuglant, ô Seigneur!
à la course fondait sur nous : subitement — un coup
de mer nous précipite — au fond d'un gouffre, et
nous rejette — à la pointe des vagues, épouvantés,
mourants!

« Quelles transes! quel bouleversement! — De
longs éclairs fendent l'obscurité, — et coup sur coup
éclatent d'épouvantables tonnerres,— et tout l'Enfer
se déchaîne — pour engloutir notre carène. — La
tourmente siffle, gronde, — et contre le pont bat
nos fronts.

37

Sus l'esquinau de si camello
Tantost la mar nous encimello ;
Tantost, dins la founsour di negre garagai,
Ounte barrulon li lasàmi
Li biòu-marin e li grand làmi,
Anan entèndre lou soulàmi,
Di negadis, que l'oundo escoubiho, pecai !

Nous veguerian perdu ! S'enverso
Sus nòsti tèsto uno grando erso, ·
Quand Lazàri : Moun Diéu, serve-nous de timoun !
M'as davera 'n cop de la toumbo...
Ajudo-nous ! la barco toumbo !
Coume l'auroun de la paloumbo,
Soun crid fènd la chavano e volo peramount.

De l'aut palais ounte triounflo
Jesu l'a vist ; sus la mar gounflo
Jesu vèi soun ami, soun ami qu'en-tant-lèu
Vai èstre aclapa souto l'oundo.
Sis iue 'mé 'no pieta prefoundo
Nous countèmplon : subran desboundo
A travès la tempèsto un long rai de soulèu.

Alleluia ! sus l'aigo amaro
Mountan e davalan encaro ;
E trempe, e matrassa, boumissèn l'amarun.
Mai lis esfrai tout-d'un-tèms parton,
Li lamo fièro s'escavarton,
Li nivoulado alin s'esvarton,
La terro verdouleto espelis dòu clarun.

« Sur le dos de ses houles — tantôt la mer nous
hisse; — tantôt dans la profondeur des noirs abîmes,
— où errent les paons-de-mer, — les phoques et les
grands requins, — nous allons entendre la lamentable plainte — des noyés, que l'onde balaye, hélas !

« Nous nous vîmes perdus. — Sur nos têtes se
renverse une grande vague, — quand Lazare : « Mon
Dieu, sers-nous de timon ! — Tu m'as arraché une
fois du tombeau... — Aide-nous ! la barque tombe ! »
— Comme l'essor du ramier, — son cri fend l'orage
et vole dans les cieux.

« Du haut palais où il triomphe, — Jésus l'a vu ;
sur la mer gonflée — Jésus voit son ami, son ami
qui, un moment de plus, — va être enseveli sous le
flot. — Ses yeux avec une pitié profonde — nous contemplent : soudain jaillit — à travers la tempête un
long rayon de soleil.

« Alleluia ! sur l'eau amère — nous montons et
descendons encore; — et ruisselants, et harassés,
nous vomissons l'amertume. — En même temps les
effrois partent, — les lames fières se dispersent, —
les nuées au lointain se dissipent, — la terre ver-
doyante éclôt de l'éclaircie.

Lontèms, 'mé d'afróusi turtadò,
Nous trigoussejon lis oundado.
P'èi se courbon enfin davans la primo nau
Souto un alen que lis abauco ;
La primo nau, coume uno plauco,
Fuso entre li roumpènt, e trauco
De large flo d'escumo emé soun carenau.


Contro uno ribo sènso roco,
Alleluia ! la barco toco ;
Sus l'areno aigalouso aqui nous amourran,
E cridan tóuti : Nòsti tèsto
Qu'as póutira de la tempèsto,
Fin qu'au coutèu li vaqui lèsto
A prouclama ta lèi, o Crist ! Te lou juran !


A-n-aquèu noum, de jouissènço,
La noblo terro de Prouvènço
Parèis estrementido ; à-n-aquèu crid nouvèu,
E lou bouscas e lou campèstre
An trefouli dins tout soun èstre,
Coume un chin qu'en sentènt soun mèstre,
le cour à l'endavans e ie fai lou bèu-bèu.


La mar avié jita d'arcèli...
*Pater noster, qui es in cœli,*
A nosto longo fam mandères un rènos ;
A nosto set, dins lis engano
Faguères naisse uno fountano ;
E miraclouso, e lindo, e sano,
Gisclo enca dins la glèiso ounte soun nòstis os !

« Longtemps, avec des chocs affreux, — nous bal-
lottent les vagues. — Puis elles se courbent enfin
devant la mince nef — sous un souffle qui les calme;
— la mince nef, comme un colymbe [2], — sille entre
les brisants, et troue — de larges flocons d'écume
avec sa quille.

« Contre une rive sans roche, — Alleluia! la barque touche; — sur l'arène humide, là nous nous pros-
ternons, — et nous écrions tous : « Nos têtes — que
tu as arrachées à la tempête, — jusque sous le glaive,
les voici prêtes — à proclamer ta loi, ô Christ! Nous
le jurons! »

« A ce nom, de joie — la noble terre de Provence
— paraît secouée; à ce cri nouveau, — et la forêt et
la lande — ont tressailli dans tout leur être, — comme
un chien qui, sentant son maître, — court au-devant
de lui et lui fait fête.

« La mer avait jeté des coquillages... — *Pater
noster, qui es in cœlis*, — à notre longue faim tu en-
voyas un festin; — à notre soif, parmi les salicornes
— tu fis naître une fontaine; — et miraculeuse, et
limpide, et saine, — elle jaillit encore dans l'église
où sont nos os!

Plen de la fe que nous afougo,
Dóu Rose prenèn lèu la dougo ;
De palun en palun caminan à l'asard ;
 E pièi, galoi, dins lou terraire
 Trouvan la traço de l'araire ;
 E pièi, alin, dis Emperaire
Vesèn li tourre d'Arle auboura l'estendard


A l'ouro d'iuei sies meissouniero,
Arle ! e couchado sus toun iero,
Pantaies em'amour ti glòri d'àutri-fes ;
 Mai ères rèino, alor, e maire
 D'un tant bèu pople de remaire
 Que, de toun port, lou vènt bramaire
Noun poudié travessa l'inmènse barcarès.


Roumo; de nòu, t'avié vestido
En pèiro blanco bèn bastido ;
De ti gràndis Areno avié mes à toun front
 Li cènt vint porto; aviés toun Cièri ;
 Aviés, princesso de l'Empèri,
 Pèr espassa ti refoulèri,
Li poumpous Aquedu, lou Tiatre e l'Ipoudrom.


Intran dins la ciéuta : la foulo
Mountavo au Tiatre en farandoulo.
E zóu ! mountan em'elo. Au mitan di palai,
 A l'oumbro di tèmple de mabre,
 Se gandissié lou pople alabre,
 Coume quand rounco dins li vabre
Un lavàssi de plueio, à l'oumbrino di plai.

« Pleins de la foi qui nous brûle, — du Rhône nous
prenons aussitôt la berge; — de marais en marais
nous marchons à l'aventure; — et puis, joyeux, dans
le terroir — nous trouvons la trace de la charrue; —
et puis, au loin, des Empereurs — nous voyons les
tours d'Arles arborer l'étendard.

« A cette heure tu es moissonneuse, — Arles ! et
couchée sur ton aire, — tu rêves avec amour de tes
gloires anciennes; — mais tu étais reine, alors, et
mère — d'un si beau peuple de rameurs — que, de
ton port, le vent mugissant — ne pouvait traverser
l'immense flotte.

« Rome à neuf t'avait vêtue — en pierres blanches
bien bâties : — de tes grandes Arènes elle avait mis
à ton front — les cent vingt portes; tu avais ton
Cirque; — tu avais, princesse de l'Empire, — pour
distraire tes caprices, — les pompeux Aqueducs, le
Théâtre et l'Hippodrome.

« Nous entrons dans la cité : la foule — au Théâtre
montait en farandole. — Nous montons avec elle :
au milieu des palais, — à l'ombre des temples de
marbre, — s'élançait le peuple avide, — comme
quand rugit dans les ravins — une averse de pluie, à
l'ombre des érables.

O maladicioun! o vergougno!
I son moulan de la zambougno,
Sus lou pountin dòu Tiatre, emè lou pitre nus,
    Un vòu de chato viroulavon,
    E su 'n refrin qu'ensèn quilavon,
    En danso ardènto se giblavon,
Au tour d'un flo de mabre en quau disien Venus.


    La publico embriagadisso
    le bandissiè si bramadisso;
Jouvènto emai jouvènt repetavon : Canten!
    Canten Venus, la grand divesso
    De quau prouvèn touto alegresso!
    Canten Venus, la segnouresso,
La maire de la terro e dòu pople arlaten!


    Lou front aut, la narro duberto,
    L'idolo, encourouna de nerto,
Dins li nivo d'encèns pareissiè s'espoumpi;
    Quand, endigna de tant d'audanço,
    E derroumpènt e crid e danso,
    Lou vièi Trefume que se lanço,
En aussant si dous bras sus lou mounde atupi,


    D'uno voues forto : Pople d'Arle,
    Escouto, escouto que te parle!
Escouto, au noum dòu Crist!... E n'en diguè pas mai.
    Au frouncimen de sa grando usso,
    Vaqui l'idolo que brandusso,
    Gènço, e dòu pedestau cabusso.
Em' éu li dansarello an toumba de l'esfrai!

« O malédiction ! ô honte ! — aux sons langoureux
de la lyre, — sur le *podium* du Théâtre, la poitrine
nue, — un vol de jeunes filles tournoyait, — et sur
un refrain que répétaient en chœur leurs voix stri-
dentes, — en danses ardentes elles se tordaient —
autour d'un bloc de marbre qu'elles nommaient
Vénus.

« La populaire ivresse — leur jetait ses clameurs ;
— jeunes filles et jeunes hommes répétaient : « Chantons ! — chantons Vénus, la grande Déesse de qui
— toute allégresse vient ! — Chantons Vénus, la souveraine, — la mère de la terre et du peuple arlésien ! »

« Le front haut, la narine ouverte, — l'idole, couronnée de myrte, — dans les nuages d'encens pa-
raissait s'enfler d'orgueil ; — lorsque, indigné de
tant d'audace, — interrompant et cris et danses, —
le vieux Trophime qui s'élance, — en levant ses deux
bras sur la foule stupéfaite,

« D'une voix forte : « Peuple d'Arles, — écoute,
écoute mes paroles ! — Écoute, au nom du Christ !... »
Il n'en dit pas davantage. — Au froncement de son
grand sourcil, — voilà l'idole qui chancelle, — gémit,
et du piédestal se précipite. — Avec elle les danseuses
sont tombées d'effroi !

Se fai qu'un crid, s'entènd qu'ourlado.
Vers li pourtau de troupelado
S'engorgon, e pèr Arle escampon l'espravant;
Li majourau se descourounon,
Li juvenome s'enfurounon,
En cridant : Zòu! nous environon...
En l'èr milo pougnard lusisson tout d'un vanc

Pamens, de nosto vestiduro
L'enregouïdo saladuro;
De Trefume lou front seren, coume enciéucla
De clarour santo; e, mai poulido
Que sa Venus enfrejoulido,
La Madaleno ennevoulido,
Tout acò, 'n moumenet, li faguè recula.

Mai alor Trefume : Gènt d'Arle,
Escoutas-me que ièu vous parle!
Ie cridè tournamai, après me chaplarés!
Pople arlaten, vènes de vèire
Toun diéu s'esclapa coume un vèire
Au noum dòu miéu! Anes pas crèire
Que ma voues l'a pouscu : nous-autre sian pas res!

Lou Diéu qu'a 'sclapa toun idolo
N'a ges de tèmple sus la colo!
Mai lou jour e la niue veson qu'éu eilamount
Sa man, pèr lou crime sevèro,
Es alarganto à la preièro;
Es éu soulet qu'a fa la terro,
Es éu qu'a fa lou cèu, e la mar, e li mount.

« Il n'y a qu'un cri; on n'entend que hurlements ;
— dans les portails, des cohues — s'engouffrent, et
dans Arles répandent l'épouvante ; — les patriciens
arrachent leurs couronnes, — les jeunes hommes,
furieux, — en criant : « Sus ! » nous entourent...—
Dans l'air mille poignards luisent d'un seul élan.

« Pourtant, sur nos vêtements — le sel figé ; — de
Trophime le front serein, comme encerclé — de clartés saintes ; et, plus belle — que leur Vénus transie,
— la Magdeleine voilée d'un nuage (de larmes), —
tout cela, un instant, les fit reculer.

« Mais alors Trophime : « Arlésiens,— écoutez mes
paroles, — leur cria-t-il derechef, après, vous me
hacherez. — Peuple arlésien, tu viens de voir — ton
dieu se briser comme verre — au nom du mien !
N'attribue point — à ma voix ce pouvoir : nous, nous
ne sommes rien !

« Le Dieu qui a brisé ton idole — n'a point de
temple sur la colline ! — Mais le jour et la nuit ne
voient que lui là-haut ; — sa main, sévère pour le
crime, — est généreuse à la prière ; — lui seul a fait
la terre, — lui (seul) a fait le ciel, et la mer, et les
monts.

Un jour, de soun auto demoro,
A vist soun bèn manja di toro;
A vist béure à l'esclau si plour e soun verin;
E jamai res que lou counsolo!
A vist lou Mau, pourtant l'estolo,
Sus lis autar teni l'escolo;
Toun fihan, l'a vist courre à l'afront di gourrin!


E pèr espurga tau brutice,
Pèr bouta fin au long suplice
De la raço omenenco estacado au pieloun,
A manda soun Fièu : nus e paure,
Emé pas un rai que lou daure,
Soun Fièu es davala s'enclaure
Dins lou sen d'uno Vierge; es na sus d'estoubloun'


O pople d'Arle, penitènci!
Coumpagnoun de soun eisistènci,
Te poudèn afourti si miracle : eilalin,
Is encountrado mounte coulo
Lou blound Jourdan, entre uno foulo
Espeiandrado e mau sadoulo,
L'avèn vist blanqueja dins sa raubo de lin!


E nous parlavo qu'entre nautre
Falié s'ama lis un lis autre;
Nous parlavo de Diéu, tout bon, tout pouderous;
E dóu reiaume de soun Paire,
Que noun sara pèr li troumpaire,
Lis auturous, lis usurpaire,
Mai bèn pèr li pichot, li simple, li plourous.

« Un jour, de sa haute demeure, — il a vu son
bien dévoré des chenilles; — il a vu l'esclave boire
ses pleurs et sa haine; — et jamais personne qui
le console! — Il a vu le Mal, en robe sacerdotale,
— sur les autels tenir école; — tes filles, il les a
vues courir à l'affront des libertins!

« Et pour laver telles immondices, — pour mettre
fin au long supplice — de la race humaine attachée
au pilier, — il a envoyé son Fils : nu et pauvre, —
doré d'aucun rayon, — son Fils est descendu s'en-
clore — dans le sein d'une vierge; il est né sur du
chaume!

« O peuple d'Arles, pénitence! — Compagnons de
sa vie, — nous pouvons t'affirmer ses miracles! Aux
lointaines — contrées où coule — le blond Jourdain,
au milieu d'une foule — en haillons et affamée, —
nous l'avons vu dans sa blanche robe de lin!

« Et il nous disait qu'entre nous — il fallait s'ai-
mer les uns les autres; — il nous parlait de Dieu,
tout bon, tout-puissant, — et du royaume de son
Père, — qui ne sera point pour les trompeurs, —
pour les hautains, pour les usurpateurs, — mais
bien pour les petits, les simples, ceux qui pleu-
rent.

38

E fasiè fe de sa dóutrino
En caminant sus la marino;
Li malaut, d'un cop d'iue, d'un mot li garissié;
Li mort, maugrat lou sourne bàrri,
Soun revengu : vaqui Lazàri
Que pourrissié dins lou susàri!...
Mai, rèn que pèr acò, boufre de jalousié,

Li rèi de la nacioun Jusiolo
L'an pres, l'an mena su 'no colo,
Clavela su 'n trounc d'aubre, abéura d'amarun,
Cubert d'escra sa santo fàci,
E pièi auboura dins l'espàci
En se trufant d'éu!... — Gràci! gràci!
Esclatè tout lou pople, estoufa dóu plourun;

Gràci pèr nautre! Que fau faire
Pèr desarma lou bras dóu Paire?
Parlo, ome de Diéu, parlo! e s'èi de sang que vòu,
Ie semoundren cènt sacrefice!
— Inmoulas-ie vòsti delice,
Inmoulas vosto fam de vice,
Respoundeguè lou Sant en se jitant pèr sòu.

Nàni, Segnour! ce que t'agrado,
N'es pas l'óudour d'uno tuado,
Ni li tèmple de péiro : ames, ames bèn mai
Lou tros d'artoun que l'on presènto
A l'afama, vo la jouvènto
Que vèn à Diéu, douço e cregnènto,
Oufri sa casteta coume uno flour de Mai.

« Et sa doctrine, il l'attestait — en marchant sur
la mer; — les malades, d'un regard, d'un mot, il
les guérissait; — les morts, malgré le sombre rempart, — sont revenus : voilà Lazare — qui pourris-
sait dans le suaire... — Mais, pour ces seuls motifs,
enflés de jalousie,

« Les rois de la nation juive — l'ont pris, l'ont
conduit sur une colline, — cloué sur un tronc d'arbre, abreuvé d'amertume, — ont couvert sa sainte
face de crachats, — et puis l'ont élevé dans l'espace,
— en le raillant... » — « Grâce ! grâce ! éclata tout le
peuple, étouffé de sanglots;

« Grâce pour nous ! Que faut-il faire — pour dés-
armer le bras du Père? — Parle, homme divin,
parle! et si c'est du sang, qu'il veut, — nous lui
offrirons cent sacrifices ! » — « Immolez-lui vos délices, — immolez votre faim de vice, — répondit le
Saint en se jetant par terre.

« Non, Seigneur! ce qui te plaît, — ce n'est point
l'odeur d'une tuerie, — ni les temples de pierre : tu
aimes, tu aimes bien mieux — le morceau de pain
que l'on présente — à l'affamé, ou la jeune vierge
— qui vient à Dieu, douce et craintive, — offrir sa
chasteté comme une fleur de mai. »

Di bouco dóu grand Apoustòli
Ansin raiè coume un sant òli
La paraulo de Diéu : e plour de regoula,
E malandrous, e rusticaire
De beisa sa raubo, pecaire !
E lis idolo, de tout caire,
Sus li graso di tèmple alor de barrula !


Entanterin, en testimòni,
L'Avugle-na (qu'èro Sidòni),
Moustravo is Arlaten si vistoun neteja;
En d'autre Massemin recito
Lou Clavela que ressuscito,
La repentènci qu'es necito...
Arle, aquéu meme jour, se faguè bateja !


Mai, coume uno auro qu'escoubiho
Davans elo un fio de broundiho,
Sentèn l'Esprit de Diéu que nous buto. E veici,
Coume partian, uno embassado
Qu'à nòsti pèd toumbo, apreissado,
En nous disènt : Uno passado,
Estrangié dóu bon Diéu, vouguès bèn nous ausi !


Au brut de vòsti grand miracle
E de vòsti nouvèus ouracle,
Nous mando à vòsti pèd nosto pauro ciéuta...
Sian mort sus nòsti cambo ! Alabre
De sang uman e de cadabre,
Dins nòsti bos e nòsti vabre
Un moustre, un flèu di diéu, barrulo... Aguès pieta !

« Des lèvres du grand Apôtre — ainsi coula comme
une huile sainte — la parole de Dieu ; et pleurs de
ruisseler, — et malades et pauvres travailleurs — de
baiser sa robe, — et les idoles, de toute part, — sur
les degrés des temples alors de rouler !

« En même temps, en témoignage, — l'Aveugle-
né (qui était Sidoine), — montrait aux Arlésiens ses
prunelles nettoyées; — à d'autres, Maximin raconte
— le Crucifié qui ressuscite, — le repentir qui est
nécessaire... — Arles ce même jour se fit baptiser !

« Mais, tel qu'un vent qui balaye — devant lui un
feu d'émondes, — nous sentons l'Esprit de Dieu qui
nous pousse. Et voici, — comme nous partions,
une ambassade — qui à nos pieds tombe, empressée, — en nous disant : « Un instant, — étrangers
du Dieu bon, veuillez bien nous entendre !

« Au bruit de vos grandes merveilles — et de vos
nouveaux oracles, — à vos pieds nous envoie notre
cité malheureuse... — Nous sommes morts sur nos
jambes ! Avides — de sang humain et de cadavres,
— dans nos bois et nos ravins — un monstre, un
fléau des dieux, erre... Ayez pitié !

La bèstio a la co d'un coulobre,
A d'iue mai rouge qu'un cinobre;
Sus l'esquino a d'escaumo e d'àsti que fan pòu!
D'un gros leioun porto lou mourre,
E sièis pèd d'ome pèr mies courre;
Dins sa caforno, souto un moure
Que doumino lou Rose, emporto ce que pòu

Tóuti li jour nòsti pescaire
S'esclargisson que mai, pecaire!
E li Tarascounen se bouton à ploura.
Mai, sènso pauso ni chancello,
Marto s'escrido : Emé Marcello
Iéu i'anarai! Moun cor bacello
De courre à-n-aquéu pople e de lou deliéura.

Pèr la darriero fes su terro,
Nous embrassan, emé l'espèro
De nous revèire au cèu, e nous desseparan.
Limoge aguè Marciau; Toulouso
De Savournin fuguè l'espouso;
E dins Aurenjo la poumpouso,
Estròpi lou proumié samenè lou bon gran.

Mai ounte vas, tu, douço vierge?...
Em' uno crous, em' un asperge,
Marto, d'un èr seren, caminavo tout dre
Vers la Tarasco : li Barbare
Noun poudènt crèire que s'apare,
Pèr espincha lou coumbat rare,
Èron tóuti mounta sus li pin de l'endrè.

« La bête a la queue d'un dragon, — des yeux plus
rouges que cinabre, — sur le dos des écailles et des
dards qui font peur ! — D'un grand lion elle porte le
mufle, — elle a six pieds humains, pour mieux courir ; — dans sa caverne, sous un roc — qui domine
le Rhône, elle emporte ce qu'elle peut.

« Tous les jours nos pêcheurs, — s'éclaircissent
de plus en plus, hélas ! » — Et les Tarasconais se
prennent à pleurer. — Mais sans retard ni hésitance,
Marthe s'écrie : « Avec Marcelle, — moi, j'irai ! Le
cœur me bat — de courir à ce peuple et de le déli-
vrer. »

« Pour la dernière fois sur la terre, — nous nous
embrassons, avec l'espoir — de nous revoir au ciel,
et nous nous séparons. — Limoges eut Martial ; Toulouse — devint l'épouse de Saturnin, — et dans
Orange la pompeuse — Eutrope le premier sema le
bon grain.

« Mais toi, où vas-tu, douce vierge ?... — Avec une
croix, avec un aspersoir, — Marthe d'un air serein
marchait droit — à la Tarasque : les Barbares, — ne
pouvant croire qu'elle se défende, — pour regarder
le combat insigne, — étaient montés en foule sur les
pins du lieu.

Destrassouna, poun dins soun soustre,
Aguèsses vist boumbi lou moustre!...
Mai souto l'aigo santo a bèu se trevira,
De-bado reno, siblo e boufo...
Marto, em' un prim seden de moufo,
L'embourgino, l'adus que broufo,..
Lou pople tout entié courreguè l'adoura !

— Quau sies? La cassarello Diano?
Venien à la jouino Crestiano,
O Minervo la casto e la forto? — Noun, noun,
Ie respoundeguè la jouvènto :
Siéu de moun Diéu que la servènto !
E quatecant lis assavènto,
E 'm' elo davans Diéu pleguèron lou geinoun.

De sa paraulo vierginenco
Piquè la roco Avignounenco...
E la fe talamen à bello oundo gisclè,
Que li Clemèn e li Gregòri
Pu tard, emè soun sant cibòri,
Vendran ie béure. Pèr sa glòri
I' a Roumo qu'eilalin setanto an tremoulè !

Pamens, deja de la Prouvènço
Mountavo un cant de reneissènço
Que fasiè gau à Diéu : l'as agu remarca,
Tre qu'a plóugu 'n degout de plueio,
Coume tout aubre e touto brueio
Aubouron lèu sa gaio fueio?
Ansin tou tcor brulant courrié se refresca.

« Éveillé en sursaut, harcelé sur sa litière, —
eusses-tu vu bondir le monstre! — Mais sous l'ondée
sainte vainement il se tord, — en vain il grogne,
siffle et souffle... — Marthe, avec une mince laisse de
mousse, — l'enlace, l'amène s'ébrouant... — Le
peuple tout entier courut l'adorer !

— « Qui es-tu? La chasseresse Diane? — disaient-ils
à la jeune Chrétienne, — ou Minerve la chaste et la
forte? » — « Non, non, — leur répondit la jeune
fille : — je ne suis de mon Dieu que la servante! »
— Et aussitôt elle les instruit, — et avec elle devant
Dieu ils fléchirent le genou.

« De sa parole virginale — elle frappa la roche
Avignonnaise... — Et la foi, tellement à belles ondes
jaillit, — que les Clément et les Grégoire — plus
tard, avec leur coupe sainte — viendront y puiser.
Pour sa gloire, — Rome, là-bas, septante années
trembla.

« Cependant, de la Provence déjà — s'élevait un
chant de renaissance — qui réjouissait Dieu : n'as-tu
pas remarqué, — dès qu'il a plu une goutte de pluie,
— comme tout arbre et toute végétation — relèvent
vite leur feuillage gai? — Ainsi tout cœur brûlant
courait se rafraîchir.

Tu memo, auturouso Marsiho,
Que sus la mar ducrbes ti ciho,
E que rèn de ta mar noun te pòu leva l'iue,
E qu'en despié di vent countràri,
Sounjes qu'à l'or entre ti bàrri,
A la paraulo de Lazàri,
Rebalères ta visto e veguères ta niue!

E dins l'Uvèune que s'aveno
Emè li plour de Madaleno,
Lavères davans Diéu toun orre queitivié...
Vuei tournamai drèisses la tèsto...
Davans que boufe la tempèsto,
Ensouvène-te, dins ti fèsto,
Di plour madalenen bagnant tis óulivié!

Colo de-z-Ais, cresten arèbre
De la Sambuco, vièi genèbre,
Grand pin que vestissès li baus de l'Esteréu,
Vous, mourven de la Trevaresso,
Redigas de quinto alegresso
Vòsti coumbo fuguèron presso,
Quand passè Massemin pourtant la crous em' éu!

Mai, alin, la veses aquelo
Que, si bras blanc sarra contro elo,
Prègo au founs d'uno baumo? Ai! pauro! si geinoun
Se maçon à la roco duro,
E n'a pèr touto vestiduro
Que sa bloundo cabeladuro,
E la luno la viho emé soun lumenoun.

« Toi-même, altière Marseille, — qui sur la mer ouvres tes cils, — et dont rien (du spectacle) de ta mer ne peut distraire l'œil, — et qui, en dépit des vents contraires, — ne songes qu'à l'or, — dans tes murailles, à la parole de Lazare, — tu abaissas ta vue et tu vis ta nuit !

« Et dans l'Huveaune qui s'alimente — avec les pleurs de Magdeleine [5], — tu lavas devant Dieu ta hideuse immondicité... — Aujourd'hui tu dresses la tête de nouveau... — Avant que la tempête souffle, — souviens-toi, au milieu de tes fêtes, — que les pleurs de Magdeleine baignent tes oliviers !

« Collines d'Aix, crêtes abruptes — de la Sambuque, vieux genièvres, — grands pins qui vêtez les escarpements de l'Esterel, — vous, *morvens* de la Trévaresse, — redites-nous de quelle joie — vos vallées furent prises, — quand passa Maximin, portant la croix avec lui [4] !

« Mais, dans l'éloignement, la vois-tu, celle — qui, ses bras blancs serrés contre elle, — prie au fond d'une grotte?... Ah ! pauvre infortunée ! ses genoux — se meurtrissent à la roche dure, — et elle n'a pour tout vêtement — que sa blonde chevelure, — et la lune la veille avec son (pâle) flambeau.

E pèr la vèire dins la baumo,
Lou bos se clino e fai calaumo;
E i' a d'ange, tenènt lou batre de si cor,
Que l'espinchon pèr uno esclèiro;
E quand perlejo sus la pèiro
Un de si plour, en grand pressèiro
Van lou cueie e lou metre en un calice d'or!


N'i'a proun, n'i'a proun, o Madaleno!
Lou vènt que dins lou bos aleno
T'adus dempièi trento an lou perdoun dóu Segnour;
E de ti plour la roco memo
Plourara sèmpre; e ti lagremo
Sèmpre, sus touto amour de femo,
Coume uno auro de nèu, jitaran la blancour!


Mai dóu regrèt que l'estransino
Rèn counsoulavo la mesquino:
Ni lis aucelounet qu'en foulo au Sant-Pieloun,
Pèr èstre benesi, nisavon,
Ni lis ange que l'enaussavon
A la brasseto, e la bressavon
Sèt fes tóuti li jour, en l'èr sus li valoun!


A tu, Segnour, à tu revèngue
Touto lausènjo! à nautre avèngue
De te vèire sèns fin tout lusènt e verai!
Pàuri femo despatriado,
Mai de toun amour embriado,
De toun eterno souleiado
Avèn, nàutri peréu, escampa quàuqui rai!

« Et pour la voir dans la grotte, — la forêt se penche et fait silence ; — et des anges, retenant le battement de leurs cœurs, — l'épient par un interstice, — et lorsque sur la pierre tombe en perle — un de ses pleurs, en grande hâte — ils vont le recueillir et le mettre en un calice d'or.

« Assez ! assez, ô Magdeleine ! — Le vent qui dans le bois respire — t'apporte depuis trente années le pardon du Seigneur. — De tes pleurs la roche elle-même — pleurera éternellement ; et tes larmes, — éternellement, sur tout amour de femme, — comme un vent de neige, jetteront la blancheur !

« Mais du regret qui la consume — rien ne consolait la malheureuse : — ni les petits oiseaux qui en foule au Saint-Pilon [5], — pour être bénis, nichaient ; — ni les anges qui l'enlevaient — dans leurs bras, et la berçaient — sept fois tous les jours, dans l'air, sur les vallons.

« A toi, Seigneur, à toi revienne — toute louange ! à nous advienne — de te voir à jamais dans ta splendeur entière et ta réalité ! — Pauvres femmes exilées, — mais enivrées de ton amour, — de ton éternelle irradiation — nous avons, nous aussi, épanché quelques rayons.

Colo Baussenco, Aupiho bluio,
Vòsti calan, vòstis aguhio,
De nosto predicanço à toustèms gardaran
La gravaduro peirounenco.
I soulitudo palunenco,
Au founs de l'isclo Camarguenco,
La mort nous alóujè de nòsti jour óubrant.

Coume en touto causo que toumbo,
L'óublit rescoundè lèu li toumbo.
La Prouvènço cantavo, e lou tèms courreguè ;
E coume au Rose la Durènço
Perd à la fin soun escourrènço,
Lou gai reiaume de Prouvènço
Dins lou sen de la Franço à la fin s'amaguè.

— Franço, emé tu meno ta sorre !
Diguè soun darrié rèi, iéu more.
Gandissès-vous ensèn alin vers l'aveni,
Au grand prefa que vous apello...
Tu sies la forto, elo es la bello :
Veirés fugi la niue rebello
Davans la resplendour de vòsti front uni.

Reinié faguè 'cò bèu. Un sero
Qu'entredourmiè dins sa coucero,
Ie moustrerian lou rode ounte èron nòstis os :
Emé douge evesque, si page,
Sa bello court, sis equipage,
Lou rèi venguè sus lou ribage,
E souto lis engano atrouvè nòsti cros.

« Collines des Baux, Alpines bleues, — vos mornes, vos aiguilles, — de notre prédication, dans tous
les siècles, garderont — la trace gravée dans la
pierre [6]. — Aux solitudes paludéennes, — au fond
de l'île de Camargue, — la mort nous allégea de nos
jours de labeur

« Comme en tout ce qui tombe, — l'oubli cacha
bientôt nos tombeaux. — La Provence chantait, et le
temps courut; — et de même qu'au Rhône la Durance — perd à la fin son cours, — le gai royaume
de Provence — dans le sein de la France à la fin s'en-
dormit.

— « France, avec toi conduis ta sœur! — dit
son dernier roi, je meurs! — Dirigez-vous ensemble
là-bas vers l'Avenir, — à la grande tâche qui vous
appelle... — Tu es la forte, elle est la belle : — vous
verrez la nuit rebelle fuir — devant la splendeur de
vos front réunis. »

« René accomplit ce beau fait. Un soir, — qu'il
sommeillait dans son lit de plumes, — nous lui mon-
trâmes le lieu où étaient nos ossements : — avec
douze évêques, avec ses pages, — sa belle cour, ses
équipages, — le roi vint sur la grève, — et sous les
salicornes trouva nos fosses.

Adiéu, Mirèio!... L'ouro volo,
Vesèn la vido que tremolo
Dins toun cors, coume un lume en anant s'amoussa...
De davans que l'amo lou quite,
Parten, mi sorre, parten vite!
Vers li bèlli cimo, es necite
Qu'arriben davans elo, es necite e pressa.

De roso, uno raubo névenco,
Alestissen-ie : vierginenco
E martiro d'amour, la chato vai mouri!
Elourissès-vous, celèsti lèio!
Sànti clarour de l'empirèio,
Escampas-vous davans Mirèio!...
Glòri au Paire, em' au Fiéu, em' au Sant Esperit!

✠

« Adieu, Mireille!... L'heure vole. — Nous voyons la vie trembloter — dans ton corps, comme une lampe qui va s'éteindre... — Avant que l'âme le quitte, — partons, mes sœurs, partons en hâte! — Vers les belles cimes, — il est nécessaire — que nous arrivions avant elle, nécessaire et urgent.

« Des roses, une robe de neige, — préparons-lui! Vierge, — et martyre d'amour, la jeune fille va mourir! — Fleurissez-vous, célestes avenues! — saintes clartés de l'Empyrée, — épanchez-vous devant Mireille!... — Gloire au Père, et au Fils, et au Saint-Esprit! »

# NOTES

————

¹ *Labechado*, en italien *libecciata*. Tempête occasionnée par le vent du sud-ouest appelé *Labé*, qu'on fait dériver du grec λιβόνοτος, même signification.

² Colymbe à crête (*plauco*), *podiceps cristatus*, Lin., oiseau de l'ordre des palmipèdes.

³ Et dans l'Huveaune qui s'alimente avec les pleurs de Magdeleine.

L'Huveaune, petite rivière qui prend sa source à la Sainte-Baume (Var), passe à Aubagne, et se jette dans la mer, à Marseille, au bout de la promenade du *Prado*.

. Une pieuse et poétique légende attribue son origine aux larmes de sainte Magdeleine.

⁴ Sambuque (*Sambuco*), montagne à l'orient d'Aix. — Esterel (*Estérel*), montagne et forêt du département du Var. — Morvens de la Trevaresse (*mourven de la Trevaresso*) : *mourven*, genévrier de Phénicie. — La Trevaresse, chaîne de montagnes entre la Touloubre, la Durance et le canal de Craponne.

⁵ Saint-Pilon (*Sant-Pieloun*). Voyez Chant VII, note 12.

⁶ La trace gravée dans la pierre (*la gravaduro peirounenco*). On

a vu, dans le récit des Saintes-Maries, que la barque des saints proscrits aborda à l'extrémité de l'île de Camargue. Ces premiers apôtres des Gaules remontèrent le Rhône jusqu'à Arles, et de là se dispersèrent dans le Midi. On dit même que Joseph d'Arimathie alla jusqu'en Angleterre. Telle est la tradition arlésienne La tradition des habitants des Baux reprend alors et continue l'odyssée des saintes femmes : elle dit que ces dernières vinrent prêcher la foi dans les Alpines, et que pour éterniser le souvenir de leur prédication, elles gravèrent miraculeusement leurs effigies sur un rocher. Au levant du rocher des Baux, on voit encore ce mystérieux et antique monument : c'est un énorme bloc détaché, debout sur le penchant d'un précipice, et taillé en aiguille. Sur sa face orientale sont sculptées trois figures grandioses, objets de la vénération des populations voisines

# CHANT DOUZIÈME

## LA MORT

Le pays des oranges. — Les Saintes remontent dans le ciel. — Arrivée du père et de la mère. — Les Saintins montent Mireille à la chapelle haute, où sont déposées les reliques. — L'église des Saintes Maries. — Les supplications. — La plage de Camargue. — Arrivée de Vincent, éclat de sa douleur. — Le cantique des Saintins. — Dernière vision de Mireille : les Saintes Maries lui apparaissent sur la haute mer. — Dernières paroles, et radieuse mort de la jeune fille. — Les plaintes, le désespoir.

Au pays des oranges, à l'heure — où le jour de Dieu s'évapore; — lorsque les pêcheurs, ayant tendu leurs nasses, — tirent leurs barques à l'abri (des rochers); — et que, laissant aller la branche, — sur la tête ou sur la hanche — les jeunes filles, en s'entr'aidant, chargent leurs corbeilles pleines;

Des rives où l'Argens[1] serpente, — des plaines, des collines, des chemins, — s'élève dans le lointain un long chœur de chansons. — Mais bêlements de chèvres, — chants d'amour, airs de chalumeau, — peu à peu dans les montagnes brunes — se perdent, et viennent l'ombre et la mélancolie.

# CANT DOUGEN

## LA MORT

Lou païs dis arange. — Li Santo remounton au paradis. — Lou paire emé la maire arribon. — Li Santen mounton Mirèio à la capello-z-auto, ounte i'a li relicle. — La glèiso di Sànti Mario. — Li suplicacioun. — La plajo camarguenco. — Vincèn arribo e sa doulour desboundo. — Lou cantico di Santen. — Darriero visioun de Mirèio : vèi li Sànti Mario emplanado dins la mar. — Darriéri paraulo, e luminouso mort de la chatouno. — Li coumplancho, la desesperanço.

Au païs dis arange, à l'ouro
Que lou jour de Diéu s'esvapouro ;
E que li pescadou, qu'an cala si jambin,
Tiron si barco à la calanco ;
E qué, leissant parti la branco,
Sus la cabesso vo sus l'anco
Li chato en s'ajudant cargon si plen gourbin ;

Di ribo ounte l'Argèns varaio,
Di plano, di coulet, di draio,
S'enausso peralin un long Cor de cansoun.
Mai belamen de la cabruno,
Cant d'amour, èr de cantàbruno,
Pau-à-pau dins li colo bruno
S'esperdon, e vèn l'oumbro emé la languisoun.

Di Marìo que s'envoulavon
Ansin li paraulo calavon,
Calavon pau-à-pau, de nivo en nivo d'or :
Semblavo un resson de cantico,
Semblavo uno liuencho musico
Qu'en dessus de la glèiso antico
S'enanavo emé l'auro. Elo, sèmblo que dor,

E que pantaio ageinouiado,
E qu'uno estranjo souleiado
Encourouno soun front de nouvèlli bèuta
Mai, dins lis erme e li jouncado,
Si vièi parènt tant l'an cercado
Qu'à la perfin l'an destouscado ;
E dre, souto lou porje, alucon espanta.

Prenon pamens d'aigo signado,
Mandon au front sa man bagnado.
Sus lou bard que respond e la femo e lou vièi
Dedins s'avançon... Espaurido
Coume quand subran uno trido
Vèi li cassaire : Moun Diéu ! crido,
Paire e maire, ounte anas ? — E de vèire quau vèi,

Mirèio toumbo aqui. Sa maire,
Em' un visage lagremaire,
Ie cour, e dins si bras l'aganto, e ie disié :
Qu'as, que toun front es caud que brulo ?
Noun, es pa 'n sounge que m'embulo,
Es elo qu'à mi pèd barrulo,
Es elo, es moun enfant !... E plouravo, e risié.

Des Maries qui s'envolaient — ainsi les paroles
s'éteignaient, — s'éteignaient peu à peu, de nuée (d'or)
en nuée d'or : — pareilles à un écho de cantique, —
pareilles à une musique éloignée — qui, au-dessus
de l'église antique, — s'en serait allée avec la brise.
Elle, il semble qu'elle dort,

Et qu elle rêve agenouillée, — et qu'un étrange
rayonnement de soleil — couronne son front de nouvelles beautés. — Mais, dans les landes et les jonchaies, — ses vieux parents l'ont tant cherchée —
qu'ils l'ont à la fin découverte ; — et debout, sous le
porche, ils regardent stupéfaits.

Ils prennent cependant de l'eau bénite, — ils portent au front leur main mouillée. — Sur la dalle sonore, la femme et le vieillard — s'avancent dans
(l'église)... Effrayée — comme un bruant qui tout à
coup—voit les chasseurs : « Mon Dieu ! s'écrie-t-elle,
— père et mère, où allez-vous? » — Et voyant ceux
qu'elle voit,

Mireille tombe là. Sa mère, — le visage en larmes,
— accourt, et dans ses bras la saisit, et elle lui disait :
— « Qu'as-tu? ton front brûle... — Non, ce n'est
point un songe qui m'abuse, — c'est elle qui à mes
pieds roule, — c'est elle, c'est mon enfant !... » Et
elle pleurait, et elle riait.

— Mirèio, ma bello mignoto,
Es ièu que sarre ta manoto,
Ièu toun paire!... E lau vièi, que la doulour esten,
Ie recaufavo si man morto.
Lou vènt deja pamens emporto
La grand nouvello : à plen de porto,
Dins la glèiso, esmougu, s'acampon li Santen.

— Mountas-la, mountas la malauto!
Venien; à la capello-z-auto
Mountas-la, tout-d'un-tèms! que toque li sants os!
Dins si caisso miraclejanto
Que baise nòsti gràndi Santo
De si bouqueto angounisanto!
Li femo tout-d'un-tèms l'arrapon entre dos.

De-pér-d'aut de la glèiso bello,
I'a tres autar, i'a tres capello
Bastido uno sus l'autro en blo de roucas vièu.
Dins la capello sousterrado
I'a Santo Saro, venerado
Di brun Bóumian; mai aubourado,
La segoundo es aquelo ounte èi l'autar de Diéu.

Sus li pieloun dóu santuàri,
La capeleto mourtuàri
Di Mario, amoundaut, s'enarco dins lou cèu,
Mé li relicle, sànti laisso
D'ounte la gràci coulo à raisso....
Quatre clau pestellon li caisso,
Li caisso de ciprès emé si curbecèu.

— « Mireille, ma belle mignonne, — c'est moi
qui serre ta main, — moi ton père !... » Et le vieillard, que la douleur suffoque, — lui réchauffait ses
mains inanimées. — Déjà cependant le vent emporte
— la grande nouvelle : à plein portail, — dans l'é-
glise, émus, s'assemblent les Saintins [2].

— « Montez-la, montez la malade ! — disaient-ils ;
à la chapelle haute, — montez-la sur-le-champ !
qu'elle touche les saints os ! — Dans leurs châsses
miraculeuses — qu'elle baise nos grandes Saintes
— de ses lèvres agonisantes ! » — Les femmes sur-
le-champ la saisissent à deux.

Dans la partie haute de la belle église, — sont
trois autels, sont trois chapelles — bâties une sur
l'autre, en blocs de rocher vif. — Dans la chapelle
souterraine — est Sainte Sara, vénérée — des bruns
Bohémiens ; plus élevée, — la seconde renferme
l'autel de Dieu.

Sur les piliers du sanctuaire, — l'étroite chapelle mortuaire — des Maries élève sa voûte dans
le ciel, — avec les reliques, legs sacrés — d'où la
grâce coule en pluie... — Quatre clefs ferment les
châsses, — les châsses de cyprès avec leurs cou-
vercles.

40

Un cop, chasque cènt an, li duerbon.
Urous, urous, quand li descuerbon;
Aquéu que pòu li vèire e li touca! bèu tems
Aura sa barco e bono estello,
E de sis aubre li jitello
Auran de frucho à canestello,
E soun amo cresènto aura lou bon toustèms.

Uno bello porto de chaine
Rejun aquéu sacra doumaine,
Richamen fustejado, e doun di Bèucairen.
Mai subretout ce que l'aparo,
Noun es la porto que lou barro,
Noun es lou bàrri que l'embarro :
Es l'aflat que ie vèn di relarg azuren.

La malauto, à la capeleto,
Dins la viseto virouleto
La mountèron. Lou prèire, en subrepelis blanc,
Buto la porto. Dins la pòusso,
Coume un òrdi grèu de si dòusso
Qu'un fouletoun subran espòusso,
Tòuti sus lou bardat s'aboucon en quilant :

O bèlli Santo umanitouso,
Santo de Diéu, Santo amistouso!
D'aquelo pauro chato aguès, aguès pieta!
— Aguès pieta! la maire crido,
Vous adurrai, se 'n co's garido,
Moun anèu d'or, ma crous flourido,
E pèr vilo e pèr champ ièu l'anarai canta!

Une fois chaque cent ans, on les ouvre. — Heureux, heureux, lorsqu'on les découvre, — celui qui peut les voir et les toucher ! — Beau temps, — aura sa barque, et bonne étoile, — et de ses arbres les pousses, — auront du fruit à corbeillées, — et son âme croyante aura les biens éternels.

Une belle porte de chêne — protége ce domaine sacré, — richement travaillée, et don des Beaucairois. — Mais surtout ce qui le défend, — ce n'est pas la porte qui le clôt, — ce n'est pas le rempart qui le ceint : — c'est la faveur qui lui vient des espaces d'azur.

A la petite chapelle, — dans l'escalier tournoyant, — on monta la malade. Le prêtre, en surplis blanc, — pousse la porte. Dans la poussière, — comme un orge appesanti par ses épis — qu'un tourbillon soudain secoue, — tous sur les dalles se prosternent en criant :

« O belles Saintes pleines d'humanité, — Saintes de Dieu, Saintes amies ! — de cette pauvre fille ayez, ayez pitié ! » — « Ayez pitié ! s'écrie la mère, — je vous apporterai, quand elle sera guérie, — mon anneau d'or, ma croix fleurie, — et par villes et par champs, moi, j'irai le chanter ! »

— O Santo, acò 's ma pesqueirolo !
  O Santo, acò 's ma denierolo !
Gemis Mèste Ramoun en turtant dins l'oumbrun
  Emé sa tèsto atremoulido.
  O Santo, à-n-elo, qu'es poulido,
  Innoucentouno, enfantoulido,
La vido ie counvèn : mai iéu, vièi sabourun,

  Iéu, mandas-me fuma li maulo !...
  Lis iue barra, sènso paraulo,
Mirèio èro estendudo. Èro alor sus lou tard,
  Pèr que l'auro tamarissiero
  Reviscoulèsse la masiero,
  Dessus li lauso tóulissiero
L'avien entrepausado, en visto de la mar.

  Car lou pourtau (qu'es la parpello
  D'aquelo benido capello),
Regardo sus la glèiso : alin, pereilalin,
  D'aqui se vèi la blanco raro
  Que joun ensèn e desseparo
  Lou cèu redoun e l'aigo amaro ;
Se vèi de la grand mar l'eterne remoulin.

  De-longolis erso foulasso
  Que s'encavaucon, jamai lasso
De s'esperdre en bramant dins li mouloun sablous ;
  De-vers la terro uno planuro
  Qu'a gen de fin ; pas uno auturo
  Qu'à soun entour fague centuro ;
Un cèu inmènse e clar sus d'erme espetaclous.

— « O Saintes, c'est là mon pluvier ! — ô Saintes,
c'est là mon trésor ! — gémit Maître Ramon heur-
tant dans les ténèbres — avec sa tête vacillante.
— O Saintes, à elle, qui est belle, — innocente, enfantine, — la vie convient ; mais moi, vieil ossement,

« Moi, envoyez-moi fumer les mauves ! » — Les
yeux fermés, sans parole, — Mireille était gisante.
C'était alors sur le tard. — Pour que la brise des tamaris — ravivât la campagnarde, — sur les dalles
du toit — on l'avait déposée, en vue de la mer.

Car le portail (paupière — de cette chapelle bénie), — regarde sur l'église : — là-bas, dans l'extrême lointain, — on voit de là la blanche limite —
qui joint ensemble et sépare — le ciel rond et l'onde
amère ; — on voit de la grande mer l'éternelle révo-
lution.

Sans cesse les vagues insensées — qui se montent
les unes sur les autres, jamais lasses — de se perdre
en mugissant dans les monceaux de sable ; — du
côté de la terre, une plaine — interminable ; pas une
éminence — qui enceigne son horizon ; — un ciel
immense et clair sur des savanes prodigieuses.

De clarinèlli tamarisso
Au mendre vènt boulegadisso ;
De long campas d'engano, e dins l'oundo perfés
Un vòu de ciéune que s'espurgo ;
O bèn, dins la sansouiro turgo,
Uno manado que pasturgo,
O que passo en nadant l'aigo dóu Vacarés.

Mirèio enfin, d'un parla feble,
A murmura quàuqui mot treble :
De-vers la terro, dis, emé de-vers la mar
Sènte veni dos alenado :
Uno di dos èi serenado
Coume l'alen di matinado ;
Mai l'autro es espannado, ardènto, e sènt l'amar

E se teisè... De-vers la plano,
E de-vers lis oundo salano,
Li Santen sus-lou-cop regardèron veni ;
E n'en veson un qu'esfoulisso
De revoulun de terro trisso
Davans si pas ; li tamarisso
Parèisson davans éu s'encourre e demeni.

Es Vincenet lou panieraire !...
Oh ! paure drole e de mau-traire !
Soun paire Mèste Ambroi pas-pu-lèu i'aguè di :
Moun fiéu, sara pas pèr ti brego
Lou poulit brout de falabrego !
Que tout-d'un-tèms de Valabrego,
Pèr la vèire enca 'n cop, partè coume un bandit.

Des tamaris (au feuillage) clair, — et au moindre
vent mobiles; — de longues friches de salicornes,
et dans l'onde parfois — une volée de cygnes qui se
purifie; — ou bien dans la *sansouire* stérile — un
troupeau de bœufs qui pâture, — ou qui passe à la
nage l'eau du Vaccarés [5].

Mireille enfin, d'une voix faible, — a murmuré
quelques mots vagues : — « Du côté de la terre, dit-
elle, et du côté de la mer — je sens venir deux ha-
leines : — l'une des deux est fraîche — comme le
souffle des matinées, — mais l'autre est pantelante,
ardente et imprégnée d'amertume. »

Et elle se tut... Devers la plaine — et devers les
ondes salées, — les Saintins aussitôt regardèrent
venir : — et ils voient un (jeune homme) qui soulève
— des tourbillons de terre meuble — devant ses pas;
les tamaris — paraissent devant lui s'enfuir et dé-
croître.

C'est Vincent le vannier !... — Oh ! pauvre gars,
et digne de pitié ! — Sitôt que son père, Maître Ambroise, lui eut dit : — « Mon fils, il ne sera pas pour
tes lèvres — le gentil brin de micocoules! » — sur-
le-champ, de Valabrègue, — pour la voir encore une
fois il partit comme un bandit.

En Crau ie dison : Es i Santo !
Rose, palun, Crau alassanto,
Rèn l'avié detengu de courre enjusqu'i tcs.
Mai pas-pu-lèu es dins la glèiso,
Pas-pu-lèu vèi aquelo prèisso,
Pale, sus lis artèu se drèisso,
E cridavo : Mounte es ? ensignas-me mounte es !

— Es amoundaut à la capello,
Dins uno angòni que trampello !
E lèu coume un perdu mountè lou marridoun.
Entre la vèire, vers l'espàci
Levè si man emai sa fàci :
Pèr encapa tàli desgràci,
A Diéu, cridè lou paure, à Diéu que i'ai fa dounc ?

Ai-ti coupa la gargamello
En quau tetère li mamello ?
Escumerga, m'an vist abra moun cachimbau
Dins uno glèiso à la viholo?
O tirassa dins lis auriolo
Lou Crucefis, à la Jusiolo ?...
Qu'ai fa, malan de Diéu ! pèr aguè tant de mau ?

Pas proun que me l'an refusado,
Enca me l'an martirisado !
E 'mbrassè soun amigo ; e de vèire Vincèn
De la grand forço que trenavo,
Lou mounde foui qu'environavo
Sentien soun cor que tresanavo,
E pèr éu trasien peno, e plouravon ensèn.

En Crau, ils lui disent : « Elle est aux Saintes ! »
— Rhône, marais, Crau fatigante, — rien n'avait
arrêté sa course jusqu'aux *îlots sablonneux du ri-*
*vage.* — Mais sitôt qu'il est dans l'église, — sitôt
qu'il voit cette foule, — pâle, sur les orteils il se
dresse, — et il criait : « Où est-elle ? indiquez-le-moi,
où est-elle ? »

— « Elle est là-haut à la chapelle, — tremblant
l'agonie ! » — Et vite, éperdu, monta le malheureux.
— Dès qu'il la vit, vers l'étendue — il leva ses mains
et son visage : — « Pour recevoir sur ma tête de
telles disgrâces, — à Dieu, s'écria l'infortuné, à Dieu
qu'ai-je donc fait ?

« Ai-je coupé la gorge — à celle dont je tetai les
mamelles ? — Anathème, m'a-t-on vu allumer ma
pipe, — dans une église, à la lampe ? — ou bien
traîner dans les chardons — le Crucifix, comme les
Juifs ? — Qu'ai-je fait, *mauvaise année* de Dieu !
pour avoir tant de maux ?

« ( Ce n'était) pas assez de me la refuser, — encore
ils me l'ont martyrisée ! » — Et il embrassa son amie.
Et en voyant Vincent — se lamenter de telle force,
— la foule pressée qui l'entourait — sentait son
cœur bondir, — et ils partageaient sa peine, et ils
pleuraient ensemble.

E coume, i vabre d'uno coumbo,
Lou brut d'un gaudre que trestoumbo
Vai esmòure lou pastre amount sus li cresten,
Dóu founs de la glèiso mountavo
La voues dóu pople que cantavo,
E tout lou tèmple ressautavo
Dóu cantico tant bèu que sabon li Santen :


O Santo, bèlli mariniero,
Qu'avès chausi nòsti sagniero
Pèr i'auboura dins l'èr la tourre e li merlet
De vosto glèiso roussinello,
Coume fara dins sa pinello
Lou marin, quand la mar bacello,
Se ie mandas pas lèu voste bon ventoulet ?


Coume fara la pauro avuglo ?
Ah ! noun i'a sàuvi nimai buglo
Que poscon ie gari soun lamentable sort ;
E, sèns muta, tout lou jour isto
En repassant sa vido tristo...
O Santo, rendès-ie la visto,
Que l'oumbro, e toujour l'oumbro, es pire que la mort !


Rèino de Paradis, mestresso
De la planuro d'amaresso.
Clafissès, quand vous plais, de pèis nòsti fielat :
Mai à la foulo pecadouiro
Qu'à vosto porto se doulouiro,
O blànqui flour de la sansouiro,
S'èi de pas que ie fau, de pas emplissès-la !

Et comme, aux ravins d'une vallée — le bruit d'un
torrent qui tombe en cataracte — va émouvoir le
pâtre là-haut sur les crêtes, — du fond de l'église
montait — la voix du peuple qui chantait, — et tout
le temple tressaillait — du cantique si beau que
savent les Saintins :


— « O Saintes, belles marinières, — qui avez
choisi nos marécages — pour y élever dans l'air la
tour et les créneaux — de votre église blonde, —
comment fera, dans sa barque, — le marin, quand la
mer frappe, — si promptement vous ne lui en-
voyez votre bonne brise ?


« Comment fera la pauvre (femme) aveugle ? —
Ah ! il n'est sauge ni bugle — qui puisse guérir son
lamentable sort ; — et, sans mot dire, tout le jour
elle reste — à repasser sa triste vie... — O Saintes,
rendez-lui la vue, — car l'ombre, et toujours l'ombre,
c'est pire que la mort !


« Reines de Paradis, maîtresses — de la plaine
d'amertume, — vous comblez, quand il vous plaît, de
poissons nos filets ; — mais à la foule pécheresse —
qui à votre porte se lamente, — ô blanches fleurs (de
nos) landes salées, — si c'est la paix qu'il faut, de
paix emplissez-la ! »

Ansin li bon Santen pregavon,
Emé de crid que vous trancavon!
E veici que li Santo à la pauro que jai
Boufèron un brisoun de voio,
E sa caro un buisoun galoio
S'enflourè d'uno douço joio,
Car de vèire Vincèn i' agradè quenounsai.


— Moun bèl ami, de mounte vènes?
le faguè. — Digo, t'ensouvènes
De la fes qu'emé tu parlavian eila au mas,
Asseta 'nsèn souto la triho?
Se quauque mau te desvarìo,
Courre lèu i Sànti Mario,
Me diguères alor, auras lèu de soulas.


O Vincenet, que noun pos vèire
Dins moun cor coume dins un vèire!
De soulas, de soulas, n'en regounflo moun cor!
Moun cor es un lauroun que verso :
Abelimen de touto merço,
Gràci, bonur, n'ai à reverso!...
Dis Ange dóu bon Diéu entrevese li Cor...


Aqui Mirèio s'abaucavo,
E dins l'estendudo alucavo :
Semblavo, peralin au fin founs de l'èr blu,
Vèire de causo espetaclouso.
Pièi sa paraulo nivoulouso
Recoumençavo : Urouso, urouso
Lis amo que la car en terro detèn plu!

Ainsi les bons Saintins priaient, — avec des cris
qui vous navraient. — Et voici que les Saintes, à la
pauvre qui gît — soufflèrent un peu de vigueur; —
et (sur) sa figure un peu enjouée — fleurit une douce
joie, — car la vue de Vincent fut pour elle un plaisir
indicible.

— « Mon bel ami, d'où viens-tu? — lui fit-elle.
Dis, te souvient-il — de la fois que nous causions, là-
bas à la ferme, — assis ensemble sous la treille? —
« Si quelque mal te déconcerte, — cours vite aux
Saintes Maries, — me dis-tu alors, tu auras vite du
soulagement. »

« O cher Vincent, que ne peux-tu voir — dans mon
cœur comme dans un verre? — De soulagement, de
soulagement, mon cœur en surabonde! — Mon cœur
est une source qui déborde : — délices de toute
sorte, — grâces, bonheurs, j'en ai en surcroît!... —
Des Anges du bon Dieu j'entrevois les chœurs... »

Alors Mireille s'apaisait, — et regardait dans
l'étendue... — Elle semblait, au loin, dans les profondeurs de l'air bleu, — voir des choses merveilleuses.
— Puis sa parole nuageuse — recommençait : « Heureuses, heureuses — les âmes que la chair sur terre
ne retient plus !

Vincèn! as vist, quand remountavon,
Li flo de lume que jitavon!...
Ah! dis, lou libre bèu que se n'en sariè fa,
S'aquéli resoun que m'an dicho,
Fin que d'uno, s'èron escricho!
Vincèn, que lou plourun esquicho,
Lachè mai soun gounflige un moumen estoufa :

— Basto lis aguè visto ! basto !
Éu cridè, coume uno langasto
Me sarièu à si raubo arrapa tout bramant. .
Oh ! i'aurièu di, rèino celèsto,
Soulet recàti que nous rèsto,
Prenès-me lis iue de la tèsto,
E li dènt de la bouco, e li det de la man !

Mai elo, ma bello fadeto,
Oh! rendès-me-la gaiardeto !...
— Velèi ' velèi veni 'mé si raubo de lin '
Elo subran se bouto à faire.
E 'n boulegant pèr se desfaire
D'entre la faudo de sa maire,
De la man vers la mar fasiè signe eilalin.

Quatecant tóuti se dreissèron,
De-vers la mar tóuti fissèron,
E la man sus lou front : Eilalin descurbèn,
Vénien entre éli, rèn pèr aro,
Senoun alin la blanco raro
Que joun lou cèu e l'aigo amaro...
Noun, se vèi rèn vèni... — Si! si! regardas bèn !

« Vincent! tu as vu, quand elles remontaient, —
les flocons de lumière qu'elles jetaient!... — Ah! le
beau livre, dit-elle, qu'il s'en fût fait, — si les paroles
qu'elles m'ont dites, — sans en oublier une, eussent
été écrites! » — Vincent, que l'envie de pleurer oppresse, — dégonfla ses sanglots un moment étouffés:

— « Plût à Dieu que je les eusse vues! plût à Dieu!
— s'écria-t-il. — Comme une tique — je me serais
à leurs robes cramponné tout beuglant... — Oh! leur
aurais-je dit, reines du ciel, — seul asile qui nous
reste, — prenez-moi les yeux de la tête, — et les dents
de la bouche, et les doigts de la main!

« Mais elle, ma belle petite fée, — oh! rendez-la-
moi saine et sauve! » — « Les voici!... les voici venir
dans leurs robes de lin! » — elle soudain se met à
dire. — Et s'agitant pour se dégager — du giron de
sa mère, — de la main vers la mer elle faisait signe,
au loin.

Tous aussitôt se dressèrent, — tous vers la mer
fixèrent (leurs regards), — et, la main sur le front:
« Au loin nous ne découvrons, — se disaient-ils,
rien pour l'heure, — si ce n'est là-bas, la blanche
limite — qui joint le ciel et l'eau amère... — Non, il
ne se voit rien venir... » — « Si, si! regardez bien!

Soun su 'no barco sènso velo,
Cridè Mirèio... Davans elo,
Vesès pas coume l'oundo aplano si revòu?
Oh! qu'es bèn éli! L'èr clarejo,
E l'alen siau que li carrejo
Lou mai plan que pòu voulastrejo...
Lis aucèu de la mar li saludon à vòu.

— La pauro chato revassejo...
Sus la marino que rougejo
Vesèn que lou soulèu que vai se cabussa.
— Si! si! lis èi, fai la malauto;
Boutas! moun iue noun me desfauto,
E quouro founso, quouro-z-auto,
O miracle de Diéu! sa barco vèn d'eiça!

Mai deja venié 'scoulourido,
Coume uno blanco margarido
Que lou dardai la rimo, entre que s'espandis;
E Vincenet, l'esfrai dins l'amo,
Agrouva contro aquelo qu'amo,
La recoumando à Nostro-Damo,
La recoumando i Santo e Sant dóu Paradis.

Avien abra de candeleto...
Cencha de l'estolo vióuleto,
Venguè lou capelan 'mé lou pan angeli
Refresca soun palai que crèmo;
Ie dounè pièi l'Ouncioun estrèmo,
E la vougnè 'mé lou Sant Crèmo
En sèt part de soun cors, segound l'us catouli.

« Elles sont sur une barque sans voile, — s'écria
Mireille...—Devant elles,— ne voyez-vous pas comme
l'onde aplanit ses tourbillons? —Oh! c'est bien elles!
L'air est clair, — et l'haleine suave qui les amène, —
aussi lentement qu'elle peut voltige... — Les oiseaux
de la mer les saluent à volées. »

— « La pauvre enfant délire... — Dans la mer rougissante — nous ne voyons que le soleil qui va se
plonger. » — « Oui! oui! ce sont elles, dit la malade;
— allez! mon œil ne me trompe point, — et tantôt
profonde, tantôt haute, — ô miracle de Dieu! leur
barque vient ici! »

Mais déjà elle devenait décolorée, — comme une
blanche marguerite — que les dards (du soleil) brû-
lent, à peine épanouie ; — et Vincent, l'effroi dans
l'âme, — accroupi près de sa bien-aimée, — la recommande à Notre-Dame, — la recommande aux
Saintes et aux Saints du Paradis.

On avait allumé des cierges... — Ceint de l'étole
violette, — vint le prêtre avec le pain angélique —
rafraîchir son palais qui brûle ; — puis il lui donna
l'Onction extrême, — et l'oignit avec le Chrême saint
— en sept parties de son corps, selon l'us catho-
lique.

41.

D'aquéu moumen tout èro en pauso;
Noun s'entendié dessus la lauso
Que l'*oremus* dóu prèire. Au flanc de la paret,
Lou jour-fali que se prefoundo
Esvalissiè si clarta bloundo,
E la marino à bèllis oundo
Plan-plan venié se roumpre em'un long jafaret.


Ageinouia, soun tèndre amaire,
Emé soun paire, emé sa maire,
Trasien de tèms en tèms un senglut rau e sourd.
— Anen! diguè Mirèio encaro,
La despartido se preparo...
Anen! touquen-nous la man aro,
Que dóu front di Mario aumento la lusour.


A l'endavans, li flamen rose
Courron deja di bord dóu Rose...
Li tamarisso en flour coumençon d'adoura..
O bòni Santo! me fan signe
D'ana 'm' éli, qu'ai rèn à cregne,
Que, coume entèndon is Ensigne,
Sa barco en Paradis tout dre nous menara.


Mèste Ramoun ie diguè : Migo,
D'avé 'strassa tant de garrigo,
De que vai me servi, se partes dóu masct?
Car l'afecioun que m'ajudavo,
De tu venié! La caud lardavo,
Lou fio di mouto m'assedavo...
Mai te vèire empourtavo e la caud e la set !

En ce moment, tout était calme ; — on n'entendait
sur la dalle — que l'*Oremus* du prêtre. Au flanc de
la muraille, — le jour défaillant qui s'engloutit —
évanouissait ses reflets blonds, — et la mer, à belles
ondes, — lentement venait se rompre avec un long
bruissement.

Agenouillés, son tendre amant, — avec son père,
avec sa mère, — poussaient de temps en temps un
sanglot rauque et sourd. — « Allons ! dit Mireille
encore, — la séparation se prépare... — Allons !
touchons-nous la main ores, — car du front des
Maries augmente l'auréole.

« Au-devant (d'elles), les flamants roses — accourent déjà des bords du Rhône... — Les tamaris en
fleur commencent d'adorer... — O bonnes Saintes !
elles me font signe — d'aller avec elles, — que je
n'ai rien à craindre, — que, vu qu'elles entendent
aux constellations, — leur barque en Paradis tout
droit nous mènera. »

Maître Ramon lui dit : « Amie, — d'avoir essarté
tant de brandes, — que va-t-il me servir, si tu pars
de la maison ? — car l'ardeur qui m'aidait — venait
de toi ! Le chaud dardait, — le feu des glèbes m'alté-
rait... — mais te voir emportait et le chaud et la
soif. »

— Se 'n cop veirés à voste lume
Quauque sant-fèli que s'alume,
Bon paire, sara iéu... Li Santo, sus la pro,
Soun drecho que m'espèron... Eto !
Esperas-me 'no passadeto...
Vau plan, iéu, que siéu malauteto...
La maire alor esclato : Oh! noun, noun, acò 's trop !

Vole pas, vole pas que mores !
Emé iéu vole que demores !
E pièi, ma Mireiouno, e pièi, se 'n cop vas bèn,
Anaren vers ta tanto Aurano
Pourta 'n canestèu de mióugrano :
Di Baus n'èi pas bèn liuen Maiano,
E se pòu dins un jour faire lou vai-e-vèn.

— Noun, es pas liuen, bono maireto !
Mai, boutas ! lou farés souleto !...
Ma maire, pourgès-me mis ajust blanquinèu..
Vè li blanco e bèlli mantiho,
Qu'an sus l'espalo li Marìo !
Quand a neva sus li mountiho,
Pas tant blèujo èi la nèu, la tafo de la nèu !

Lou brun trenaire de garbello
Ic crido alor : Moun tout, ma bello,
Tu que m'aviés dubert toun frès palais d'amour,
Toun amour, aumorno flourido !
Tu, tu pèr quau ma labarido
Coume un mirau s'èro clarido,
E sèns crento jamai di marrìdi rumour ;

— « Quand vous verrez à votre lampe — quelque
phalène s'allumer, — bon père, ce sera moi... Les
Saintes, sur la proue, — sont debout qui m'atten-
dent... Oui ! — Attendez-moi un court instant... —
Je vais lentement, moi qui suis malade... » — La
mère alors éclate : « Oh ! non, non, c'en est trop !

« Je ne veux pas, je ne veux pas que tu meures !
— avec moi je veux que tu restes ! — Et puis, ô ma
Mireille, et puis, si une fois tu vas bien, — nous irons
chez ta tante Aurane — porter une corbeille de grenades : — des Baux ce n'est pas bien loin, Maillane [4],
— et l'on peut en un jour aller et revenir. »

— « Non, ce n'est pas loin, bonne mère ! — mais,
allez ! vous ferez seulette (le voyage) !... — Ma mère,
donnez-moi ma parure blanche !...— Voyez-vous les
blanches et belles mantilles — qu'ont sur l'épaule les
Maries ! — Quand il a neigé sur les monticules, —
moins éblouissante est la neige, la splendeur de la
neige ! »

Le brun tresseur de corbeilles — lui crie alors :
« Mon tout, ma belle, — toi qui m'avais ouvert ton
frais palais d'amour, — ton amour, aumône fleurie [5]!
— toi, toi par qui ma bourbe — comme un miroir
s'était clarifiée, — et sans crainte, jamais, des mau-
vaises rumeurs ;

Tu, la perleto de Prouvènço,
Tu, lou soulèu de ma jouvènço,
Sara-ti di que iéu, ansin, dóu glas mourtau
Tant lèu te vegue tressusanto?...
Sara-ti di, vous, gràndi Santo,
Que l'aurés visto angounisanto
E de-bado embrassa vòsti sacra lindau?

Su 'cò-d'aqui, la jouveineto
Ie respoundeguè plan-planeto :
O moun paure Vincèn, mai qu'as davans lis iue?
La mort, aquéu mot que t'engano,
Qu'es? uno nèblo que s'esvano
Emè li clar de la campano,
Un sounge que reviho à la fin de la niue !

Noun, more pas ! Iéu, d'un pèd proumte
Sus la barqueto deja-mounte...
Adiéu, adiéu!... Deja nous emplanan sus mar !
La mar, bello plano esmougudo,
Dóu Paradis èi l'avengudo,
Car la bluiour de l'estendudo
Tout à l'entour se toco emè lou toumple amar.

Ai!... coume l'aigo nous tintourlo !
De tant d'astre qu'amount penjourlo,
N'en trouvarai bèn un, mounte dous cor ami
Libramen poscon s'ama!... Santo,
Es uno ourgueno, alin, que canto?...
E souspirè l'angounisanto,
E revessè lou front, coume pèr s'endourmi...

« Toi, la perle de Provence, — toi, le soleil de ma
jeunesse, — sera-t-il dit qu'ainsi, des glaces de la
mort, — sitôt je te voie suante? — Sera-t-il dit, ô
grandes Saintes, — que vous l'aurez vue agonisante — et vainement embrasser vos seuils sacrés? »

Là-dessus, la jeune fille — lui répondit d'une (voix)
lente : — « O mon pauvre Vincent, mais qu'as-tu devant les yeux? — La mort, ce mot qui te trompe, —
qu'est-ce? un brouillard qui se dissipe — avec les
glas de la cloche, — un songe qui éveille à la fin de
la nuit!

« Non, je ne meurs pas! D'un pied léger — je
monte déjà sur la nacelle!... — Adieu, adieu!... Déjà
nous gagnons le large, sur la mer! — La mer, belle
plaine agitée, — est l'avenue du Paradis, — car le
bleu de l'étendue — touche tout alentour au gouffre amer.

« Aïe!... comme l'eau nous dodeline!... — Parmi
tant d'astres là-haut suspendus, — j'en trouverai bien
un où deux cœurs amis — puissent librement s'ai-
mer!... Saintes, — est-ce un orgue, au loin, qui
chante?... » — Et l'agonisante soupira, — et ren-
versa le front, comme pour s'endormir...

Is èr de sa risènto caro,
Aurien di que parlavo encaro...
Mai deja li Santen, à l'entour de l'enfant
Un après l'autre s'avançavon,
E 'm' un cire que se passavon
Un après l'autre la signavon...
Atupi, si parènt arregardon que fan.


Au liogo d'èstre mourtinouso,
Éli la veson luminouso ;
An bèu la senti frejo, au cop descounsoula
Noun volon pas, noun podon crèire.
Mai Vincèn, éu, quand la vai vèire
Emé soun front que pènjo à rèire,
Si bras enregouï, sis iue coume entela :


— Es morto !... vesès pas qu'es morto?...
E coume torson li redorto,
A la desesperado éu tourseguè si poung ;
E 'mé si bras foro di mancho,
Acoumencèron li coumplancho :
l'a pas que tu que saras plancho !
Emé tu de ma vido a toumba lou cepoun !


Es morto !... Morto? Es pas poussible !
Fau qu'un Demòni me lou sible....
Parlas, au noum de Diéu, bòni gènt que sia 'qui,
Vautre, avès agu vist de morto :
Digas-me s'en passant li porto
Risoulejavon de la sorto !...
Pas verai qu'a sis èr quasimen ajougui :

A l'air de son visage souriant, — on aurait dit
qu'elle parlait encore... — Mais déjà les Saintins,
autour de l'enfant, — un après l'autre, s'avançaient,
— et avec un cierge qu'ils se passaient, — ils lui
faisaient, un après l'autre, le signe (de la croix)....
— Atterrés, les parents contemplent ce qu'ils font.


Loin qu'elle soit livide, — eux la voient lumineuse.
— Vainement ils la sentent froide ; au coup inconso
lable — ils ne veulent pas, ils ne peuvent croire. —
Mais Vincent, lui, lorsqu'il la voit — avec son front
qui pend en arrière, — ses bras roidis, ses yeux
comme voilés :


— « Elle est morte!... Ne voyez-vous pas qu'elle
est morte?... » — Et comme on tord les harts d'osier,
— en désespéré il tordit ses poings ; — et, les bras
hors des manches, — commencèrent les complaintes :
— « Il n'est pas que toi qui seras pleurée! — Avec
toi de ma vie est tombé le tronc !


« Elle est morte!... Morte? Ce n'est pas possible !
— Un Démon doit me le siffler... — Parlez, au nom
de Dieu, bonnes gens qui êtes là, — vous avez vu
des mortes : — dites-moi si, en passant les portes, —
elles souriaient ainsi!... — Vraiment n'a-t-elle pas
ses traits presque enjoués?

Mai de-que fan?... viron la tèsto,
Soun tóuti gounfle ! Ah ! n'i'a de rèsto !
Ta voues, toun dous parla, iéu l'entendrai pas plu !...
Aqui de tóuti lou cor boundo,
Un lavàssi de plour desboundo,
Lou crèbo-cor au planh dis oundo
Apoundeguè subran un desbord de senglut.


Ansin, dins uno grand manado,
Se 'no ternenco es debanado,
A l'entour dòu cadabre estendu pèr toujour,
Nòu vèspre aderrèn, tau e tauro
Van, souloumbrous, ploura la pauro ;
E la palun, e l'oundo, e l'auro
De si doulourous bram restountisson nòu jour.


— Vièi Mèste Ambroi, plouro toun drole '
Ai ! ai ! ai ! Vincèn fasiè, vole,
Santen, que dins lou cros em' elo m'empourtés. .
Aqui, ma bello, à moun auriho
Tant-e-pièi-mai de ti Mario
Me parlaras ;... e de couquiho,
O tempèsto de mar, aqui nous acatés !


Bràvi Santen, de vous me fise !...
Fasès pèr iéu ce que vous dise :
Pèr un dòu coume aquéu es pas proun lou ploura !
Cavas-nous dins l'areno molo
Pèr tóuti dous qu'uno bressolo !
Aubouras-ie 'no clapeirolo,
Pèr que l'oundo jamai nous posque separa !

« Mais que font-ils?... ils détournent la tête, —
tous sont gros (de sanglots)!... Ah! en voilà de
reste!... — Ta voix, ton doux parler, je ne l'entendrai plus!... » — Là, le cœur de tous bondit, — une
averse de pleurs débonde, — le crève-cœur à la plainte
des vagues — ajouta tout à coup un débordement de
sanglots.

Ainsi, dans un grand troupeau, — si une génisse
a succombé, — autour du cadavre étendu pour toujours, — neuf soirs consécutifs, taureaux et taures
— viennent, sombres, pleurer la malheureuse, — et
le marécage, et l'onde, et le vent — de leurs douloureux mugissements retentissent neuf jours.

— «Vieux Maître Ambroise, pleure ton fils! — Hélas! hélas! faisait Vincent, je veux, — Saintins, que
dans la fosse avec elle vous m'emportiez... — Là,
ma belle, à mon oreille, — tant et plus de tes Maries
— tu me parleras... et de coquillages, — ô tempêtes
des mers, là puissiez-vous nous couvrir!

« Bons Saintins, je me confie en vous... — Faites
pour moi ce que je vous dis ! — Pour un deuil pareil,
ce n'est pas assez que les pleurs ! — Creusez-nous
dans l'arène molle — pour tous deux un seul berceau ! — Élevez-y un tas de pierres, — afin que jamais l'onde ne puisse nous séparer.

E d'enterin qu'i lio mounte èro
Se turtaran lou front sus terro
Dóu remors, iéu em' elo, enclaus d'un blu seren,
Souto lis aigo atremoulido,
O, iéu 'mé tu, ma tant poulido !
Dins de brassado trefoulido
Longo-mai e sèns fin nous poutounejaren !


E, desvaga, lou panieraire
A la perdudo vèn se traire
Sus lou cors de Mirèio, e lou desfourtuna
Dins si brassado fernetico
Sarro la morto.... Lou cantico,
Eilàvau dins la glèiso antico,
Coume eiçò tournamai s'entendié ressouna :


O bèlli Santo, segnouresso
De la planuro d'amaresso,
Clafissès, quand vous plais, de pèis nòsti fielat !
Mai à la foulo pecadouiro
Qu'à vosto porto se doulouiro,
O blànqui flour de la sansouiro,
S'èi de pas que ie fau, de pas emplissès-la !


*Maiano (Bouco-dóu-Rose),*
*Lou bèu jour de la Candelouso, de l'an 1859.*


FIN

« Et pendant qu'aux lieux où elle était, — ils se
heurteront le front sur la terre — de remords, elle
et moi, enveloppés d'un serein azuré, — sous les
eaux tremblotantes, — oui, moi et toi, ma si jolie!
— dans des embrassements délirants — à jamais et
sans fin nous mêlerons nos baisers ! »

Et, hors de lui, le vannier — éperdument vient se
jeter — sur le corps de Mireille, et l'infortuné —
dans ses embrassements frénétiques — serre la
morte!... Le cantique — là-bas, dans la vieille église,
— ainsi de nouveau s'entendait résonner :

« O belles Saintes, souveraines — de la plaine
d'amertume, — vous comblez, quand il vous plaît,
de poissons nos filets ! — Mais à la foule pécheresse
— qui à votre porte se lamente, — ô blanches fleurs
de (nos) landes salées, — si c'est la paix qu'il faut,
de paix emplissez-la ! »

*Maillane (Bouches-du-Rhône),*
*le beau jour de la Chandeleur, de l'année* 1859.

FIN

# NOTES

## DU CHANT DOUZIÈME

----

[1] Argens (*Argèns*), rivière du département du Var.

[2] Les Saintins (*li Saulen*), habitants de la ville des Saintes-Maries.

[3] Sansouire (*sansouiro*). (Voyez Chant X, note 8.) — Vaccarés (*Vacarés*). (Voyez Chant IV, note 10.)

[4] Maillane, village de l'arrondissement d'Arles, patrie de l'auteur.

[5] Aumône fleurie (*aumorno flourido*), aumône que le pauvre qui l'a reçue donne à un autre pauvre, poétique locution qui signifie par extension *rare bienfait*.

# MAGALI

## MÉLODIE PROVENÇALE POPULAIRE

TRANSCRITE

PAR FR. SEGUIN

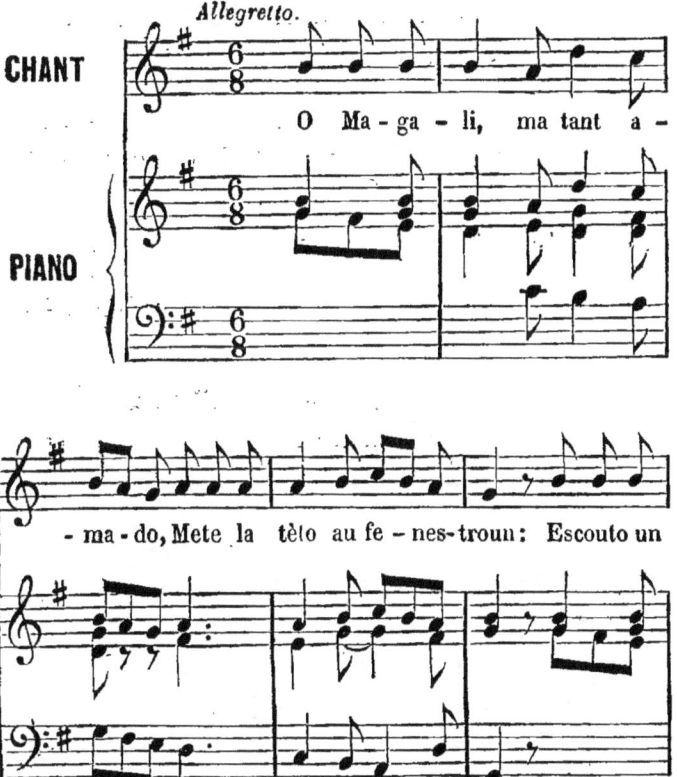

CHANT

O Ma - ga - li, ma tant a -

PIANO

- ma - do, Mete la tèto au fe - nes - troun: Escouto un

pau aquesto au-ba-do De tambou-rin e de vióu-loun. Ei plen d'es-tello a-pe-ramount! L'auro és toum-ba-do; Mai lis es-tel-lo pa-li-ran, Quand te veiran!

# TABLE

# TAULO

# TABLE

—

CANT NOUVEN — L'ASSEMBLADO

CANT DESEN — LA CAMARGO

CANT VOUNGEN — LI SANTO

CHANT NEUVIÈME — L'ASSEMBLÉE

CHANT DIXIÈME — LA CAMARGUE

CHANT ONZIÈME — LES SAINTES

## CHANT DOUZIÈME — LA MORT

PARIS. — IMP. SIMON RAÇON ET COMP., RUE D'ERFURTH, 1.